西浦纪事

凌　耕　著

学林出版社

江南大地上的惊人传奇

——序凌耕长篇纪实文学《西浦纪事》

赵丽宏

我面前这本题为《西浦纪事》的书，是作家张凌耕的新作，是一部反映上海西浦地区抗战的故事。这段血火交织的岁月，是中国人抗击日寇侵略的历史。对于老一辈中国人而言，这段历史在他们心中留下了难以磨灭的印记。

这本书，让我震惊，让我感动，也让我钦敬。

为何震惊？是因为书中记述的这一段上海郊区的抗战历史，其中的曲折惊险和惨烈，让人难以想象。而这段历史，以前竟然很少有人提及。如果不读这本书，根本无法相信在日寇侵华的大本营上海，在侵略者的眼皮底下，曾经有过这样顽强坚韧的抗日武装，上演过如此惊心动魄的抗战故事。很多上海人对这段历史一无所知。在中国的抗战版图上，淞浦地区（作品中的西浦地区）的抗战历史也许曾经被人忽略，但这段历史，也是中国全民族十四年抗战不可或缺的一部分。这片土地上军民抗战的英勇与悲壮，和中国其他地区的抗战历史相比，一点也不逊色。作品中有惊心动魄的“鸿门宴”、智铲内奸的化装戏、里应外合的劫法场、威震四方的奇袭和伏击，以及血流成河的惨烈场景。这段历史，其独特性，就如江南水乡的纵横交错，柔中有刚，波光潋滟的柔波、芦苇荡、油菜花地里，隐藏着刀光剑影，活跃着抗日游击队矫健无畏的身影。淞浦的抗战勇士，智勇双全，他们的抗战故事，是江南大地上一段惊人的传奇。

为何感动？是因为书中所述上海人在抗战中那些可歌可泣的事迹，展现了那些为保卫家乡、抗击侵略者不惜流血牺牲的英雄人物。在我们以前读过的史书中，找不到他们的名字，然而他们都是有血有肉、有情有义的真实存在。他们曾经为了民族大义，为了保卫家乡，为了中国人的尊严而浴血奋战。他们并非正规的军人，而是在田间劳作的庄稼人，是在水乡泽国讨生活的船民，是乡镇的教师、工匠和商人。在中国共产党的组织引领下，他们杀鬼子，除汉奸、拔据点，前赴后继、不屈不挠，令日寇和汉奸闻之惊惧。在这段艰苦卓绝的岁月里，无数人在这片土地上出生入死，淞浦大地上，浸透了这些抗战英烈的鲜血。这是一部以章回体形式撰写的纪实长篇，既有引人入胜的曲折韵味，也有纪实文学的真实气息。作品中的人物，不是平面的概念，而是性格各异的立体形象。作品的主角是一批坚定勇敢的抗日英雄，是众多坚贞不屈的烈士。作品中也有贪生怕死、见利忘义的叛徒和汉奸，他们的覆灭下场，是罪有应得。这些形形色色的不同人物的故事，构成了作品中西浦地区惊心动魄的抗战史，也表现了人性的曲折和复杂。

读完这本书，我对写这本书的凌耕先生由衷地产生了敬佩之情。张凌耕是我的老朋友，我们都是当年到故乡“插队落户”的知青。我去崇明岛，他回到家乡青浦当农民。我曾读过他写的关于插队生涯的长篇小说《崧塘纪事》，写得真挚动人，是对知青岁月的真实记录。《西浦纪事》中的故事就发生在他的家乡。他是新中国成立前夕诞生的一代，没有机会亲历抗战，但他从小就听说过很多发生在家乡的抗战故事，民间传说中那些抗战英雄的形象，一个个铭刻在他的记忆中。把这段历史写出来，成为他“蛰伏在心底”的一个执着心愿。为了实现这个心愿，他悉心研究这一段历史，查找了大量尘封的史料，采访了很多知情的老人，历经多年时间，数易其稿，终于完成长篇纪实文学《西浦纪事》的创作，回溯并演绎了淞浦人民在抗日战争中错综复杂的历史。这部作品凝聚着他的心血，也凝聚一个青浦作家对家乡的深情。这是对故乡先烈的讴歌与致敬，是对一段重要历史的拾遗补阙，也是凌耕献给上海、献给家乡的珍贵礼物。

2024 年 7 月 25 日于四步斋

目 录

人物表

1. 叶　飞　新四军江南抗日义勇军司令
2. 吴　琨　新四军江南抗日义勇军副司令
3. 何克希　新四军江南抗日义勇军副司令
4. 周达明　新四军江南抗日义勇军参谋长
5. 陈伟达　中共淞沪地委书记
6. 朱亚民　新四军淞沪支队司令员
7. 曾　平　新四军淞沪支队政治部主任
8. 顾德欢　中共西浦县工委书记
9. 顾火生　三支队支队长
10. 黄晓龙　三支队短枪队队长
11. 陈雪涛　西浦县龙固区崧塘镇小学校长、中共党员
12. 王师龙　三支队三大队大队长、西浦游击区八区区长
13. 冯庸钦　三支队一大队大队长
14. 杨国才　三支队一大队三中队中队长
15. 蔡一帆　三支队支委、军事干部
16. 朱　艳　三支队民运科长、文工团团长
17. 苏　红　三支队文工团副团长
18. 李方明　三支队战士
19. 诸克忠　三支队支队长警卫员
20. 徐友奇　三支队短枪队副队长
21. 骆阿荣　三支队交通员
22. 曹永祥　三支队战士

23. 范守廉　三支队支队长警卫员
24. 康旭东　三支队一大队一中队队长
25. 王正方　三支队原一大队一中队队长
26. 许世贵　三支队一大队二中队队长
27. 何仲良　三支队后方医院医生
28. 沈　蕾　三支队后方医院护士
29. 夏　岱　三支队三大队七中队队长
30. 张育新　三支队二大队指导员
31. 许忠义　三支队队员
32. 邹　勇　顾德欢秘书
33. 邓海云　三支队队员
34. 雷　鸣　新四军淞沪支队西浦大队五中队政委
35. 庄世昌　原金风高特务营连长，后加入三支队
36. 诸人龙　西浦游击区八区区长助理
37. 朱志成　西浦游击区八区区长助理
38. 鞠兴华　新任西浦游击区八区区长
39. 施永兴　黄晓龙表弟（三支队后备队员）
40. 俞虎林　三支队后备队员
41. 余瑞华　三支队二大队大队长（叛变）
42. 李其章　三支队二大队五中队队长（叛变）
43. 徐家德　三支队一大队四中队队长（叛变）
44. 王梦林　三支队一大队四中队队员（蟠龙镇西街游手好闲者）
45. 林忠明　三支队一大队四中队队员
46. 朱晓仁　三支队二大队五中队队员（叛变）
47. 朱海林　三支队一大队三中队队员（内奸）
48. 夏　辉　中共西浦县工委委员、黎里糖厂“老板”
49. 卫友余　卫一源大药房老板、中共西浦县党组织联络站站长
50. 余　明　中共天昆区委书记、天马山小学校长
51. 康则涛　中共西浦工委机关党支部书记
52. 姜惠萍　源泰禄记水果地货行会计

53. 蒋永良　圈盘米厂老板
54. 关振刚　珠葑镇伪军（实为中共党组织成员）
55. 陆俊华　中共路北区党组织负责人
56. 沈　苹　轮船公司售票员
57. 卫九龄　卫一源大药房伙计
58. 杨也祥　薛葭浜小学英语老师
59. 任友德　中国共产党党员
60. 李勤余　中国共产党党员
61. 罗晓路　中共西浦县上海交通站联络员
62. 朱洪奎　江苏芦墟镇商人

63. 崔泽田茂　驻沪日军第十三军司令
64. 前　田　日军驻上海特务机关长
65. 长谷川正彦　日军独立混成第十七旅团长
66. 市川寿三郎　日军驻松江警备队队长
67. 掘　川　日特上海机关长
68. 岩　崎　西浦县日特机关长
69. 齐藤城夫　新任西浦县日特机关长
70. 见前岁美　日寇头目
71. 福　顺　日军驻徐泾镇宣抚班班长
72. 坂田次郎　日军少佐
73. 松　下　日本“贩毒大王”
74. 姚崇杰　伪西浦县知事
75. 周子文　伪西浦县绥靖司令
76. 程恒昌　日军情报部门特务
77. 许金生　淞沪游击纵队四支队支队长
78. 李连杰　伪军部队头目
79. 赵纪堂　章堰镇土匪头目
80. 蒋阿考　白鹤镇土匪头目
81. 费惠民　重固镇土匪头目

82. 孙亚伦　伪珠葑镇绥靖队长
83. 陈孟君　程恒昌妻子
84. 赖发财　76 号驻西浦县联络站站长
85. 金风高　地痞武装、国民党田岫山部收编为特务营营长
86. 陆惠人　淞沪游击纵队四支队参谋长
87. 李　钦　三支队后方医院医生、特务
88. 姚有莲　伪军部队头目
89. 孙继武　蟠龙镇维持会长、兼警卫团团长
90. 程炳林　蟠龙镇警卫团副团长
91. 邵仲良　伪军袁英杰部营长
92. 叶土金　伪军人员
93. 蒋百庆　伪军周子文部勤务兵

94. 周云翼　国民党西浦县地下县长
95. 钱锦方　国民党天昆区区长
96. 方鸿飞　西浦县中数学老师、国民党谍报人员
97. 赵建平　“忠义救国军”情报员
98. 张金书　“忠义救国军”姚寄农秘书
99. 金一飞　三支队四中队队员、国民党暗杀团人员
100. 蔡承熙　国民党上海淞沪游击纵队司令
101. 张云龙　顽匪部队头目
102. 尹腾达　忠义救国军特务
103. 郑爱莲　女特务
104. 秦　汉　聚星茶楼老板、国民党西浦县联络站站长

105. 王奎元　蟠龙镇帮会头目
106. 潘金波　黄渡镇帮会头目
107. 蒋孝慈　黄渡镇大地主
108. 程　英　地痞
109. 金小妹　蟠龙镇寡妇

110. 钱宝昌　“白粉鬼”、伪军金凤高眼线
111. 蒋企富　重固镇奸商

112. 姜小弟　蟠龙镇春来茶馆老板
113. 金新民　进步教师
114. 方雅芬　进步青年
115. 马老四　崧塘镇地主
116. 黄小凤　黄晓龙妹妹，绰号“小白菜”
117. 黄宝娟　黄晓龙姑姑
118. 康松山　老农协会会员，康旭东父亲
119. 田爱云　田山庄进步青年
120. 田爱琴　田爱云姐姐
121. 张桂芝　西浦县首富、进步工商界人士
122. 陆贵康　北门街青年
123. 赵季良　进步青年
124. 顾润桐　崧浦镇爱国工商人士
125. 何寄尘　西浦县名医
126. 姚振华　泗泾镇日升米厂老板
127. 王湘涛　群众
128. 张毓文　生意人
129. 高全生　蟠龙镇群众
130. 朱桂生　蟠龙镇小老板
131. 黄晓明　黄晓龙哥哥
132. 董桂香　北门街青年
133. 钱老太　三支队家属
134. 黄阿小　群众
135. 周永昌　永盛米行经理
136. 薛小青　永盛米行会计
137. 朱金海　小米行老板
138. 俞一鹭　民间侠士

第一章

风云突变,“八一三”淞沪抗战
西浦沦陷,自卫队相继成立

蟠龙镇东距上海县诸翟镇三华里,西北与崧塘镇、重固镇相望,它们同属于西浦县一个名为龙固区的行政区域。蟠龙镇街呈十字形,东西约一里,南北约半里。镇中心有一座拱形石桥,南北横跨市河,建于元代,名香花桥。桥北堍是蟠龙大寺山门,进山门就是北街;而桥南即为南街。十字街头是一个小型农贸市场,每天清晨有蔬菜、瓜果、豆制品及鸡鸭禽蛋以及水产等农产品售卖。每天清晨,集市上人头济济,人声鼎沸,呈现一片繁华之景。沿街商家林立,商业繁荣,仅茶馆就有四家。古镇茶馆其实是一个特别的场所,人们喻之为“百口衙门”,乡间的是非曲直往往由茶客们最后判定和左右;这里也是一个信息交流中心,生意场上的供需信息,四乡八村的重大新闻,往往在这里得以传播;乃至乡里乡亲道德规范的培养和文化的传承,也往往由这里的说书人演说传统书目,在潜移默化中完成。

四家茶馆中,东西街的西侧,有一家名为春来茶馆,这个名字与《沙家浜》中阿庆嫂的春来茶馆同名,这或许是一种巧合,因为“春来”这个名字蕴含了人们美好的愿望,大家都喜欢。所不同的是,蟠龙镇春来茶馆的当家人姜小弟只是一个普通老百姓,因为家境贫困,与人合伙在镇上租房开了茶馆。镇北面有个村叫黄更浪,村里有个青年叫黄晓龙,他经常到春来茶馆吃茶。黄晓龙中等身材,看上去很精悍,出身贫寒的他常来春来茶馆听说书,一旦沉浸其中,什么事情都忘了。姜小弟是姜家村人,姜家村在黄更浪北面,所以姜小弟回家时要经过黄更浪,一来二去,二人就成了朋友。每当黄晓龙来茶馆听书,姜小弟只收茶钱,不收书钱。为了报答姜小弟的情谊,黄晓龙看到茶馆里水缸的水少了，就不声不响挑起水桶，去市河里挑水。

某日下午，黄晓龙再次来到春来茶馆，突然听到街上一阵喧哗，只见前面街上来了一队人，每人手中举着一面小旗，领头的人高呼口号："打倒日本帝国主义！""团结起来，全面抗战！"一会儿，这群人就涌进了前面的龙泉茶馆。黄晓龙不知发生了什么事，正在疑惑之间，刚才那群人从龙泉茶馆里走了出来，向西朝着春来茶馆方向移动。黄晓龙发现，这些人都是学生打扮，据说是从县城来的学生仔，刚才他们进龙泉茶馆宣传，被茶馆老板赶了出来。于是，他们来到春来茶馆。姜小弟是个仁厚之人，做生意信奉与人为善，看到学生仔进茶馆宣传，他只当来了一群茶客似的，热情地笑脸相迎。

正是1937年的夏天，一个不寻常的夏天。1937年7月7日，蓄谋已久的日本人在北平卢沟桥向中国驻军发起了进攻，中国军队奋起抵抗，上海《申报》上刊登的"平津危急""中华民族危急！"的黑体大字标题，将老百姓的心吊到了嗓子眼。全国同胞动员起来，抵抗日寇侵略，一场声势浩大的抗日救亡运动，迅速在全国城乡开展了起来。

当时，许多在沪读书的西浦县学生利用暑假回到了家乡，组织成立了西浦县各界人民抗敌后援会，在唐行镇和珠葑镇两大集镇游行、讲演、散发传单、张贴标语、组织民众歌咏队和剧团，表演《打回老家去》《放下你的鞭子》等抗日短剧，还举办防空展览会，募集支前物资和资金。不久，他们又深入城乡各集镇进行宣传。

走近了，黄晓龙看到这群学生仔中间，还有好几个女学生仔。进了春来茶馆，有个女学生仔站到了平时说书先生说书的位置，慷慨激昂地开始大声宣讲抗战形势，号召大家团结起来，抗击日本帝国主义的侵略。

学生宣讲队是蟠龙镇青年金新民联系来的，他也跟着一起来了。金新民住在十字街，是崧塘镇的一名小学教师。作为一名热血青年，面对日寇的侵略，他也义愤填膺，不甘置身事外。黄晓龙一把拉住金新民，指着那个女学生仔问："你认识她？"

金新民说："她是我初中同学，叫方雅芬。"

黄晓龙钦佩地说："她好厉害哟。"

学生的宣讲效果很好，大家受到学生宣讲队的鼓动，精神一下子振奋了起来。

转眼间，上海“八一三”战事爆发了！

人们看到，一队队中国军队从青沪公路开赴前线。有的部队步行经过蟠龙镇，他们脚穿草鞋，跑步奔向战场，爱国赤诚，感人至深！眼见这一幕，大家真切地感觉，战争真的来了！

随着战争的升级，县、区行政机构已遣散，地方无人负责，成群结队的难民流落街头无人过问。金新民联系蟠龙镇上十几个青年，成立了蟠龙镇抗敌后援会，帮助收容难民，为部队派向导和供应船只。

淞沪之战打得十分胶着，双方投入了大量兵力。尽管战火纷飞，春来茶馆的茶客并没有减少，反而成为获取战争信息的重要场所。有船工从吴淞江那边回来，说虞姬墩那边江滩上死尸满地，血流成河！还有人说，白鹤那边有人用镜子为日本人飞机指示轰炸目标，被后援会发现并逮住，当即镇压了！

惊人的消息一个接一个传来，牵动着每个老百姓的心。

人们希望知道更多的新闻，于是姜小弟让茶馆伙计每天去上海买报纸回来，并在茶馆里读报。

淞沪会战，中国军队与日寇对峙了三个多月。守卫在吴淞口的中国军队与鬼子拼杀，双方伤亡惨重。鬼子虽然疯狂进攻，但就是攻不进来。后来，鬼子打起了鬼主意，他们收买了沪西地痞流氓、出租车司机程恒昌(绰号“飞龙阿昌”)。这个败类利用自己司机身份之便，了解到金山卫一带军事防守薄弱，将情报提供给了日寇。日寇得到情报，悄悄绕到杭州湾，对中国军队进行偷袭，从背后一刀捅了过来。日寇在金山卫登陆，形势顿时逆转，猝不及防的中国军队兵败如山倒，像潮水般溃败下来。

蟠龙镇地处交通要冲，起初，人们看到一队队中国军队向东而去，英姿勃发地开赴前线，老百姓无不为之振奋。然而，当他们看到一队队中国军队从前线溃败下来，人们的心顿时凉了半截！

1937 年 11 月 11 日，西浦沦陷。日军冲进西浦县城，见县城已经成为一座空城，也不停留，一路向西追击。

一时间，西浦地区处于一种“真空”状态，地方上变得混乱起来，土匪、地痞、流氓等恶势力沉渣泛起，他们拦路抢劫，杀人越货，为所欲为。蟠龙镇上烟赌也盛行起来，一条长街居然有三家烟馆，盘踞烟馆的好事之徒，想方设法骗人钱财。老古话说："赌博出盗贼，奸情多命案。"烟赌盛行，社会环境乌烟瘴气。

沦陷初，姜小弟回老家姜家村躲避。歇业一段时间后，迫于生活，又和伙伴回到蟠龙镇，将茶馆开了门。他想，如果有什么飞来横祸，那也是命中注定，人是逃不过命的。

老茶客听说春来茶馆又开了，三三两两前来吃早茶。待些日子，茶客的人数多了起来。人一多，消息也就多了起来。

最近，茶客们在交头接耳议论一件事。

有人说顾火生在崧塘镇成立了农民自卫队，保护地方安宁。自卫队队员白天站岗，晚上巡逻，打土匪，捉坏蛋。不久前的一个夜里，几个土匪潜入崧塘镇地主马老四家里抢劫，自卫队得到消息，商议去不去打土匪。有人说："帮地主打土匪，不干！"有人不同意："有土匪就要打。"有人说："自卫队有了枪还没有试过，打土匪可以练练兵。"大家争论着要不要打土匪之时，顾火生说："自卫队是保卫地方治安的，有土匪不打，老百姓就不信任我们，将土匪打掉了，老百姓就会拥护我们。马老四是地主不错，但我们要抗日，也需要马老四这样的人支持。"自卫队员听顾火生这样一说，觉得在理，于是集合起队伍，来到马老四家大宅院外，分散着包围上去。土匪听到响动，想撤离马老四家，结果被曹永祥一个点射，一枪命中一个土匪。其他土匪听到枪声，吓得不轻，趁着夜色，屁滚尿流逃走了。自卫队打死了一个土匪，缴获了一支枪，高兴得不得了。

马老四被土匪抢劫，先是受到惊吓，接着又看到十几个人，以为是另一股土匪，又是一个惊吓。直到弄清楚这些人是自卫队员，都是本地人，武装起来保卫地方的，这才松了一口气。马老四还真是个明白人，感觉没有自卫队他今晚可能出大事了，于是第二天拿了不少银圆，找到顾火生，表示感谢。

茶客中有人说，顾火生的自卫队原来十几个人，现在已发展到了上百人！

有人问讲故事的茶客："这消息真的假的？哪里听来的？"

讲故事茶客说："哪有假的？我有个亲戚在崧塘镇，他说得千真万确。"

旁边一个茶客说:“崧塘镇自卫队厉害,像顾火生当年的农民赤卫队。”

说者无意,听者有心。这些话被在一边吃茶的黄晓龙听见了,他心里不由得一动。前一阵,中国军队撤退后,日寇飞机前来轰炸,堂兄黄宝明的房子被鬼子的炸弹炸毁。黄晓龙的母亲一直卧病在床,鬼子炸弹落下来时,爆炸声惊天动地,母亲本来身体虚弱,听到爆炸声,一惊一吓,一下子喘不过气来,竟被“吓煞”(方言,意为“吓死”)了。

村人知道鬼子马上要打过来,纷纷出去逃难。黄晓龙父亲牵了水牛还在田里干活,黄晓龙找到父亲,催他和村人一起逃难,父亲这才如梦方醒。水牛是父亲的宝贝,黄晓龙用稻捆堆成一个圈子,放上饲料,将水牛拴到圈子里,然后带了父亲随村人向淀山湖方向逃难。来到淀山湖边,一片白水茫茫,逃难的生活不是人过的,要吃没吃,要睡没睡。每当日本鬼子追过来,他们就逃到淀山湖的芦苇荡里躲避,待日本鬼子过去了,才从芦苇荡里出来。一次,逃难的人群暴露在敌机视野中,飞机上的鬼子竟然追着逃难的平民扫射,黄晓龙父亲不幸被流弹打伤,流血不止,活活被日本鬼子“打煞”了!村人帮助黄晓龙将父亲背回村中,将父亲与母亲草草地合葬在一起。黄晓龙万万没想到,他家的大水牛在他们逃难时,因无以为食而“饿煞”了!

母亲被“吓煞”,父亲被“打煞”,大水牛被“饿煞”,黄晓龙遭此飞来横祸,心里很茫然,眼看鬼子要打过来了,他不知道今后的日子怎么过?

崧塘镇一带乡人有习武的风气。附近有一个名叫姜志侠的人,方圆十里的人都听说他的大名。他是一位武术老师,武艺高强,乡里一些小青年都到他这里习武。武术是一种自卫的本领,对于一些穷苦人家,有一点随身武艺,也好不受欺凌。

黄晓龙家境贫困,仅读到高小就辍学了。他喜欢到茶馆里听书,《隋唐演义》《说岳全传》都听烂了,知道大凡英雄都有一身本领,所以他也拜姜志侠为师。学了武术后,身手敏捷,三五个人近他不得。遭受“三煞”之灾,黄晓龙咬牙:“有仇不报非君子!”

听茶客说崧塘镇顾火生成立了抗日自卫队,黄晓龙不由眼睛一亮,他想,为何不去加入自卫队呢?黄晓龙有位姑姑黄宝娟,嫁在崧塘镇西边的施家宅,她的儿子施永兴是黄晓龙的表弟。他想去找表弟问问情况。

黄晓龙悄悄来到了施家宅，姑姑黄宝娟看到黄晓龙，吃了一惊。黄晓龙父母去世后，黄宝娟来黄更浪为兄嫂吊过丧。今天黄晓龙突然前来，她脸色凝重地看着黄晓龙，问："晓龙，有什么事吗？"

黄晓龙知道姑姑误会了，忙说："没事没事。"

黄宝娟听说没事，悬起来的心才放了下来。

黄晓龙问："永兴表弟在家吗？"

黄宝娟说："他刚去河滩边掰几支茭白。"

话音未落，施永兴从河边回来，手里抓着一摞茭白："是晓龙呀，算你有口福，我们今天烧油焖茭白！"

黄晓龙说："拣日不如撞日，我来得真巧了！"

俗话说："靠山吃山，靠水吃水。"这里的"水八仙"是水乡人家的特产，水八仙包括茭白、莲藕、莼菜、芡实、慈姑、荸荠、菱、水芹八种水生植物，而"水八仙"中茭白是第一"仙"，农家烧的油焖茭白肉嫩味美，真所谓"打耳光也不肯放"，这可全是大自然的恩赐啊。

黄晓龙随着表弟进了家门，在客堂间里帮助一起处理茭白叶。他们剥去碧绿的茭白叶，茭白露出了雪肤似的肉身，施永兴将白净的茭白放在水桶里洗净，然后将茭白切成一片片菱形状，再用水洗一洗，就拿去土灶上锅烧了。

眼下正是新稻收获的季节，农家有得吃新米饭了。那新米饭一粒粒像水晶般发亮，又软又糯，加上美味的油焖茭白下饭，这饭吃得都顾不上说话了。

饭后，施永兴问："晓龙，你来有什么事？"

黄晓龙悄悄拉了表弟的手，走到一旁小屋边，悄声说："有一事，我想问你呢。"

施永兴听晓龙询问自卫队的事，看出他有想加入自卫队的意思。他知道黄晓龙对鬼子的仇恨，鬼子真如魔鬼一样，鬼影子还没有见到，黄晓龙父母就中魔似的被害了！他知道表兄是有血性的人，听他说要参加自卫队打鬼子，施永兴用成全的口气说："如果你想加入自卫队，我与你去找总指挥试试！"

黄晓龙说："太谢谢表弟了！"

自卫队指挥部设在一幢叫顾宅的绞圈房[①]里，屋前有一条小河与崧塘相通，河水很清澈，河面上长满绿色水草。屋场临河的水岸，有几块方形大石块，叠压着铺入水中，乡人称为水桥，这是江南乡村常见的景致。换在平日，清晨或傍晚不时有妇女去水桥淘米或浣衣，而现在却是另一番情景了。战争的硝烟四起，人们都失去了平时生活的悠闲，都处在一种莫名的紧张和亢奋中。

施永兴带着黄晓龙来到指挥部，恰巧总指挥顾火生在。

施永兴将黄晓龙的事一五一十说给总指挥听。顾火生认真听了施永兴的介绍，对来自蟠龙镇的黄晓龙，认真地问了一些问题。丰富的人生阅历让顾火生具有一种识人的本领，在与黄晓龙简短的交谈中，他发现这个小青年为人正直，反应灵敏，是个可造之才。在多年的斗争中，他体会到人才的重要，事是靠人做的，有什么样的人，就能做什么样的事，没有人就绝对做不成事。组织自卫队后，他一直注意发现"火种"式的人，"火种"式的人有一种凝聚之力，他的周围会出现更多像他一样的人，就像火种会燃烧成一股火势。黄晓龙就是这种有火种潜质的人。

不久前，有个名叫王师龙的青年教师，听说顾火生拉起了自卫队，也在自己的家乡刘夏镇成立了自卫队。前几天他来求见顾火生，要求加入顾火生的队伍，顾火生同样看到了王师龙身上火种式的特质。黄晓龙前来要求加入自卫队，顾火生心里早已应允，但他还是严肃地询问黄晓龙："干自卫队很苦的，你吃得了苦吗？鬼子来了，打起仗来还有生命危险，你怕吗？"

黄晓龙说："顾总指挥，我怕苦怕死就不来投自卫队了！"

顾火生听黄晓龙这样说，也很感动，就回头将康旭东叫过来，指着黄晓龙介绍道："旭东，这是蟠龙镇来的黄晓龙，到短枪队当队员，你要好好带带他。"

顾火生的自卫队原来都是一些不脱产的后备队员。他听取了陈雪涛的建议，从后备队中挑选了一部分精干队员，建立了一支脱产的常备队。在常备队中又成立了一支短枪队，这支短枪队随指挥部行动，兼着警卫指挥部的

---

① 绞圈房：一种具有江南传统特色的民居建筑，主要分布在上海市郊区等地。其建筑特点为四面有房，左右对称，中间是一个称心为庭心（即天井）的空间，用于洗晒衣被、晾晒果蔬、儿童嬉戏等。绞圈房文化内涵丰富，其屋顶形态、瓦当雕刻、青砖铺地等细节都展现了江南文化的精致和细腻。

作用。知道黄晓龙还学过武术，他决定将黄晓龙放在短枪队加以培养。

康旭东是短枪队队长，他长得一表人才，也是武功老师姜志侠的学生。大凡在姜志侠老师那里习武之人，都濡染了为人正义的豪侠精神。康旭东父亲康松山是顾火生一起的农会骨干，秉承了父亲的基因，康旭东为人正直，疾恶如仇。他与王师龙都是松嘉西简易师范的学生，当日本鬼子打到家门口来了，他的热血也沸腾起来，与许多青年学子一样，怀着抗日的决心，加入了自卫队。

康旭东问黄晓龙："蟠龙镇的金新民你熟悉吗?"

黄晓龙答："他是我小学同学。"

康旭东说："他也是我松嘉西简易师范的同学。"

黄晓龙高兴地说："是吗，那太好了!"

顾火生对康旭东说："黄晓龙也是姜志侠的学生。"

康旭东高兴地握住黄晓龙的手："那我们还是师兄弟了!"然后回头对施永兴说："走，总指挥忙，我们去短枪班聊聊。"

黄晓龙他们走后，顾火生心里不禁升起一丝感慨。

他是大革命时期过来的。"四一二"那年，陈云作为中共淞浦特委组织部部长回到西浦县，领导和组织西浦地区秋收起义。在那场殊死的斗争中，青年才俊吴志喜①牺牲了。在组织农民进行"二五减租"②的斗争中，陈云发现了在农民中很有威望的顾火生，并介绍他加入了党组织。在斗争中，他坐

---

① 吴志喜：青浦县练塘人，1924 年小学毕业后考入侯绍裘创办的松江初级中学，接受革命思想。1926 年秋，吴志喜加入中国共产党，随后进入武汉中央军事学校学习。1927 年"四一二"反革命政变后，他遵照党的指示返回上海青浦老家，开展农运工作，恢复和发展了农民协会，建立了中共党支部。同年 11 月，中共松金青县委成立，吴志喜任县委常委。并组织青浦农民武装，兼任农民革命军总指挥。同年冬，他在小蒸地区组织农民暴动。1929 年 1 月 19 日，农民军准备攻打枫泾镇时，敌军趁清晨大雾包围了农民军驻地，吴志喜与枫泾农民军指挥陆龙飞掩护部队突围，因弹尽被捕。面对敌人的酷刑，他坚贞不屈，于 1 月 26 日在松江小校场被杀害。1984 年 8 月，陈云同志为他亲笔题词："吴志喜烈士永垂不朽。"

② 二五减租："二五减租"是指民国时期，为了减轻农民负担，中国国民党政府通过决议案确定减少农民田租 25%的政策。这一政策的背景是在第一次国共合作时期，为了发动农民支援北伐战争，1926 年 10 月，中国国民党第二届中央执行委员会及各省区代表联席会议，在"左派"和中国共产党的推动下，作出了"减轻佃农田租 25%"的决定，并将其列入国民政府的施政纲领。但这一政策遭到了城乡地主豪绅阶级的强烈反对。1927 年国民党"清党"后，即撤销了这一政策。

过两次国民党的牢，但他坚持自己的信仰，他说："我投了红旗，就决不投白旗！"丰富的经历让他老成持重，世事洞明，遇事处事总比别人看得深一层。眼下，日本鬼子打到家门口来了，凭着直觉，他感到这是一场更加严酷的斗争。大革命时期由于没有武装吃了亏，现在抵抗日本鬼子，没有武装更会吃亏。国民党军队撤退时丢弃了不少武器、弹药，这是组织武装的有利条件。于是，他将当年农民纠察队的骨干康松山、曹永祥等人叫到崧塘镇小学，商议组织成立抗日自卫队。

这些老农协会员对顾火生信赖有加。顾火生为人忠厚，敢于担当，智慧过人，大家一致推举他为自卫队总指挥。随后大家分头串联，很快组织起了五十多名青壮男子，又发动人员找来了部分枪支弹药。一天，曹永祥带了一个国民党伤兵过来，这个伤兵是江苏太仓人，经过崧塘镇时，手里拖着一挺机枪。来到指挥部，顾火生问他，怎么流落在此地？伤兵见顾火生和蔼可亲，又见自卫队员进进出出都是老实巴交的庄稼人，便说自己名叫章炳坤，无家可归，要求顾火生收留他。伤兵拿起手中那支机枪，说道："顾总指挥，这就作为我的见面礼！"

顾火生见状大喜，将站在一边的曹永祥叫过来，说："永祥，你就学当个机枪手，好好向师傅学习！"

曹永祥笑咧了嘴，敬礼说："总指挥，我一定好好学习！"

伤兵章炳坤谢过顾火生，就和曹永祥一起走了出去，找地方去教拆卸机枪了。

自卫队白天站岗，晚上巡逻、打土匪，队员们积极性很高，谁也不甘落后。崧塘镇一改死气沉沉的气氛，变得充满生机和活力。

回到施家宅，黄晓龙遇到了名叫田爱云的姑娘。

田爱云看到施永兴和一个陌生青年有说有笑地从村头走过来，就好奇地问施永兴："永兴哥，遇上什么喜事了啊？"

施永兴见是田爱云，说："哟，爱云啊，我们还真遇上喜事了。"

田爱云问："遇上什么喜事啦？"

施永兴指指身旁的人，说："这是我表兄黄晓龙，前来参加崧塘镇自卫队，我以为顾总指挥会不接受，不料顾总指挥批准了！"

田爱云早听说崧塘镇成立了自卫队，她知道施永兴已参加自卫队，现在他表兄也参加了，她羡慕地说：“我也要去参加！”

施永兴说：“你一个姑娘家，怎么参加自卫队呀？”

田爱云说：“你们都参加了，我怎么不可以？”

施永兴说：“你扛得动枪吗？”

田爱云急了，说：“枪有多重，我怎么扛不起？”

施永兴见田爱云真想参加自卫队，笑着说：“别急别急，我也给你介绍，去与顾总指挥要求要求。”

田爱云这才笑着说：“谢谢你啊！”

田爱云并不是本村人，她的家在崧塘边上的田山庄。她常来施家宅，因为她姐姐嫁在这里，姐妹俩的感情很深。姐姐名叫田爱琴，由于家境贫困，她先是辍学回家，让妹妹继续读书，自己则在家帮父母春种秋收。田爱云中学快毕业时，“八一三”战事爆发了。一次日本鬼子飞机扔炸弹就扔在学校附近，学校墙角被炸了个大窟窿！一片兵荒马乱，书是读不下去了。同学们对日寇的侵略义愤填膺，田爱云和同学一起去参加过县城的抗日游行，后来大家都分散回家了。回家后，田爱云时常来施家宅，就认识了施永兴。

田爱云的父亲知道女儿想参加自卫队，竭力反对，放出狠话说，如果她参加自卫队，他就死给她看！父亲不许她再去施家宅，田爱云想与父亲好好说，她参加自卫队是为抗日，是为保卫家乡，她相信父亲会理解她的话。但她越是这么说，越引爆父亲的怒火。父亲为了阻止此事，竟用一把大锁将她锁在了厢房里，让母亲给她送饭送菜，什么时候答应不去参加自卫队了，就什么时候让她出来，否则别想走出这个门槛！

田爱云想不到父亲这么蛮横，这么不晓事理！她流泪、哭泣，但她的脾气是倔强的，始终没说不参加自卫队的话。无奈之下，田爱云开始绝食。母亲端来的饭菜，她一动也没有动。母亲心疼了，耐心地劝说，让她答应暂时不去参加自卫队。

田爱云为参加自卫队被父亲锁在屋里的事，闹得全村人都知道了。

田爱云的父亲是本地著名的田歌手，大约她身上有她父亲的遗传基因，田爱云的嗓子清亮、圆润，会唱本地的沪剧选段，还会唱田歌，她的田歌唱得特别好。她与父母一起在田里忙碌，变成了一个真正的田姑。田爱云有时望着天上的飞鸟，很羡慕它们能自由自在地飞翔。

日本鬼子的飞机不断前来轰炸，崧塘镇许多房子被炸掉了，还炸死了三个无辜百姓，形势越来越糟。附近村庄相继成立自卫队，不断有人来与顾火生联络，愿意接受顾火生的领导。一时间，西浦地区自卫队有了星火燎原之势。

但顾火生从未带过部队打过仗，真与日本鬼子拼打起来会怎样，他心里也没有底。

第二章

爱国有心，张桂芝拒任伪职
厚颜无耻，周子文兵败珠菿

日本特别高等警察课（特高课）驻西浦县机关长——岩崎是个“中国通”，在日本侵华之前，他就以经商为名混迹上海滩，收买汉奸密探，收集各种情报。在他收买的汉奸密探中，地痞流氓程恒昌最得岩崎赏识。人称“飞龙阿昌”的这个出租车司机，还是西浦帮会的小头目。“八一三”抗战中，飞龙阿昌给岩崎密报了金山卫一带防守空虚的军事情报，使日军偷袭并攻破了中国军队的防线，岩崎因此立了大功。

西浦县位于大上海之西，与江浙两省接壤，境内有一个很大的湖泊——淀山湖，它的面积有十一个杭州西湖大。由于境内水资源丰富，西浦县历来被称为江南“鱼米之乡”。水陆交通的便捷，更使西浦成为一个战略要地。岩崎就任西浦县“日特”机关长，自然感觉上司对他的重视和肩上责任的重大。一段时间以来，以情报为特长的他，发觉自己竟像盲人和聋人一样。西浦地区像一个大海，这里发生的事情他根本无法掌握，这让岩崎觉得事情有点棘手。中国军队的土崩瓦解，让他麻痹大意，认为制服中国是轻而易举的。现在，他发觉自己的想法太过乐观，西浦这块地方，靠近大上海，一有动静就会在上海引起很大反响，为此，他提醒自己千万不能掉以轻心了。谁胆敢在自己眼皮底下玩火，就一定要给他一点厉害，非此不能让这里的老百姓规规矩矩，非此不能体现皇军的威风！于是，按照“以华制华”的方略，岩崎急于找到当地几个有名望的人出来协助管理——一个是维持会会长，一个是绥靖司令。

绥靖司令倒是很快物色到了。

此人名叫周子文，原是国民党西浦县政府的侦缉队长。

在大革命时期，顾火生在东乡抗租暴动时，周子文曾率二三十人到崧塘镇侦查，途中四面响起锣声，锣声越敲越紧，他就向黄渡方向逃跑，结果又遭遇农民纠察队刀光闪闪迎面而来，吓得连夜逃回县城，向县太爷报告："东乡共产党不消灭，后患不堪设想，会出现第二个周立春①！"于是，县长韦松琴十万火急电报请兵，省政府电令松江驻军派兵星夜赶至西浦进行镇压。顾火生被诱骗至县城逮捕，钉镣关入监牢，坐老虎凳，灌辣椒水，后押至南京"江苏特种刑事法庭"。

岩崎进驻西浦后，了解了周子文其人，决定让周子文出任绥靖司令。周子文受宠若惊，对岩崎感激涕零，觉得自己出头的时候到了，依仗日军的势力，他和他的弟兄可以有所作为了。于是，周子文召集各镇流氓头子到县城，说："皇军看得起我，让我出来组织一支绥靖部队，维持西浦地方秩序。你们要是信得过我，就回去把队伍带出来，编入绥靖部队。如果有谁不愿意的，你可以不出来，但皇军会让他在西浦地面消失的！"

一番话，各镇流氓头子自然掂得出分量。于是，章堰镇的赵纪堂、白鹤镇的蒋阿考和重固镇的费惠民表示愿意效力，周子文分别委派三人为中队长，并发了绥靖队的制服，在县衙所在地挂起"西浦县绥靖司令部"的牌子。为了扩充队伍，他还在县城唐行镇贴出告示，招兵买马。

然而，岩崎要的维持会会长人选却碰了个硬钉子。

岩崎最初选定有较高威信的张桂芝出任维持会长。一切源于日寇进驻县城之前，唐行镇为防止地痞流氓抢劫，卫一源大药房的老板卫友余等人串联工商界人士成立了一个防夜队，以维持社会安定。张桂芝是唐行镇工商界的著名人士，大家一致推选他当负责人，张桂芝也不推辞。防夜队成立

---

① 周立春：近代农民起义首领，青浦县人，曾为地保，"天地会"成员。1852年(文宗咸丰二年)，青浦知县余龙光追缴已豁免的钱粮，周立春发动抗粮斗争，组织塘湾、黄渡等二十余村农民武装自卫，击退青浦知县李初祁、苏州知府钟殿选的进攻。次年，他与嘉定南翔镇农民秘密结社"罗汉党"联合，又取得上海"小刀会"协助，举行嘉定起义，占领县城。他们以"义兴公司"名义，发布文告，豁免钱粮，镇压恶官蠹役和豪绅。上海"小刀会"起义后，他率起义农民四千人增援上海，为"小刀会"领袖之一。旋返青浦，又派军攻克宝山、青浦县城。嘉定在清军和地主武装进攻下失陷，他被俘后在苏州就义。余部在徐耀及其女周秀英率领下，转入上海继续作战。

后，日夜巡逻，使唐行镇不遭抢劫之苦，社会一时倒也安定。

岩崎看中有声望的张桂芝，为了表示尊重，他让周子文带路，一起来到张桂芝在码头街的家。

看到周子文上门，张桂芝颇为意外。

周子文介绍说："张老板，这是机关长岩崎先生，特来看你。"

岩崎说："久闻张先生大名，慕名前来拜访。"

张桂芝忙说："不敢当，不敢当。"他知道周子文已经当了日本人的绥靖司令，所以对周颇为鄙视。周子文与岩崎一起来，肯定没有好果子，所以张桂芝心里对岩崎格外戒备。

岩崎开门见山地说："张先生，大日本皇军想请你出来维持地方。"

张桂芝心里一愣，果然来拉他下水，忙推却说："不行，我不行的。"

岩崎说："前一程地方秩序你不是维持得很好吗？皇军请你怎么就不行了呢？"

张桂芝曾经留学美国，是个有爱国心的工商界人士。"八一三"战事发生前，唐行镇上开展了轰轰烈烈的抗日救亡运动，在旅外学生会推动下，成立了西浦县各界人民抗敌后援会，大学生和城厢人民一起游行，沿途高呼口号、讲演、散发传单、张贴标语漫画等，学生们又邀请上海戏剧救亡协会著名艺术家欧阳山尊等人，一起在剧场和茶馆演出《打回老家去》《放下你的鞭子》等短剧，极大地激发了各界的抗日情绪。张桂芝也深受感动，主动捐款捐物。"八一三"战火燃起后，大批难民蜂拥而至，张桂芝动员各界腾出仓库、学校、民房接待逃难的灾民。日机对唐行镇及周边地区狂轰滥炸，不少难民和居民被炸弹炸死，张桂芝顾不得自己家的德大祥绸布店被日机炸毁，配合红十字会组织义工进行收尸掩埋，以防止疫情流行。现在日本人让他出来当维持会会长，这不是让他当汉奸吗？这是辱没祖宗，让人戳脊梁骨的事！他宁愿下地狱，也不会去当这个维持会长！

想到这里，张桂芝说："岩崎先生，你还是另请高明吧。"

岩崎想不到这个张桂芝如此不给面子，顿时沉下脸："不行，皇军定下的事，不干就是与皇军过不去！与皇军过不去，后果大大的。"

周子文笑着说："岩崎先生息怒，张先生只是说说而已。"他转过身对张桂芝说："好汉不吃眼前亏，识时务者为俊杰，张老板不要太认真了呀。"

周子文一劝再劝，张桂芝只是不吭声。

周子文说："应下来吧，给岩崎先生一个面子好不好?"见张桂芝还是没有吭声，他就说："好——就这样啦。"回头对岩崎说："他应下来了，他应下来了。"

岩崎傲慢地扔下一句话："中国人有句话，张老板不要忘了，敬酒不吃吃罚酒!"说罢，转身扬长而去，周子文也随着岩崎一起走了。

张桂芝看着两个远去的背影，脸上气得青一阵白一阵。

……

第二天，岩崎突然接到报告，张桂芝失踪了。

岩崎脸上露出一丝阴冷的笑，说："跑得了和尚跑不了庙。"岩崎下令将张桂芝码头街的寓所张宅扣下来，为日特驻西浦机关办公所用，又转而对周子文说："按第二方案，继续!"

周子文双腿一并立正，毕恭毕敬地说："是!"

位于淀山湖畔的珠葑镇，离县城唐行镇不过十几里之遥，是闻名遐迩的江南古镇。由于水陆交通便捷，商业繁华，店铺千家，周围农村水网交错，是典型的鱼米之乡和粮油产地。岩崎知道珠葑镇是重要的物资储运地和交通要道，所以另建了孙亚伦为首的绥靖部队。为了掠夺资源，他派日伪军在汉奸带领下，袭击沈巷、徐家浜、塘湾、港圩等村庄。日伪军进村后，见人就杀，见了老百姓的房屋，不论瓦房、草房放火就烧，包括场头的稻堆、河滩头的船舫棚统统付之一炬，大量稻谷粮食则被一抢而光。一时间，珠葑镇附近的农村陷于一片火海，惨不忍睹。

珠葑镇东南方向，即著名的三泖九峰地标，一条宽阔的泖河由北向南，由大泖、圆泖、长泖三段组成，史称三泖，是淀山湖通向黄浦江的重要水上通道。而三泖以东，有佘山、天马山、小昆山、凤凰山等九座山峰，史称九峰，其中以天马山为最高。天马山和小昆山附近的农村，是西浦县与松江县交界之处，这里隐蔽活动着一支地方抗日小部队，为首的是原国民党天昆区区长钱锦方，由于与当地一位陈姓妇女结为夫妻，落户在葑澳塘。国民党大部队撤走后，他留在地方上坚持抗日，常常骚扰和袭击日军，在乡下打了几个小胜仗。岩崎发现西浦地区这几支抗日武装，除了游击队，钱锦方的这支小部队威胁较大，所以将其视作心腹之患，待机欲将其消灭。

不久，日军因战线拉长，兵力不足，守备西浦的日军被调去前线，珠葑镇只有少量日军以及孙亚伦伪军驻守。钱锦方得知情报，觉得这是个好机会，于是策划乘机攻占珠葑镇。但日伪军在珠葑镇的布防情况不清，他急于想要一张珠葑镇的布防图。

国民党地下县长周云翼与钱锦方关系密切，得知钱锦方要珠葑镇日伪军布防图，心中十分焦急，一时却无计可施。正在此时，忽然接到一个神秘电话，电话中那人请他下午 3 时在唐行镇聚星茶楼见面，说有重要事情商谈。

周云翼问对方是谁，电话那头只说了“见面就知道了”一句话，就匆匆将电话挂断。

这个蹊跷的电话，让周云翼捉摸不透。周云翼猜测，电话里的这人未必认识他，从话中揣摩，对方好像也没有什么恶意。考虑再三，周云翼决定会会这个神秘人物。

下午三时，周云翼化装成商人模样，来到了聚星茶楼。

聚星街是唐行镇的一条商业街，它北通桥梓湾，南连码头街，码头街南端尽头，就是与护城河合在一起的淀浦河了。聚星街上的聚星茶楼，是一家老茶楼，面街的门额上，鎏金的“聚星茶楼”四个大字，是清代的一位进士所书。大门进去，正中即上楼的楼梯，楼梯很宽，可同时五六人并排上楼，黑里泛红的松木扶手，显得雍容华贵。一般茶客都在底楼通间里吃茶。二楼也有七八张八仙桌，价格相比底楼略贵。二楼左侧有一走廊，进去则有几个包间，接待的都是一些贵客。聚星茶楼南侧有一座富春楼饭店，为唐行镇富商独资经营，早市供应各色面点，按季节变换品种，较有特色的有红鸡面（正月）、鳝鱼面（五月）、羊肉面（八月）。中晚市为酒菜，菜肴品种有五六十种之多，有“一鸡三吃”“清汤鲫鱼”“活炝虾”“火夹肉”等，并包办各类筵席。因市口好、店堂大、花色多、味道鲜美纯正，生意兴隆。富春楼和聚星茶楼两楼毗邻，让一条聚星街因之人来人往，繁华无比。

周云翼以前是聚星茶楼的常客，自从沦陷后，他的一切活动转入了地下，非必要不出现在人员繁杂场所。今天，他破例来到聚星茶楼，经过伪装，一般人认不出他，只有茶庄老板秦汉知道他的身份。秦汉不事声张地将周云翼迎到楼上，给他安排了一个包间，泡上茶，然后顾自下了楼。

周云翼是一个办事谨慎的人，他稍稍啜了几口茶，即从胸口掏出怀表看了看，时间刚好是三时。

这时，有人推开包间门，来人似乎认识周云翼，说道："周先生，你好！"

周云翼一看，来人是个陌生人，二十多岁年纪，戴着一顶大草帽，人显得精明机警。周云翼警惕地问："你是谁，找我有什么事？"

那人笑笑："周先生大名鼎鼎，今天有闲陪周先生吃一杯茶。"

周云翼说："那就——请坐。"

来人摘下大草帽，在周云翼对面坐了下来。这时，茶房进来给加了个茶盅，给茶盅斟上了茶。

茶房走后，来人说："周先生，我是先生朋友的朋友，你的这个朋友让我将一封信交给你，他不方便来。"

周云翼说："我的朋友很多，是哪一个？"

来人说："周先生朋友很多，但这个朋友却是很特殊的。"

周云翼听出话中有话，问道："能说说是谁吗？"

来人笑一笑："当然能啦。他是周先生曾经审问过的人。"

周云翼紧张起来："审问过的，他是谁？"

来人不紧不慢地说："顾火生，你不会不认识吧？"

听到"顾火生"三个字，周云翼触电似"霍"地站了起来，拔出手枪，指着来人说："你是什么人，你想干什么？"

来人笑了："我是送信的，这封信对你很重要。"来人从衣袋里拿出一封信，从容地交给周云翼。

将信交给周云翼后，来人戴上大草帽，临走之前说："你的朋友向你问好，后会有期！"说罢，迅速地走出了门去。

周云翼将信封拆开，抽出信一看，竟是一张手绘的珠葑镇日伪军布防图！

周云翼不由得一愣，马上将信塞进信封内，藏进了自己的衣袋。他一时还没有反应过来：这个顾火生怎么知道我急需这样一张图，他是怎么搞到这张图的，又为什么要来送给我？

周云翼了解顾火生此人，应该说是太了解了！对顾火生这个人，周云翼从内心里说是很钦佩的，这个人有正义感，当年为了争取农民的利益，领头抗租，结果被诱骗到县衙门（这说明这个人还很朴实）。他被关在曲水园的凝和堂里受刑罚，受审问。当时周云翼是县党部的秘书长，参与了审问。顾火生回答问题实实在在，不唱高调，会算账。他一条一条地算下来，让你心里不得不承认他有道理。算了账他会反问你，让你处在理屈词穷的境地。那样子，好像不是你在审问他，而是他在审问你了。后来顾火生被移送到苏州监狱去，移送的单子还是他签的字！现在，周云翼知道顾火生已在崧塘镇拉起了一支抗日自卫队。周云翼早有预感，这个人做事实际，有胆略，在地方上有威望，不可小觑，假以时日，此人会成大气候。可叹国民党里就少这样的人，如果这个人能为国民党所用，那真是党国之幸了！而让他更加震惊的，顾火生身边，竟还有这样胆大的送信青年！

回到秘密住处，周云翼将顾火生提供的情报反复进行了研究，他觉得这情报是真实的，于是，命令交通员将情报火速转送钱锦方部队。

但周云翼百思不得其解，顾火生是怎么知道他要这张布防图的？他又是怎样得到的呢？

原来，周云翼急需珠葑镇日伪军布防图的消息，是共产党联络站负责人卫友余从秘密关系中获知的，顾火生得知钱锦方要一张珠葑镇布防图是想进攻珠葑镇，他想，钱锦方的部队如果在西部打开局面，岂不可与位处西浦东部的崧浦镇自卫队相呼应吗？于是，顾火生让陈雪涛设法去珠葑镇搞一张城防图。

陈雪涛是珠葑镇人，他的叔父在上海开了一家商行，叫衍茂北货批发铺，经营糖和笋等货物，顾火生曾在这家批发铺里当过学徒。那时，每天晚饭后他们有两小时的业务学习，学习写字和珠算。陈雪涛的叔父说，字写好了，就像一个人穿了件漂亮衣裳，算盘打好了，也就会做买卖了。陈雪涛在叔父这里做“跑街”，后来业务多了，叔父让顾火生也一起做“跑街”。“跑街”不但要和买卖各方面挂钩联系，而且要熟悉人事，擅长交际。一段时间里，顾火生与陈雪涛同出同进，吃一锅饭，睡一个被窝，关系相当好。后来，由于顾正康米行需要顾火生回去做账房先生，他就和陈雪涛分开了。而陈雪涛由于爱好文学，爱看书，与上海商务印书馆的一个朋友有联系。商务印书馆是珠葑镇人夏瑞芳创办的，所以商务印书馆里有不少来自西浦的人。商务印书馆又是中国共产党的重要据点，于是，陈雪涛渐渐受到影响，在看了一些进步书籍后，他便毅然加入了中共党组织。之后，为了获取淀山湖地区的情报，陈雪涛受组织安排，回到西浦县唐行镇北门小学，以校长身份作掩护，从事地下工作。后因组织西浦县小学教师进行罢课斗争而被开除。得知陈雪涛被开除后，顾火生就将他介绍到崧塘镇小学任校长，于是两个老朋友又聚到了一起。面对日寇突然来犯的形势，顾火生拉起自卫队，陈雪涛就成了其中的核心人员，帮助出谋划策。

陈雪涛在珠葑镇上有人脉，他的一个好友关振刚就在珠葑镇的伪军中，于是他让关振刚草绘了一张城防图。顾火生得到陈雪涛的布防图后，虽然对周云翼没有好感，还是决定交给周云翼。但派谁去送这封信呢？思忖再三，他想到了黄晓龙。在与黄晓龙闲聊时，得知黄晓龙有个妹妹黄小凤，因家里贫穷，从小被人抱到县城去了。黄晓龙母亲是长病号，为了治母亲的病，他父亲不顾一切，将本来就很贫穷的家掏得精打光。无奈之下，父亲让黄晓龙姑姑托人将年幼的妹妹抱了去。黄晓龙知道妹妹是被县城里的一家人家抱去的，是一个殷实的人家，姑姑说妹妹进了好人家不会受苦的。西浦地区这样的事不少，这是民间的一种智慧，这样既缓解了贫困的家庭养不起孩子的窘迫，又让殷实人家多了膝下承欢的生活馈赠。黄晓龙知道父母的无奈，但他爱他的妹妹，为此瞒着父母进县城找过妹妹。抱孩子有一条规矩，孩子家人不能知道孩子的去处，这样既保护了对方家人的隐私，也断绝了后来可能发生的许多麻烦。黄晓龙去县城寻找妹妹多次，但县城这么多的街巷，他无法找到他的妹妹。由此，黄晓龙对县城并不陌生。

顾火生派黄晓龙这样一个周云翼不认识的人送信，有点剑走偏锋，但他相信黄晓龙会完成这个特殊的任务。办此事可不是进城找妹妹，毕竟凶险莫测，这也是对黄晓龙的一次考验和锻炼！

黄晓龙果然不负支队长的期待，出色地完成了送情报的任务！

钱锦方得到珠葑镇日、伪军布防图后，在袭击珠葑镇的战斗中，一举取得了成功。伪军孙亚伦不堪一击，被钱锦方打得丢盔弃甲，落花流水。珠葑镇一战，钱锦方打得顺利，大获全胜。过去，日伪军常常去葑澳塘一带“扫荡”，这场胜仗可以说是报了一箭之仇。

岩崎得到珠葑镇失守的消息，恼怒异常，将绥靖司令周子文找来臭骂了一顿。周子文将责任推在孙亚伦身上,大骂孙亚伦疏于职守。

周子文心想,孙亚伦实在无能,钱锦方只是一支小部队,不至于被打得如此狼狈,珠葑镇是西浦重镇,皇军岂能容忍钱锦方之流占了去。但现在皇军兵力不足,他觉得是自己露一手的机会到了,只要将珠葑镇从钱锦方手里夺过来,他就立下了大功!于是他向岩崎请战,周子文说:"太君息怒,容卑职将珠葑镇夺回来!"

岩崎将信将疑地看了看周子文,说:"你能夺回来?"

周子文脸上横云起,信誓旦旦说:"能,我敢拿这个担保!"周子文用手指指自己的脑壳。周子文的绥靖部队已扩充了人马,加上立功心切,他竟然在岩崎面前夸下海口。

日军兵力不足,只能依仗周子文的伪军了。岩崎见周子文很有把握,就转怒为笑:"拿下珠葑镇,周司令就立了一功,我一定为你向军部请功!"

周子文双腿一并,立正说:"感激太君提携!"

攻打珠葑镇这一仗,对周子文来说已是非同小可了。

周子文将赵纪堂、费惠民、蒋阿考等招来一起商议,周密地作了部署。一时间,司令部里人员出出进进,气氛十分诡秘。

在周子文伪军中当勤务兵的蒋百庆,与姜惠萍是西浦中学同学,他常常去老同学姜惠萍这里闲聊。姜惠萍毕业后随父母到上海法租界,靠亲戚帮助暂居了一年多,在此期间,她进了行知补习学校读书,接触到了共产党的宣传品和进步书籍,秘密加入了党组织。"八一三"抗战爆发后,西浦县沦陷,她和父亲回西浦老家,恢复了"源泰禄记"水果地货行。姜惠萍回西浦后,发现老同学蒋百庆当了伪军,后来知道他是为生活所迫,姜惠萍就时常甩几句话给他,说:"年纪轻轻,不要做坏事呀。做人要为自己留条后路呀。"姜惠萍也有意无意地问他一些伪军情况,蒋百庆也肯说。

这天,蒋百庆又来姜惠萍的地货行,闲聊时说起周子文这下要出风头了,姜惠萍问出什么风头?蒋百庆悄悄说,周子文要去夺回珠葑镇了。蒋百庆发现说漏了嘴,赶紧对姜惠萍说:"你可千万不能外面说啊,这是军事秘密!"姜惠萍说:"老同学你放心,我不会说的,关我们什么事啊?"蒋百庆走后,姜惠萍便立即去卫一源大药房,找到卫友余汇报了这一情况。

卫友余听完汇报，让她从蒋百庆处进一步了解。

卫友余知道，上一次的城防图，帮助钱锦方打下了珠葑镇。现在周子文要去攻打珠葑镇，应该想办法将消息告诉钱锦方。卫友余将情报告诉了顾火生。

顾火生想，好人做到底，再次让黄晓龙担任送情报的特使。

在聚星茶楼，在同一个包房里，黄晓龙和周云翼再次相见。

黄晓龙将伪军周子文欲攻击珠葑镇的情报告诉了周云翼。

周云翼听了，知道这个情报是准确的，因为他从另一个渠道也知道了这一情况。但他对黄晓龙说："你回去告诉老顾，我周云翼谢谢他。"他看了黄晓龙一眼，见这个青年在鬼子占领的县城，如入无人之境，胆气过人，不由加了一句："也谢谢你。"

黄晓龙说："长官客气。"说罢，他戴上那顶大草帽，匆匆地走出了茶楼。

由于钱锦方事先得到确切情报，他在周子文攻击珠葑镇必经之路的斜沥桥布下埋伏。周子文稳操胜券地指挥伪军一路向前，怎么也没有想到，来到斜沥桥时，一声枪响，埋伏的部队突然间一齐开火，伪军毫无准备，措手不及，队伍一下子就乱了阵脚。周子文大喊大叫："顶住，给我顶住！"然而，伪军本是一群乌合之众，兵败如山倒，士兵狼奔豕突，只顾自己逃命，谁也不听他的指挥了。钱锦方看到一个指挥官在哇啦哇啦大叫，一个点射，将周子文的帽子打飞了。

周子文原以为此次一战，必能大功告成，在皇军那里升官晋级，不料却是一场败绩！

岩崎大惊，惯于搞情报的岩崎知道周子文不是败在战，而是败在谋。钱锦方肯定获得了他们的情报，所以事先进行了埋伏。这让他这个老情报倒不敢怠慢了。

眼前，他得先将珠葑镇夺回来。周子文的伪军已被打得稀里哗啦，重新组织一支伪军得假以时日。于是，岩崎向军部报告，要求立即派兵前来夺回珠葑镇。

不久，大队日军人马前来支援，准备对钱锦方部队发起进攻。为保存有生力量，钱锦方避免与日军正面冲突，主动撤离了珠葑镇，潜入天马山附近农村去了。

第三章

英雄聚会，程家祠堂交朋友
“两顾”相见，崧塘夜话分外亲

尹腾达是崧塘镇人，原本学医，在上海虹桥开了一家诊所。他名利心重，好出风头，不甘心守着一家小小诊所虚度一生，想做一番大事业。风云际会，他认识了蔡承熙，从此就攀上了高枝，一心投靠戴笠安插在上海的这个心腹要员。上海沦陷后，蔡承熙受戴笠之命组建游击武装，于是尹腾达鞍前马后地效力，他们在上海各地给稍有实力的游杂武装发委任令，拼凑一支淞沪游击纵队。尹腾达早听说顾火生的自卫队搞得风生水起，觉得是一支可以利用的力量，于是让蟠龙镇流氓头目王奎元牵线，与顾火生见了面。

尹腾达提出以顾火生和他两人名义，召开一次交朋友会议。交朋友会议的地点，由王奎元安排在蟠龙镇程家祠堂。

说起程家祠堂，可是无人不知无人不晓。程家原是西浦地区远近知名的大地主，蟠龙镇上最有财的大户人家，可谓富甲一方。据传程家祖先原在安徽做官，看中蟠龙这个风水宝地，就在这里为儿子建造住宅。程家祖先派了总管，带了巨款来到蟠龙镇，四方采购上等建筑材料，花了三年多时间，一幢豪华宅院在镇上拔地而起。宅院占地十六七亩，有高大的门楼，门楼上面雕刻着人物故事、飞禽走兽等图案。走进大门是雅致的天井，里面种植奇花异草、名贵树木。再进去是宽敞的客厅，落地长门雕刻着花卉、虫鸟，里面陈设着红木桌椅，古瓷名画。客厅后面又是天井，前后共有六进房屋。四周是高耸的围墙，墙上檐头都有彩绘装饰，这样富丽堂皇的宅院成了蟠龙镇一道亮丽的风景。程家人的生活也很奢靡，程家有位小姐，性格豪爽，喜爱时尚。蟠龙镇离大上海近，这位小姐想去大上海吃吃洋菜、开开洋荤。当时女子是不能去外面抛头露面的，出入上海娱乐场所更是不能想象的事。程小姐不甘寂寞，女扮男装，戴礼帽，穿西装，着皮鞋，把自己打扮成一位男士，拎着皮包走进了十里洋场。她结识了一帮酒肉朋友，花天酒地。她跻身赌场，先是“小来来”，后来赌注越下越大。赌场里的人也都认识了这位挥金如土、出手大方的“程公子”，几个“老千”(用偷牌、换牌等作弊行为赢钱的赌徒)就设计赢她的钱。一天晚上，程小姐酒足饭饱之后，掉进了赌场“老千”设下的陷阱。那天晚上，程小姐手气不顺，然而越是输，她下的赌注也越大，输钱的数字也越大。一个多小时就输掉了身上带的钱，手上的金表、金戒指也输走了。没有了赌资，她便把家里的良田作赌资抵押。一个牛车盘能灌溉三十至五十亩良田，所以输一个牛车盘①就是输掉三十至五十亩良田。经过几个回合，程小姐接连输掉了七八个牛车盘。有人劝程小姐服输，程小姐赌红了眼，一心想翻本，赌注越下越大，结果全部肉包子打狗有去无回，一个晚上输掉了十八个半的牛车盘，也就是输掉了近千亩良田。从此，程家就开始败落了。

王奎元将交朋友会安排在程家祠堂，让这次交朋友会显示出不凡的身价，平添了些许的分量。顾火生知道，这天晚上出席会议的都是西浦地区头面人物，其中有虹桥地区游击队长杨国才，枪打汉奸曹家友的赵季良、冯友才，黄渡镇壮丁教官冯庸钦，重固镇的余瑞华，徐泾镇的王师龙等数十人。

顾火生对尹腾达召开交朋友会是有戒心的。

尹腾达借今天这个交朋友会，他想搞什么名堂？顾火生要看看他葫芦里到底卖的什么药！

顾火生选择了两个人作为他的警卫，一个是短枪队队长、贴身警卫康旭东，另一个即黄晓龙。黄晓龙是蟠龙镇附近的人，对程家祠堂这里环境熟悉，也有相当人脉。黄晓龙接受任务后，知道今晚责任重大，心里有点紧张。他在短枪队经过几个星期训练，得到了一定的锻炼，又肯动脑筋肯学习，在队里苦练射击技术。他曾听过“百步穿杨”的故事，他知道作为一名战士，如

---

① 牛车盘：20 世纪农村都种植大面积的水稻，水稻灌溉除了人工踏水外，主要靠老牛打水，故而每个村庄都有一两个牛车棚。牛车棚中间竖有一根粗大的中心轴，中心轴四周有若干根的木条连结牛车盘。牛车盘呈圆形，四周无遮拦。

果没有过硬的射击本领，在关键辰光往往就会掉链子。而有了百发百中的本领，遇上敌人，就会一枪一个克敌制胜！在短枪队里，他起早落晚苦练射击技术，顾火生见了，心里很是欣赏。

正是春寒料峭时候，夜色像一块黑色的大幕张开了，几颗星星钻石般点缀在黑色的幕布上。四周黑漆漆的，夜风迎面吹来，一股寒意像凉水般泼了过来。顾火生紧紧衣领，在乡野的田间小路走着。他带着一个手电筒，但没有用，乡间小路他太熟悉了。在伸手不见五指的夜里，他可以不用眼睛而是凭着感觉走路的。毫不夸张地说，他走夜路与白天没有什么两样，行走如飞。

康旭东和黄晓龙随顾火生一起走进程家祠堂时，里面已是灯火通明，两盏汽油灯将大厅照得如同白昼。顾火生走进祠堂，发现里面已是人头攒动，在场的人里有些他认识，有些是陌生的。

每个参加会议的人都带着自己的卫士。

会议开始前，大家都在自由交谈，气氛热烈。王奎元自然是会场上最活跃的人之一，见顾火生走进会场，王奎元立即迎上前去，拉着顾火生，一一给他介绍在场人物。大家见到顾火生，也纷纷与他打招呼。

尹腾达是会场的活跃分子，他也不断地与人打招呼。

尹腾达今晚穿了一件黑色狍子皮长衫，戴着一副墨镜，像上海滩上的一个“白相人”。与他一起来的还有一个陌生人。

康旭东和黄晓龙都不熟悉尹腾达，听老顾说他是本地人，他们还暗暗对他有些钦佩。

康旭东小声对黄晓龙说：“这个尹腾达，好像是今晚的主角。”

黄晓龙说：“看他唱什么戏。”

这时，只见尹腾达摘下墨镜，向全场深深鞠了一躬说：“各位弟兄，对不起，尹某我和顾火生兄邀请大家今晚前来，开一个交朋友会！大家都是西浦地区的要紧人，兵荒马乱之际，西浦地区全仗各位来维持了。但群龙无首不行，我们大家还是要有一个头，有一个靠山，大家说对不对？蔡司令的忠义救国军是国军，粮饷都是由政府拨给的，不向地方上收捐派税。蔡司令是戴笠的亲信，上海杜老板（杜月笙）也是他的朋友，如果上海有什么事，只要他到杜老板面前说一句话，就可大事化小，小事化了。”

从尹腾达的开场白，顾火生听出了今晚交朋友会的主旨。

他觉得，今晚真正的主角是尹腾达身边的那个陌生人。

尹腾达继续说："今晚，我给大家介绍一个人。"他指着身边的陌生人，"这位先生姓蔡，大名蔡承熙，他是刚从山里来的淞沪游击纵队司令，是戴老板的人。下面我们欢迎蔡司令讲话！"说罢，尹腾达带头鼓起掌来。

大厅里响起一阵掌声。

有人惊讶地说："来头不小，还是个司令呀！"

蔡承熙咳嗽一声，压了压场子。见大家安静下来了，眼睛都朝他望着，他就拿腔拿调地说了："弟兄们，戴老板让我来与大家见见面，认识你们我很高兴。今后我们多多合作，共图大业。大家有什么困难，与小尹说，我们一定会鼎力相助的。"

蔡承熙的话音刚落，尹腾达马上接着说："戴老板是大老板，他的部队都是美式装备，跟着戴老板一定福星高照。蔡司令是戴老板的红人，跟着蔡司令一定加官晋爵，光宗耀祖！"

在尹腾达的鼓吹下，一些人的心有些热了，都想与蔡司令攀个热络。

尹腾达走到顾火生身边，他知道顾火生才是今晚在场人物中最有分量的，他的抗日自卫队已经有几百人，笑着说："老顾，蔡司令是很看重你的。"

顾火生说："我一个土农民，值得蔡司令看重吗？"

尹腾达马上将蔡承熙叫过来，介绍说："蔡司令，这位就是顾火生，西浦地方上他是这个——"尹腾达翘起大拇指。

蔡承熙似乎早就认识顾火生似的，说："我知道，人家说你是一匹野马！"

尹腾达一本正经对顾火生说："不开玩笑，蔡司令要邀请你去上海谈谈进一步合作的事。这件事包在我身上……放心，我胳膊不会朝外弯的呀！"见顾火生不吱声，尹腾达又说："老顾，机会难得哟，现在这社会，有奶便是娘！跟蔡司令合作，就是跟着戴老板……"

黄晓龙也听出了尹腾达的意思，见他像蚂蟥钉煞螺丝脚一样盯住老顾啰嗦，就有些不耐烦地说："让老顾考虑考虑吧。"

尹腾达看了黄晓龙一眼，见这个青年既有一股农村青年的憨厚和朴实，眉宇间又带着常人少有的一股子英气。此人年纪轻轻，跟着顾火生而来，必是顾的亲信无疑。他就一脸堆笑着说："好，老顾你考虑考虑，过几天我来接你!"

顾火生曾听王奎元说起尹腾达对他的评价,"老顾这个人是一匹野马,我们要用龙箍头套住他"。顾火生想,尹腾达是想让蔡承熙用龙箍头来套住我这匹"野马"吗?

顾火生的自卫队在各方支持下,发展得很快。

对自卫队支持最有力的有两个人,一个叫顾润桐,他主要在经济上给予支持。自卫队指挥部所在的这幢绞圈房,称为顾宅,它的主人就是顾润桐。他在崧塘镇经营家族企业,创业开办了具有较大规模的综合性企业——"顾正康",有粮行、榨油坊、碾米厂和南北杂货店,还经营化肥、豆饼等,拥有轧米机、轧花机、木制榨油车、三百吨位运输船、厂房、仓库等,人称"顾半镇",家族中许多人都在自家企业中工作,顾火生也一度担任"顾正康"的账房先生。但日本鬼子前来轰炸,"顾正康"企业的一百多间厂房大半被鬼子焚毁,"顾正康"被迫停产,顾润桐携家眷避居去了上海。怀着对日本鬼子的仇恨,他对顾火生的自卫队大力支持,先后捐赠了 1 挺轻机枪、30 支步枪和 2 把手枪,还资助现金和物质,帮助接待来往人员。

另一个人就是陈雪涛了。

陈雪涛与顾火生的相识有着历史的渊源,两人相互知根知底,所以,陈雪涛一开始就成了顾火生自卫队的左膀右臂。为了提高自卫队的战斗力,陈雪涛建议将自卫队分为常备队和后备队两个梯队。顾火生觉得有理,依计而行,从自卫队里抽调几十名青壮队员,组成常备队,分成三个中队和一个短枪队。常备队是脱产的,随时可以执行各项任务。其他更多的队员作为不脱产的后备队员,关键时刻可以招之即来。

随着自卫队的发展,顾火生产生了忧虑,如何带好这支队伍?抗击日寇这场战争,会怎样发展,究竟怎么打,谁的心里都没有数。他记住陈云同志说过的话,没有党的领导,我们的斗争不可能取得胜利。有了党的领导,我们就可以少走弯路。在错综复杂的形势下,顾火生越发觉得,找到党组织是当务之急,否则他就像在黑暗中走路一样!

他将这个重任交给陈雪涛。陈雪涛去上海寻找党组织,但找了几次,都无功而返。

上海是个海，大海茫茫，哪里找到处在隐蔽状态的上级党组织啊？

这天晚上，夜幕下，办公桌上的油灯开了花，顾火生心里疑惑，人们都说油灯开花好事来。正这样想时，黄晓龙进来了，走到顾火生身边，悄悄说："陈校长来了。"

陈校长就是陈雪涛。顾火生想，莫非是陈雪涛带来了好消息？于是连忙说道："快，请陈校长进来。"

说话间，陈雪涛已带着两个陌生人来到了东厢房。

黄晓龙看到陈校长带了两个陌生人来，忙帮助泡茶端水。

康旭东也走了过来，他对陌生人出现总是保持着一种警惕。

顾火生看到陈雪涛，忙迎上前，看着陈雪涛身边两位陌生人，疑惑地问："陈校长，他们是……"

陈雪涛说："老顾，今天给你带好消息来了！"他会意地和身边一个人对视了一眼。

顾火生目光转向陈雪涛身边的陌生人，问："这位是——"

陈雪涛介绍说："他和你同姓，也姓顾，说不定五百年前还是一家。他就是上级党派来的顾德欢同志！"

陌生人笑着说："叫我小顾吧。"

陈雪涛指着旁边另一个陌生人，说："他叫蒋永良，是老卫让他护送小顾同志的。"原来，陈雪涛和顾德欢从上海回到西浦后，找到了地下联络站负责人卫一源大药房老板卫友余。趁天黑，老卫派蒋永良用小船将顾德欢护送前来。

顾火生忙与蒋永良握手："蒋永良同志，辛苦您了。"

蒋永良赶忙摇头说："都是自己人，应该的。"接着他又说，"我的任务完成了，我得赶回去向老卫汇报了。"

顾德欢说："蒋同志，谢谢您了！"

黄晓龙看到蒋永良要走，上前说："我来送这位同志。"于是，黄晓龙一直将蒋永良送出门，上了水桥边的小船，蒋永良就自回唐行镇去了。

顾火生打量了一眼顾德欢，只见他戴着一副近视眼镜，身材颀长，面容清瘦，一副文质彬彬的样子。然而眉宇间却有一股坚毅和洋溢的热情，一看即知是个知识分子。顾火生不免有些失望，派这样一个文弱书生来领导，他能行吗？但毕竟是上级党派来的同志，他相信组织的安排。于是，顾火生热情地说："顾同志，欢迎欢迎！"

黄晓龙将泡了的茶递过来。

顾火生让陈雪涛和顾德欢坐下说话。他有些抱歉地说："小地方，没条件，将就坐吧。"

陈雪涛介绍说："顾德欢同志大学读书时领导过学生运动，虽然年轻，可是个老革命了，现在上海任党的难民委员会委员，并在一个难民收容所任党支部书记。这次，上级党派他来西浦地区领导抗日斗争了！"

顾火生听了说："德欢同志，我们是盼星星盼月亮啊，今天好不容易盼到上级党派人来了！"

顾德欢说："上级党得知你们在坚持斗争，也一直想找到你们。这次派我前来，就是为了加强领导力量。从今以后，我们就是一条战壕的战友了。"

顾火生感慨地说："没有上级党的领导，我们就像盲人一样摸不着方向。"

陈雪涛略带神秘地说："老顾，告诉你，顾德欢同志身上还有个秘密呢。"

顾火生不解地问："什么秘密？"

陈雪涛故意卖关子："你猜猜顾德欢同志是哪里人？"

顾火生看着陈雪涛神神秘秘的样子，心中已猜出了大概，故意反问说："总不会是西浦人吧？"

陈雪涛说："告诉你，顾德欢同志就是西浦人。"

顾火生惊喜地说："是吗，那更是一家人了！"

顾德欢也说道："老顾，上级党让我来家乡工作，还全靠家乡人大力支持呀。你我之间，有什么话就直说，不要见外！"

顾火生说："德欢同志，你放弃大上海的生活来到农村，和我们一起吃苦，难为你了。对了——"顾火生一拍脑瓜子说，"看我光顾说话，忘了招呼你们吃晚饭了！"

负责后勤的康松山早准备好了饭菜，此时便端上了八仙桌。

顾德欢边吃饭边说："上海难民收容所有许多青年要求到抗日第一线来，已有不少青年去了茅山抗日根据地。今后我们这里也会有优秀青年送来，不断壮大我们的抗日力量。"

顾火生说:“好哇,给我们多送一些优秀青年来!”

这天晚上,顾火生、陈雪涛和顾德欢三人一起睡在指挥部里。他们抵足而眠,好像久别重逢的战友似的,有说不完的话。

而康旭东和黄晓龙回到短枪队,两人心里也高兴了好一阵子。他们隐隐觉得,今天是一个不寻常的日子,因为自卫队迎来了一个重要人物。

顾德欢在谈话中提到,一段时间以来,上海党的领导机关连续遭到破坏,不少党的领导干部被捕牺牲。但各系统的党员虽然失去了上级组织的领导,仍在白色恐怖的恶劣情境中坚持独立作战,并千方百计与上级组织取得联系。

他还提到,党中央对上海党组织十分关注,曾派陈云同志和潘汉年同志到上海了解情况。红军长征到达延安后,又派冯雪峰同志到上海,通过鲁迅先生了解到“左联”等各系统党组织的斗争情况,并成立了上海党的临时工作委员会。这次“八一三”淞沪抗战爆发后,为迎接国共合作抗日的新形势,刘晓同志奉中央之命赴上海,全面主持上海和江浙地区党组织的重建工作。现在,中共江苏省委已经成立,之后不但要组织轰轰烈烈的抗日救亡运动,还要开辟敌后抗日武装游击斗争。顾德欢还强调,他这次是受江苏省委委派,来西浦地区与大家一起开展武装抗日斗争的……

顾德欢的一番话,顾火生和陈雪涛听了,如同“久旱逢甘雨”。

陈雪涛对顾德欢说:“老顾几次让我去上海寻找党组织,前几次都没有成功。茫茫人海,没有线索,就像大海捞针一样。这次,我的直觉让我首先想到了鲁迅先生的日本友人内山完造开设的书店,因为之前的一些进步书籍大多源自内山完造。我在书店认识一个青年,于是抱着碰碰运气的心理,去书店打听。巧的是,我认识的那个青年还在书店,此人是党组织的外围人员。在他的帮助下,终于找到了上海的党组织!”

顾火生称赞道:“陈校长,你这是为西浦老百姓立了一大功!”

陈雪涛说:“哪里哪里,不辱使命罢了!”

接着,顾火生将西浦地区的斗争形势,向顾德欢同志作了汇报。汇报中,顾火生说了一个情况:“德欢同志,前不久有个叫尹腾达的人,来这里召开了一个交朋友会。会上,他大肆吹嘘戴笠,想拉拢西浦地区的抗日武装。”

“交朋友会?”顾德欢详细地询问起那天的情况。

陈雪涛说:“我看这个尹腾达不安好心!”

顾火生进一步解释:“尹腾达想把我们抗日自卫队收编到戴笠手下的淞沪抗日游击纵队。”

顾德欢听了,深思了一下,说道:“西浦地区就在大上海边上,上海黄金荣和杜月笙的流氓势力深入各地,帮会组织比较普遍,敌伪顽我交错,形势比较复杂。我们一方面要坚决依靠人民群众,另一方面要团结各种力量,否则会孤立自己。为了更好开展工作,必要时可将自己搞得‘灰色’一点。但这件事,我会向江苏省委汇报,听听组织上的意见。”

顾火生之前与国民党斗争,曾两次被捕入狱,因此对国民党在感情上是拒绝和反感的。然而,随着形势发生变化,团结各种力量一起抗日成了重要的斗争策略。不久前他给周云翼送情报,就是基于这一想法。尽管如此,对于让农民自卫队接受国民党的委令,他在思想上还是有疙瘩的。听了顾德欢的话,他觉得自己不应该感情用事,于是对陈雪涛说:“看来形势变了,我们的思想也要变啊。”

陈雪涛也表示赞同:“顾同志这样一说,我也想通了。”

顾德欢听陈雪涛叫他“顾同志”,笑着说:“陈校长,你我之间不要客气,叫我小顾就可以了。”

第四章

顺水推舟，上海巧接龙箍头
灰皮红心，人民武装三支队

顾德欢将蔡承熙想把顾火生自卫队编入国民党第三战区淞沪游击纵队第三支队的情况汇报给了江苏省委。省委指示，在当前形势下，可以考虑加入。顾火生召集了自卫队骨干会，传达了省委和顾德欢的意见。会上，有人提醒顾火生："国民党将你抓去坐了两次牢，你忘了？他们安的不是好心！"顾火生听了，笑着说："我哪里会忘啊，但现在形势变化了，我们只有团结一切力量，才能打败日本鬼子！再说，我们的自卫队不宜太'红'，'红'要'红'在里面，接受淞沪游击纵队三支队的番号，我们就穿了一件'灰'衣裳。尹腾达说我是一匹野马，想要给我套上龙箍头。但在我看来，加入第三支队并非给我们套上龙箍头，而是要让抗日自卫队如虎添翼！"

大家听了顾火生的话，都兴奋起来。顾火生继续说道："这叫你有你的算计，我有我的巧计！"

大家听了，都"哈哈哈"笑了起来。

顾火生决定亲自随承尹腾达去一趟上海，为防止意外，由冯庸钦、康旭东、黄晓龙三人陪同。冯庸钦负责联络，康旭东和黄晓龙负责警卫。冯庸钦原是黄渡镇的一名壮丁教官，为人正派，颇有才干，却被上司排挤。顾火生本与他熟识，得知情况，即邀其前来自卫队工作。

这天，尹腾达如约而至。他带来两辆小轿车和一名过日军卡子时打交道的翻译。小轿车停靠在青沪公路旁的吉安公墓附近，那里比较偏僻。顾火生和冯庸钦等人随尹腾达来到吉安公墓，翻译和冯庸钦坐前辆车，顾火生、康旭东、黄晓龙和尹腾达坐后一辆车，两辆车一前一后向上海方向驶去。

这次去大上海，不但要通过日军的哨卡，而且要深入“虎穴”，危险随时都可能发生。但不管发生什么情况，黄晓龙暗暗下了决心，一定要全力保护好顾总指挥的安全，哪怕牺牲自己也在所不惜。黄晓龙对顾总指挥怀有一种感恩之心，当初投奔顾火生的抗日自卫队时，他以为会被拒之门外（因为自己毕竟不是崧塘镇人），想不到顾火生不但收留了他，还让他成了短枪队成员。明眼人都知道，短枪队担负着保卫自卫队领导和执行各种特殊任务的重任，处在这样重要岗位，无疑是一种荣誉。

黄晓龙坐在副驾驶的位置，顾总指挥坐在后排中央，康旭东和尹腾达坐在顾总指挥两侧。这时，小轿车行至沪杭铁路边的日军哨卡，前一辆车停下，翻译将预先准备的啤酒、香烟朝卡子里塞进去，卡子里的鬼子操着生硬的中国话说“不要格，不要格！”，正在翻译与鬼子纠缠的时候，后一辆车就越过卡子开过去了。

两辆小轿车一前一后开到法租界的一个电影院附近，黄晓龙感觉小轿车折入了一条黑卜碌秃的弄堂，前面一个大肚子流氓在黑暗中走来走去。车转了几个弯，终于来到了一幢洋房的大门口，又有一个大肚子流氓在门口，翻译下车向那个流氓轻轻说了一句什么话（或许是口令），那个流氓就揿了揿门铃，门缓缓启开，两辆车一前一后驶了进去。

黄晓龙轻声对康旭东说：“大概到了！”

一行人下车后，尹腾达对顾火生说：“这是杜公馆，你看，不要太气派喔！”说着，他便走在前面引路。

杜公馆富丽堂皇，他们走上台阶，走进了宽敞的客厅。灯火辉煌的客厅里，蔡承熙听到汽车声，早已迎了出来满脸堆笑地客套说：“欢迎顾总指挥大驾光临！”

顾火生与这位蔡司令又见面了，他感觉蔡司令急于想拉拢自己。但进入虎穴，他知道千万要小心，于是回应道：“我们来晚了，谢谢蔡司令深夜等候！”

康旭东和黄晓龙警惕地分立顾火生两侧，冯庸钦则与尹腾达紧挨在一起。

进入客厅落座后，蔡承熙与顾火生寒暄了几句，就让人拿出了委任状。

蔡承熙走到顾火生面前，亲手将委任状交给他，并说：“从今天开始，你的自卫队就是第三战区淞沪游击纵队三支队了，你就是三支队的支队长。”

顾火生起身接过委任状，说：“感谢蔡司令提携！”接着，他提出：“我有两件事想请蔡司令帮助解决。”

蔡承熙问道：“哪两件事？”

顾火生回答说：“第一，现在日寇‘扫荡’频繁，我们的队伍在反‘扫荡’中不断壮大，枪支弹药的补充很需要，也很迫切；第二，我们的经费也比较困难。”

蔡承熙说：“枪支弹药没有办法，请你们自己解决。经费嘛，可以帮助的。”他回头看一眼尹腾达，“以后经费由小尹每月送到支队部，纵队与三支队的事也由他上传下达——他就作为三支队的交际副官吧。”

顾火生心里明白，尹腾达这个交际副官，就是蔡承熙的“眼睛”。

尹腾达受宠若惊地站起来说：“一定为蔡司令效劳！”

作为三支队番号授予的见证人之一，黄晓龙的眼界也随之开阔起来。长期生活在农村的他，很少有机会去上海市区，更别提进入杜公馆这样的场所了。而这次近距离接触蔡承熙这样的国民党高官，更让他消除了对这些人的迷信。同时，他对总指挥顾火生为了自卫队的生存发展，冒着风险闯入龙潭虎穴的胆气，产生了深深的钦佩。

这时，短枪班战士范守廉从门外闯进来说：“顾德欢主任回来了！”

黄晓龙急忙问：“在哪儿？”

范守廉努努嘴说：“就在水桥头，还带来了好多人！”

黄晓龙等人闻讯纷纷涌出门去，果然，水桥头已经有条棚船泊在那儿。原来，顾德欢他们的船是从崧塘河里驶来的，径直驶到了三支队队部。船靠上水桥头后，七八个青年从船上下来，其中还有两个女青年！

这是顾德欢从上海难民收容所挑选来的几位热血青年，他们一起来三支队参加抗日。两位女青年一位名叫朱艳，另一位名叫苏虹，她们下船时，男青年们纷纷招呼着“小心，小心！”，突然，有人身子一仄，棚船顿时晃了起来，苏虹吓得“哎哟哟”叫了起来。一位男青年赶紧上去扶她，不料自己身子一晃，几乎跌到河里去，他的“洋相”让岸上和船上的人吓得惊叫起来。

顾火生从东厢房出来，见状立刻上前一把拉紧船缆绳，棚船这才稳稳地靠在岸边不动了。

青年们一个接一个地从跳板上上岸。顾德欢在岸边集合好青年，在队列前指着顾火生介绍道："这就是顾火生支队长，欢迎顾支队长给新同志们讲话！"

青年们用掌声表示欢迎。顾火生看了一眼面前的青年们，一脸笑容说："欢迎大家，我们三支队都是本地人，而你们都是上海来的有文化的青年。你们给三支队充实了新生力量！国难当头，日本鬼子打到我们家门口来了，想毁掉我们的家园，你们答不答应？"

青年们齐声回答："不答应！"

顾火生说："对，我们一定要把小鬼子赶回老家去！他赖着不走，我们就不客气，坚决消灭他！"接着，顾火生又说，"大家远道而来，乡下条件差，希望大家谅解！"

顾火生的直率，让这些上海青年对他颇有好感。

这次从难民收容所中挑选出来的青年，个个都是很优秀的。李方明是浙江宁波人，曾在商务印书馆创办的社会科学讲习所学习，结业后在陶行知先生创办的国难教育社工作。他勤奋好学，生性活泼，活动能力强，业余时间还喜欢漫画和歌咏。顾德欢挑他是来做宣传工作的。苏虹有文艺天赋，热情开朗。朱艳泼辣能干，爱憎分明，有组织能力。这些人的到来，为三支队注入了新鲜血液，增加了活力。

短枪班的康旭东、黄晓龙、范守廉、诸克忠、徐友奇、骆阿荣等人看到上海青年们的到来，兴奋不已。他们一齐上前，抢着帮助拿行李，安排住宿。

上海青年来到三支队后，顾德欢与支队长顾火生商量决定，挑选部分青年积极分子，举办一个政训班。他们的目的是提高这些青年的政治素质，为三支队培训一批骨干力量。

顾德欢发现，短枪队中黄晓龙的射击水平提高得很快。他学习古人百步穿杨之术，苦练百发百中功夫。顾德欢对此多次在短枪队里表扬他。但同时也发觉像黄晓龙这样报仇心切的战士，并不清楚日本鬼子为什么会打进中国来，中国为什么会受到日寇的侵略，也不清楚这个仗要打多久。这些思想上的疑问像迷雾一样笼罩在大家的心中。顾德欢深知一支没有思想的军队是打不赢仗的，因此，为了提高年轻战士的思想觉悟，政训班不久就举办了。

政训班安排在地主马老四家的绞圈房子里。政训班编成三个战斗班，每个学员自带一支步枪，每个班还配备了一挺轻机枪。为期三周的学习与训练正式开始。

康旭东、黄晓龙、陆俊华、范守廉、余明、沈苹、夏辉、陈鹤年、朱艳、苏虹、李方明等人都参加了政训班。政训班由顾德欢上政治课，顾火生上民运课，冯庸钦上军事课，陈雪涛上文化课。

顾德欢还带来了《共产党宣言》《西行漫记》等进步书籍，在政治课上进行讲解。顾德欢常常与学员聊天，对每个学员的家族成员、家庭经济状况都很熟悉。他谈的都是家长里短、身边的事，不但会讲大道理，更善于讲"小道理"。由于他平易近人，没有一点领导的架子，所以大家都感到特别亲切。顾德欢的讲课大家都喜欢听，感觉听了受益匪浅。他上课时联系实际、深入浅出，许多大道理一下子就让人豁然开朗了。

一次上课时，顾德欢问学员："我们这个镇叫什么镇？"

大家异口同声地回答："崧塘镇——"

顾德欢又问："那你们知道这个'崧'字是什么意思吗？"

这一下把大家问住了，大家我看看你，你看看我，谁也说不出这个"崧"字是什么意思。

顾德欢看看大家，说："这个'崧'字，上面是一个'山'字，下面一个'松'字。其实，这是一个人的名字。"

听顾德欢这样说，大家都好奇起来，这个"山"与"松"到底是哪个人的名字呢？

顾德欢继续说道："这是我们历史上的一个英雄，他的名字叫袁山松。东晋隆安年间，内忧外患不断，当时海寇十分猖獗，常常登陆掳掠烧杀。江苏吴郡一带为之人口减少过半。为此，袁山松被调离首都建康，到苏州、青浦一带任内史（太守）。为保卫地方百姓生命财产安全，袁山松在位于白鹤的青龙镇江口修建了海防要塞沪渎垒，整个工程非常复杂艰难。沪渎垒建成后，有效地遏制了海寇的骚扰。"

夏辉忍不住插话道："这些海盗算是遇上克星了！"

顾德欢说:“但这些海盗十分凶残。在一次战斗中,沪渎垒不幸被海寇攻破,大英雄袁山松也不幸英勇战死!”

听到这里,大家脸上的神色都很肃穆。

接着,顾德欢继续讲述道:“袁山松牺牲后,他的士兵冒着生命危险,把袁将军的遗体运到现在崧泽地方埋葬。兵士和附近的老百姓每人抠一把泥放到袁将军的墓地上,给将军做了个土坟。因人多,大家轮番抠泥,袁将军埋葬的地方变成了一个坟墩,而抠泥的地方成了一个小池潭。现在人们称袁将军的土坟墩为‘假山’,小池潭因为是用手抠泥挖出来的,所以大家叫它‘抠泥潭’。崧泽这个名字,原来叫崧宅,是袁将军的后代为守灵迁居到这里而得名的。”

黄晓龙好奇地问:“顾主任,我们崧塘镇与袁将军是不是也有关系?”

顾德欢笑着说:“晓龙问得好!崧塘镇的‘崧’字,就是‘山’和‘松’两个字合成的。崧塘与青龙江相通,当年袁将军常常经过这里。为了纪念这位英雄,人们将此河命名为崧塘。”

听顾德欢这样一讲,大家都兴奋不已。原来我们的崧塘还有这样一段历史!作为英雄的后人,大家都感到很自豪。

顾德欢因势利导,慷慨陈词:“今天日寇来侵略我们中国,在我们的家园烧杀抢掠,我们要向先辈学习,坚决将侵略者赶出我们的家园!”

顾德欢还给学员们讲了,日寇侵略战争为什么一定会失败。因为他们到中国的国土上来杀人放火,是非正义的战争,不得人心。而我们的抗日是自卫之举,是民心所向,是正义的战争。正义的战争终将取得胜利。然而,抗日战争能不能迅速取得胜利?为此,他组织大家学习毛主席的《论持久战》,在课堂上逐章逐节地进行讲解。他言辞恳切,情绪激昂,通过学习,大家的思想觉悟都有了明显的提高,做好了持久战的准备。

在学员们的心目中,顾德欢仿佛无所不知,他讲的话,让大家感到暖心。顾德欢成了大家思想上的引路人,精神上的主心骨。

政训班期间,朱艳和苏虹展现了自己的才华。小秀才李方明爱好文学创作,创作了一首歌曲,歌名为“保卫大上海”,由他自己谱曲。苏虹哼哼就会唱了,随即把歌曲教给政训班的学员们。不久,这首歌便在学员中传唱开来。苏虹的嗓子好,她的嗓子亮而甜糯,有的歌她唱得委婉深情,有的歌唱得壮志凌云，大家都喜欢听她的歌。苏虹还教大家唱《松花江上》《五月的鲜花》等歌曲。朱艳则组织了几个活跃的青年排了活报剧《放下你的鞭子》。政训班的学习紧张，业余生活也是丰富多彩。

政训班快结业前夕，康旭东、黄晓龙、陆俊华、夏辉、朱艳、苏虹等一批青年加入了党组织，并秘密地进行了入党宣誓仪式。因为那时党员身份是不公开的，所以入党宣誓也需秘密地进行。顾德欢知道，加强地方党组织的建设，是开展武装斗争取得胜利的重要保证。他从新发展的党员中，选派陆俊华、夏辉、余明、沈苹等离开三支队，他们像火种一样，被分派去西浦地区各重要集镇，以各种身份为掩护，开展党的秘密点线工作。

经过一段时间的准备后，在崧塘镇小学操场上，自卫队进行了整编和三支队命名仪式。经过整编，三支队下辖三个大队：冯庸钦为一大队大队长，下辖三个中队(驻七区)；余瑞华为二大队大队长，下辖二个中队(驻六区)；王师龙为三大队大队长，下辖二个中队(驻八区)。顾火生被任命为支队长，顾德欢则担任县工委书记，其公开身份为三支队政训处主任，短枪队直属支队部。操场上，队伍按各大队排列，一支以西浦地区子弟组成的人民子弟兵，在崧塘镇小学操场上，雄赳赳、气昂昂，展现出一股英勇无畏的气势。

蔡承熙等人企图给自卫队套上“龙箍头”，顾火生却巧用“龙箍头”，成功发展了部队。这支灰皮红心的三支队，在大上海日伪势力的眼皮底下，即将叱咤风云！

第五章

崧塘偶遇，田爱云绝处逢生 锋芒初试，公路桥一夜火烧

日军在附近乡镇设立了据点，据点里的鬼子不时来下乡骚扰百姓。顾火生常安排人去崧塘镇周围进行侦察。一天，康旭东和黄晓龙去北面白鹤镇进行侦察，在返回途中，康旭东有事与黄晓龙分开行动。黄晓龙独自一人沿着崧塘河往回走。崧塘河是吴淞江的一条支流，与西浦地区南北向的五大浦不一样，它从吴淞江分流出来后，自东向西走，到崧塘镇与市河凤溪河交汇，随后又向南流去，与另一条淀浦河汇合。西浦地区的这些大大小小的河流，如同西浦地区的血脉，滋养着这片土地。

崧塘河两岸土地肥沃，庄稼茂密。清澈的河水中游动着各种鱼虾，其中最为名贵的四腮鲈是这里的特产。河里还种有菰、菱、藕、莼等“水八仙”，这些水生植物味道鲜美、营养丰富，几百年来一直是西浦地区老百姓的至爱。然而，这美好的家园却被残暴的日本侵略者糟蹋殆尽！

黄晓龙抬起头望望天空，天空中常常会出现日本鬼子的飞机，这些罪恶的“大隼”会凶狠地扔下炸弹，吞噬人们的美好生活。但这会儿四周静悄悄的，没有日本飞机的踪影。他放松心情，一路顾自往回走。突然，黄晓龙听到了一阵“啪啪啪”的声音，这个声音从远而近，慢慢地向着黄晓龙而来。循着声音望去，黄晓龙发现崧塘河里，有一艘日寇的“啪啪”船，正像一条蛇似的游过来。在不远处，“啪啪”船靠上岸，三个鬼子端着枪上了岸。在江南农村这一片纯朴而丰腴的沃土，三个鬼子像三个强盗闯进了珠宝园，他们用贪婪的目光逡巡着猎物。河边有一个村子，他们发现村外不远的庄稼地里有一个姑娘，他们的眼睛顿时亮了，相互看一眼，默契地向那姑娘围去。姑娘

发现鬼子时，他们已经离她不远。她大惊失色，尖叫一声，拔腿就跑。鬼子哪里肯放她逃走，叽里呱啦叫着让她站住。姑娘早已三魂吓掉了六魄，不要命似的奔跑起来。鬼子没有开枪，而是从两边包抄过去，想捉活的。在这危急时刻，一个坟堆后突然露出一个人头，只见他像铁塔似的站了起来，举起枪向鬼子瞄准，“呯！”一声枪响，一个鬼子应声倒下，“呯！”又一个鬼子撂倒。鬼子紧盯着前面的姑娘，竟然措手不及。剩下的一个鬼子见势不妙，回头向河边的“啪啪”船逃去，不料又是“呯”的一声，这个鬼子也应声倒下了。

被鬼子追逐的姑娘吓得脸色灰白，三声枪响过后，以为是鬼子朝她开枪，她知道在劫难逃。回头一看，却发现身后的鬼子没有了，她正不知怎么回事，忽然发现坟头边黑铁塔似的青年。

这个青年正是黄晓龙。他刚才听到崧塘河里传来“啪啪”声，知道鬼子的快艇来了，急忙隐蔽到一个坟头后面，于是就发生了刚才的一幕。黄晓龙不敢相信，自己竟然弹无虚发，一枪一个，一下子打死了三个鬼子！他走到鬼子身边，顺手捡起了鬼子身上的枪。他的父亲在淀山湖边死于鬼子流弹，他就发誓与小鬼子不共戴天。今天一人干掉了三个鬼子，心里顿时乐开了花。他肩上背了三支枪，感到沉甸甸的。看着横躺在地上的鬼子尸体，他心想鬼子也没啥了不起！刚想往回走，才发现面前站着受了惊的姑娘。

姑娘已明白了是怎么一回事，这个铁塔似的青年打死了三个日本鬼子，救了她的命。她走到青年面前，“噗”的一声跪了下来。

黄晓龙吓一跳：“姑娘……你这是做啥？”

姑娘低下头，感激不尽地说：“谢谢你救了我的命！”

黄晓龙说：“谢啥呀，是你的命好，快，快起来！”

姑娘却跪着不起来，黄晓龙急了：“说不定鬼子还会来的，我们快走！”

姑娘抬起头来，突然像发现了什么奇迹，说：“你，你不就是永兴哥的表兄吗？”

姑娘这么一说，黄晓龙也想起来了，那天在施家宅村头，就是这个姑娘要参加自卫队，后来还被父亲锁在屋里的。黄晓龙说：“哎呀，你是？”

姑娘说：“我叫田爱云，谢谢你救了我啊！”

黄晓龙对姑娘说：“我们快走吧！”

走到村子边上，黄晓龙问道：“你是这村的？”

姑娘点头称是，回答说："我们这是田山庄。"接着，她又说，"你们自卫队的人，真是太厉害了！"

黄晓龙说："我们现在改称三支队了。"

姑娘看一眼黄晓龙，羞羞地说："三支队，我，我……可以去看看吗？"

黄晓龙说："如果有机会……欢迎你来看看。"

姑娘激动地说："刚才……真的……谢谢你！"

黄晓龙提醒："现在兵荒马乱，你要小心！"

姑娘看一眼黄晓龙，也关切地说道："那我走了，你也当心啊！"

两人分别后，黄晓龙回到了支队部。康旭东已经回来了，一眼看到黄晓龙背了三支枪回来，惊奇地问道："晓龙，怎么发大财了？"

三支队的枪不少是买来的，看到黄晓龙一下子背回三支，康旭东羡慕极了。

黄晓龙自豪地说："眼红吧？"

短枪队的战士们纷纷涌了过来，抢着看黄晓龙的枪。范守廉发现，三支枪都是日本鬼子"三八大盖"，忙问："你遇上鬼子了？"

黄晓龙点点头，将遭遇日本鬼子的事说了一遍。

范守廉听了，说："哎哟，那个姑娘幸亏遇上了你，否则凶多吉少！"

康旭东也不无钦佩地说："黄晓龙，你真是好样的！"

好事传得快，大家都知道黄晓龙一人打死三个鬼子的事。

过了几天，突然有一个姑娘找到了支队部，大家都不认识她。康旭东问她有什么事，她说是来找人的。又问她找谁，她却说不出名字，只说找她的救命恩人。范守廉恍然大悟，对康旭东说："她是不是找黄晓龙？"范守廉这样一说，大家都感觉很有可能。

于是有人去叫黄晓龙，说："你交桃花运了！"

黄晓龙被说得莫名其妙："什么桃花运？"

那人笑着说："你去了就知道了！"

黄晓龙来到门口一看，门口外场上，果然站着一个姑娘，他觉得有点面熟。正在这时，那姑娘也看见了黄晓龙，一下子扑倒地上，声泪俱下地说："救命恩人，你要给我报仇啊！"

原来，那天三个日本鬼子被杀后，日寇前来报复，他们将村子包围起来，将村上的男人排成一排，逼问是谁杀的鬼子。大家都说没有杀，也不知道谁杀的。鬼子却不管三七二十一，开始屠村。他们开枪射杀了村上十几个男人，连妇女儿童也不放过。姑娘的哥哥和父亲也全被杀了！

黄晓龙听姑娘这样一说，真的气晕了，他说："一人做事一人当，我找小鬼子算账去！"

大家拖住黄晓龙，劝他不要冲动。

姑娘说："我也没家了，恩人你收下我，我要报仇，我要参加三支队！"

有人找来顾德欢，顾德欢听了姑娘的控诉，激愤地对姑娘说："这个仇，三支队一定会替你报的！"并当场同意姑娘的入伍请求。

顾德欢问姑娘："你叫什么名字？"

姑娘说："我叫田爱云。"

民运科长朱艳上前拉着田爱云的手说："顾主任已经同意，你也是我们三支队的人了！"

一边的苏虹也说："爱云妹，欢迎你！"

西浦县境内，有一条青沪公路，它由上海虹桥机场通往西浦县城，再往西过珠葑镇、金泽镇，然后进入江浙二省，这是一条重要的战略交通要道。由于这里是水乡，青沪公路在西浦境内就有十一座大桥。近来，公路上鬼子的运输车多了起来，来来往往的车上，鬼子的"膏药"旗神气活现地在风中飘动。这条交通大动脉是老百姓辛辛苦苦建起来的，想不到现在却成了日本鬼子运输军需物资的通道。对此，顾火生萌生了一个大胆的想法：将青沪公路上的桥梁全部烧掉，让鬼子的交通陷于瘫痪。这样既可显示抗日军民的威力，也可长抗日军民的士气。顾火生将想法与顾德欢一说，顾德欢十分支持，说："现在大家求战心切，火烧公路桥可给日本鬼子一个沉重打击！"见顾德欢支持自己的想法，顾火生更有了信心，他马上召集各大队负责人开会，商量具体的办法，尽可能做到万无一失。

这天，三支队各大队负责人都来了。三支队较大的军事行动都会召集三个大队负责人开会。

会议开始后，顾火生首先分析了当前的形势，接着提出了破坏鬼子交通线、火烧青沪公路桥的事。大家听了，都兴奋地说："鬼子这么嚣张，我们早憋了一肚子气，这下可给鬼子点颜色看看了！"

有人疑虑地提出："这样会不会招来鬼子报复？"

顾火生说："我们也考虑到鬼子会报复，但不能因为怕鬼子报复而不敢斗争！你越怕鬼子，鬼子越欺侮你，所以害怕是没有出路的。只有进行坚决斗争，显示出我们的力量，鬼子才不敢轻举妄动。"

三大队大队长王师龙说："支队长说得好！我们几个大队一齐行动，要干就干个漂亮，把青沪公路上的十几座桥一齐烧掉！"

二大队大队长余瑞华说："动员后备队一起参战，公路上烧桥，战线拉得很长的。"

顾火生说："我们如果出动后备队，就有上千人，战线长一点不要紧。但要防止鬼子的袭击，特别警惕徐泾据点里鬼子，还有东面虹桥飞机场的敌人、西边县城里的鬼子来扰乱。"顾火生进行具体分工部署："一大队王正方中队负责崧泽村方向埋伏，警戒县城的鬼子；徐泾据点宣抚班的鬼子，由冯庸钦率许世忠中队负责；杨国才中队负责机场方向的鬼子。二大队余瑞华、三大队王师龙负责各自区境内桥梁；短枪队随支队部机动。"他特别关照说，"如果鬼子没有行动，就不要打草惊蛇"。

王师龙说："支队长放心，我们一定完成任务。"

接着，大家对如何烧桥，想了许多办法。

这天晚上，月亮周围有几片云翳，三支队开始行动了。

青沪公路上这些桥，桥墩都是水泥浇铸而成，桥面和桥栏则是由粗大的洋松木构建，桥头衔接处用铁钉紧固。顾火生所在的七区出动了十几条农船，船上装了火油、稻草、花棋柴等引火物，和短枪队一同来到公路桥。他们先在桥梁下扎上铁丝网，然后将船上的稻草等引火物装进去，浇上火油，只要一声令下，就可以点火燃烧。

这时，六区方向火柱冲天而起，顾火生知道余瑞华已经点火了，就下令："点火！"

黄晓龙等短枪队战士，纷纷跳到船上，将火柴划燃，点燃了一团浸透煤油的棉花球。棉花球瞬间化作一团火球，被他们投向桥梁下的堆柴。顿时，堆柴被点燃了，熊熊的火焰蔓延开来，火势越来越大，火焰像一条火龙向空中蹿升，黑黑的夜空被火焰映得如同白昼。朱艳和苏虹第一次参加这样的战斗，两人都很兴奋。桥边簇拥着一群人，大家看着冲天而起的火光，都露出了笑容。

突然间，徐泾方向响起了枪声。

青沪公路上的桥梁都已起火，天空中一片火红，徐泾据点里宣抚班的鬼子看到不远处火光冲天，不知发生了什么事，正蠢蠢欲动。冯庸钦和许世贵带领战士早埋伏在据点周边，他们见鬼子出动，马上向据点里开枪，投掷手榴弹，两挺轻机枪也"哒哒哒"地响了起来。鬼子一看形势不妙，龟缩在据点里不再出洞，只是向四周用步枪、机枪、掷弹筒还击。三支队的战士在教官冯庸钦训练下，已经很有章法。冯庸钦在军事训练上要求严格，他对三支队队员说："训练时不吃苦头，真打时要吃大苦头！"在他的训练下，三支队的战斗力提高很快。

西浦城内的鬼子闻讯后，出动了数辆汽车从县城东门驶出。夜色中，汽车开至崧泽村，前面一片黑洞洞，正害怕前面有游击队埋伏，一阵炒豆般的枪声果然响了起来。人地生疏的鬼子不知深浅，慌忙缩回城里去了。原来，这里正是王正方中队埋伏在崧泽村野外，趁着夜色给了鬼子一阵狙击。

鬼子逃回县城后，立即紧闭城门，眼睁睁看着青沪公路上火光冲天却无可奈何。三支队战士放心大胆地添柴加油，把十几座桥梁烧得烈火熊熊。

然而，三大队王师龙负责的十一号桥方向却迟迟不见动静。顾火生心里疑惑："发生什么事了？"为了了解情况，他大声喊："黄晓龙！"

正在烧桥的黄晓龙听到支队长喊声，立即从农船上跳上岸，三步并作两步来到顾火生面前："支队长，你叫我？"

顾火生说："快，立即赶去十一号桥看看，三大队发生了什么事，怎么没有点火烧桥？"

黄晓龙说："好，我马上就去！"黄晓龙大步流星地一路飞跑，来到十一号桥时，看到夜色里黑压压的一大群人在忙碌着。他赶上前去，问："王大队长在吗？"

有人回应道："在的，在的。"

一会儿,有人将王师龙叫过来了。

黄晓龙焦急地问:“王大队长,你们怎么还没有点火烧桥啊?”

王师龙笑笑说:“是不是支队长发急了?”

说罢,王师龙一把拉过黄晓龙走到桥边,说:“你看看,这么粗大的洋松木烧了多少可惜?我们刘夏小学课桌椅的门窗正要修缮,所以我们改烧为拆,拆下这些桥枕木,可以派大用场呢!”

黄晓龙恍然大悟,他看到黑夜里,三大队的战士正全力以赴地将桥上的木料拆回去。

黄晓龙说:“王大队长,大家都说你聪明,真是名不虚传。好了,我回去向支队长汇报,免得他再担心了。”

王师龙说:“替我向支队长请罪,我将烧桥改为拆桥,事前没有请示,我这是先斩后奏!”

黄晓龙笑笑说:“我看顾支队长表扬你还差不多!”

王师龙就任八区区长后,对区政进行了诸多兴革,尤其重视小学教育。他自己就任刘夏小学校长,因校舍狭小,慨然腾出自己的家屋两间改为教室。接到烧桥任务后,他去十一号桥实地察看了一下,不看不知道,一看心里笑,他发现十一号桥的桥木十分粗大,就决定不要烧,想办法拆。于是,三大队前来烧桥时不是带着火油和稻草等物,而是带了锯子和斧头等工具。到了烧桥时候,王师龙一声令下,大家趁着夜色,锯的锯,劈的劈,撬的撬,更多的人将拆下来的木材扛的扛,搬的搬,运到三大队的游击区。这些木材全部被用来修建刘夏小学校舍,王师龙拆桥造小学,这在八区成了流传民间的一个佳话。

火烧公路桥的壮举极大地鼓舞了军民的抗日情绪和胜利信心,同时也沉重打击了敌人的嚣张气焰,使敌人的运输系统一时陷入了瘫痪。

青沪公路一片火海,沿线的公路桥全部被烧毁。次日,上海各大报纸头版新闻纷纷给予报道。驻沪日军首脑恼羞成怒,日特机关长掘川电话打到日军驻西浦特务班,驻西浦日特机关长岩崎被上司一顿训斥,脸上红一阵白一阵。保证道路畅通,保证县城安全,是岩崎的重要职责,而火烧公路桥之前,岩崎没有得到任何有关情报。这让他意识到,一触即溃的国民党军队,不是他们真正意义上的对手,真正的对手就在他们身边,就在他们的占领区里。这个对手看不见，摸不着，来无踪，去无影，似有若无。他想不到大上海的郊区，会有这样的抵抗力量！他不由暗自惊呼：白天看全是老百姓，晚上全都成了“支那”兵！

卧榻之侧，岂容他人鼾睡！于是岩崎一面请求增派军队前来加强防卫，一边加紧扩大伪军武装，收买特务，培养线人，以获取情报。

第六章

助纣为虐，金风高开得顺风船
居心叵测，陆惠人摆出鸿门宴

火烧公路桥后，日军增派岛田部队前来西浦，建立西浦日军守备队，岛田为守备队长。老奸巨猾的岩崎妄图以剿、贿两种手段瓦解西浦的抗日武装，一边让日军进行清剿、“扫荡”，一边加紧进行诱贿瓦解。

国民党高官高冠吾①投敌当了汉奸后，为培植自己的势力，在南京建立了一个维新学院②，学院的毕业生被分配到各地担任伪职。姚崇杰是京师大学的毕业生，投靠到高冠吾门下后，经过培训分配到西浦县担任县知事。岩崎与高冠吾是老相识，看到高冠吾的高徒来西浦协助，自然喜出望外。他将县知事公署安排在县前街的一幢洋房里，与日特机关所据的张桂芝的楼房只有一路之隔，既便于联系，也方便监督控制。

姚崇杰身材约一米八，看上去高出岩崎一头，文质彬彬。岩崎深知恶龙不斗地头蛇的道理，要控制西浦周围一大片地区，还得依靠姚崇杰这样甘愿与大日本共存共荣的人。姚崇杰走马上任，岩崎设宴欢迎，并在杯盘交错之

---

① 高冠吾：出生于江苏省太仓州崇明县。保定陆军军官学校毕业后，成为《民权报》记者。后成为军人，历任广州江防司令部参谋长兼代理司令、贵州督军公署参谋长。后任国民革命军第 10 军副军长，参加北伐。北伐期间，曾任徐州警备司令。1938 年 3 月，参加伪中华民国维新政府，历任伪绥靖部次长、伪南京市政督办。1940 年 3 月，汪精卫南京国民政府成立，高冠吾被任命为伪中央政治委员会委员。6 月，任伪江苏省政府主席等职。后任伪国民政府军事委员会委员、伪国民党政府委员。

② 维新学院：1940 年 3 月，以汪精卫为首的汉奸在日寇的扶持下建立了傀儡政权伪国民政府，汪精卫担任该政权的“国民政府代主席”及“行政院”院长。为网罗和培植人才，汪伪政府建立维新学院，学员毕业后被派往各地担任伪职。

际与姚崇杰密商，着手组建西浦县武装警察部队，由姚崇杰任司令，周子文任副司令，以加强对西浦抗日武装的“扫荡”和镇压。

除了培植姚崇杰外，岩崎还请来了一位“尊神”——程恒昌。在淞沪战役中，程恒昌向岩崎提供金山卫国军防守薄弱的情报，使日军得以偷袭成功，导致“国军”全线崩溃。

程恒昌中等身材，一副扫帚眉显得很凶相，人精明剽悍。岩崎委任他为西浦县知事公署顾问，但他却很少来县知事公署顾问办公室，而是直接去珠葑镇。原来，沪西日军特务机关要他以珠葑镇为重点，以经商为名，为日军发挥更加重要的作用。珠葑镇是一个商业重镇，因水运方便，至明万历年间已成为繁荣大镇。这里商贾云集，人烟繁盛，长街三里，店铺千家，成为四乡八里农、副、渔产品的集散地。这里盛产稻米、油菜籽，米业的兴起带动了百业兴旺。清光绪年间，徐某开设了茂丰米行，大米运销上海，深受市民欢迎，“青角薄稻”在上海米市独占鳌头。宣统三年(1911 年)，江苏丹徒人马某集资 10 万银圆，于漕港滩开办“余丰碾米厂”，配备了发电设备，开创了上海机器碾米之先河。镇上小手工业发达，各种店铺、作坊、工场林立。清末民初，蔡氏弟兄先后创办聚源元、聚源全、聚源泰油坊，经营地区远及百里。此外，这里也是水陆交通枢纽，十多条水上航线往返于苏州、嘉兴、上海、昆山、芦墟等地。程恒昌在珠葑镇开设了“协兴俱乐部”“飞轮运输行”等商业机构，进行特务活动。所谓协兴俱乐部，其实是一个大赌场，赌具类目齐全，里面还有茶室、鸦片馆。他们引诱当地群众赌博、吸食鸦片，导致不少人染上赌博和吸毒恶习，最终卖田卖屋卖家当，妻离子散家破人亡，甚至走上自杀之路。而飞轮运输行的开设，则将淀山湖四边的交通掌控了起来。他还和日军一起开办了慰妇所，供日军糟蹋妇女。这些藏污纳垢之地，成了伪政权官员、军警头目、土匪头子、帮会地痞的乐园。

依托这些机构，程恒昌贩毒、开赌，在攫取大量经济利益的同时，还以摆香台、开山门等形式，广收门徒，发展势力。西浦地区的地痞、军棍、土匪头目等三教九流也纷纷成了他的座上客。西浦地区有不少“游吃队”，他们以抗日为名，或对老百姓敲诈勒索，或贩毒贩卖武器。对这些“游吃队”，日军加紧“扫荡”清剿，打得他们损兵折将，纷纷去拜程恒昌为老头子。

姚崇杰看到程恒昌的势力越来越大，便指使 76 号驻西浦联络站站长赖发财加紧策反并分化其他部队，以扩大自己的势力。

赖发财原是北门街一家赖姓的儿子，父母为他起名发财，寄希望于儿子能发家致富。然而，赖发财自幼就不争气，好吃懒做，游手好闲，读书不好好读，却结交了一些人，在北门街一带寻衅滋事，街坊邻里十见九摇头。

北门街有一家肖记豆腐店，肖老板女儿“小白菜”生得白净标致，赖发财对她很是讨好。“小白菜”上午总是坐在门面上招徕生意，赖发财与一帮弟兄总是去搭讪，竭力怂恿街人买“小白菜”的豆腐，因此肖记豆腐店生意一直很好。但肖老板早看出这个赖发财图谋不轨，就不让“小白菜”在门面上招徕生意，让她去后面工场间帮忙做豆腐。赖发财接连几天看不到“小白菜”，就像丢了魂一样，他知道这是肖老板做的鬼，就带了一帮弟兄隔三岔五前来“寻吼势”[①]，这样肖老板做的豆腐就卖不掉，生意一天天清淡下去。肖老板没有办法，只得让“小白菜”再去门面上招徕生意。赖发财看到“小白菜”出来了，就又怂恿街人买肖老板的豆腐，肖老板的豆腐生意又兴旺起来了。

赖发财父亲看到儿子这样胡闹，觉得不但被街人耻笑，而且总有一天会闹出祸殃根，会把赖家名誉弄得扫地以尽。于是想法将儿子送到上海一个亲戚那里，让他学点谋生的本事。西浦沦陷后，赖发财在上海不知怎地竟然发了财，回到西浦县城唐行镇，在北门街租了一幢石库门房子，挂起了一个“76号西浦联络站”的牌子。

赖发财父亲不知儿子这个联络站是个什么东西，不见有货物进出，却见儿子出手阔绰，用钱大方，好像是个大老板。

赖发财接到姚崇杰的指令后，就加紧活动起来。他有个赤卵弟兄金风高，是他西浦中学同学，此人出身于赵巷北干山附近，在学校时也不好好读书。“八一三”后，乱世英雄草头王，他收罗了十几个流氓弟兄，拉了一支队伍，自称“司令”，绑架了地方上几个地主，搞了一笔钱，买了几十支步枪，在当地称王称霸。国民党田友山部队在西浦时，看到金的人马不断扩大，就将他收编，委任他为特务营营长。田友山撤退浙江境内后，金风高继续留在西浦。

赖发财常去造访金风高，与他一起吃酒聊天。聊及当前的处境，赖发财

---

① 寻吼势：在上海话中的意思是寻衅，挑衅。

极力怂恿金风高寻找新靠山,他说“识时务者为俊杰”,“有奶便是娘”。金风高是个聪明人,知道观风使舵才能行得顺风船。看到不少“游吃队”投靠程恒昌,金风高的心头早也活了。知道赖发财是76号的人,与日本人有一腿,就让赖发财为自己探路。

赖发财摸清金风高的真实想法后,立即向姚崇杰汇报。姚崇杰喜出望外,即向岩崎汇报了情况。按岩崎意思,姚崇杰请赖发财邀金风高到珠葑镇协兴俱乐部见面。

这天,金风高带了几个亲信来到珠葑镇。他已经许久不来这个古镇了,如今镇上一片畸形繁荣的景象。只是著名的放生桥上已经筑了碉堡,架了机枪,日本兵在那里守着,来往的中国人都要鞠躬。金风高作为中国人,他不是没有一点想法,不是没有一点羞耻。关键他是一个聪明人,他知道当下敌强我弱,弱肉强食,身在矮檐下,不能不低头。一会儿,他在赖发财的引导下,来到两棵古银杏树旁边,进了俱乐部大门,上了二楼。在里面一间装潢比较考究的房间里,他看到有几个人已在这里等着了。赖发财指着其中一人介绍说:“这就是程老板!”

看到有客人来,其他人与程恒昌打了招呼退出去了。

赖发财向程恒昌介绍:“程老板,这就是金风高营长。”

程恒昌堆着笑脸上前与金风高握手,说:“欢迎欢迎!”

一会儿,姚崇杰也来了。一阵寒暄后,程恒昌转身推开了一扇暗门,请姚崇杰和金风高入内密谈。

金风高的亲信中,有个名叫庄世昌的,也是北干山人。他从小与金风高一起长大,两人关系很好。庄世昌为人正派,他随金风高一起抗日,对日本鬼子的烧杀抢掠看在眼里,恨在心里。因此,他打仗很勇敢,被提拔为连长,成为金风高的亲信。当金风高要投敌,他开始并不相信。投敌做汉奸,那是要遭世人唾骂的。一个中国人再不济,也不能做汉奸啊!日军侵占西浦后,庄世昌亲眼看到了他们的兽行,烧杀淫掠无所不为,真是灭绝天良。他想,如果金风高真要当汉奸,他也拦不住。但他是不会去当汉奸的,他决定走一步看一步。金风高他们进入里面一间房间后,大约过了半个时辰,赖发财走了出来。他说,姚知事和程老板对金营长的表现很满意,一切都谈好了。他给大家看了金风高接受改编的有关文本。

庄世昌看到文本上有部队开进县城接受点编等条款，下面有金风高等的签名盖章。

这时，姚崇杰、程恒昌和金风高也一起出来了。

金风高知道自己的秘密已不成秘密，就竹筒子倒豆般地说："弟兄们，大家不要以为我金某没有良心，这叫'好汉不吃眼前亏'。'留得青山在，不怕没柴烧'么，只要你我弟兄在，比什么都强。说好听点这就是曲线救国，说实在点，这是委曲求全。反正弟兄们跟着我，我金某有吃的，绝不会让弟兄们饿着！"

随来的几个亲信听了，有的说："金营长英明！"有的说："金营长你说朝东，我们决不朝西！"

金风高笑笑说："弟兄们义气，我金某感激不尽。"

金风高脸上露出一丝得意："既然弟兄们不嫌弃我，那我就带着弟兄们一起干！但我丑话说在前头，如果有谁暗中出卖我们弟兄，那我叫他活不见人，死不见尸！"

"弟兄"们一齐说："对，活不见人，死不见尸！"

听着这一片喧嚣，庄世昌心里虽然厌恶，但只能隐忍在心。当晚，姚崇杰和程恒昌招待他们在俱乐饭店夜餐，饭后又在包房里搓起了麻将。

回到北干山驻地后，庄世昌的心腹兄弟都知道了金风高投敌的消息，他们问庄世昌怎么办？庄世昌悄悄将自己的想法说了出来："北面是真正抗日的，我们去投靠三支队！"

不少人知道顾火生是抗日的，现在连长说去投三支队，大家都表示支持。

金风高在自己的亲信中，最不放心的就是这个庄世昌，他知道庄世昌此人从小正派、认死理，在他拉队伍抗日时，庄世昌也积极参加，而且与鬼子遭遇时，表现得很英勇，所以在弟兄中很有威望。他在赖发财的劝说下，改弦更张，接受编入姚崇杰的警察部队，但他就怕庄世昌反对。现在果然得到心腹密报，说庄世昌在与三支队联系。金风高做事心狠手辣，顺我者昌，逆我者亡。尽管庄世昌与他关系好，但反对他"曲线救国"，他就毫不客气。他一边命令将庄世昌部队控制起来，一边派卫兵将庄世昌抓了。

金风高抓了庄世昌后，诬以“通共”的罪名，但他并没有抓到庄世昌“通共”的证据。庄世昌大呼“冤枉”，声称自己只反对与日本人合作，并没有“通共”。

庄世昌被关押在一间农民房子里，金风高要庄世昌交代与顾火生的关系，威胁如果不老实交代，就别怪他不念旧情。不少人为庄世昌求情，希望金风高看在朋友面上，放庄世昌一马。金风高表面上一口拒绝，暗中却让自己的副官，去关押庄世昌的农民房子，借故支开监哨，让庄世昌得到机会逃走了。金风高在江湖上混，还是有手段，知道这样让手下官兵觉得自己还是念及旧情的，以此来收买人心。毕竟放走庄世昌一人，庄孤身一人，本事再大也翻不起大浪的。

金风高投敌后，被编为西浦县武装警察部队第四大队，并被姚崇杰委为大队长，继续驻守北干山一带。于是，这个被鬼子打得灰头土脸的金风高，又神气活现了起来。

赖发财策反金风高成功，立了一大功，岩崎和姚崇杰都对他表扬有加，赖发财心里十分得意。这天晚上，赖发财回到北门街，招了几个弟兄，到小弟兄陆贵康家小酒肆喝酒。

陆贵康家的这爿小酒肆已经有了多年历史，四合院式的二层楼建筑。大门进去就是一个天井，两侧厢房，正面就是大厅，后院是一方菜地，再就是护城河支河，河水潺潺，清澈见底。

赖发财一干人在大厅八仙桌上摆开酒席，吆五喝六地喝起了酒。酒多乱性，赖发财忽然想找个女人来陪酒。他想起了“小白菜”，就问陆贵康：“‘小白菜’在家吗？”

陆贵康说：“她自然在家的。”

赖发财问：“能不能叫她来陪哥们喝一盅？”

陆贵康说：“这——她阿爸肖老板管得很严的。”

赖发财说：“你如果能叫来，我重重有赏！”

陆贵康摇摇头，笑着说：“肖老板会拼命的。”

赖发财就说：“让一朵鲜花插到牛粪上，太可惜了！”

这时，听得楼梯响，赖发财看到有个中年男子走下楼来。

陆贵康介绍说:“这是我姨父陆惠人。”

陆惠人是陆贵康母亲的妹夫。

陆惠人双手抱拳作揖说:“各位好!”接着又自我介绍:“各位,鄙人姓陆名惠人,今晚与各位幸会!”

赖发财听陆贵康说有个姨父如何了得,一见之下,发现果然不是凡夫之辈。

原来,陆惠人现在是黄渡镇许金生四支队参谋长。西浦现有两支抗日力量最强,一支是崧塘镇顾火生的三支队,另一支是黄渡镇许金生的四支队,他们都是淞沪游击纵队的。顾火生和许金生还攀了过房亲,互有来往。但陆惠人清楚,他们是两股道上跑的车,顾火生跟着共产党,许金生却是青红帮。陆惠人原是小学教师,黄渡镇的小地主,顾火生当年组织农民协会打击豪绅地主、搞“二五减租”,他是恨之入骨的。“四一二”后,他密告上海青红帮头目,将中共西浦县委书记夏采曦等逮捕入狱,自己因此成了有功之人,还当上了六区区长。在黄渡镇,他抽大烟、娶小老婆。“八一三”抗战爆发,见局势不妙,他卷了区公所公款偷偷潜逃到北门街,躲藏在陆贵康家。许金生拉起队伍后,他现身黄渡镇,投靠许金生当了参谋长。他多次给许金生分析,他们不能与顾火生搅在一起。眼下,应该看清形势,跟随日本人为上策。乱世之中,要求得生存,必须识时势。

由于许金生与顾火生之间存在过房亲的关系,两人之间常有交往和走动。顾火生还派了自己的军事干部蔡一帆到四支队帮助军事训练。但在陆惠人看来,顾火生这是一箭双雕,一方面向许金生示好,一方面也是在监视四支队。

陆惠人听陆贵康说,赖发财策反金风高傍上了日本人的大腿,他就来搭一搭赖发财的脉,因为他也在策划一桩大事。席间,陆惠人频频夸奖赖发财有本事,说得赖发财飘在云里雾里一样。陆惠人将赖发财拖到一边,将自己的大事如此这般若隐若现一说,赖发财笑着拍拍胸脯:“事成之后,机关长和姚知事那边,不会亏待你的!”

陆惠人一来,赖发财也不好意思去叫“小白菜”了。

陆惠人回到黄渡镇后,开始在许金生耳边吹风。

陆惠人学过推拿术，许金生腰背不太好，陆惠人就常常给他揉腰捶背。趁此机会，陆惠人给许金生吹风放话。

他对许金生说："支队长，皇军可能要对我们进行'扫荡'！"

许金生大吃一惊："真的吗？"

陆惠人说："你想呀，顾火生与皇军作对，皇军对顾火生的三支队已经'扫荡'了几次。顾火生那点土武装，哪里是皇军的对手！关键你与顾火生是结拜兄弟，皇军接下来'扫荡'你是完全可能的。"

陆惠人又说："你现在做个支队长，总是提心吊胆，过今日东明日西的游击生活。人家金营长投了皇军，皇军就对他不'扫荡'了，他也不用日日夜夜担心了。至于将来，如果皇军胜了，皇军一定不会忘记你的；如果蒋总司令胜了，有我们这些人在，也一定会给你做大官的。这叫进退有据、万无一失啊。"

许金生说："投皇军，我不会被骂汉奸吗？"

陆惠人嘿嘿一笑："只要你手里有实力，谁不会买你账啊？"

许金生赞同地看一眼陆惠人："有道理。"

陆惠人推心置腹地说："支队长，你是有家有室的人，还有漂亮的小郑（许金生的小老婆），你不为自己考虑，总得为她们考虑吧？"

陆惠人又说："顾火生是共产党，他迟早也会对你下手的。"

许金生反驳道："他派了蔡一帆来帮助军事训练。"

陆惠人说："他哪里是帮你，分明是来监视控制你的。"

许金生心想，防人之心不可无，陆参谋的话还是有道理的。

陆惠人继续说："我看何不……"

许金生说："怎么样？"

陆惠人与许金生咬耳朵白话，说出了他的计谋。

许金生说："让我考虑下再说。"

陆惠人要许金生设一个"鸿门宴"，邀请顾火生前来，把他缴械后逼他就范。如果不就范，就地解决或将他押送日军，作为投靠日军的"投名状"。陆惠人说："机不可失，时不再来，现在正是最好的时机。金营长就是我们的榜样。"

许金生听着心有点动了，心想自古"无毒不丈夫"，菩萨心肠做不了大事，再说他这样做，也是为顾火生好。

顾火生接到蔡一帆送来的请柬，许金生请他两天后去黄渡镇绿荫草堂赴宴，说有要事相商。

这个突如其来的邀请，让顾火生感到有点奇怪。他想与顾德欢商量一下，但顾德欢有事去了上海，一时还回不来。蔡一帆向顾火生反映，现在许金生不打鬼子，而鬼子也不去“扫荡”，四支队上下似乎有一种诡异的气氛。顾火生也感到许金生与他的关系越来越生疏了。崧塘镇和黄渡镇相距不远，许金生拉队伍抗日后被收编为淞沪游击纵队四支队。顾火生觉得应该团结抗日，故与许金生结拜了兄弟，互相照应。许金生缺少军事干部，他将军事干部派过去，帮助进行军事训练。近来时有传闻，说许金生要投敌。顾火生知道，许金生周围的人居心叵测，尤其是参谋长陆惠人，在搞农民协会时就与共产党有仇恨，从来没有做过好事！“八一三”抗战爆发后，他不知隐到哪里去了，现在却当起了参谋长。顾火生担心他不会干好事，叮嘱蔡一帆要注意这个参谋长，多加防范。

康旭东、黄晓龙等听说许金生邀请支队长去黄渡镇赴宴，认为这是摆的“鸿门宴”，纷纷反对支队长赴宴。顾火生也知道赴宴有风险，但斟酌再三，为了争取许金生，还是决定前往。

既然是“鸿门宴”，顾火生经过研究后，挑选了短枪队康旭东、黄晓龙、诸克忠、冯庸钦、范守廉等八名有经验的骁勇队员，各携二十发快机和四颗手榴弹。另外，一大队派出王正方中队和许世贵中队布置在绿荫草堂外围，与许金生的岗哨针锋相对，做好战斗准备。只要听到里面有枪声，就猛冲绿荫草堂支援战斗。

部队布置好后，顾火生与八名卫士随蔡一帆按约来到了绿荫草堂。出来迎接的是黄渡帮会头目潘金波，潘与顾火生是朋友，同时也是许金生的结拜兄弟，此人还有一些正义感。顾火生发现今天潘金波有些紧张的样子，这更让他提高了警惕性。

进入绿荫草堂后，只见草堂大厅里摆了一张大圆桌，许金生和黄渡的大地主蒋孝慈、参谋长陆惠人已经等在里面。许金生看到顾火生有备而来，假笑着上前，一把握住顾火生的手，说:“火生兄，你这是做啥呀?”

顾火生话中有话地说:“不知道金生兄有什么重要的事商量?”

许金生忙招呼大家就座，一边吩咐厨房上菜。

在西浦东乡，每逢婚丧喜事或重大的聚会，都会办酒席，以示隆重。这里的酒席很有特色，先是上一道一道的热炒，这些热炒汤汤水水，味道极鲜，花色品种也多，如炒虾仁、炒蘑菇等，一般有八道。热炒之后，就上大菜，大菜也有八道，除此之外，还有八宝饭等点心和水果。然而，今天丰盛的菜肴似乎全都变了味，大家根本没有心思关注吃什么，每一根神经末梢都关注着所有细微的动静。三支队八个卫士英武地站在顾火生两边，监视着草堂的里里外外。这时，紧张的气氛让每个人的神经都绷得紧紧的。

为了缓解紧张的气氛，顾火生故作轻松地说："金生兄，蔡教官在这里的工作，还满意吗?"

许金生说："满意满意!"

顾火生接着说："我们都是兄弟，大家相互支持，今后金生兄有什么需要，三支队一定鼎力相助!"

许金生说："是呀，都是自家弟兄嘛。"

陆惠人说："在蔡教官的训练下，四支队的水平略有提高，今天就让四支队的兄弟向顾支队长汇报一下。"说罢，陆惠人用手"啪啪"拍了两下。

这时，突然从外面闯进来一个穿黑哔叽长大衣的短枪队员，杀气腾腾地冲到顾火生的酒桌前。

说时迟那时快，黄晓龙眼疾手快，腾地一个鹞子翻身，跳到了顾火生前面，挡在了黑衣队员的身前。其他短枪队员也都霎地打开了快机保险盖!

黄晓龙提议道："既然是汇报，我们不如比试一番。前面有十盏蜡烛火，看谁打灭的蜡烛火多!"

黑衣队员被黄晓龙的气势和动作震慑，他看看陆惠人，陆惠人只得尴尬地笑笑说："比试一下也好。"

陆惠人话音刚落，黄晓龙对黑衣队员说："你是主场，我是客场，我就不客气了，看我的!"说罢，黄晓龙举起手枪，手起枪响，"呯呯呯呯呯!"连发五枪，前面的五支蜡烛火全灭了!

黄晓龙收起枪，说："请吧!"

黑衣队员没有料到黄晓龙会来这一招，无奈地举起枪，也连发了五枪，枪响火灭，但还有一根蜡烛火亮着没有灭。黑衣队员知道没有戏了，只得朝着黄晓龙拱拱手，然后悻悻地退出场子。

许金生解围似的说:“还是三支队的枪法神!”

顾火生说:“金生兄,今天还有什么事情相商啊?”

许金生支支吾吾地说:“也没有什么重要的事情。”

陆惠人插嘴说:“顾支队长有所不知,许支队长近来有点难事……”

顾火生说:“什么难事?”

陆惠人说:“听说皇军要来‘扫荡’了,我们与皇军作对,不是拿鸡蛋碰石头吗?”

顾火生一笑,说:“皇军?”

陆惠人说:“对对,是鬼子。为了黄渡人民免受血光之灾,我们还是要想点办法……”

顾火生说:“陆参谋有什么高招?”

陆惠人说:“老古话说得好,好汉不吃眼前亏,识时务者为俊杰……”

顾火生听了,知道了陆惠人的意思,转身对许金生说:“金生兄,千做万做,可不能做汉奸啊!”

许金生尴尬地说:“当然当然。”

陆惠人见顾火生点穿了话题,顿时拉下了脸说:“顾支队长,这话就不中听了,你们共产党闯了祸拍拍屁股可以逃之夭夭,许支队长可是有钱有家逃不开的!”

这时,绿荫草堂内的气氛再次紧张了起来。

康旭东和黄晓龙忽然贴到了许金生身后,手中的短枪对准了许金生的后背。

顾火生和蔡一帆也忽地站了起来。

潘金波见状,急忙喊道:“不要误会,不要误会!”

许金生也着急喊:“别……别误会!”

潘金波说:“大家坐下继续喝酒吧。”

顾火生没有坐下,他说:“金生兄,我留一句话给你,你头脑不要太简单,走什么路你可要看看清爽!你不要做让亲者痛仇者快的事!世上可没有后悔药的!蔡教官今天我带回去了,你什么时候需要,我们再商量让他过来帮助你。”

顾火生双手拱一拱说:“你们继续喝酒,兄弟先走一步了!”说罢,顾火生转身离席，蔡一帆、康旭东、黄晓龙、诸克忠、范守廉等人一齐护着顾火生离开了绿荫草堂。

潘金波追着出来送顾火生，他拍着自己的额角说："顾支队长，想不到你敢到这里来赴宴，许金生和陆惠人今天是有阴谋的。许金生原来定好砸茶杯为号，后来看到你们有准备，所以未敢动手。"

顾火生笑笑说："我们做了万一的准备，我们十条快机三十二颗手榴弹，足够应付许金生的短枪队，外面还有我们的部队，万一发生战斗，许金生和陆惠人都休想逃掉！"

潘金波摇摇手说："使不得！你可不能与他们拼命……"

顾火生感激地说："金波，谢谢你！我们还是朋友，后会有期！"

绿荫草堂里面，陆惠人看到顾火生一干人风风火火地走了出去，不由懊丧地说："放虎归山，后患无穷啊！"

黄晓龙的搅局，让他一手策划的"鸿门宴"就这样泡汤了。

第七章

疑窦丛生,“反扫荡”屡屡失利
将计就计,三支队揪出内鬼

岩崎知道,西浦地区这一块战略咽喉要地,唯有通过重拳打击和贿赂引诱的两手才能奏效。一段时间以来,金风高的“游吃队”被收编了,黄渡镇的许金生也愿意归顺,这让他感到治下的这一方领地,除了顾火生的三支队外,已没有太大的对抗力量了。然而,三支队羽翼渐丰,渐渐坐大,不清除后患无穷。有三支队存在,他便难以高枕无忧。

于是,岛田的日军守备队在伪军的带队下,对三支队的“扫荡”变得频繁了。三支队的斗争环境越来越艰苦,但水乡老百姓总是千方百计地掩护和保护三支队,使得日伪军的“扫荡”常常扑空。三支队也化整为零,独立作战,各大队相互呼应,依托水乡有利地形,巧妙地与日伪军周旋。

然而,近来的情况却发生了异常,日伪军的“扫荡”和清剿屡屡得手。那天,日伪军集中了二十余艘“啪啪船”,采用水陆并进的办法,到崧塘镇进行拉网搜索。顾德欢正与县工委及支队部乘船在一个叫葫芦湾的地方开会,这里河道弯曲,芦苇丛生,便于隐蔽,王正方中队随支队部负责警戒。

一般情况下,鬼子不会去葫芦湾那样的地方。这一次,鬼子两艘“啪啪船”似乎生了眼睛,一路搜索,来到了葫芦湾。负责警戒的一中队队员马上发出遭遇敌情的警报,县工委接到警报,立即结束会议,迅速向另一条河道转移。中队长王正方指挥队员进行阻击,他将部分队员布置在岸上,部分队员乘船在葫芦湾河道口严阵以待。日伪军的“啪啪船”越来越近,再过来就要追上支队部的船了!埋伏在芦苇丛里船上的队员,立即向敌船开了火。日军的“啪啪船”遭到阻击,不明芦苇丛中情况,船速慢了下来。这时,隐蔽在岸上的队员居高临下，集中火力也向“啪啪船”开火。日军仓促还击，他们依仗着武器精良，向着岸上和芦苇丛中船上的队员开火。“啪啪船”上的机枪凶狠地喷吐着火舌，日军发现阻击的队员人数不多，于是更嚣张地进行扫射。王正方在船上指挥，被一颗子弹打中胸部，鲜血顿时渗出了衣服，但他全然不顾，一边开枪还击，一边指挥队员继续阻击。为了保护县工委和支队部撤退，王正方在敌我力量悬殊的情况下，依然指挥队员顽强战斗。此战，一中队付出了惨重的代价，二十余名队员除岸上几人撤离外，全部壮烈牺牲，中队长王正方也付出了年轻的生命！

消息传到支队部，顾火生悲痛万分。王正方是他的外甥，日寇侵略中国，他怀着满腔热血，放弃学医，毅然参加了三支队。担任一中队中队长后，他努力学习军事知识，勇于担当，受到了大家的好评。三支队交给一中队的重要任务，每次都能胜利完成。这一次阻击战，他牺牲自己的生命掩护了县工委和支队部的撤离！

在悼念一中队牺牲烈士的追悼会上，顾火生宣布，经支队部讨论，由康旭东任一中队中队长，由黄晓龙任短枪队队长。

康旭东和黄晓龙表态说：“支队长，我们一定听从指挥，带好队伍，狠狠地打击鬼子，为王中队长和一中队牺牲烈士报仇！”

鬼子的“扫荡”还在得寸进尺。

驻扎在白鹤港据点的鬼子，常常从通波塘到六区重固镇骚扰，而驻扎在北干山的金风高伪军，也时常出来“扫荡”。这样一来，六区余瑞华的日子就过得很烦心。他得到情报，白鹤港的日伪军又要来“扫荡”了，他决心狠狠打一个伏击战，既打击鬼子的嚣张气焰，也为一中队报一箭之仇。他向支队长顾火生汇报后，支队部同意了余瑞华打伏击的想法。

打伏击的计划是保密的，除了二大队长余瑞华外，只有支队长顾火生等少数几个人知道。为了增强余瑞华的力量，顾火生让黄晓龙率短枪队参与伏击，希望黄晓龙能在实战中提高指挥能力。但余瑞华以为这是顾火生不相信他的能力，婉言谢绝了，他说：“支队长，你放心，二大队一定能打个漂亮仗！”

得到鬼子前来“扫荡”骚扰的情报后，余瑞华迅速作出部署，他令二大队五中队进入伏击阵地。五中队有一挺重机枪、三挺轻机枪，中队长李其章将队伍布置在通波塘一个小洲上。这个小洲位于河中心，他想等鬼子的“啪啪船”驶近时，河中心小洲上的火力可以有效地给予迎头痛击。两岸距离较远，对鬼子的威胁相对小。鬼子前来骚扰的兵力一般不多，他们不敢上岸，只依靠“啪啪船”在河中穿梭。河中小洲的伏兵可以与他们短兵相接。

余瑞华想凭自己的力量打个漂亮仗，打出二大队的威望。然而，“兵者，诡道也”，余瑞华万万没有料到，这次伏击战的情况与他的设想南辕北辙。

那天下午，白鹤镇据点日、伪军三艘“啪啪船”一路由北向南而来。与往常一样，“膏药”旗在河风中哗哗地飘动。正是夏天，太阳光明晃晃的耀眼，三艘“啪啪船”进入了五中队的伏击圈。中队长李其章一声令下，五中队河中小洲上的所有武器一齐开了火。

开始三秒钟，鬼子还愣了一愣，但马上从惊慌中醒悟过来，他们将暴风骤雨般的枪弹向五中队压过来。鬼子的火力比五中队强得多，五中队被他们火力压得抬不起头！紧急关头，五中队长李其章大喊：“打，给我狠狠打！”喊声未了，他突然发现南面又驶来了三艘“啪啪船”，金风高的伪军出现了！

李其章吃了一惊，白鹤镇的鬼子已经难以对付，金风高的伪军再一来，通波塘孤立小洲上的五中队的弟兄即处于南北夹击之中，他们本想利用小洲的地理位置就近打击鬼子，却让自己处于退无可退之境。

在商量伏击方案时，余瑞华生吞活剥兵书的方法，对李其章说：“兵书上说，置之死地而后生。我们就埋伏在河中的岛上，给敌人来个出其不意，攻其不备！”现在，李其章心里明白，五中队真的处在“死地”了！

此刻，李其章感到前所未有的恐惧，自己才三十多岁，本想通过这次伏击，积功累誉，以成就自己未来的事业。然而现在的情景却让他感到一切将化为乌有，自己马上就要“光荣”了！他本能地观察了一下周围的环境，发现五中队的弟兄们好像全然没有发觉马上到来的结局。他们在拼命地还击，子弹打完了就甩出身边的手榴弹。他们的手榴弹够不到日军的快艇，就落在通波塘里爆炸，溅起的水柱冲天而起，形成了一片水柱的森林！李其章知道，这些水柱是暂时的，通波塘河面上水柱会顷刻间消失，这壮观的场景会像海市蜃楼一样，这里会归于死寂和平静，只留下五中队弟兄横七竖八的死尸。

这瞬间的想象，让李其章吓坏了，他不再多考虑什么，一种逃命的本能让他猥琐的心膨胀起来。他不声不响地退下阵地，趁着五中队弟兄还在浴血奋战之时，竟从一侧河边泅水而逃。五中队的弟兄们全然不觉，他们矢志不退，他们的坚持仿佛只为背弃他们的中队长赢得了逃命的时间！

最后的结局自然是惨烈的：五中队三十六位战士全部壮烈牺牲！

逃得一命的李其章，为了掩盖自己临阵脱逃罪行，向自己腿上开了一枪，随后被送进了三支队的后方医院。

李其章的临阵脱逃，还是逃不过三支队指战员的眼睛，三支队上下都在议论此事。五中队的全军覆没让李其章无地自容。在后方医院里，一种强烈的内疚久久地盘桓在他的心头。他感受到了人们鄙视的眼光，并从人们的脸上自然读出了“怕死鬼”这三个可怕的字，让他有一种生不如死的感觉。他咬着牙忍受着这种耻辱。

通波塘伏击战的失利和五中队全军覆没，对余瑞华来说是一个严重的打击。顾火生对余瑞华的指挥失当作了严肃的批评。如果短枪队参与伏击，情况可能会不一样了。

黄晓龙原来是准备参加伏击战的，他没有想到余瑞华竟然让五中队单独进行伏击，更没有想到日、伪军会来个南北夹击，兵力也比平时多了几倍！战场是千变万化的，这会不会是一种巧合呢？细心的黄晓龙总感觉这事有点蹊跷。

一次，朱艳为开展六区民运工作，带领组员进驻六区麻力泾村，不料当夜几十名鬼子从白鹤港据点前来包围。朱艳是个胆大心细的女子，发觉敌人前来包围，她并不慌乱，沉着地指挥队员乘着夜色进行突围。在三支队，她是有名的女中豪杰，作风泼辣，为人豪爽，常常向黄晓龙学习枪法。黄晓龙曾对她说，遇到鬼子，能救你性命的还是手中的枪。她还向黄晓龙学习武术，认为学一点武术，遇上鬼子就能一个顶俩。此外，她还偷偷学习使用双枪，她说会双枪，一个人就有两个人的战斗力，为此支队长还特批了她两把短枪。这样，朱艳在三支队可是出了名，有人编了顺口溜夸她：“女中英雄朱艳，好像一团火焰，双枪左右开弓，鬼子心惊胆战。”事有凑巧，黄晓龙的短枪队那天在离麻力泾不远的村庄宿营，哨兵发觉麻力泾方向有情况，马上前来告知黄晓龙，黄晓龙二话没说，紧急集合短枪队行动。这时，朱艳的民运工作队已经向村外突围，只见朱艳单腿跪地，双枪并发，指挥队员向村外冲击。包围麻力泾村的鬼子原想趁夜深人静悄悄进村，打三支队一个措手不及。不料朱艳他们发现得早，在夜色中组织突围。而短枪队迅速赶来，与朱艳里外合击，鬼子反被打得晕头转向，仓皇地逃回白鹤镇据点去了。但在此战中，黄晓龙被流弹打伤了右臂，受了伤。朱艳与短枪队战士会合时，看到黄晓龙右臂在流血，急忙扯了一块布条为他包扎。

一系列的事件，让黄晓龙陷入了沉思。葫芦湾阻击战、通波塘伏击战以及麻力泾遭遇战，鬼子的一再得逞难道是一种巧合？种种迹象表明，鬼子似乎事前获得情报。黄晓龙是农家出身，为人忠厚，但战争的残酷不得不让他认识到人的复杂性。会不会三支队内部出了内奸？这个内奸会是谁呢？是谁会甘心充当日伪的内奸呢。俗话说“无鬼勿死人”，一连串的事件让黄晓龙认定三支队内有“鬼”，他一定要将这个“鬼”捉出来，否则明枪易躲，暗箭难防，后患无穷。他将自己的怀疑悄悄地向顾火生汇报了。顾火生其实也有这样的预感，听了黄晓龙的话后，他更坚信了自己的怀疑。

正在疑窦丛生之际，政训班学员夏辉来到三支队，他向顾德欢和顾火生说：“老陈让我送来一份情报。”夏辉说的老陈，即陈雪涛。政训班结束后，顾德欢考虑到珠葑镇是西浦地区的一个重要码头，必须委派一名得力干部去那里工作。经过反复研究，因陈雪涛是珠葑镇人，在那里人脉较多，顾德欢就派他前去，担任中共珠葑镇区委书记。顾德欢拆开情报一看，即将纸条递给了顾火生。顾火生看完后对顾德欢说：“这与我们的怀疑不谋而合！”

原来，陈雪涛从潜伏在日伪的关系中得知，三支队中混进了内奸！内奸不除，后患无穷！但这个内奸是谁呢，他潜伏在哪里呢？

夏辉走后，顾德欢和顾火生对此事进行了分析推敲。

三支队的后方医院很特殊，医院分为两部分——一栋偏僻的农宅和一条木船。木船遇上紧急情况可以随时转移。后方医院只有两位医生和两位护士。其中一位医生是重固镇上有行医执照的何仲良，他出生于世医之家，医术很高，恪守祖训，以救人为宗旨。抗战全面爆发后，面对日本侵略者的暴行，何医生受到极大的震撼，也被抗日志士的行为所感动，于是悄悄为三支队受伤的战士治疗，不久毅然加入了三支队，成了后方医院的主治医生。另一位医生名叫李钦，李医生在上海学的西医，医术很好，来后方医院后表现不凡，救治受伤的战士很出力，在三支队中受到指战员的好评。

何仲良的徒弟沈蕾，在上海读过护理学校，思想进步，上海沦陷后回到家乡，随何医生一起来到后方医院当护士。另一个准护士就是田爱云，她参加三支队后，顾火生让她在后方医院工作。后方医院的医生护士，不怕环境艰苦，他们相互配合，工作相当默契。

黄晓龙受伤后，何医生在他伤口上敷了药，包扎好了。田爱云见黄晓龙受了伤，心痛极了，问何医生："伤得重不重啊?"何医生说："放心，伤口不深，住几天伤口愈合就好了。"朱艳来看望黄晓龙，她还带来一篮黄晓龙姑姑送给他的鸡蛋，让他和李其章等人一起补补身子。黄晓龙说："这怎么好意思啊！你代我好好谢谢姑姑啊。"李其章在隔壁床铺上，听到朱艳的话，也说："小朱，代我谢谢黄阿姨啊！"朱艳在施家宅做民运工作时，一直住在黄晓龙的姑姑黄宝娟家。黄宝娟原来有个女儿，七岁时得病夭折了，黄宝娟心痛得不得了。当黄宝娟看到朱艳，她越看越像自己的女儿。虽然实际上一点也不像，只是她想女儿想多了，产生了一种错觉而已。她将朱艳收为自己的过房囡，视如己出，待她好得如亲生女儿。听朱艳说黄晓龙为了救她而受了伤，黄宝娟说："你们啊，都是一根藤上的苦瓜。"说着，装了一篮鸡蛋，让朱艳带给黄晓龙补身子。

说实话，朱艳对李其章临阵脱逃是鄙视的，这简直是三支队的耻辱。但她为了不让李其章感到疏远，故意说让李其章一起补补身子。但李其章是聪明人，他早就感觉到了三支队队员眼中明显地流露出一种不屑的目光，对此，李其章的心中充满了深深的自责。

朱艳认识黄晓龙后，发现这个农村青年为人忠厚正直，疾恶如仇，而且长得一表人才，心里渐渐有了好感。特别是这次麻力泾突围，幸亏黄晓龙及时赶到，里外合力冲击日寇，才顺利地突围而出，否则后果不堪设想。当时，朱艳甚至做好了牺牲的准备！从这层上，朱艳对黄晓龙是尤其感激的。在部队中，这种战斗友谊，毕竟不同于一般的朋友之情。黄晓龙姑姑说她和他是"一根藤上的苦瓜"，更让她感觉到自己和黄晓龙之间，似乎命中注定有某种天然的联系。

今天她到后方医院来，既是表示感激，更有一种出于女性的关怀情愫。

同样，黄晓龙心底对朱艳也怀有一种敬佩。一个女同志，从上海难民营下来和男同志一样吃苦，一样练操，一样练射击，甚至还和苏虹一起去各个中队演出，丰富三支队的文化生活。尤其在危险时刻，她临危不惧比李其章这样的人更有魄力，更有牺牲精神，这让黄晓龙对她产生由衷的敬意。

沈蕾与田爱云早就成了好姐妹，两个人一起在后方医院做护理工作，你帮我助，关系默契。田爱云谦虚好学，把在上海护理学校毕业的沈蕾当作老师，事事请教，护理水平也不断地提高。沈蕾知道田爱云有个哥哥，一直听田爱云夸自己哥哥的好，听田爱云讲黄晓龙打鬼子的故事。现在知道了，这个哥哥是她自认的！

黄晓龙受伤来到后方医院后，田爱云总是抢着照料他，有意无意地陪他聊天。黄晓龙觉得田爱云天真可爱，为人淳朴，隐隐感觉她对他似乎有一种超乎亲兄妹的好感。

沈蕾对黄晓龙也很关注，因为听了他的传奇故事，她有意无意地问他一些打仗的事。这却让黄晓龙生出了一种警惕，黄晓龙感觉她的关心超出了她的职业范围，不由得对沈蕾多起一个心眼来。

因为鬼子的“扫荡”日益频繁，三支队的伤员不断增加，后方医院人员出入也复杂起来。黄晓龙想，如果这里有敌人的眼线，是不难得到三支队信息的。但后方医院的医生和护士都很好，他们冒着生命危险在用自己的医术为三支队服务，怎么好去怀疑他们呢？但河底戳得着，人心摸不透啊。当然，这也只是黄晓龙私底下的一种怀疑，没有任何实质性的证据。

眼看着黄晓龙的伤快好了，这天朱艳又来看黄晓龙。

黄晓龙说：“还来呀，我马上出院了。”

朱艳说：“你安心养伤吧，不急出院。”

沈蕾闻声过来说：“黄队长的心早飞出去了。”

黄晓龙说：“伤好了呀，你看——”他撩起衣袖对朱艳说，“我没骗你吧。”

朱艳笑着说：“告诉你，我是奉支队长之令，前来通知你归队的！”

黄晓龙听到朱艳忽然改口有点不敢相信：“真的？”

朱艳点点头说：“有任务。”

黄晓龙听说有任务，急着问：“什么任务？”

朱艳轻声说：“白鹤镇据点的鬼子占了通波塘的便宜后，明天又要来重固镇骚扰，支队长准备……”她压低声音说，“在鬼子必经之路的三岔口再打一个伏击。”

沈蕾看到黄晓龙和朱艳在说悄悄话，她走过来，笑着说：“姐姐，什么事说得这么亲密啊？”

朱艳掩饰说：“没有什么事。”

黄晓龙却对着沈蕾说：“支队长准我早点出院，明天鬼子来‘扫荡’，我们去三岔口打他一个伏击。”

“晓龙你——”朱艳想阻止黄晓龙说出伏击战之事，不料黄晓龙口无遮拦说出来了，而且他还没有任何一点感觉，只管与沈蕾说笑。

黄晓龙说：“谢谢你呀沈蕾，这几天你和爱云精心照料，真的谢谢你！”

沈蕾说：“真羡慕你们，又要去打鬼子了，我却只能待在后方医院！”

朱艳说：“这里没有前方后方，说不定哪一天鬼子会出现在你面前了。到时你不要吓得尿在裤子里了！”

沈蕾噘起嘴说：“姐姐你门缝里看人，把人看扁了！”

这时，田爱云也走了过来。听说黄晓龙要出院了，说：“晓龙哥，你的伤还没有好透呢。”

黄晓龙说：“爱云，谢谢你这些天来的照顾啊。”

田爱云说：“谢啥，都是我应该做的啊。”

黄晓龙对沈蕾说：“我这就可以走了吧？”

沈蕾说：“好吧，何医生不拦你，我也不拦你。”

田爱云看一眼朱艳腰里插着的小手枪，对黄晓龙说：“晓龙哥，我有个小小的要求，你能答应我吗？”

黄晓龙说：“你说——啥要求？”

田爱云欲言又止：“你先说，能不能答应我？”

黄晓龙笑了：“……好好，我答应你。”

田爱云说：“我想要一支手枪……”

黄晓龙笑了：“那得支队长同意啊，支队长同意了，我没有二话！”

田爱云说：“我不管，反正你已经答应我了！”

黄晓龙说：“好好，我去与支队长说，后方医院说不定也会遇上鬼子的，你们也要学会打枪！”

田爱云高兴地说：“谢谢你啊，晓龙哥！”

沈蕾听了，笑着说："黄队长，听者有份啊，我也要的啊！"

黄晓龙对沈蕾说："放心，我不会偏心的。"

黄晓龙与李其章，还有其他一些伤员打了个招呼，然后随着朱艳一起走了。

田爱云看着黄晓龙随朱艳走了，她的心也仿佛随他们一起走了过去，直到他俩远去的背影看不见了，才回转身来。

走出后方医院，朱艳对黄晓龙责怪地说："你对那个沈蕾，是不是有点日久生情了？"

黄晓龙听了笑了："怎么了？"

朱艳说："你怎么什么话都对她说？"

黄晓龙说："我说什么了？"

朱艳不高兴地说："你说什么你还不知道啊？"

黄晓龙见朱艳真的生气了，怕她生出误会，忙说出了自己的怀疑。原来黄晓龙这是将三岔河伏击的事有意泄密给沈蕾听的，因为他对沈蕾有了怀疑，他就将计就计把情报泄密，试试沈蕾会不会是三支队的"内鬼"。朱艳听了黄晓龙的想法，她觉得沈蕾不会的。

黄晓龙："害人之心不可有，防人之心不可无。支队长说了，不要冤枉一个好人，也不要放过一个坏人！"

朱艳说："小心无大差！刚才我真的还误会了你呢。"

随后她问黄晓龙："那三岔口伏击战怎么办？"

黄晓龙说："我们去找支队长，商量改变计划！"

朱艳说："好，我们这就去！"

这天晚上，后方医院和往常一样，一到八点钟，伤员都开始睡觉了。

夜渐渐深的时候，附近的村子里突然响起了狗叫声。

李其章本来有点伤痛没有睡着，听到狗叫声他就警觉起来。他见其他几个伤员已呼呼入睡，就不声不响地起来，悄悄地推开房门，走到屋子外的场地上。这时，下弦月已西沉，天上有着淡淡的云层，周围黑黝黝的。

突然，李其章发现有情况，夜色里一群鬼子正悄悄地向后方医院摸来。他顾不得回去叫醒其他伤员，急忙向西边的竹林里躲避。

果然，十几个鬼子前来偷袭。鬼子迅速包围了后方医院，然后他们冲进屋去，将伤员一个个叫起来，赶到了外面场上。接着，他们又在隔壁的房子里，把何医生、李医生以及护士田爱云和沈蕾一起赶到了屋外场上。西面的竹林里，有风吹过，竹林发出一阵飒飒的响声，气氛显得有点阴森森。

一个鬼子头目说着听不懂的日语，旁边的翻译解释说："皇军说了，三支队与皇军作对，格杀勿论。三支队的医生救治三支队的伤员，救好了伤员再去打皇军，也统统格杀勿论！"说罢，鬼子一阵推搡，让医生和伤员排成一排，准备执行枪决。

躲在竹园里偷看的李其章，此时大气不敢出一口，心里在庆幸自己命大，幸亏没有睡着。看着事态的发展，他知道三支队的后方医院今晚算是遭殃了。

伤员和医生被排成一排，被赶到了墙边。一群鬼子举起了枪。

这时，沈蕾懊悔自己没有一把手枪，如果有手枪，她就可以反击鬼子了。田爱云做好了牺牲的准备，她只是可惜没有可能再见到自己的哥哥了。

只听一个鬼子头目喊着口令："预备——"

鬼子头目"开枪"两字即将要喊出来。只要喊出"开枪"两字鬼子手里的枪会随之喷出无数颗子弹，朝着墙边的伤员、医生和护士呼啸而去，并像恶狼一样张开血盆大口，撕咬墙边的这群人，墙边的这群人会顷刻间被推倒的墙一样倒下来，鲜红的血会顷刻间漫溢一地……马上会出现的这一惨剧，让李其章害怕，他赶紧闭上了眼睛。

然而，枪并没有响，有人大喊着说："别开枪——"

墙边的人群里，一个黑影跌跌撞撞地摇着手走向前来，那黑影情急慌忙地说："别开枪，别开枪……"

李其章听出那是李钦医生的声音。

他不知道发生了什么事，也不知道会发生什么事，他侧着耳朵，瞪大了眼睛，从竹林那儿向场地这里看着。

只见那黑影跌跌撞撞走到鬼子头目面前，说："别误会，我是'鹭鸶'！"

鬼子头目说："什么鹭鸶，统统地枪毙！"

李钦急着说："别误会，我是特高课的！"

鬼子头目说："你是岩崎课长特派的？有特殊任务？"

李钦仿佛遇到了知音，兴奋地说："正是。"

鬼子头目说："你瞎说！"

李钦说："你可以打电话问岩崎机关长。"

鬼子头目一摆手，说："好吧，其他人放了，把他绑起来！"

李钦愤愤地说："为什么绑我，我要报告岩崎机关长！"

鬼子头目把帽子一扔，说："我让你西天报告去！"

李钦大惊失色："啊，你是……是……黄晓龙？"

假扮鬼子头目的黄晓龙笑着说："李医生，想不到你就是混在我们三支队的'内鬼'！"

李其章看着事态发生了戏剧性的变化，不禁又惊又惧又羞愧，他从竹园里走了出来，对黄晓龙说："你这个日本鬼子装得真像呀，连我都瞒过了！"

黄晓龙说："将'内鬼'押到支队部去，支队长正等那里呢。"

原来，这是顾火生和黄晓龙为抓"内鬼"设计的一场戏。后方医院的沈蕾得知三支队要在三岔口伏击鬼子很高兴，她希望黄晓龙在伏击战中缴获鬼子的手枪，那样她就可以得到一把梦寐以求的手枪了。而李钦其实是日特机关的一名特务，是岩崎安插在三支队中的内线，让李钦前来三支队帮助"抗日"。岩崎将李钦的代号取名为"鹭鸶"。李钦通过他与三支队一些指战员的关系，得到了一些有价值的信息。葫芦湾和通波塘的失利，就是他给鬼子通的情报。那天他看到护士沈蕾很兴奋的样子，便从沈蕾这里得到了三支队要在三岔口再打一次伏击战的情报，又通过秘密渠道将情报送给了岩崎。鬼子掌握了三岔口伏击计划的假情报后，倾巢出动，希望在三岔口重演通波塘一幕。然而这一次，他们的如意算盘落空了，这次的情报是假情报。三支队避实就虚，反过来抄了白鹤镇鬼子的老巢！凯旋的三支队，也就吃准三支队的"内鬼"就在后方医院，于是上演了一出假"皇军"揪出真特务的好戏！

第八章

民主政府，王师龙兴革区政
《野火》熊熊，贼汉奸露出原形

王师龙是徐泾乡泗安桥人，1929 年考入昆、嘉、西三县乡村师范学校。在校期间，他因品学兼优深得师长器重。毕业后，他担任赵巷刘夏小学校长一职。西浦沦陷后，王师龙去崧塘镇顾火生自卫队参观，深感要保护家乡，必须建立自己的武装。于是，他就在后援会的基础上，建立起了抗日自卫队，现在是三支队三大队大队长兼八区区长。

西浦游击区共有三个区，分别为六区、七区、八区，还有路南、路北部分乡镇。后来在顾火生倡议下，成立了各区联合办事处，顾火生被推选为主任，联合办事处成为代行地方行政的政权机构。在大上海敌人的眼皮底下，存在这样一个抗日民主政权，不能不是一个奇迹。

游击区因战乱，学校全部停顿了。王师龙作为小学校长，心里十分焦急，地方父老对他也十分期待。他就向顾火生反映这一问题。顾火生觉得王师龙反映的问题确实迫在眉睫。然而，在鬼子反复“扫荡”的游击区，办学谈何容易！但不办学校，我们的子弟怎么办？他们不能没有书读啊！顾火生亲眼看到一些孩子因为没有书读，流浪在社会上，深知尽快恢复办学也是抗日斗争的需要。于是，他让王师龙将八区的学校先恢复起来。

经过努力，王师龙在八区率先恢复了原先的学校，还创造性地办起了一所流动小学。这所学校没有固定的校舍，可以机动地在村里流动教学。在教材上，他除了采用商务印书馆编印的《语文常识》外，还自编了游击区的抗日补充教材。

游击区的其他各区纷纷向八区学习，也逐步恢复了战前的设校状况。

针对形势需要，顾火生要求各学校开展坚持抗日必胜的信念教育，激励大家鼓足勇气，提高民众的抗战热情。

王师龙运用救亡爱国的歌声唤起民族精神，提高大家抗日热情，坚定必胜信心。原来各年级每周有一、二课时唱歌课，他将其改为每天一次歌咏活动，让全体师生共同习唱抗日歌曲。恰巧上海中华职业教育社派来了十余人的农村教育工作队，王师龙派人邀请上海中华职教社的老师前来指导，并教唱歌曲。职教社的老师来教唱时，先请师生们集合在一起，分发预先准备好的油印歌页，也临时用小黑板抄上歌词后教唱。没有乐器伴奏，也很少中间休息，但大家都满怀激情，精神饱满地学唱。学生从早晨进校到放学路上，常常是一片抗日救亡的歌声，群情激昂，此起彼伏。

八区还率先成立少年先锋队。他们的主要活动一是放哨，由六年级同学轮流驻守要道，对外来人士进行查勘了解；二是通讯，为联合办事处传递文件、书刊。有一次，一位教育股辅导员到刘夏小学了解情况，学生就上前盘问："你是谁？到哪里去？干什么？"问得那辅导员不得不如实详告，才被通过放行。

王师龙还重视宣传工作，他在区内办起了一份名为《野火》的杂志作为宣传的阵地。创办刊物要有写作和编辑人才，王师龙想到了自己昆、嘉、西三县乡村师范的同学诸人龙。诸人龙正在珠葑镇一隅小学任老师，他是个有爱国心、有才华的青年，能写一手好文章。在一隅小学教学期间，他的心情十分压抑。沦陷区的一切都让他气愤，学校中日本鬼子派人前来监视，任何抗日的言论都不能说，真是不敢怒也不敢言。他早就想投奔抗日游击区。接到王师龙的邀请，便推说身体不好，辞职后悄悄前来八区报到了。王师龙让他作为区长助理，负责宣传和军政文牍工作。同时，王师龙还请来了另一个同学朱志成。朱志成是徐泾乡联民村西库村人，师范毕业后在家乡西库初级小学任教。接到老同学王师龙的邀请，朱志成二话不说，也前来八区。王师龙让他作为区长助理负责八区总务。由于诸人龙和朱志成都是文章高手，杂志说办就办起来了。

为什么将杂志命名为"野火"？王师龙说，"野火"两个字，比喻广大农村燃烧着熊熊的野火，人民的抗日斗争就是一个火阵，日本鬼子就是一群疯牛，他们冲进野火之中，一定会被烧得焦头烂额，一定会被烧死！支队长顾火生对这个名字也很满意,他说:“不久前的火烧公路桥,不就是一场野火吗?”

王师龙要求《野火》半月刊要办得有质量,有质量才能更有影响。作为主编,他为每期刊物撰写文章,或分析抗战的形势,或鼓舞人们抗日的热情,他的文章结合实际,高屋建瓴,很有指导意义。刊物上还有抗战形势的报道、文艺性的小品以及摘自抗日报刊的文章。他对《野火》半月刊的开本大小、用纸设色、发行等具体细节,都认真参与意见。《野火》半月刊是用白报纸黑色油印的,大小为16开本,每期篇幅在28页左右,辟有“论坛”“文艺”“杂俎”“时事消息”等栏目,每期印行三五百本,由八区区公所免费寄发游击区机关、学校团体等。

有个名叫张九方的青年,在家乡沦陷后,避难至农村。他喜欢学习木刻画,喜欢那些黑白对比强烈、线条刀锋毕露的版画。他设法获取了一些银杏、白桃等木材,并通过邮购买到了四把装于一匣的木刻刀,就此动起手来。起初,他用刀技法不熟练,所作十分幼稚,但随着时间推移,他逐渐开始熟练起来。他的版画内容都是以宣传抗日为主的。王师龙十分支持他,鼓励他创作更多的版画作品,将他的版画在《野火》杂志上发表。由此,张九方的许多作品都出现在《野火》杂志上,如《杀!》描绘了一个穿便衣的游击队员手提着上了刺刀的步枪,踏着倒地的太阳旗冲来;《一面拿枪,一面种田》展现了水田里农民弯腰插秧,岸边农民持枪守卫的场景;《袭击》刻画了埋伏在公路边的游击队正在袭击敌人的军用卡车;《黎明之声》则描绘了黑暗的原野中,远处曙光初现,一位战士在高处吹着军号的情景。这些画作通俗易懂,鼓舞斗志。

在八区的模范带领下,各区抗日政府开始重视编抗日报刊来教育民众。支队部也创办了《前哨报》,顾德欢让李方明任主编,自己也常为刊物撰写时事评论。李方明来三支队后,各方面表现优秀,由于他出身宁波,大家亲切地称他为“宁波李”。他编的《前哨报》图文并茂,流传甚广。

为便利各区、乡、镇之间的通讯联系,及时将办事处颁发的布告、通知和各区办的抗日报刊投递出去,顾火生在抗日游击区内创办了简易邮政并在邮件上加盖“××游击区大众信箱”的邮戳。

三支队的文娱活动比较丰富，文工团每次去各区演出，短枪队总要派人随行保护，这也成了一个惯例。这天，短枪队队长黄晓龙亲自护送文工团去八区演出。来到区公所，王师龙和诸人龙、朱志成他们热情迎接。区公所就在刘夏小学边上，演出安排在刘夏小学操场。各年级学生拿了座凳在操场上按班排好队，三大队战士也排着整齐的队伍前来观看，附近老百姓也来了不少人。

朱艳和苏虹是文工团的主力，她们均以素装登台演出。文工团演唱了救亡歌曲《义勇军进行曲》《游击队歌》《大刀进行曲》《毕业歌》等，朱艳和苏虹还联袂演唱了李方明编写的《三支队之歌》。刘夏小学的学生也参加表演，他们演唱了《少年先锋队歌》："国土在我们脚下，敌人在我们眼前，救国的责任，担在我们两肩，全国的少年，拉着手儿向前！"还有一首儿童歌曲《我们笑了》幽默风趣："偷白米的老鼠，小猫把它咬死，小猫现在笑了，喵喵喵，喵喵喵。吃小鸡的黄狼，小狗把它赶走，小狗现在笑了，汪汪汪，汪汪汪。抢地方的敌人，我们把他打死，那一天我们笑了，哈哈哈，哈哈哈。"一首一首歌曲在刘夏小学操场上空回响，在场的学生、三大队战士和老百姓，围成一个大圈子，不断把热烈的掌声送给文工团团员们。

演出结束后，人群散了开来，大家拥到朱艳和苏虹这里，用钦佩和艳羡的目光看她们。王师龙将人群劝散了，然后邀请黄晓龙他们去区公所坐一会。

诸人龙拿着新出版的《野火》杂志从厢房里走过来，他将一本杂志递给朱艳说："朱团长，请多指教。"

朱艳接过《野火》，称赞道："八区样样事情走在前面，这本杂志支队长不知表扬多少遍了！"

王师龙说："哪里呀，行家在这里呢。"他从诸人龙手里接过一本《野火》递给李方明："方明兄才是行家，请多多指导啊！"

李方明不好意思地说："哪里哪里，我们的《前哨》要向你们《野火》学习，你们的文章激情澎湃有力量，鼓舞人心！"

朱艳说："李方明你也别客气啊，你们都文章写得好，画画得好！"

黄晓龙说："还有我们团长、副团长歌唱得好！"

王师龙说："朱艳你是双枪将，现在我们都向你学习成了双枪将了啊，我们手里拿了一支枪，唱的歌和办的杂志是另一支枪，这手里的枪可以消灭敌人，另一支文化的枪可以唤起民众参加抗战！”

朱艳听了说：“王区长不愧是老师，讲话就是有水平！为王区长鼓鼓掌好不好？”

大家一齐说：“好！”一阵掌声“噼噼啪啪”地响了起来。

区公所的警卫进来，附在王师龙耳边悄悄说了几句话。王师龙对诸人龙说：“外面有人找你，去看看！”

诸人龙将手中杂志放桌上，然后朝区公所外面去。

一会儿，诸人龙带着一个青年姑娘过来了。

那姑娘生得眉清目秀，脸色红润，背后拖着一条乌黑长辫。她举止文雅，颇有书卷气质，然而面露愁容，似有满腹心事。

看到屋里一大群青年男女，她不由迟缓了脚步。诸人龙说：“不要怕，都是自己人。”

入得屋内，诸人龙向大家介绍：“这是我们同学，她姓方，叫方雅芬。”

诸人龙说的“我们”，是指王师龙和朱志成。原来，方雅芬和诸人龙他们都是昆嘉西三县乡村师范的同班同学。方雅芬对多才多艺的诸人龙颇有好感，并暗生倾慕之情。方雅芬生活在县城，父亲方鸿飞是西浦中学数学老师，曾留学日本。诸人龙家境贫穷，毕业后在偏僻的燕淀乡任教，自感高攀不上方雅芬。然而，方雅芬是一位多情女子，她不嫌鄙诸人龙家境贫困，不时飞鸿传书，与诸人龙保持联系。诸人龙调到珠葑镇一隅小学，后来受王师龙邀请去八区工作，这些情况方雅芬都是知道的。西浦沦陷后，日伪把三支队控制的六、七、八这三个区诬称“匪区”，一边进行“扫荡”，一边进行严格的封锁隔离。凡与三支队有涉的人被视为通匪，轻则警告威胁，重则抓捕关押。即便如此，方雅芬还是通过秘密方式，与诸人龙有联系，只是联系的次数不多了。

方雅芬突然来到八区，大家感觉有点蹊跷，问她怎么来了？

方雅芬激动地说：“我要参加三支队！”

方雅芬早就有参加三支队的想法，但诸人龙劝她不要贸然行事，因为她的情况太特殊了。诸人龙早就得悉，方雅芬的父亲自从鬼子占领西浦后，由于在日本留过学，会说一口流利的日语，又是西浦中学有名望的数学老师，就被岩崎盯上了。岩崎需要方鸿飞这样的人为自己服务，在西浦地面上，只要方鸿飞肯为日本人服务，就会影响一大批的中国人。所以岩崎恩威并施，软硬兼用，想要方鸿飞担任自己的翻译。考虑到西浦地区有独特的风俗习惯，有复杂的方言区域，当地人翻译，会翻译得更准确。更重要的是，从“以华制华”的方略来说，当地人当翻译，有利于中日亲善的宣传。岩崎让人叫来方鸿飞，将邀请他任翻译副官的意思说了。方鸿飞对岩崎说，他需要考虑考虑再回答。

这样，方鸿飞这个数学老师无疑面临了一道选择题，是拒绝还是服从？拒绝则身家性命不保，服从则柳暗花明又一村，但无疑会被同胞所不屑，所唾弃。在非此即彼的选择面前，诸人龙知道方雅芬父亲选择了后者。这样，他也就成了有辱祖宗的汉奸了！

作为汉奸的女儿，如果方雅芬来三支队，会让自己很尴尬，所以诸人龙劝方雅芬不要贸然行事。

但今天，方雅芬怎么突然前来要求参加三支队了呢？

盘问了半天，方雅芬终于说出了缘由。原来，岩崎手下有个坂田次郎的少佐，向来爱寻花问柳。只要见到有几分姿色的中国姑娘，往往不择手段地进行侮辱，甚至强奸。因为岩崎爱好中国字画，他听说方鸿飞家有一幅画是祖上传下来的，就前来方宅看画。他的突然造访，让方鸿飞有点意外，但也同时又有点喜出望外。方鸿飞又是泡茶又是请坐，一副奴颜婢膝的样子。

坂田次郎直截了当地提出要看看他家祖传的画。方鸿飞二话不说，就带坂田次郎去他书房看画。坂田次郎看了赞不绝口，连连说：“好画！好画！”又说：“岩崎机关长一定也喜欢这幅画的。”

说话听声，锣鼓听音，方鸿飞赶紧将画从墙上拿下来，说：“如果岩崎太君喜欢，就算方某一点心意吧！”

坂田次郎笑着卷起画轴，说：“我一定将你的美意转达岩崎机关长。”

正在坂田次郎卷了画轴想离开时，方雅芬不知鬼子少佐还在，从楼上下来取东西，正好与坂田次郎撞了个正着。看到方雅芬，坂田次郎像着了魔，脚生了根似的不走了。

方鸿飞见状，不禁惶恐地说：“太君，这是我的女儿。”

坂田次郎醒过来似的，问道：“她是你女儿？”

方鸿飞点头:“是的,小女方雅芬。”

“方雅芬……”坂田次郎似乎在回味眼前的美色,说:“真没有想到呀,方翻译还有如此漂亮的女儿!”

方鸿飞说:“太君过奖了。”

坂田次郎感觉到了自己的失态,忙说:“方翻译,你的大大的福气!”说完,又看了方雅芬一眼,才拿了画卷走了出去。

自此,坂田次郎就找借口三天两头来到方鸿飞家,有时还客气地带一点礼品送给方雅芬。坂田次郎的狼子野心,明眼人一看就明白了。方鸿飞并不糊涂。

方雅芬早就感到危险在向她逼近。她是一个有正义感的青年,看到父亲与鬼子混在一起,心里早就不满。但被方鸿飞所说的“人在矮檐下,不能不低头”之类的话所惑,以为父亲也是没有办法,所以一直忍受着。

这天,方鸿飞无奈地告诉女儿,坂田次郎欲娶她为妻。方鸿飞之所以将这个消息告诉女儿,因为知女莫若父,方鸿飞知道方雅芬的火暴脾气。他是想让女儿知道这个消息后有所预警,然而他意料不到的是,女儿听了他的话,顿时怒不可遏,她再也忍不住了,与他吵了起来,还骂他是岩崎的一条狗!方鸿飞被女儿骂得脸上红一阵白一阵的,他真是欲哭无泪啊!

第二天晚上,方雅芬就失踪了……

父亲认贼作父,还要将自己的青春毁掉,方雅芬毅然决然地离家出走。去哪儿呢?她下定决心,去找诸人龙,与他们一起参加抗日队伍!

听了方雅芬的叙述,王师龙和朱志成、诸人龙他们感慨唏嘘,想不到他们的老师会堕落到这个地步!

看到眼前的方雅芬,黄晓龙感觉有点似曾相识,过了一会儿,他终于想起来了,那天前来蟠龙镇春来茶馆宣传抗日的女学生,不正是方雅芬吗?黄晓龙于是问方雅芬:“你认识我吗?”

方雅芬看看黄晓龙,摇摇头说:“不认识。”

朱艳说:“他是我们短枪队的黄晓龙队长。”

黄晓龙说:“我在蟠龙镇茶馆里听过你的抗日演说!”

方雅芬似乎想起来了:“是吗?”

听了方雅芬刚才的叙述，黄晓龙为她父亲感到可惜。黄晓龙说："我看你父亲是哑巴吃黄连——有苦说不出！"

朱艳说："你对小鬼子软弱，就只会受他欺凌！"

诸人龙也说："想不到方老师成这样子了！"

方雅芬愤愤地说："他这是自作自受！"

诸人龙轻声说："你父亲也是事出无奈。"

朱志成老成地说："方老师聪明一世，糊涂一时！"

他们都曾经是西浦中学方鸿飞的学生，在学校里，他可是开口闭口要学生立志爱国，想不到事到临头，自己先背叛了自己！

王师龙说："我们要用这个事例好好地宣传一下，揭露日本鬼子的卑鄙无耻，说明当汉奸没有好果子吃！"

诸人龙说："我来编一个剧本，就叫《汉奸梦》！"

朱艳说："诸作家，你快点编好剧本！"

黄晓龙说："不要忘记让我也轧一脚啊？"

朱艳说："你是我们文工团的护花使者，不要说轧一脚，就是轧二脚也呒没闲话！"

朱艳说罢，大家都笑起来。

王师龙欢迎方雅芬来到游击区，让她留在八区协助工作。

诸人龙用了一周时间，编出了沪剧《汉奸梦》。

故事的内容为某女与其表弟，青梅竹马，自幼相爱，订有婚约。自地方沦陷后，一住城一住乡，两地相思。女父投身伪政权，认贼作父，为虎作伥，对日军宪兵队队长卑躬屈膝，奉承拍马。有一次，敌酋偶见其女，垂涎其花容月貌，必要得之而后快。就常至其家探望。父受宠若惊，至兽心显露，其父犹以为荣，逼女应允。女在紧迫情况下，与父决裂，出奔城外，找到已在抗日游击队的表弟，一起投身抗日事业。

西浦县的老百姓都喜欢沪剧，诸人龙将剧本交给文工团排演，朱艳组织人员，邀请黄晓龙扮演表弟，自己与方雅芬AB角扮演某女。戏排好后，到各大队演出。因为故事选取了方雅芬的真实遭遇，情节非常生动，全剧是与非，忠贞与奸佞，爱国与卖国的对比强烈。唱词也通俗易懂，中间还穿插不少俚语噱头，对汉奸作了嘲讽，对鬼子作了深刻的揭露。三支队战士都喜欢此剧，由此也让方雅芬成了三支队颇有知名度的人。

《汉奸梦》的剧本在《野火》杂志上连载了，当这期《野火》杂志出现在岩崎办公台上时，岩崎不禁得意地笑了起来。

第九章

“江抗”东进，上海滩敌伪震惊
当机立断，“肚兜带”[①]炸响迅雷

1939年春夏之交，叶飞率新四军第六团从茅山出发，向东挺进，他们打着“新四军江南抗日义勇军”的番号（简称“江抗”），进入澄锡虞（江阴、无锡、虞西）、苏常太（苏州、常熟、太仓）等地区开展抗日游击战，战略意图是发展抗日形势，扩大抗日武装。东进途中，“江抗”在无锡黄土塘、苏州浒墅关车站等地打了不少漂亮仗，部队也在战斗中经受了锻炼。“江抗”一部由吴琨和何克希两位副司令率领，途经常熟梅里，一千多人浩浩荡荡挺进至嘉定外岗地区。

这年，江南的庄稼如往年一样长得很茂盛，一片片玉米地郁郁葱葱，玉米秆长得比人还高，碧绿碧绿一大片。吴淞江两岸，由于当年开挖河道的缘故，两岸的庄稼地比一般高，沿河形成一条隆起带。那一片绿油油的玉米长在这一条隆起带上，远远望去，仿佛一堵绿色的屏障。吴淞江南岸是三支队控制的游击区，北岸是敌占区。这里离北面苏沪公路不足一华里，沪宁铁路也近在咫尺，可以看到日寇兵车频繁来往。东面的黄渡镇有日寇据点，西边的白鹤镇也有敌伪据点，稍远些的南翔和安亭镇都驻有大量日寇。

这天，三支队侦察员在吴淞江边发现了异常情况，北岸玉米地里好像隐伏着一支大部队。发现情况后，侦察员一面派人严加监视，一面火速向支队

---

① 肚兜带：肚兜是中国传统服饰中护胸的贴身内衣，多为女性和小孩所穿。肚兜有保护腹部，防止着凉生病的作用。形状多为正方形或长方形。肚兜四边有带子，上端的两根带子套在颈后，左右端的带子束于腰后。“肚兜带”在文中喻指大上海旁边险要的位置。

部汇报。

顾火生召集支队部紧急会议。两天前，他得到中共江苏省委指示，说自己的部队就要来西浦地区活动，让三支队做好思想和物质的准备。但上级没有说部队什么时间来，从哪里来。

会上，侦察员汇报说，北岸隐蔽在玉米地里的部队，穿的军装是黄色的。有人说，新四军的服装是灰色的，不可能是自己的部队。有人反驳，如果是伪军的话，为什么不去白鹤镇和黄渡镇，而露宿在玉米地里呢？

也有人提出疑问，如果是自己的部队，为什么不派人来联系呢？

顾火生说："小心无大差，先摸清情况再说。"

顾火生让各部队加强警戒，做好战斗准备。通知各大队对据点内日伪动态严密监视。

随后，顾火生带支队部几位领导随侦察员来到吴淞江边，亲自观察动静。与侦察员说得一样，北岸部队隐蔽在玉米地里，弄不清情况。

此时，短枪队队长黄晓龙自告奋勇说："支队长，我撑条船渡河去对岸看看。"

顾火生说："对岸情况不明，有危险的。"

黄晓龙自小在崧塘河里学会泅水，摇船撑篙是熟手，他说："支队长，不入虎穴，焉得虎子！如果对岸真是自己的部队，联络不上，时间长了会出意外。"

顾火生想想，觉得时间不能耽搁长了！于是他说："晓龙，你去侦察一下吧，但千万注意安全！"

黄晓龙信心满满地说："支队长请放心，保证完成任务！"

很快，有人找来一条小船。黄晓龙独自一人上船，他将小船荡开一桨，小船就缓缓地驶离南岸，向河中心而去。

康旭东和朱艳等人看着小船慢慢到了对岸，只见黄晓龙系好船后，便消失在绿色的玉米地里。

黄晓龙渡河过去许久，却不见动静。大家都担心黄晓龙被北岸部队扣留了！情况扑朔迷离，大家都处于高度紧张中。

正在这时，朱艳指着前方叫起来："看，小船！"大家顺着朱艳的手指望去，发现江中心一条小船在晃晃悠悠地驶来。

小船的速度很快，不一会儿就抵达了南岸。果然是黄晓龙回来了，而且他还带来了一个穿黄军装的人。

陌生人拿出了介绍信。原来，穿黄军装的陌生人正是“江抗”司令部民运科的童科长。大家这才清楚，隐伏在北岸的是自己的部队。

顾火生感到事不宜迟，立即组织南岸船只抢渡“江抗”大军。

顾火生对康旭东说：“旭东，你们中队和短枪队负责抢渡部队。”

顾火生对冯友才说：“你和康松山叔负责安排大军住宿。”

许世贵说：“我们呢？”

顾火生说：“二中队负责对白鹤和黄渡方向敌伪军的警戒。”

顾火生回头对朱艳说：“你带五十名向导，晚上到‘江抗’司令部报到。”

一道道命令从顾火生这里出去。三支队组织的几十条船在夜色掩护下百舸飞渡，将“江抗”大军渡过了吴淞江。

“江抗”副司令吴琨、何克希被安排在南岸小墅庙住宿。忙完一系列事务后，顾火生赶到吴、何两位首长的住处看望。这时虽已夜深，他惊讶地发现，何副司令竟然还在看书！

何副司令说：“白天忙忙碌碌，无时间读书，每晚宿营后，我都要读一个小时的书，一边回想回想白天的事，考虑考虑明天的事。”

顾火生听了十分感动，说：“你们连日行军战斗已经很紧张了，深夜还坚持读书，对我教育太大了！”

吴琨副司令听到声音，在隔壁问：“老何，在与谁说话？”

何克希说：“快过来，老顾来了。”接着他又回头对顾火生说：“隔壁是吴琨副司令。”

吴琨枣红面色，双目炯炯有神。他拖着鞋匆匆走了过来。顾火生一看便知，这是一位久经沙场的将军。

吴副司令走上来，亲热地拉着顾火生的手：“老顾，辛苦你们了！”

顾火生久仰吴琨大名，紧握着他的手：“吴司令，我认识你好久了。”

吴琨听了有点诧异。

顾火生笑着说：“我们经常唱的一首‘反扫荡’的歌，里面唱的吴副司令不就是你吗？”

吴琨听了，恍然大悟，不禁大笑起来。何克希和顾火生也笑了起来。

这时,朱艳带着五十名向导已候在门外。

警卫员向吴琨司令员报告:“首长,三支队来了五十名向导,在外面等着。”

顾火生向着门外喊道:“朱艳,朱艳来了吗?”

“来了!”随着一声清脆响亮的女声,朱艳一阵风似的走进来,英姿飒爽地出现在三位首长面前。朱艳汇报说:“支队长,五十名向导全部到位!”

顾火生笑着说:“好!”即对吴、何两位首长介绍说:“这是朱艳同志,三支队民运科科长,还是我们文工团的团长,能文能武。”

吴副司令赞叹道:“顾支队长,你这里人才济济呀。”

顾火生说:“这是上海党组织安排来的同志。”他接着又说:“朱艳同志带来的五十名向导,都是三支队后备队的骨干,熟悉地形,政治可靠,他们的任务是为部队做好向导和协助联络地方工作,一边也是随军学习,等于你们为我们办了一个培练班。”

吴琨副司令听了,又“哈哈”笑了起来,说:“顾支队长,听说你做过账房先生,怪不得账算得这么精呀!”

朱艳说:“顾支队长说得对,我们要好好地向‘江抗’老大哥学习。”

吴副司令说:“看看,臂膀朝里弯的,帮顾支队长说话了。”

朱艳娇嗔地说:“是这样嘛。”

吴、何、顾三人相互看看,又一齐笑起来。

吴琨说:“好啊,我代表‘江抗’部队谢三支队了。”他回头吩咐警卫员:“通知参谋长来安排分配向导。”

不一会儿,参谋长周达明来了。周达明身材魁梧,仪表堂堂,眉宇间有一股英武之气。

吴副司令向他介绍了顾支队长和朱艳。顾火生和朱艳走上前与周达明握了手。

顾火生钦羡地看着英武的周达明,对吴副司令说:“吴司令,‘江抗’部队才是人才济济呀!”

吴琨听了,禁不住笑道:“你这是六月债,还得快呀!”

翌日,“江抗”司令部移驻侯家宅。

“江抗”大军浩浩荡荡,军容整齐,指战员一个个年轻力壮,如同小老虎一般。特别是部队中还有女同志，一样穿着军装，挎了手枪，背了皮包，精神抖擞。崧塘镇老百姓看到“江抗”部队英姿勃发，禁不住赞叹不已。

“江抗”部队严格遵守三大纪律八项注意，不拿群众一针一线，还帮助老百姓上门板、挑水、扫场地，大家都说“八一三”以来，从未见过这样的好部队。有这样的部队，抗战一定能胜利。

在侯家宅，吴、何两位首长主持召开了会师后的重要会议。

参加这次会议的有中共西浦县工委书记顾德欢、三支队支队长顾火生、支队部军事干部蔡一帆、一大队长冯庸钦等。会上，顾德欢对当前西浦地区形势做了汇报，之后大家对西浦地区存在的几大隐患进行了讨论和分析。

吴琨副司令说：“老顾，你情况熟悉，你谈谈看法。”

顾火生说：“西浦地区的日寇采用‘以华制华’的方法，大力发展伪军，将地方上一些地痞流氓收编为伪军部队，对抗日军民进行不断清剿和‘扫荡’，还收买特务和内奸，收集情报，捕杀抗日人士。西浦地区靠近上海，又是鱼米之乡，鬼子不断掠夺重要的军用物资——军米。为了粉碎日寇的阴谋，抗日军民与之进行了艰苦的斗争，作出了很大的牺牲。”

顾火生接着说：“西浦地区目前最大的几个隐患，一是上海西郊的姚有莲部队，这支游杂部队打着抗日的旗号不打日寇，却专门祸害老百姓；二是盘踞在北干山的金风高伪军，投敌后为虎作伥，是西浦日寇的依持力量；三是盘踞在黄渡镇上的淞沪游击纵队四支队许金生部，三支队曾团结争取他一起抗战，但他与三支队越走越远，暗中已与日寇沆瀣一气。黄渡镇是个重要港口，故许金生部经济条件较好，实力较强，有四五百人，重机枪七挺，轻机枪数十挺，步枪二三百支……许部日后是我们的一大隐患。”

吴、何二位首长听了情况后，决定“江抗”协助三支队先把姚有莲和金风高解决，然后相机解决许金生部。

由于“江抗”是秘密进入西浦的，所以日伪军此时还没有反应。

大部队隐蔽休息两天后，“江抗”司令部决定以奔袭方式挺进上海西郊，解决姚有莲部队。

行动前，顾火生将黄晓龙带到司令部来，对吴、何二位司令说：“这是三支队短枪队队长黄晓龙。他是蟠龙镇人，对姚有莲部情况熟悉，让短枪队作为前锋带路。”

吴、何两位司令看到黄晓龙淳厚朴实，机智灵敏，请黄晓龙坐下来，慢慢介绍情况。

入夜，“江抗”一部在参谋长周达明率领下，全体轻装，由短枪队前导，从徐泾敌人据点向东绕过去，向南越过青沪公路，在虹桥机场边搜索前进。康旭东的一中队和杨国才的三中队随“江抗”参谋长周达明一起行动。

短枪队的小伙子像猛虎出山一样，迅速向前搜索前进。

此刻，黄晓龙感受到一种前所未有的力量。是的，“江抗”的到来，让一直处于沦陷区的抗日军民第一次看到了自己的力量。原来，有这么多人和自己在一起！原来，我们的队伍有这么雄壮！尽管这些人之前素不相识，但大家走到一起是那么的亲切，就像自己的亲姐妹和亲兄弟！和“江抗”的战士在一起，黄晓龙的视野一下子开阔了起来！

很快，队伍来到了程家桥附近。程家桥是离大上海最近的一个集镇，“江抗”在这里消灭姚有莲匪部，这对敌人在政治上有很大的震动。这天晚上，程家桥显得很安静。黄晓龙找了当地的一个市民，向他询问有关情况。

这个市民看到黄晓龙穿着便服挎着枪，以为碰到了姚有莲匪部的人，吓得面如土色，求饶说：“先生，我……我是穷人……”

黄晓龙说：“大叔，我们是抗日部队，找姚有莲匪徒是为民报仇！”

这个市民不相信，继续求饶说：“先生你……放了我吧，我上有老下有小……”

黄晓龙知道这个市民误会了，忙用土话说：“格位大老倌，伲勿是姚有莲的人。姚有莲残害老百姓，伲是来找伊算账格！”

市民看看黄晓龙，将信将疑：“倷……找伊算账？”

黄晓龙点头说：“是格！”

“就倷格点人？”

黄晓龙说：“大叔，我伲是尖刀队，后面还有大部队呢。”

这个市民看到真是抗日部队来了，顿时高兴起来：“来，我告诉倷姚贼的窝点！”

说话间，周达明等人也过来了。

黄晓龙将情况报告了周参谋长。

周达明当机立断说："包抄上去，端了这个贼窝！"

趁着夜色，部队迅速包围了姚有莲盘踞的一幢三进深的绞圈房。姚有莲的这些手下虽然平时身背驳壳枪耀武扬威，为非作歹，但大都没有经历过正式战斗，因此没有什么战斗力。真是杀鸡用牛刀，这场战斗只用了三五分钟就结束了。

姚有莲匪徒不是被击毙，就是举手投降了，姚有莲本人也在战斗中被击毙。"江抗"缴获了大批的武器弹药。

黄晓龙看到周达明指挥战斗果敢坚决，心中暗暗钦佩。简单清理战场后，马上要撤出战斗了。这时，黄晓龙发现周达明望着东天的一片亮光，有些出神。黄晓龙是本地人，他知道东天的那一片亮光，就是大上海的繁华市区，那里彻夜灯红酒绿，黄浦江里还停泊着外国兵舰呢。

黄晓龙问："周参谋长，你去过上海吗？"

"哦——"听到黄晓龙的声音，周达明回过神来，笑笑说，"上海？啊，去……去过。"

见周达明有点心不在焉的样子，黄晓龙也就不问了，但他总觉得有点奇怪：周参谋长为什么那么出神地望着东天那一片亮光呢？

这时，传来吴琨副司令的命令，部队返回原地宿营。

吴琨副司令这次之所以"杀鸡用牛刀"，其实是为了造成一种声势，给西浦地区的日伪军一点震慑，但考虑到这里是上海日寇的"肚兜带"，大军不宜久留，就命令部队迅速从虹桥机场旁边向西越过青沪公路，返回原地。

然而，部队在返回驻地途中，由于天黑，意外闯进了虹桥飞机场！

机场的敌人或许已听到了刚才的枪声，这枪声让他们紧张了一阵，但随着枪声的停息，他们也就放下心来，只有探照灯还在夜空中不停地扫来扫去。吴琨副司令得知部队误入了虹桥机场，当机立断说："既来之，则打之！打他个措手不及！"于是，一声令下，轻重机枪一齐开火，战士们将手榴弹扎成捆，向停机坪上的飞机扔去，"轰——轰——轰——"一阵阵手榴弹的爆炸声震耳欲聋，机场变成了一片火海。机场的敌人做梦也想不到，"江抗"部队会吃了豹子胆，竟敢袭击机场。一时间，警报器"呜啊……呜啊……"响成一片，碉楼里，机枪朝着机场方向疯狂地扫射起来。

夜色中，敌人看不见目标，他们漫无目的，像盲人打枪一样。

“江抗”部队迅速隐入了夜色之中……

第二天，上海各大报纷纷报道虹桥机场遭到新四军袭击的新闻。

虹桥机场一带老百姓有看到“江抗”大军的，一传十、十传百地越传越神。上海的日寇闻之震惊，想不到新四军打到自己的眼皮底下来了！盘踞在北干山的金风高，得知“江抗”部队奔袭姚有莲、夜袭飞机场的消息，吓得马上撤至县城里去了。

撤进县城的金风高，惊魂未定地向姚崇杰报告有大批新四军出现在西浦。姚崇杰立即向岩崎汇报了紧急情况。岩崎办公室的电话几乎快打爆了，各路日寇据点电话“的铃铃，的铃铃”像报丧似的接连不断。

“八嘎牙路!”岩崎粗蛮地骂出了声。他不知道这是怎么一回事，怎么事先一点也没有获得有关情报。他一边向驻上海日特机关长掘川汇报情况，一边吩咐下属密切关注新四军的动向，并要求岛田部队和姚崇杰警察部队做好随时出发“扫荡”和清剿的准备。

一时间，西浦地区日伪军的神经全部绷紧了起来。

此刻，盘踞在黄渡镇的许金生心中忐忑不安。

自从绿荫草堂的“鸿门宴”失败后，许金生在赖发财和陆惠人小蒲扇的鼓动下，终于与顾火生分道扬镳，改弦易辙，投入了岩崎和姚崇杰的怀抱。许金生部队成分复杂，成员游手好闲，吸毒、嫖娼、赌博，五毒俱全。他们与驻黄渡的日寇本来就眉来眼去，这回干脆投怀送抱，与之狼狈为奸。

许金生万万没有想到，他与日寇还在蜜月期内，顾火生居然请来了新四军主力部队，不费吹灰之力消灭了他兄弟姚有莲的部队，火烧了虹桥飞机场！接下来，不就要在他头上动土了吗？想到这里，许金生怒从心头起，恶向胆边生，他一边向西浦武装警察司令姚崇杰报警，一边在黄渡加强防御工事，作好与顾火生决一死战的准备。许金生毕竟与姚有莲不一样，他在西浦“游吃队”中，与早已投敌的金风高实力相当，有一定战斗力。况且许金生还存有侥幸心理，毕竟他与顾火生是“过房亲”，顾火生不看僧面看佛面，总不会翻脸无情来找他的麻烦吧？然而，如果顾火生真的敢来动他一根毫毛，黄渡镇和周边的日军不是吃素的，他们不会坐视不救，到时候顾火生偷鸡不着蚀把米，反落个损兵折将！

这一点可让许金生料到了。

在“江抗”司令部召开的会议上，大家对许金生这个隐患的认识是一致的，但是否先发制人收缴许金生的枪械，会上意见颇不一致。从顾火生的角度看，他认为许金生虽然投了敌，但和自己还没有撕破脸，或许还有争取的余地；而“江抗”和大多数领导意见是，趁“江抗”大部队在西浦的有利时机，应将其一举歼灭，从根本上消灭这个后患，以免养虎遗患。

最终，顾火生放弃了自己的意见。

行动还是由黄晓龙的短枪队担任前锋，因为蔡一帆熟悉许金生部队的情况，由他率康旭东和许世贵两个中队，随周达明参谋长的“江抗”特务队行动。

这次战斗打得很激烈，许金生凭着坚固的防御工事，拼命顽抗，他要弟兄们坚持两个小时，说黄渡的日军就会过来增援。

周达明事前与蔡一帆作了仔细的研究，制定了速战速决的作战方案。三支队一二中队和“江抗”一部在外围进行佯攻，而他的特务队和黄晓龙的短枪队悄悄分乘两只小木船，在夜色掩护下直接驶进镇中心，由黄渡镇共产党组织安插在伪军中的内应，秘密前来接应。部队上岸后，立即逼近许金生伪军四合院指挥部，来一个虎口“掏心”。

战斗开始后，黄晓龙率队与特务队按预定计划，乘船进入镇中心，在伪军内线接应下，快速逼近一座四合院。在前门，守门的卫兵发现了情况，连忙向空中开枪报警，黄晓龙眼疾手快，手起枪响，一枪结束了这个卫兵的性命。短枪队立马冲进院门。这时，后院方向也传来枪声，周达明的特务队从后面发起了进攻。

在二进院内，敌人的一挺机枪开了火。

黄晓龙一骨碌连翻几个筋斗，闪到门边。

黄晓龙看清了，敌人的机枪是从一个窗洞里打出来的。他瞄准后，“呯”的一枪，敌人的机枪“哑”火了。

在黄晓龙短枪队与周达明特务队的前后夹击下，许金生的指挥部被摧毁了。还在各工事里抵抗的伪军失去了指挥，像无头苍蝇似的乱撞。所以，战斗打得激烈，但结束得也很快。部队缴获了大批武器弹药，生俘了二百多人。

狡猾的许金生却成了漏网之鱼。他凭着对地形的熟悉逃出了“江抗”和三支队的包围。看到大势已去,他独自一人逃往上海。

正当“江抗”一部与三支队在西浦境内先后将姚有莲和许金生两个伪军部队解决之时,“江抗”另一路在叶飞司令的率领下,也前来西浦会师。

会师后不久,“江抗”大军完成东进目标,不日将要西进。

三支队对“江抗”大军依依不舍。

叶飞司令,吴琨、何克希副司令,与三支队领导顾德欢、顾火生、陈雪涛、蔡一帆等一起进行了临别前的交流。叶飞分析了“江抗”西进后,西浦地区可能出现的情况,他指出,西浦的日伪军可能会猖狂反扑,三支队要做好充分的准备。特别是那个许金生,一定会卷土重来,千万不可掉以轻心。为此,叶飞决定由周达明参谋长带一部留下来,协助三支队应对后面的局势。顾火生等领导十分感谢叶飞司令。

黄晓龙与周达明已成了好朋友,他常去找参谋长交流。周达明身上有一种魅力,让他感到深深的敬佩。支队长顾火生身上有的是一种农民领袖所特有的崇高威望,一种平和中的睿智,让人感到可亲可近;而周达明身上则有另一种魅力,一种勇往直前和所向披靡的精神和一种临阵决断和棋高一着的谋略。经过奔袭姚有莲和袭击许金生的并肩战斗,黄晓龙对周达明更有了一种出自内心的崇敬。“江抗”大军要西进了,得知周达明参谋长带一部将留在三支队,黄晓龙喜出望外,他将这个好消息悄悄地告诉了朱艳。

这天晚上,顾火生支队长在马老四家设宴欢送“江抗”大军。

地方区长以上干部,三支队中队长以上干部都参加了。

顾火生代表三支队向“江抗”大军表示衷心感谢,对“江抗”大军即将西进表示不舍。最后,他请叶飞司令作临别指示。

叶飞在掌声中站起身来,他扫视一下全场,欣喜地说:“西浦地区的抗日斗争正在打开局面,抗日的三支队越来越强大。临别之际,我有三句话要说。”

叶飞顿了顿,大家都引颈而望。

叶飞说:“第一句话,不要满足小圈圈。三支队要迅速发展游击区,要与周边地区连成一片,要与苏常太连成一大片,这样才有回旋余地,才不致陷于孤立，要达到这个目的，我们还要进一步壮大自己的武装力量。”

“第二句话，要做好经济工作。经济工作做得好不好，对革命成败关系很大。西浦地区条件好，经济工作可以做得更好一点。但要按制度和政策，不要给根据地人民负担太重。有了钱要节约开支，反对铺张浪费。”

“第三句话，要搞好统一战线。西浦地区靠近大上海，对上海影响大。统一战线工作做好了，就能获得各界人士拥护和支持，工作开展就会顺利，反之，我们的工作就会有困难……”

全场静静的，大家都在认真听叶司令讲话。

叶飞司令高屋建瓴的讲话，一针见血地指出了西浦地区工作中的不足之处，大家听了眼前好像明亮了起来。只听叶司令说：“为了协助三支队斗争，‘江抗’司令部决定，参谋长周达明率领一部留在西浦，与三支队共同战斗！”

听到这里，黄晓龙不由得站起身来，大声说：“热烈欢迎周达明参谋长留在三支队！”

叶飞看着黄晓龙，笑笑说：“我把周参谋长留在这里，可是有条件的。”

大家不知叶司令要说什么，都等着他说。

叶飞看看顾火生。顾火生笑着站起来说：“叶司令为了加强‘江抗’的政治宣传力量，从我们三支队文工团调去了一半人马，包括我们文工团的副团长苏虹同志。”

这时，只见朱艳从人群里站了起来。

大家诧异地望着朱艳，只听朱艳说：“告诉大家一个秘密，周参谋长与苏虹还是亲兄妹！”

“啊？”这时，叶飞和“江抗”司令部的人也都惊讶起来。

叶飞看看顾火生，顾火生也摇摇头说：“竟有此事？”

朱艳说：“人家兄妹刚刚战场相逢，不想又被拆开了！”

顾火生说：“朱艳，你是不是舍不得苏虹走，在编故事啊？”

朱艳说：“支队长好官僚哟。你们不知道，周参谋长和苏虹出身浙江农村，父母双亡后两人离乡背井到上海做学徒工。‘八一三’后，他们一起逃进了难民收容所，在难民收容所党支部教育下，他们一起走向抗战第一线。周达明参谋长去了新四军茅山根据地，苏虹由顾德欢主任带到了三支队。”

顾德欢站起来说："我也成官僚啦，我在难民收容所可也不知道他们是亲兄妹啊。"

黄晓龙突然想起来了，那天袭击姚有莲部的晚上，周参谋长一直朝东边的亮光看，原来他在上海生活过的啊！

顾德欢深情地说："在我们的队伍里，有不少像周参谋长兄妹双双投奔抗日队伍这样的故事，他们有的是父子，有的是姐妹！我们支队长顾火生，他的外甥王正方是原一中队中队长，在'反扫荡'中牺牲了。他的儿子顾建新也毅然加入了三支队！"

这时，参谋长周达明站起来，接着顾德欢的话说："顾主任说得对，我和妹妹苏虹一起投奔抗日队伍，虽然我们分开在不同的战场，但我们的目标是一致的，把鬼子赶出中国，我们就可以团圆了，我们就可以重建我们的家园了！"

顾火生站起来说："朱艳，为欢送'江抗'大军，你和苏虹一起表演个节目吧！"

朱艳说："我和苏虹为大家唱一首歌好不好？"

全场齐声说："好！"接着，雷鸣般的掌声响了起来。

朱艳与苏虹两个人小声商议了一下，朱艳说："我们为大家唱一首《松花江上》好不好？"

大家齐声说："好！"

于是，朱艳拉着苏虹，一同走向会场中央，两人手挽着手，共同唱起了那首充满渴望赶走日本侵略者、解放家乡的悲愤之歌《松花江上》……

第十章

以毒攻毒，短枪队计捕毒贩
案中有案，杨国才惨遭杀害

叶飞司令的临别指示，特别关于重视经济工作的指示，顾火生听了感慨倍生。当时自卫队成立后，由于队伍发展迅速，给养和人员的开支问题接踵而来。后来民主政权建立后，通过征收田亩捐[①]才解决了部队和地方干部的最低开支。叶飞司令的话，让顾火生的思想豁然开朗起来。

三支队召开会议进行专门研究，决定除爱国田亩捐仍按原额继续征收外，还要派员在青沪公路及崧塘河合适地方征收爱国通商税。三支队一边大力宣传"有钱出钱，有力出力"，提高纳税人抗日救国的热情，一边抽调财务干部冯友才等从事征收工作，并派黄晓龙的短枪队和康旭东的中队全力协助。同时，三支队还制定了有关政策和注意事项，如不准打骂民众，切实做到不收两重税，不准贪污，税款涓滴归公，做好群众工作，和当地群众搞好关系等。

征收爱国通商税，前所未有，怎么征收？

冯友才提出设立三支队自己的关卡，他们在三支队管辖区域的河港通航要道，设立卡点进行征收。

然而，在通往上海的必经之处，蟠龙镇东侧的虬江桥却有一个日伪卡点，这个卡点严重影响了三支队征收爱国通商税。

虬江在蟠龙镇东侧与蟠龙浦交汇。从虬江的名字可以知道，虬者弯曲

---

① 田亩捐：指的是田赋以外的附加捐税。它起源于清后期，主要在江苏、安徽等省实行。

也，这是一条弯弯曲曲的小江。虬江与蟠龙浦相交处，有一座虬江桥，桥边已有穿黑色制服的伪警察（当地民众称之为“黑狗”）设了卡点，对来往运输船只进行检查和收税。来往船只中，有的麻袋装着大米，有的运输活的鱼、虾到北新泾市场出售。附近农民反映，“黑狗”敲诈勒索，动手抢走渔民的鱼虾和农民的大米，明目张胆欺侮老百姓。冯友才向支队部汇报后，决心端掉这个卡点。

黄晓龙的家离虬江不远，对这里的一草一木熟悉。冯友才、康旭东在黄晓龙带领下，前去实地侦察情况。他们找到附近农民，了解为首的警察叫什么名字，哪几个警察最坏，以便在打击时“首恶必办”，同时对能争取的对象实行教育和宽大处理，争取为我方所用。

一切准备妥当后，黄晓龙和康旭东带了三四名化装成农民的队员，摇了一大一小两只船来到关卡前。黄晓龙的小船在前面，船上装了几袋大米，伪警察见了，大声喊叫“靠岸”。黄晓龙将船靠上岸去，两个警察就上船而来，正在他们向黄晓龙索要卖路钱时，后面康旭东和冯友才的大船驶来了。

大船里装了几麻袋大米，这些麻袋放在船的中舱里，船头船尾两个舱则都是空的，舱盖板敞开一块。警察看到大船来了，也喊叫大船靠拢，两个警察随即向大船上跳过来，气势汹汹喝问：“船上装的什么？到什么地方去？”康旭东赔着笑脸：“装的大米，到北新泾米市场去卖。”

“船头船尾还装什么？”

康旭东说：“没装什么，先生您看好了。”

那警察果然走过来，朝前舱和后舱张望。说时迟那时快，康旭东一脚就把那警察踢进了舱里。看见大船那边康旭东动了手，这边黄晓龙和短枪队员一拥而上，将小船上两名警察的枪卸了。

黄晓龙大声说：“我们是三支队的，不老实就不客气了！”

“黑狗”听到“三支队”，马上吓怂了，忙跪地求饶。

岸上一只“黑狗”见势不好想逃，却被埋伏在附近的短枪队员冲上来用枪指住：“不准动！”队员们用麻绳将他捆绑后，也一起甩进大船的船舱内。随后，康旭东他们将船摇到一个偏僻地方，将“黑狗”一一押上岸，将作恶多端的首要分子就地枪毙了。其他四个“黑狗”吓得面如土色。冯友才教训他们说：“农民、渔民养活了你们，你们还要敲诈他们，这是罪恶！你们不要再为虎作伥了，回家种田，和家里人一起生活，做个好人，走正路。”教训一番后，他将四个警察松了绑，释放了。

自此，虬江桥就成了三支队的关卡。

征收通商税的斗争一直比较尖锐。一些来往船只的货运业务，大多是被转运公司承包的。而转运公司的老板们，多是日伪两面派或日、伪、顽三面派。其中，有少数敌伪两面派的奸商态度十分顽固，不愿意缴纳爱国通商税，有的甚至在船上挂起“膏药”旗，请日伪武装押运，公开抗拒。对这样死心塌地与日寇沆瀣一气的奸商，冯友才他们采取了严厉措施，强令船只靠岸，毫不客气地没收他们转运的物资，并警告说，如果再敢抗缴爱国通商税，除没收货物外，还得扣留人和船。同时公开宣布：如果装运物资的船只悬挂“膏药”旗或伪军旗帜，其载运的物资即以敌资处理，全部没收；如果用敌伪武装押运货物，则格杀勿论。在三支队的严厉措施下，奸商的气焰被打了下去，他们再也不敢凭借敌伪势力来贩运货物，抵抗缴纳爱国通商税了。

在西浦沦陷区，黄赌毒像社会的毒瘤一样毒害着人们的身心健康。日本浪人依仗日伪军势力，肆无忌惮地进行贩毒活动。一些日伪头目也暗中与日本浪人勾结，敛取钱财。日本浪人在青沪路上来往不绝，有恃无恐。为了打击为害甚大的毒贩，三支队决定设计惩处。

顾火生知道，要打击毒贩，就要找到毒贩。

到哪里找毒贩呢？顾火生找到黄晓龙，向他问及蟠龙镇上的王奎元。当年召开交朋友会时，王奎元曾经和顾火生打过交道，顾火生知道他走私贩毒，是黑道上的人。

黄晓龙说：“这个人五毒俱全，十恶不赦。”

顾火生笑笑说：“现在交给你一个特殊任务，行不行？”

黄晓龙说：“支队长，什么特殊任务？”

顾火生说：“能不能和王奎元交朋友？”

黄晓龙以为自己听错了：“支队长，这个人……你知道的。”

顾火生笑了：“这任务完成不了吧？”

黄晓龙似乎想说什么，但没有说出来。

顾火生说：“晓龙，坏人用好了，对革命也是有利的。叶飞司令那晚还批评我们统战工作做得不够。我们周边的环境很复杂，所以我们必须学会团结各种人，包括王奎元这样的人。”

黄晓龙听了，若有所悟。

顾火生说：“只有多交朋友，才能获得各种信息，才能获得更多理解，也才能得到更多人的支持。”

顾火生将要办的事交代黄晓龙，让他去试一试。

响鼓不用重槌，顾火生轻轻一点，黄晓龙已领会了支队长的用意。

这天，黄晓龙来到了春来茶馆。姜小弟见到黄晓龙时，问他现在在做什么。黄晓龙说在随表弟做生意。姜小弟闻言道：“现在兵荒马乱，做什么生意啊？”凭着在江湖多年的经验，姜小弟猜测黄晓龙所谓生意，不会是一般买卖，于是便装糊涂地笑笑。

王奎元每天来春来茶馆吃茶，黄晓龙瞅着机会，去与他搭讪。王奎元看见黄晓龙，感觉有点眼熟，仔细一想便想起来了，那晚在程家祠堂交朋友时，随着顾火生的两个青年，其中一个就是这个小伙子。

王奎元直言相谈：“我看你有点面熟，你是顾火生的……”

黄晓龙知道王奎元记性好，笑笑说：“王叔，我叫黄晓龙，我们见过面的。”

王奎元一听，顿时换了一种神色，讨好起黄晓龙来。混江湖，他深信“多个朋友多条路”的道理，一旦有事，可以借助黄晓龙的关系。他相信“行得春风有夏雨”，现在三支队动静这样大，说不定自己以后也有需要帮忙的事。所以他对黄晓龙说，三支队有事，他能帮的，那是一句话的事。

黄晓龙问：“王叔与日本浪人有交情吗？”

王奎元炫耀说：“上海的日本浪人我有交情，”他放低声音又说，“我的烟土都是从他们这里拿的。”黄晓龙接着王奎元的话头：“眼下顾支队长就有一件事想请王叔相助。事成之后，重重有谢！”

王奎元说：“顾支队长的事，就是我的事呀，说什么谢不谢的？你说，顾支队长要我做什么？”

黄晓龙说：“三支队现在人、枪多了，开销也大了。这些上海的日本浪人，贩烟土赚中国人的钱，想办法从他们身上……”黄晓龙话没有说下去，王奎元已经心领神会，说：“顾支队长的事，我能帮还会不帮吗？”黄晓龙高兴地说："此事办成，你就立了一功！"

几天后，王奎元与黄晓龙又见了面，两个人在春来茶馆如此这般地将事情谈妥了。

这天，青沪公路上驶来了一辆汽车，车上挂着一面"膏药"旗。这辆汽车开到一座大桥时，突然从路侧冲出十几个人，这些人一个个剽悍英武，举枪勒令车子停下来。待汽车缓缓停下，他们打开车门，将车内一个人拖了下来。拦车的这伙人正是黄晓龙等人，从车上拖下来的就是上海贩毒大王、日本浪人松下。

原来，王奎元认识松下，此人长期在沪西贩毒，与珠葑镇的毒贩都有关系，危害特别大。王奎元通过上海帮会的关系，买通了贩毒大王松下的汽车驾驶员。这个中国驾驶员密告了贩毒大王去珠葑镇送毒品的准确时间，并在汽车驾驶室前面的窗上贴了一张香烟牌子作为标记，以便三支队辨认。黄晓龙抓到大毒贩松下后，将驾驶员放回，以便让他去上海报信。

几天后，王奎元领着三个上海人，由黄晓龙带着前来"讲交情"。三支队方面由冯友才出面交涉。

冯友才对王奎元说："日本人侵略中国，杀害我同胞，这个贩毒大王松下贩运毒品来灭绝我们的种族，罪大恶极，必须予以枪决。"上海来的三个人听了，再三恳求，愿意罚款以代其一死，以后再也不敢贩毒了。王奎元也出面求情，好说歹说之下，冯友才才说："看在这位朋友（指王奎元）面上，我们同意以钱抵命。"于是双方约定次日某时交钱放人，过时不候。第二天，上海来人在王奎元陪同下，按说好的送来了几大麻袋钞票。冯友才将日本浪人松下教育了一番，并警告说，以后再抓到则格杀勿论。松下保命要紧，一迭声说："知道，我知道了。"于是，冯友才将这个毒贩送到吉安公墓后释放了。

三支队以毒攻毒之计很快奏效，青沪路上的毒贩受到震慑后纷纷收敛了行为，连贩毒大王松下都差一点把命送掉，他们中谁再敢把自己的小命搭上去呢？

杨国才三中队经常活动在青沪路南六乡镇之间。六镇之中，以吴家巷镇为大，这里贩运烟毒、拐骗人口样样都有，也不时发生凶杀抢劫案。由于离虹桥机场近，机场内的日寇有时单个出来骚扰地方、强奸妇女。杨国才在这里不断打击日寇、镇压汉奸土匪，于是正气渐渐上升，歪风下降，社会相对安定下来。六乡镇的老百姓都拍手称好，当地的流氓、汉奸却将他视为眼中钉、肉中刺。

附近陆家弄小村里有个坏女人陆布珍，不知羞耻，勾引机场内日寇小头目，专门出鬼点子，怂恿日本姘头到附近去奸淫妇女、掠取财物，乡民对其恨之入骨。杨国才觉得此人不除，乡无宁日。他了解到吴家巷有个“白相人”[①]陈其昌，和日本人勾勾搭搭，互相利用，与陆布珍也有不正当关系。于是杨国才与另一队员化了装，带了枪来到陆家弄，直接去找陆布珍。两人声称陈其昌叫他们来请她去吴家巷有要事相商。陆布珍见是两个陌生人，开始一愣，旋见两人和颜悦色，听说是陈其昌的朋友，也就不再多疑跟他们走了。走出村后，本应向西走，两人却领她向北走。走了一段路，陆布珍说：“这样走路远。”两人一前一后，把她夹在中间，杨国才说：“不远，不远，向前拐弯再朝西走。”拐了弯，路旁有道深沟，杨国才突然掏出枪来，对她说：“不许叫！我们是三支队的！你当汉奸做了不少坏事，今天要你的命！”说时迟，那时快，另一队员把她推下深沟，杨国才连发数枪，送她上了西天。四周乡邻闻讯都说：“陆布珍被杨国才部队打死了，死得活该！”

吴家巷镇维持会在地方上狐假虎威、鱼肉乡民、无恶不作，民愤极大。老百姓找到杨国才，要求为民除害。维持会会长赵加六本是流氓出身，胆大妄为，青天白日下竟把一个农民的女儿从棉花田里强行拖走当作他的老婆，比“王老虎抢亲”还厉害。杨国才决心铲除这个民族败类。他调查了赵加六的日常行动规律后组成一个突击组，隐蔽在吴家巷镇路北的小树林里。这天赵加六从上海回来，果然不出所料，傍晚有两辆黄包车从北新泾向吴家巷方向跑来。将到路口，突击小组迅即盯住目标，连连发枪。一阵枪声过后，这个作恶多端的汉奸已倒在血泊之中了。突击小组速战速决，迅速从现场撤退。待日军接到报告前来追捕，突击小组已安全转移了。

一天下午，杨国才带领队伍驻扎在杨子桥村，恰遇日寇又来“扫荡”。杨国才率领部队突围，战斗中他的左臂被手榴弹炸伤。负伤后，他撤退至村边一片芦粟园中隐蔽起来。当地地痞程英，其子是日寇密探，因罪恶极大被三

---

① 白相人：上海方言，通常指无业游民。

中队处决了。为此程英对杨国才怀恨在心,伺机报复。听到刚才密集的枪声,知道杨国才的三中队遇上日本人了,他就出来前后观察。

这时,有一个人悄悄走了过来,告诉了程英一个秘密。程英得知杨国才负伤躲在芦粟园,急忙回家拿了一把锄头,匆匆来到芦粟园。他东寻西找,发现了藏身于此的杨国才。他假装关心地走近杨国才,趁其不备,突然用锄头猛朝杨国才的头部砸去,遭此猛烈一击,杨国才头部被击破,他睁大眼睛,对着程英怒目而视。残忍的程英再次举起了锄头……英勇的杨国才,没有死在日寇的手里,却被这个地痞杀害了!杨国才为民族、为人民,流尽了最后一滴血,年仅三十三岁。

得知杨国才的凶信,三中队立即将地痞程英捕获。队员朱海林自告奋勇说:“这人罪恶透顶,我来把他解决!”于是,朱海林将程英押到一个偏僻地方,程英以为朱海林会救他,不料朱海林不但没有救他,反将他一枪毙命!原来,朱海林是混进三中队的内奸,发现杨国才躲进芦粟园,就将杨国才在芦粟园的秘密告知了程英。程英被三中队抓获后,朱海林怕自己与程英勾结的情况败露,就擅自处决了程英。

杨国才牺牲以后,三中队在朱海林等人的怂恿下,在社会上为非作歹,搞得乌烟瘴气,在群众中影响极坏。

顾火生了解到三中队已被几个坏人把持,便派一大队队长冯庸钦率短枪队前往九里庵召开三中队干部会议。行前,冯庸钦与黄晓龙商量研究了行动方案。

会议在夏家堂屋举行,屋中间放了一张长桌。冯庸钦以会议主持人身份作报告,三中队干部坐在长桌两边,短枪队队员坐在后面。会议开始后,冯庸钦严厉批评了三中队的干部,三中队干部坐在条凳上,如坐针毡。冯庸钦话说到一半,突然将帽子向桌上一摞,短枪班队员看到一大队队长发出行动暗号,立即将内奸朱海林抓了起来,拖到村外枪决了。迅猛而辛辣的霹雳措施让与会者受到极大的震动。冯庸钦当即宣布了改组三中队的决定。

路南群众,无不拍手称快。

第十一章

日寇凶残，三青年图圄完节
鱼龙混杂，四中队拖枪哗变

连日来，王师龙一直在八区乡村里逐村走访，一方面听取村民对区公所的意见，一方面了解各村春耕准备情况。自从方雅芬参加区公所工作后，王师龙的日常事务压力减轻不少。由于诸人龙、朱志成都是同学，大家相处得特别融洽，工作上都出劲出力的。

相比六区和七区，八区的区政显得更有成绩，社会安定，村民抗日情绪高涨。但王师龙感觉，自从“江抗”部队离开西浦后，敌人似乎在蠢蠢欲动。那天，他在崧泽村走访，警卫员发现有人在后面跟踪。待他们回过身去时，那个人影一闪不见了。王师龙心想，目前的平静或许仅是一种假象，敌人或许正在暗中磨刀霍霍。他曾让方雅芬回城里去探听敌人的动静，但方雅芬与父亲发誓一刀两断，她就没有回家里去，只是在街上看到商市还像往常一样，偶尔看到日本鬼子排了队在街上巡逻，老百姓看到后纷纷避让。

这天，王师龙和他的警卫员办完事，正返回区公所去。走着走着，两人快走到黄瓜漕桥了。一切都没有异常，水汪汪的田里还传来布谷鸟的叫声。当两人走向桥堍时，王师龙突然发现桥前方不远处停着一辆车，他感觉情况有异，正想从桥上退下来时，桥堍旁突然冲上来了十几个鬼子。他们一窝蜂地冲上来，卸下了王师龙和警卫员的手枪，然后不由分说地将两人五花大绑，塞进了车里，然后一溜烟地向县城开走了。

有人看到这一幕，立即向三大队七中队长夏岱报警。夏岱闻警率领战士赶来时，鬼子的车早已开得无影无踪了。

突发的事件让人猝不及防。傍晚，消息传到了三支队支队部。顾火生

不由一惊，王师龙是他的左膀右臂，他有胆有略，是三支队的重要骨干。事不宜迟，他立即召集蔡一帆、冯庸钦、康旭东、黄晓龙等在家骨干商议救援。蔡一帆说："当务之急，派人进县城摸清情况要紧！"

顾火生认为蔡一帆说得对，但派谁去县城摸情况呢？他看了看黄晓龙，说："晓龙，还是你去吧。"

黄晓龙也急得火烧火燎，但他突然想起了参谋长周达明。周达明不久前被调去新四军"江抗"东路教导队学习了。黄晓龙对参谋长十分佩服，他心里想，如果参谋长在场，他会怎么做？参谋长说过一句话：情况越是紧急，越是要冷静。心急之下作出的判断，往往感情用事，容易出错。这时，他听到顾火生让他进城摸情况，他点了下头，却并不着急动身。

康旭东急了，说："晓龙，你是不是怕了？"

换在以前，黄晓龙听到这句话一定会冒火，今天他却没有，而是对顾火生说："支队长，我觉得先要去八区！"

康旭东说："为啥？"

黄晓龙说："你们想想看，我们听到消息都急得这样，八区的兄弟一定比我们更急，王大队长被敌人捕去，他们会怎么样？我想他们可能会冒险进城去救王大队长。但这样事情会更糟糕，我们去一个敌人捉一个，去两个捉一双，去一个中队还是会被敌人消灭！于事无补，反而造成更大的损失！"

康旭东说："那你说怎么办？"

黄晓龙说："我先去八区，阻止他们冒险进城。然后再进城，摸情况想办法。"

顾火生听了说："晓龙分析得也有道理的，事不宜迟，你就先去八区，然后与诸人龙他们去城里摸情况。一有情况，马上回来报告，千万不要耽搁时间！"

黄晓龙"嗯"了一声，骑上自行车像箭一样飞了出去。

黄晓龙赶到八区区公所时，区公所里冷清清的只有方雅芬和一个杂勤老伯，黄晓龙见了方雅芬，急问："诸人龙和朱志成呢？"

方雅芬见黄晓龙匆匆赶来，说："他们去救王大队长了！"

黄晓龙一听，"哎呀"一声说："坏事了！"他只恨自己少生了两只翅膀，没能快一点飞过来！

方雅芬安慰说:“不要紧的,人龙和志成之前已去县城摸清了情况。”

黄晓龙说:“县城里敌人戒备森严,这样去,不但救不了王大队长,反而自己会吃亏,让敌人拣了便宜!”

黄晓龙只怪自己晚来一步,诸人龙他们的行动已经无法阻止。

方雅芬说:“但愿上天保佑他们!”

一种凶多吉少的预感,让黄晓龙不能不忧心忡忡。

方雅芬安慰他说:“黄队长,不会有事的。”

黄晓龙就在区公所里等待,他要得知救援情况,然后回去报告支队长。杂勤老伯伯给烧来了茶水,他知道今晚谁也不准备睡了。

天还没有亮,夏岱他们回来了。

黄晓龙终于等来了一个更坏的消息:王大队长没有救到,诸人龙和朱志成也落到了敌人手里!

话分两头,王师龙被俘之时,朱志成因病正在上海一家医院治病。诸人龙和方雅芬立即赶到上海,将王师龙被捕的消息告诉了朱志成。朱志成听了,叫一声“坏了!”立即从病床上跳起来,顾不得自己的病还未好,就与诸人龙、方雅芬两人匆匆赶回八区。

回到八区后,他们让方雅芬留在区公所,诸人龙与朱志成则迅速潜至县城探听消息。经多方打听,得知王师龙被关进了曲水园边的城隍庙里。探得消息,两人秘密回到八区,找来七中队长夏岱。诸人龙对夏岱说:“我和志成去摸清了情况,王大队长被敌人关在城隍庙里。我对曲水园和城隍庙很熟悉的,我们乘夜色从曲水园东边城墙的豁口进入园内,然后利用城隍庙外墙的杉树攀入庙内,救了王大队长后,打开边门,从曲水园返回船上撤退。”夏岱迟疑了一下,说:“就不知王大队长真在城隍庙里吗?”诸人龙说:“应该在的,我们打听了好几个人,有人还看见日本宪兵将王大队长押进城隍庙去的。”

朱志成说:“事情紧急,我们还是赶快行动吧!”

夏岱听诸人龙和朱志成这样说,就不再犹豫,立即选了七八个战士,并准备了两条快船。方雅芬要求随大家一起去,被诸人龙挡住了,说:“你一个女同志,去了反而拖累行动。”这样,方雅芬就只得待在区公所。

七中队全副武装,乘着两条快船,一前一后从淀浦河一路向县城驶去。进入环城河,这时天已是深夜,整个县城万籁俱寂,只有城墙上的岗哨还有一星灯火。两条快船悄无声息地来到东护城河城墙外，这里的城墙被日军炸出了一个豁口。快船在豁口处停下后，大家迅速上岸，进入曲水园内。

来到城隍庙墙边，墙边有一片长得高大挺拔的杉树。大家早准备了绳索，在杉树枝上用绳索钩住，然后借力绳索攀缘着溜上墙头，进入庙内。大家分头寻找关押王大队长的地方，却一时无法找到。正在这时，敌人发现了动静，岗楼上的哨兵鸣枪报警，城里的日伪军闻警赶了过来。

夏岱一看情况有变，立即下令撤退。诸人龙和朱志成还想寻找，撤得慢了一步。待他们出边门从园内退到城墙豁口时，敌人已经上来了。夏岱拼命开枪掩护，但两人却来不及上船，护城河边已被敌人封锁，两人被敌人拦住去路，结果双双被捕。

原来，王师龙被日本宪兵押去县城后，开始是关进了城隍城。但这是老奸巨猾的岩崎的诡计，他估计三支队会来劫人，故意将王师龙押去城隍庙，然后又悄悄将王师龙转移到了宪兵司令部关押。他的这一诡计，让诸人龙和朱志成上了当。

且说敌人抓住王师龙后，将他关在宪兵司令部里，软硬兼施逼迫他投降。日特机关长岩崎认为，王师龙是个人才，在三支队中威望很高。如果诱降成功，肯为皇军服务，对三支队是一个重大的打击。于是，岩崎让伪县知事姚崇杰亲自出马，现身说法，动摇王师龙的意志。

姚崇杰满有信心地来到宪兵司令部拘押室，看到王师龙被绑在木柱子上，他虚伪地让鬼子松了绑。姚崇杰满脸堆笑说："我知道师龙兄是个不可多得的人才，识时务者为俊杰，我想师龙兄对当前的局势一定比我更明白的。岩崎先生对你是格外看重，如果师龙兄愿意合作，你的才能一定会得到发挥。"

王师龙不屑地看看姚崇杰，心想不怕怒目金刚，只怕眯眼菩萨，对这个伪君子得戳穿他的阴谋。于是，他轻蔑地笑笑说："姚知事，你还知道天下有'羞耻'二字吗？为虎作伥，你是什么东西！"

姚崇杰强忍着脾气，他揣着明白装糊涂，假意笑着说："师龙兄，话何必说得那么难听呢？人生一世，草木一秋。人死了，就什么都没有了，那么看重你的名节，值吗？皇军帮助中国，建立大东亚共荣圈，对中国未必就是坏事呀。我们帮助皇军，既是人尽其才，也是为我们国家尽力呀。”

王师龙怒斥道：“你这个贪生怕死的汉奸，出卖灵魂，出卖良心，还说什么人尽其才，我看你是仰人鼻息，苟且偷生！我看你再怎么卖力，最终还是成不了日本人，你还是一个中国人，但你是中国人当中的败类！”

王师龙义正词严，一顿臭骂，让姚崇杰的脸一阵红一阵白，尴尬极了，最后只得悻悻然退了出去。

岩崎一招不成，又生一计。自古英雄难过美人关，他就将一个日本歌姬送来，陪王师龙吃酒。然而，这一招也没有用，这个歌姬在王师龙的凛然正气面前，只得掩面而退。

岩崎恼羞成怒，敬酒不吃吃罚酒，他让日本宪兵对王师龙上刑。岩崎面对血渍斑斑的王师龙，狞笑着说：“好汉不吃眼前亏，如果回头还是来得及的。”

王师龙气愤地说：“小鬼子，别做好梦了！我王师龙二十年后又是一条好汉，要杀要剐随你便，要我回头，你做白日梦！”

岩崎得到情报，三支队正在策划前来劫人。岩崎怕夜长梦多，节外生枝，秘密将王师龙转移去了松江宪兵司令部。

在松江，日寇将王师龙单独关在一间牢房里，并对他进行了严刑拷打。王师龙早就做好了牺牲准备。他自知生还无望，当天晚上，撕衣为绳，自缢身亡，年仅二十七岁。

诸人龙和朱志成被捕后，也随即被押往松江。朱志成被俘后，备受酷刑，朱志成的妻子，前往探监，见丈夫转眼之间被敌人折磨得形销骨立、气息奄奄，不禁痛哭失声。朱志成安慰说：“你不要哭，我死之后，你抚育好孩子，为我报仇！”经受了残酷折磨，朱志成在狱中不幸牺牲，年仅三十一岁。朱志成牺牲时，其子尚小，其妻不忘丈夫遗言，含辛茹苦将遗孤抚育成长。孩子长大后参了军，后来成了东海舰队的一名干部。新四军北撤之时，顾火生没有忘记朱志成的遗孀和遗孤，他在繁忙的北撤事务中，让黄晓龙前往慰问，并给予抚恤金。诸人龙被捕后在狱中也屡受酷刑，于 5 月间在狱中撞壁身亡。

顾火生安排三烈士的家属去松江监狱收了尸，将他们一起安葬在七区的一个老松林里。三青年为抗日英勇牺牲，保持了一个中国人应有的气节。

他们的事迹，在根据地军民中广为传颂。

三烈士的牺牲，在三支队中产生了极大的震动！三支队在后方医院设了一间灵堂，以祭拜烈士的在天之灵。

三烈士的牺牲给了方雅芬更沉重的打击，尤其是诸人龙，本是她心中爱恋的对象。日寇的残忍，在方雅芬心中激起了强烈的愤恨。她和朱艳以及后方医院的田爱云、沈蕾等人一起做了许多小黄花，让大家佩在臂上，以此表达自己浓郁的悲愤。

朱艳的心情也十分悲愤和沉痛，她找到黄晓龙说："黄队长，我们向顾支队长建议出版一期纪念三烈士的《野火》专辑好不好？"

黄晓龙说："好的，我去向顾支队长提议，你找李方明一起策划一下。"

朱艳找到李方明一说，李方明深表赞成，说："我们分分工。文章你去组稿，版面我来设计。"

黄晓龙文化没有朱艳他们高，但他在顾火生的影响下，很注意学习。一次聊天时，顾支队长说及"江抗"东进时，发现何克希副司令每天事务繁忙晚上还要读书一小时。黄晓龙听后很有触动，后来他悄悄地与朱艳说，是不是可以拜她为师？朱艳听了以为他在开玩笑，黄晓龙一本正经地说："不开玩笑，我读书少，文化低，你要帮帮我啊。"朱艳见黄晓龙是真心的，就说："好吧，你教我武术，我教你文化，咱们扯平！"从此，黄晓龙背包里常常放一本书，有空就拿出来看一段。

黄晓龙对朱艳说："支队长支持我们出专辑。"

朱艳说："我想了一下，"朱艳掰着手指说，"请方雅芬写一篇回忆，沈蕾写一首诗，夏岱写一篇追述，请顾德欢主任写一篇评论。对了，你也写一篇……"

黄晓龙讨饶地说："我就免了吧！"

朱艳笑笑："不能免，这是作业！"

黄晓龙听朱艳这样说，就开玩笑说："老师用权了！"

朱艳笑说："这个权不能不用。"

朱艳找到方雅芬时，方雅芬却拒绝了。

朱艳有点意外。黄晓龙知道后，找到方雅芬说："方雅芬，这篇文章你不能不写啊。"

方雅芬说:“师龙区长和人龙、志成牺牲后,我心里难过!我怕写不好!但血债要用血来还,他们不能白白地牺牲了!”突然,她话锋一转:“黄队长,这次我本来也想去参加救援王师龙大队长,但我没有枪,也不会用枪,人龙就不让我一起去。黄队长,你……你能给我一支枪吗?我要亲手杀小鬼子!”

黄晓龙理解方雅芬此时的心情,他说:“我一定帮你向支队长申请!但这篇文章——”黄晓龙看着方雅芬,满怀希望她能答应下来。

方雅芬脸上露出了笑容,说:“好吧,我试试吧!”

田爱云听说要编《野火》专辑,对黄晓龙说:“我不会写,有什么杂事交我做吧。”

一番紧锣密鼓地操作后,新一期《野火》杂志出版了!

这天,大家拿着《野火》杂志专辑,仿佛为烈士做了一件应该做的事情,心里都感到一丝安慰。

这天晚上,离开后方医院后,黄晓龙还不想回驻地,他沿着崧塘河漫步。天上的乌云堆叠出各种形状,就像人世百态。黄晓龙沿河岸走着,河边长着的一簇一簇的茭白,这种开着紫色小花的多年生草本植物,现在长得正茂盛,风吹过水面,送来茭白叶青涩的香气。它们长在河边,无声无息,也不用施肥,忽然间就长得一簇簇很茂盛了。黄晓龙熟悉这一种青涩的香气,闻着它,会给他一种温馨的感觉,让他回想起往昔岁月里许多美好的片段。在水的滋润下,河边这一片茭白长得水灵灵的,水乡人的生活也因此变得滋润了。生活是多么美好,而现在,这美好的生活却被日寇吞噬了!

三烈士的牺牲,在黄晓龙心里产生了巨大的震撼,他似乎一下子成熟起来。同为青年,他们的牺牲,让他慢慢地学会思考。是的,都是风华正茂的青年,他们一起参加抗日自卫队的时候,都是凭着一腔热血和义愤,面对日寇的侵略,他们毫不犹豫地拿起了武器保卫自己的父老乡亲和家园。在血与火的拼搏中,他们领教了战争的残酷和无情,他们被迫接受这种残酷和无情。三烈士的牺牲,让人始料不及!一场战争,对每个人都是一场考验,有的人为一己之私而逃避,有的人却甘愿为他人而牺牲自己!

走着走着,黄晓龙发觉前面河边有两个人影,是谁呢?他下意识地放缓了脚步,走近了,发现原来是朱艳和方雅芬!

他问："朱艳，你们怎么在这里？"

朱艳说："黄队长，你怎么也在这里？"

黄晓龙说："我还不想睡……"

朱艳朝着方雅芬呶呶嘴："我陪雅芬妹走走。"

黄晓龙也发现方雅芬了，他知道三烈士的牺牲，对方雅芬打击更大，他知道方雅芬与诸人龙的事。他明白一定是朱艳在安慰方雅芬。

黄晓龙说："雅芬，师龙他们的牺牲，也给了我很大刺激，我真不敢相信他们已经牺牲了。"

方雅芬说："是啊，我有在梦里一样的感觉。"

黄晓龙说："可这不是梦——以前读书，我羡慕和崇敬教科书上的英雄，只是感觉那些英雄离我们很远。现在我的感觉，我们身边的英雄，和教科书上的英雄一样，为了别人的幸福，他们牺牲了自己的生命！"

朱艳说："是呀，王师龙他们就是这样的英雄！"

黄晓龙感叹说，"还有我们的支队长，也是这样的英雄！"

方雅芬说："我听人龙说过支队长好多精彩的故事。"

黄晓龙说："这里的老百姓早就把他说得神一样了。他两次坐过国民党的牢，他为什么？他不是为自己，而是为了大多数穷人的利益。结果自己被上刑罚，得了一身的伤。为了打鬼子保家乡，他又站出来，一声呼喊，扯起了抗日大旗……"

黄晓龙停了停又说："我们的顾主任，出生在有钱人家，如果不打仗，他一定是大学教授或是什么专家。为了打日本鬼子，你看他还不是一样和我们一起风餐露宿地吃苦受累？"

朱艳说："雅芬，所以你不要太难过，为了抗日，大家都愿意做出自己的牺牲。王大队长和人龙他们选择了牺牲，因为他们对日寇怀有深深的仇恨。我们活着的人，应当继续他们的事业，将日寇赶出我们的家园！"

这时，方雅芬忽然说："黄队长，你说话可算数的啊！"

黄晓龙一愣："我说什么话？"

"看看——"方雅芬嘴一咧，"下午说的话转眼就忘了？"

黄晓龙一下想起来了："没忘没忘，哪能会忘啊？"他知道方雅芬说的是要一把枪的事。

方雅芬说:“忘了我可饶不了你啊!”

三支队许多文职人员没有武器,特别是女同志,因为三支队的武器还是不足的。黄晓龙觉得文职人员有枪比没有枪好,一是可以防身,二是遇上战斗一样可以杀敌,而不是变成拖累。而此刻,黄晓龙心里却涌出一丝自责。他其实对方雅芬,心里还是有一定看法的。这个看法随着与方雅芬的接触,他发现自己是门缝里看人——把人看扁了。

这时,黄晓龙坦率地说:“雅芬,跟你说句心里话吧,你来投奔三支队,我还真小看了你。你一个书香门第的小姐来三支队抗日,我一开始还以为你是赶时髦。你父亲为日本人服务(黄晓龙没有用‘汉奸’这个词),你受日本人欺侮,我原想这也是对你父亲的一种报应。但这些日子以来,八区的人都在夸你,说你是好样的,我就觉得你不是我想象中的一个娇小姐。”

方雅芬没有想到,黄队长原来是这样看她的啊!

方雅芬赌气地说:“黄队长,我是一块真金还是一块黄铜,你以后看吧!但不管怎样,帮我要一支枪行不行,算我求你了啊!”

当初田爱云向他讨枪,今天方雅芬又向他要枪!黄晓龙心里有一种感觉,当一个女子向你要枪的时候,他是把你当作最知心的朋友的。方雅芬其实也是在向他表白一种决心。他被她的真诚感动了,黄晓龙说:“雅芬,我相信你是一块真金,枪,我一定想办法!”

方雅芬感激地看了一眼黄晓龙:“黄队长,太谢谢你了!”

黄晓龙说:“王大队长他们牺牲了,我在想,这可能是敌人有预谋的行动,后面可能有更大的阴谋,我们都要做好充分准备!”

这时,朱艳忽然问起黄晓龙:“黄队长,听说你还有个妹妹?”

提到妹妹,黄晓龙忽然沉默了。

方雅芬看看黄晓龙:“黄队长,你妹妹一定长得很漂亮吧?”

黄晓龙叹一口气说:“漂亮不漂亮,我自己也不知道。”

方雅芬好奇地说:“看你这个当哥哥的,怎么说这个话?”

朱艳说:“雅芬,别怪黄队长,他妹妹从小就送人了。”

方雅芬惊讶地问:“难道到现在没有见过一面?”

朱艳听黄晓龙的姑姑说起他妹妹被送人的事,但猜想不会没有见过面吧?于是就问:“黄队长,你没有见过你妹妹?”

黄晓龙说:“我只听说送给县城一户殷实人家,但不知道送给哪一家,所以真没有见过面。”

朱艳悄悄地说:“我听你姑姑说起,她听中人与人家说,这小姑娘有福气,天天可以吃白马肉了。”朱艳问方雅芬:“你知道什么叫白马肉吗?”

方雅芬说:“白马肉就是豆腐,这是我们这里的土话。”

朱艳说:“这么说来,黄队长妹妹是送给哪一家豆腐店了。”

黄晓龙一听,似乎得到了线索,问方雅芬:“唐行镇上有几家豆腐店?”

朱艳见黄晓龙问,忙说:“黄队长,姑姑说这是她听闲人说的闲话,不作准的。姑姑说,当年中人说好不相认,这么多年过去了,去相认会打扰人家的,她让我不要告诉你的。”

朱艳又说:“姑姑说,这也是为了妹妹好。”

他们三个青年人在河边走着,天上的乌云一块一块地向远处移去。

黄晓龙对朱艳说:“好的,我知道,这也是我们这里的乡俗,我不会去干扰妹妹的。”黄晓龙抬头看看天色,说:“好吧,时间不早,我们早点回去吧。”

方雅芬看看天上的下弦月,说:“不知不觉,时间过得真快!”

朱艳发觉,方雅芬此刻的心情,比刚才好了好多。

蟠龙镇之南有个徐泾镇,镇上进驻了日寇宣抚班,宣抚班头目叫福顺,他扶植了孙继武作为蟠龙镇维持会会长。孙继武原是小学教员,西浦沦陷后认贼作父,甘愿做日本人走狗,在福顺面前低头哈腰、献媚取宠。孙继武在日寇福顺的支持下成立了警卫团,他自任团长,让游手好闲的程炳林当了副团长。程炳林没有继承程家衣钵从事实业,反染上鸦片烟瘾,他的家产荡尽,成了地方上的“破靴党”。当了副团长后,他就像枯萎的蔷薇荆棘得了气,身上长满毒刺,在蟠龙镇上为非作歹。镇警卫团收罗了二十多个散兵游勇,不时抓人敲诈勒索,要钱要物。

东街有个徐家德,父亲是开碾米厂的小老板。为保护父亲的碾米厂,他也纠集了几个人搞了几支枪,成立了一个自卫队。有枪就是草头王,他在镇上也算一股势力。那天,他碰上西街游手好闲的王梦林,知道王手里有一把枪,便上前把王梦林拖进小酒馆里,叫了几个菜,两人边吃边聊起来。徐家德说:“梦林,日本人来后,我们的日子不好过了。想过好日子,我们必须……”徐家德如此这般一说，王梦林大腿一拍：“家德兄看得起我，王某肝胆涂地也在所不惜!”于是，王梦林加入了徐家德的自卫队。王梦林原来是个偷牛贼，他常在晚间作案。如果牛主追出来，他就白刃相见。他夏天纺绸衫裤，密门纽扣，折扇一把，在茶馆里泡壶茶喝，见了熟人笑眯眯的，有时候还要递香烟给人家。然而，人家见了他，如同见鬼神般而远之。徐家德知道，王梦林这种人不怕事，敢做事。

东街的金一飞也在家无所事事。金一飞从小父母双亡，由婶娘一手养大，所以性格有点怪僻。金一飞在徐家德父亲碾米厂里打过工，所以对少爷徐家德很尊重的。徐家德也曾请他到小馆里吃饭，这让他有点受宠若惊。徐家德对金一飞说：“崧塘镇顾火生的自卫队，搞得大了，被收编成三支队，每月还发饷。”七说八说之下，金一飞也欣然加入了徐家德的自卫队。

金一飞与黄晓龙本是蟠龙小学同桌，金一飞是街上人，上学路近，但有时会迟到；黄晓龙是乡下人，到学校有一里半长的乡路，但风大落雨从不迟到。因此，老师常常将两人说事，表扬黄晓龙说他有毅力有志向，批评金一飞说他懒散缺少志气。黄晓龙的成绩好，所以金一飞虽然遭了老师的批评，对黄晓龙还是服气的，他“不耻下问”，常常向同桌请教，黄晓龙也总是有问必答，所以两人关系很好。金一飞有时将黄晓龙带到婶娘家里玩，婶娘见黄晓龙聪明伶俐，就对着金一飞说：“一飞啊，你有晓龙一半乖巧，婶娘就放心了。”大家说得多了，金一飞心里竟形成了一种思维定式，渐渐认为黄晓龙做的总是对的。

黄晓龙辍学后，两人就很少见面，但偶然见面，就一定“老同学，老同学”的亲热。金一飞小学毕业后，读了两年初中，后因婶娘身体不好，家境困难，也辍学了，在徐家德父亲的碾米厂里打工。

参加徐家德自卫队后，金一飞对徐家德建议说，自己有个小学同学黄晓龙，在顾火生三支队里，可叫他牵牵线，做个红娘，介绍他们一起加入顾火生的三支队。

后来，在黄晓龙的牵线介绍下，徐家德的自卫队编为三支队一大队第四中队，徐家德任中队长。

这时，蟠龙镇发生了一件事。

蟠龙镇东南有个陈家宅，村上陈小弟因女儿生病而“用太保”。“太保”

是旧时专为病家请鬼解禳的迷信职业者。陈小弟家有三进房子,“太保”来到之后,在陈小弟家后进屋里摆好几张桌子,供好纸马,放好祭品,敲锣打鼓,又说又唱,进行迷信活动。陈家宅离徐泾鬼子据点不过一里之遥,“太保”敲了一阵锣鼓之后,徐泾的鬼子闻声赶到了。陈家有个邻居叫俞虎林,应邀在陈家相帮,忙完一阵,他就在前埭屋里休息。他是三支队的后备队员,家里有一支枪,他好像有预感似的,这天将枪带在了身边。一会儿,从徐泾据点来的鬼子赶到陈小弟家,他们一边敲门,一边大声叫嚷:“开门,快快地开门!”一阵敲门声把俞虎林惊醒了,一听鬼子来了,俞虎林急忙拿了枪从前埭屋向后埭屋去。外面天很黑,俞虎林拿了枪藏身在一个角落里。几个鬼子冲进陈小弟家里,一直冲到了后埭,后埭屋里灯火辉煌,摆着好几张桌子,桌上供着菜肴,鬼子以为这是在请中国兵吃饭,于是叽叽呱呱地叫嚷着要陈小弟交出中国兵。陈小弟解释说自己女儿病了……但鬼子听不懂他的话,也不相信,扬着手枪要对陈小弟动武。俞虎林见鬼子要动武,不由急了,赶紧在后埭屋窗外,把枪搁在窗槛上,瞄准鬼子就是一枪。突如其来的枪声,让鬼子吓了一跳,他们还没有反应过来,俞虎林见一枪未打中,又是一枪,结果撂倒了一个鬼子。俞虎林又向外打了几枪,鬼子听到外面还有枪声,惊惶失措,以为遭了伏击。天黑不溜秋,他们怕吃亏,便卸了扇大门,抬了鬼子的尸体溜回徐泾据点去了。

鬼子岂会善罢甘休,当夜,徐泾据点的鬼子纠合多人,来到陈家宅报复。他们把陈小弟家的房屋一把火烧了,还杀死了陈小弟的父母,把陈小弟丢进火里烧死。俞虎林的父亲、胞姊、姊夫及堂姊也被殃及,被鬼子一起杀死。俞虎林当夜逃到蟠龙镇亲戚家躲避。

鬼子知道俞虎林藏匿在蟠龙镇上,于是将全镇封锁,不准人员出入,还贴出通缉俞虎林的告示。亲戚不敢留他,怕鬼子知道后吃罪不起,但毕竟是亲戚,不能赶他出去。俞虎林虽然不想连累亲戚,但一时也无处藏身。

蟠龙镇北街有个寡妇叫金小妹,丈夫在世时,因长得几分姿色,不免招蜂惹蝶。丈夫去世后,常有男人夜里来她家叩门敲窗。一天晚上,天黑漆漆的,只有三二点星光在天上闪烁。一个黑影又来到她家门外,在窗上“笃——笃——笃”敲了三记。不一会儿,临街的屋门就咿呀一声虚了半扇。

黑影从窗前走到门前，还没进门，那虚掩的门一下又关上了，显然屋里人不欢迎屋外人。屋外黑影急了，低声说："宝贝，我给你带好消息来了。"屋里仍然没有动静。黑影发誓说："谁骗你，不得好死！"屋门迟疑了一下，终于"咿呀"一声开了。屋外黑影迅速闪了进去。

进入屋来的，原来是王梦林。

王梦林游手好闲，早就垂涎金小妹的姿色，千方百计地讨好取悦金小妹。自从他搞了一支手枪，去做拦路抢劫的勾当后，金小妹害怕了，她知道这样下去他不会有好下场，迟早有一天会被冤家报复。但王梦林贼心不死，死缠金小妹不放，今晚他又来了。

金小妹原不想开门，听他说有好消息，倒想听听他有什么好消息。

金小妹的这套房子，是丈夫置下的家业，这是一幢二层楼建筑，金小妹一人住着显得有些空荡荡。王梦林进入屋门是他今晚的第一个胜利。他知道金小妹会拒绝他，她现在与孙继武走得很近，孙继武有着日本人福顺的靠山。

金小妹显然有点不热情，她问王梦林："你给我带来什么好消息呀？"

王梦林不是省油的灯，他不见兔子不撒鹰。

王梦林瞟一眼金小妹："告诉你，东街徐家德的自卫队，加入三支队了。"

金小妹"扑哧"一声笑了："这也是好消息？"

王梦林说："怎么不是好消息，加入三支队，我们成正规部队了，每月会发军饷，我也不用去做夜里生活了（指偷牛的活）。"

金小妹不屑地说："加入三支队就发财了？"

王梦林说："加入三支队，吃香的，喝辣的，就不用操心了。"

金小妹笑笑："人家说女人头发长见识短，你头发短，怎么见识比女人也不如呢？"

王梦林说："我怎么见识短了呢？"

金小妹说："连国军都打不过鬼子，顾火生的三支队又怎样？还不是鸡蛋碰石头？好汉不吃眼前亏，你们与日本人作对，有几个脑袋？"

王梦林笑笑说："我们会这么笨吗？"

金小妹说："我知道你聪明的。这里没有什么事了，你快回去吧。"金小妹下起了逐客令。

王梦林嬉皮笑脸地说:“重要的事还没有做呢。”

金小妹正色说:“不与你开玩笑,请回吧。”

王梦林坐着不动,慢条斯理地说:“难道你不想发财?”

金小妹一愣,心想,这家伙有哪来的财可发呀?但看看王梦林的样子,似乎真有什么财可发似的,便试探地问:“什么意思,你有哪一路财可发啊?”

王梦林说:“远在天边,近在眼前!”

金小妹不悦地说:“你不要兜圈子,有屁就痛痛快快放!”

王梦林说:“如果我给你五十大洋,你怎么报答我?”

“五十大洋?”这可不是一笔小数字,金小妹疑惑地说:“你是在白日做梦?”

王梦林看出金小妹动心,立起身说:“走,楼上去给你说。”

金小妹说:“你不骗我?”

王梦林斩钉截铁地说:“我什么时候骗过你!”

王梦林随着金小妹来到楼上,从后面突然一把抱住了她,金小妹挣脱着说:“死鬼,别急呀,到底怎么回事,你给我说清楚。”

王梦林色眯眯盯着金小妹的脸说:“这财只能天知地知,你知我知,千万不可泄漏的。”

金小妹说:“我知道。”

王梦林说:“街上那张悬赏通缉令你看到了吗?”

金小妹说:“看到了呀。”

“悬赏多少?”

“五十大洋啊。”

王梦林说:“告诉你,俞虎林就藏在西街 32 号。”

“消息确实?”

“千真万确!但这事不能声张,否则会被街坊邻居戳背脊骨的。”

金小妹相信这不会有假,西街上的事,瞒不过王梦林的眼睛。

王梦林色眯眯再次将金小妹抱在怀里,用手将她衣裳的纽扣一颗颗地解开……

维持会会长孙继武得到了关于俞虎林的密告,立即传信给徐泾宣抚班班长福顺。福顺得到情况,带了狼狗和十几个日伪军,来到蟠龙镇维持会。孙继武是条老狐狸,怕消息有假,早派了程炳林前去侦察查实。程炳林是条地头蛇,他来到西街 32 号,假装核实维持会摊派的账目,发现了俞虎林躲藏的蛛丝马迹。转眼之间,福顺一伙突然出现在蟠龙镇十字街上,他军刀一挥,立刻去西街包围了 32 号。由于事出突然,俞虎林不及躲避,被福顺抓获,关到了徐泾宪兵队。

日寇对俞虎林严刑拷打,要他交代三支队的情况。俞虎林是条硬汉子,打脱牙齿不吐半点情况,他对日寇只回答三个字:“不知道!”“不清楚!”“不晓得!”恼怒万分的日寇终于兽心大发,又是老虎凳,又是灌辣椒水,直至将俞虎林折磨得奄奄一息。次日凌晨,俞虎林不幸牺牲了。

俞虎林的亲戚也遭了殃,被日寇抓去一顿毒打,打断了三根肋骨,回到家中,经过了大半年才渐渐好转,但人已经被折磨得不像样子了。

徐家德之所以拉队伍,因他还是信奉那句话,身在乱世,有枪就是草头王!他家的碾米厂,是传下来的祖业。日本鬼子来了,他要保住自己的家业。加入顾火生的三支队,这是他的策略。俗话说,“单拳敌不过四手”,有了三支队的背景,程炳林他们就要掂量掂量他的分量了。但一段时间以来,徐家德有点不爽。顾火生将三支队管束得太严,尤其对四中队批评甚多。徐家德为了笼络弟兄,常与弟兄们一起饮酒玩麻将。四中队在三家村有个秘密据点,一间屋里常常烟雾缭绕,一群人在屋里搓麻将,几个空酒瓶东倒西歪地扔在地上,这与地痞流氓没有什么两样。他们有时还去上海繁华场所享乐,这样一来徐家德的开支就有点入不敷出。一次他向支队长要求经费,结果经费没有要到,还被批评了一顿,追问他开销为什么这样大?他知道顾火生这里确实是没有钱,他不会搞钱,叶飞司令临别批评三支队不会搞经济,说三支队是捧着金饭碗讨饭。

徐家德加入三支队,原是为了抬高自己的身价,更重要的是他希望能够得到三支队的军饷。然而,现在看来,他的算盘打错了。前不久,他得知黄晓龙截获毒贩获得了一笔大钱,于是他又想去三支队要活动经费。他心想,这一回支队长不会不给面子了吧。然而,徐家德万万没有料到,顾火生不但不给面子,而且严肃地追问他去上海喝花酒之事。徐家德闻听不由吓了一跳，他不知顾火生从哪里知道的消息，去上海喝花酒只有他的几个亲信弟兄参与，消息应该是绝对保密的呀。真是没有不透风的墙，人心摸不透，是谁告的密？面对顾火生严肃地追问，徐家德支支吾吾说不清楚。顾火生让徐家德回去好好反思，写一份书面检讨给支队部。

徐家德灰溜溜地回到三家村基地，将去上海喝花酒的几个亲信弟兄叫来，追问是谁向支队长告了密。一起去上海的有王梦林、金一飞，林忠民，三人都说没有的事。徐家德也相信他们不会告密，也就不再追问。他让厨房做了几个菜，让王梦林拿出酒来，一起喝起了酒。酒过三巡，徐家德长叹一口气，将去三支队讨要经费、被支队长训斥之事说了一遍。

徐家德觉得得不到经费，待在三支队就没有意思，反复盘算之后，他就想脱离三支队。他把自己的想法说出来，并把酒杯在桌上一拍说："人活着不能喝不能玩，还有什么意思？"

林忠民为人本分，说："支队长让检讨，我们检讨一下算了。"

徐家德说："我算看穿了，跟着三支队，是没有好日子过的。我们还是脱离三支队，另找门路。"

金一飞有点沮丧："现在日本鬼子这么嚣张，人生地不熟的地方，我们能去？"

王梦林突然说："我早就想脱离三支队了！"

金一飞问："为啥？"

王梦林说："顾火生打着三支队的旗号，他们其实是共产党的部队，最后不会有好结果的。"

王梦林四顾一下说："不瞒弟兄们，我这里有一个重要情报！"

徐家德问："啥情报？"

王梦林说："这情报绝密的，不能与外人说。"

金一飞笑笑说："你都知道了，还绝什么密？"

王梦林不服地说："我，我怎么啦？俗话说，虾有虾路，蟹有蟹路，我自有我的门路！"

徐家德急于想听，着急地说："好了，知道你有门路的——与弟兄们说说，什么绝密情报啊？"

金一飞和林忠民一齐说："你说出来听听。"

王梦林看看三人，说："千万不能外传啊！"

徐家德不耐烦了，说："你不要放噱头了，有屁快放！"

王梦林被徐家德一骂，笑笑说："我说我说。"他压低声音说："告诉你们，日本人要对三支队动大手术了。"

林忠民问："动什么大手术？"

王梦林说："譬如你身体上生了一个疮，就用刀将这个疮挖掉。"

金一飞说："日本鬼子不是三天两头对三支队'扫荡'吗？"

王梦林说："这次不一样的。"

徐家德问："你怎么知道？"

王梦林说："天机不可泄漏，我们赤卵弟兄，我才说。"

徐家德说："那我们得尽早脱离三支队，与三支队撇清关系！"

王梦林催促说："说离就离，否则会受连累的。"

徐家德说："也罢，从今天开始，我们就脱离三支队了。大家伙不再受三支队管束了，老子想怎么样就怎么样！"

四人酒后都很兴奋，于是又斟满酒杯，痛饮起来。

金一飞吃了酒后，也很兴奋。然而，当他回到家里酒醒后，他开始担心起来。

他知道王梦林是有来路的，王梦林说日本鬼子要对三支队动大手术的话，一定不是空穴来风，当时他也是一听而过，回来后越想越后怕。金一飞是一个有热血的人，他知道三支队是真心抗日的。如果日本鬼子真要消灭三支队，那三支队就真的危险了。但不知道这个消息是不是真的？他左想右想，决定还是将这个消息告诉黄晓龙。如果这是个假消息，那就上上大吉了。

这样想了以后，金一飞悄悄去了一趟崧塘镇。

第十二章

日伪合谋，大“扫荡”迫在眉睫
十万火急，姜惠萍智送情报

岩崎对西浦游击区的“扫荡”和清剿久久无功，驻沪日军司令部十分恼火。他们妄图一劳永逸地消灭三支队，秘密策划了一场灭绝人性的大“扫荡”、大烧杀。

这场密谋的军事会议，由驻沪日军第十三军司令崔泽田茂中将主持。参加会议的人员包括：日军驻上海特务机关长前田中将、独立混成第十七旅团长谷川正彦少将、驻松江日警备队队长市川寿三郎、日特驻西浦机关长岩崎、守备队长岛田，以及日军驻各镇宣抚班头目、西浦县知事兼西浦县武装警察部队司令姚崇杰、副司令周子文，还有日特程恒昌、76 号驻西浦联络站赖发财和伪军金风高等汉奸。

黄渡的许金生在“江抗”和三支队缴械时漏了网，一段时间躲在上海，深居不出。但他不甘心自己的失败，在陆惠人的奔走和策划下，又纠集起残部，投靠了日寇。岩崎很高兴，许金生这样的地头蛇，对日军来说多多益善，于是，许部被编为汪伪第十三师四旅，许金生任旅长，大地主蒋孝慈任副旅长，陆惠人任参谋长。他们一帮人在黄渡镇上又大摇大摆、神气活现起来。

岩崎知道，许金生对三支队是有仇的。中国有句古话，“恶虎难斗地头蛇”，地头蛇的作用是日军难以代替的。因此，他特意通知许金生前来参加重要的军事会议。许金生接到通知，受宠若惊。

经过周密部署，由崔泽田茂中将统一指挥，调集十七旅团、日上海特务机关部队、日驻松江部队、伪西浦武装警备部队、伪十三师四旅许金生部等日伪军共计四千余人参与此次大“扫荡”。

会上，许金生疯狂叫嚣："这次要彻底解决三支队！"

岩崎说："许旅长，你将三支队活动的范围用红线圈出来。"岩崎将一支红笔递给他。

许金生接过红笔，在作战地图上虚画了一下，说："他们的活动以陆家角镇为中心，南面到青沪公路，北面到崧塘镇，西面至沈泾塘，东面到虬江河，直径大约十华里。"

岩崎说："红线以内，作为烧杀区！"

岩崎看看许金生又说："你再画一条绿线。"

许金生不解地看着岩崎。岩崎狡诈地说："绿线之内，作为和平区，良民的多来些。我们要集中打击七区，分化争取六区，孤立八区。让他们知道，只有与皇军合作，才有前途，否则和三支队一样的下场！"

许金生媚笑着说："太君说得有理！"

许金生心里在笑："这次，三支队只有死路一条了！"

福顺所说的"大手术"终于要开始了。

然而，没有不透风的墙。王梦林的绝密情报是从金小妹这里得到的。金小妹这种女人在乱世中出卖姿色得以苟且偷生，她接受了王梦林这个人，也接受了"有奶便是娘"的处世观念。维持会会长孙继武不但早垂涎于金小妹的姿色，而且也得到了这个女人带来的福报。上一次金小妹将俞虎林的藏匿地方密告了孙继武，让福顺抓到了俞虎林，他也因此而受到了福顺的嘉奖。由此他发现了金小妹身上潜在的优势，为了邀宠，在福顺前来蟠龙镇时，他有意安排福顺认识了金小妹。福顺一看金小妹貌若天仙，不由得两眼发直。孙继武心领神会，当即安排了当晚的晚宴，并请金小妹一起参加，让她左右不离地招待福顺。酒足饭饱后，孙继武自然为福顺安排了另一个节目。自此，福顺来蟠龙镇的次数多了起来。一次，福顺在与金小妹一番巫山云雨后，为了炫耀日军的武功，将日军要对三支队动大手术的事说了出来。金小妹听了，即将此消息告诉王梦林，劝他赶快脱离三支队，以免大祸降临！

早晨，姜惠萍又去西浦警察部队副司令周子文家里上课，她是周子文两个子女的家庭老师，课堂就在墙门内右边厢房里。上午第一节课是听写，姜惠萍念，两个学生默写。一会儿，姜惠萍听到天井里有杂乱的脚步声，看见前前后后有十来个伪军军官往厅堂里去。第一节课讲完，她和两个学生到天井里休息，和他们做“挑绷绷”的游戏。这时，只见周子文从厅堂里出来，后面跟着伪军官们。他们个个佩戴三角皮带，武装整齐，匆匆地出大门去了。以前周子文训完话，伪军官们总是三三两两地散去，今天却由他带着走，而且脸色都有点严肃。姜惠萍感到情况有点异常，心想：“难道伪军有什么行动？”她警觉起来，边玩边逗趣地对学生说：“你们爸爸武装整齐，神气得很。带着这帮人，急急忙忙去做啥呀？”

女生脸上显出早已知道的神色说：“还不是到皇军那里议事！”

男生不服姐姐抢了先，对老师说：“是皇军叫伊去听命令啦！”

姜惠萍故意地说：“你怎么知道？”

男生“哼”了一声，傲气地说：“吃早饭辰光，爸爸同姆妈说的。”

姜惠萍把目光转向女生，仿佛想证实一下。女生点点头，表示弟弟的话是真的。

“莫非敌人又要‘扫荡’？”姜惠萍心里有点急，但脸上没有丝毫流露，她依然平静地讲完了第二节课，布置好习题，赶紧回到了家里。

自“八一三”抗战爆发后，姜惠萍根据党组织的要求，以地货行会计身份为掩护，秘密从事情报工作。为了获取情报，她又通过关系，被介绍给周子文做他子女的家庭老师。

姜惠萍回家时，拐弯去了卫一源大药房。

伙计正在揩抹柜台，看到姜惠萍找卫友余，便殷勤地喊起来：“卫老板，有人找你——”

卫友余从里间走出来，见是姜惠萍，说：“小姜，你买药？”

姜惠萍笑笑：“周副司令的孩子有点咳嗽，我来要点药。”卫友余示意伙计去门外，将姜惠萍引入里间说话。

来到里间，姜惠萍将周子文家的情况向老卫汇报了。她说：“敌人可能有行动。”

卫友余听了姜惠萍的汇报，沉思了片刻。他感到近段时间以来，尤其是“江抗”部队东进以来，三支队狠狠地打击了日寇和伪军，敌人是不会善罢甘休的。前几阵王师龙等被捕杀害，就是一个征兆。卫友余说：“小姜，你说的情况很重要，看样子敌人会对三支队和根据地有动作。你尽可能收集敌人的蛛丝马迹。”

姜惠萍走后，卫友余让伙计通知卫九龄来一下，他让卫九龄从伪军这里了解情况。

姜惠萍回到地货行，刚跨进行里，伪军勤务兵蒋百庆正在买小香瓜。平常伪团部买水果总是论筐买的，还要行里老师傅送货，今天蒋百庆只买一小篮。姜惠萍问：“为啥买这样少啊？”

蒋百庆说：“今朝吃吃够了。”

姜惠萍问：“阿是这批小香瓜勿好吃？（是不是这批小香瓜不好吃？）”

蒋百庆说：“勿是格（不是的），”又放低声音说，“大队长刚回来，伊（他）讲明朝要随皇军下乡去，下半天约人搓麻将，有一篮就够了。”说完，蒋百庆挎着篮子走了。

从蒋百庆的话中，姜惠萍意识到似乎敌人明天就要下乡“扫荡”。

姜惠萍放下账本，去表弟开的鱼行看看动静，因为表弟鱼行对面就是伪警察部队的团部。

来到鱼行，姜惠萍将一小篮瓜递给表嫂，说：“这是小香瓜，味道蛮好的。”姜惠萍瞥一眼鱼摊头，对表弟说：“今朝生意真好，鱼都卖光哉！”

表弟笑嘻嘻说：“今朝有个大户头，对过（指伪警察部队团部）买去两担。今朝他们还买了不少的肉和酒啦。”

姜惠萍知道，伪军在出动前，总要大吃大喝一顿，好像吃“断头饭”一样。看来他们明天真的要出动了。

表嫂要留姜惠萍吃午饭，姜惠萍说：“行里的账还没有算好。”说罢，就匆匆地回家了。

回到家后，母亲将饭摆好了，姜惠萍没有心思吃，对父亲说：“我去趟寄父家。”

父亲感到奇怪：“侬阿是生病啦？”

姜惠萍说：“周副司令的孩子病了。”

父亲说：“吃过饭我陪侬一起去吧。”

姜惠萍说：“不要紧，我一个人去好了。”于是她匆匆吃了半碗饭，起身走了。

姜惠萍的寄父何寄尘出生于医学世家，何氏一族子承父业，薪火相传，悬壶济世已有八百多年。他家出过许多名医，一脉传承“不为良相，则为良医”的信条。他早年留学日本，学内科又学外科。西浦沦陷后，在家里开诊所，靠行医吃饭。他医术高，有骨气，从不巴结敌人。无论是鬼子军官或伪军前来看病、配药，他都照价收费。行医之余，他也喜欢吟诗，日寇侵华，乡土沦陷，他的不满之情在诗词中时有流露。他深知“国家兴亡，匹夫有责”，对真正抗日的三支队寄予同情，暗中将药物送给三支队，还介绍自己的堂弟去了三支队后方医院。

来到寄父诊所，姜惠萍将瓜篮放下说：“寄爹，这是小香瓜……瓜是小点，不过蛮甜的。”

何寄尘笑笑：“侬只嘴巴更甜！”

姜惠萍知道，寄父的医术高明，日伪军的首脑都到他这里治病的，所以他的消息灵通。她对寄父说：“姆妈明早要我陪伊到观音庵烧香，勿晓得路上太平勿不太平？”

寄父说：“这两天勿要到乡下去！”

姜惠萍问：“为啥？”

寄父不紧不慢地说：“刚刚侦缉队里有个朋友来治病，说这次皇军有大动作，有好戏看哉。”

姜惠萍故意问：“有啥好戏？”

寄父看看窗外，悄声说：“明天要去东面作孽哉！”然后又叮嘱说：“侬一个姑娘家，要格外小心点！”

姜惠萍点点头：“寄爹，晓得哉！”

姜惠萍心想，寄父是个聪明人，他或许已感觉到自己的身份，只是没有说穿而已。他的叮嘱，或许是别有一番意思的。

回到家里，母亲着急地对姜惠萍说：“方老师来找过你了。”

姜惠萍说：“哪个方老师？”

母亲说：“就是方雅芬父亲啊。”

姜惠萍心生奇怪，这个时候来找她做啥呢？

母亲说：“你不要走开，方老师等下还要来的。”

“知道是什么事吗？”姜惠萍问。

母亲说：“他没有说，看样子蛮急的。”说罢，母亲先行离去了。

姜惠萍留在家里等待，心里猜测：方老师有啥急事呢？

自从王师龙、诸人龙和朱志成三青年被杀害后，方鸿飞的内心深处的良知有一点触动。他们都是他的学生，走上这条路，迟早会付出生命的代价。他为三个学生感到惋惜，年纪轻轻，才华横溢，他们本该有很好的前途。

方鸿飞曾经也是一个热血青年，他怀着美好的愿望，加入了国民党。北伐那一阵，他们一群青年去南翔火车站迎接北伐军，在曲水园凝和堂举行了欢迎大会。那时的他，在人们的眼里就是一个左派的国民党党员。西浦的县党部里，有许多他这样的青年，因此，当蒋介石清党时，西浦县党部也成为重点清理对象。他天资聪慧，在西浦中学教师中，算是出类拔萃的一个。“八一三”前夕，在县党部秘书长周云翼介绍下，他秘密进入戴笠在西浦举办的特工培训班。然而，培训班还没有结业，日本人就打过来了，西浦也迅速沦陷。在这样的大混乱中，周云翼受命潜伏下来。日特机关长岩崎找到谙熟日语的方鸿飞，要他担任翻译为日军服务。方鸿飞向周云翼汇报后，周云翼指示他趁机接近日本人，以获取重要情报。就这样，方鸿飞瞒过所有人，包括他的父母、女儿，接受了伪职，成了一个可耻的“汉奸”。

他取得了岩崎的信任，也获得了县知事姚崇杰的认可。他与他们同流合污，他真正地在履行一个汉奸的职责。在这样做的时候，他的良心是受到谴责的，他也为此于心不忍。原来他以为国民党留下的部队会继续与日本人展开搏杀，然而事情的发展让他太失望了，国民党在正面战场节节败退，留在西浦地区的部队也是不堪一击。许金生和金风高等部队纷纷投靠了日本人，真正坚持抗日的只有天马山的钱锦方，但钱部势孤力薄，难成大气候。倒是顾火生的三支队，在西浦不断发展壮大，尽管都是当地一些土包子农民，但这些人在中共组织的领导下，竟让岩崎寝食难安。为此，日本人决心下辣手，要彻底剿灭三支队了！

他知道，这一次三支队在劫难逃。他将这十万火急的情报及时传给了周云翼。

对于三支队，方鸿飞有着更复杂的心情。开始的时候，他认为这是一群乌合之众，为首的顾火生，一直站在农民的立场，为维护农民的利益硬出山头，并为此两次被关进了国民政府的监狱。出乎意料的是，西浦沦陷后，逐渐成气候的却是顾火生这些农民，他们吸引了众多青年加入他们的队伍，连自己的女儿也投奔到三支队去了。这让他很失面子，作为一个“汉奸”父亲，他已经让女儿在众人面前失去颜面，更让他骨鲠在喉难以言说的是，那个坂田次郎垂涎女儿，他无法给女儿以保护。女儿的反叛和出走，或许正暗合了方鸿飞的心意。

但女儿投奔三支队，他认为这是她年轻无知的缘故。女大不由爷，女儿大了，脚生在她身上，父母是难以阻止的。她知道女儿与诸人龙好，诸人龙出事后，他曾想劝女儿回来，但他去哪儿找女儿呢？他想到找女儿的闺蜜姜惠萍帮忙，凭他的感觉，姜惠萍一定有他女儿的联系方式，也只有她能叫得回他的女儿！于是他找到姜惠萍，请她给女儿送去他的一封信，他在信中希望女儿能够回到家中来，但此信犹如石沉大海，女儿的音信一点也没有。去年三支队与东进而来的“江抗”合流后如虎添翼，在西浦地区与日本人作对，全歼姚文莲，偷袭虹桥机场，重创许金生，造成了极大的影响。卧榻之旁，岂容他人鼾睡？他看到特务机关长岩崎在办公室里暴跳如雷，就知道日本人迟早会对三支队下手的。

眼下，日本人终于要对三支队下毒手了！

刚刚开过的军事会议，日军调兵遣将，组织大兵压境，在铁桶一样的合围之下，三支队是插翅难飞了。方鸿飞知道，别看现在晴空万里，实际上已经乌云密布，一片杀机，女儿的生命安全岌岌可危！

方鸿飞只有一个女儿，他不能失去她！

军事会议是绝密的，他在家左右为难，女儿若再待在三支队，必是凶多吉少，必须让女儿找借口离开三支队。事情迫在眉睫，如果不及时将女儿召回，后果不堪设想！他左思右想，决定还是去找姜惠萍。

方鸿飞再次来到姜惠萍家，看到姜惠萍等在家里，不由大喜，快步走上前叫道：“惠萍——”

他原来是叫“小姜”的，今天不由自主改口叫“惠萍”了。是的，他有事求她，称呼的改变，其实也是一种真实内心的流露。

姜惠萍听方鸿飞亲切地叫她“惠萍”，也不由愣了一愣，她感到过去道貌岸然的老师，现在变得世俗多了。“方老师，你找我？”她问道。

“是呀是呀，惠萍，有件事我要请你帮帮忙。”

“我能帮什么事啊?”

“你能,你能,也只有你能!”

“方老师,是什么事?”

方鸿飞走进姜惠萍家里,把门掩上,焦急地说:“惠萍,我求你了!”

姜惠萍疑惑地说:“方老师,什么事?”

方鸿飞说:“慧萍,你与雅芬是最好的好姐妹……”方鸿飞压低嗓门,“她母亲病重,让她快回来!”

姜惠萍感到方鸿飞说的方雅芬母亲病重的事有点蹊跷,她一边听着方鸿飞说,一边在心中揣摩方鸿飞的话中真意。方鸿飞说:“只要你想办法找她回来,我一定重重谢你!”

姜惠萍说:“兵荒马乱的,你让我怎么找呀?”

“她与你是最好的朋友啊,你总有办法的!”方鸿飞有点乞求了。

姜惠萍说:“好吧,我想办法找找,但没有三五天不行的呀。”

方鸿飞说:“不,不,就在今天,你催她一定要回来!”

姜惠萍说:“这么急呀?”

方鸿飞掩饰地说:“她母亲病……病重……”

姜惠萍知道方鸿飞有事瞒着她,追问道:“方老师,究竟发生什么事了?”

方鸿飞心想,三支队毕竟也是一支抗日的部队,在这一点上,他与他们还是一致的。于是,他四顾一下,悄悄地说:“惠萍,皇军明天要去‘扫荡’了!”

姜惠萍听了,“扑哧”一笑:“我还以为什么大事,皇军‘扫荡’又不是一次两次,不是家常便饭的事吗?”

方鸿飞见姜惠萍不领会他的话,忙说:“这次‘扫荡’与以前不一样……”

“怎么不一样?”

方鸿飞欲言又止地说:“这次……这次……皇军要动真格了!”

方鸿飞恳求说:“你想法通知方雅芬回家……否则……”

姜惠萍从方鸿飞的话中,感觉到了这次‘扫荡’的严重性,她安慰说:“方老师,我一定想办法将雅芬找回来!”

“告诉她母亲病重!”方鸿飞补充道。

姜惠萍说:“对,对,母亲病重!”

方鸿飞走后，姜惠萍综合各方面信息，特别是方鸿飞提供的消息，她感到敌人明天要对三支队大“扫荡”了，而且这次“扫荡”与往常不一样。看来，三支队面临凶险！

事不宜迟，情况十万火急！

姜惠萍找到卫友余，汇报了可能发生的严重情况。卫友余立即动用了紧急情报的传递方式。卫友余将情报写成纸条，交给姜惠萍，姜惠萍接过情报，折成小纸条，塞在小菜篮底的三片宽竹片中间，她在篮里放入了小钱包，装作去海门桥去买鱼虾。

尽管心里很急，但她还是像平常那样向海门桥走去。

姜惠萍刚跨上桥头，伪军的巡逻队就突然出现在桥顶上。这时，她不能往后退了，只能镇静地向前走去。

“喂，小姐，做啥去？”领头的一名伪军拦住她盘问。

“去买点鱼虾。”姜惠萍说。

另一名伪军抢过了她的小菜篮，发现篮子里有钱包，钱包是夹层带揿扣的。伪军将钱倒在篮子里，对钱包又翻又捏，但翻了半天也没有发现什么。

领头的伪军问：“你的良民证？”

姜惠萍因匆匆出来，没有带在身边。她说：“忘记带了。”

领头伪军说：“侬是谁家姑娘，跟我们局里去一趟，叫侬爷来领。”

姜惠萍急了，如跟他们去，会耽搁时间。可是，该怎么脱身呢？

正急着，忽然发现他们中有个挎短枪的便衣有点面熟。此人抗战前是水果店对面协和茶食店里的伙计，因赌博偷了老板的钱还赌账，被老板停了生意，后来成了“白相人”。他家境困难，妻子生小囝时曾向姜惠萍父亲求助过，想不到现在成了汉奸便衣队。

姜惠萍大声喊道：“李先生，侬是认得我的，侬告诉伊，我是啥人家的女儿。”

便衣走上前，叫了一声“姜小姐”，回头对领头的伪军说：“队长，姜小姐是姜老板的女儿，我认识的。”

因为没有查出任何违禁品，领头的伪军示意将钱包和篮子还给姜惠萍，领着这帮人向中街方向去了。

三支队的情报一般情况下由联络员前来卫一源药房领取，或是送交北门街薛记米厂旁边一位摆香烟摊的老伯伯转送。遇到特别紧急的情报，则采用第三种办法。今天，情况紧急，姜惠萍走过桥，见没有盯梢的，又往北走了一段，也没有发现异常。她这才绕回头，来到桥边。河边停着六七条渔船，东边第二条船上船篷右边悬挂着抹布，其中二条抹布一白一蓝很醒目，这就是联络的记号。姜惠萍走到船边，看见一个穿补丁的妇女盘腿在结渔网，旁边坐着一个抽香烟的男人。

姜惠萍问妇女："有青蟹卖吗？"

男的转过身来，打量一下姜惠萍，接口说："小姐，船上没有青蟹，有柴虾，要伐？"

姜惠萍发觉这是暗语，就说："要格，二角半一斤？"

男子回答："就一角半吧。"

暗语对上后，姜惠萍忙用发夹将情报从篮底挖出，夹在钞票里。当男子将鱼篓里的柴虾放到她篮子里时，姜惠萍忙将夹有情报的钞票递给他，并轻声说："火烧眉毛！"

"晓得哉，小姐，侬走好！"

姜惠萍迅速离船上岸。

男子马上拔起篙子，那妇女也早起身到船尾摇动木橹了。

一会儿，小渔船从海门桥下穿过，一个转弯，便消失在了远处的屋后。

第十三章

虎口脱险，三支队突出重围
灭绝人性，老百姓惨遭屠戮

那天凌晨，日伪各部队分六路对三支队根据地中心区发起了合击。长谷川和市川率领日寇主力从青沪公路向北，再由东向西一字排开，他们采用拉网梳篦式战术，以鬼子为前导，伪军殿后（一反过去伪军在前，鬼子在后的方法），一路推进到陆家角镇，并在该镇设立指挥部。其他各路齐头并进，一路搜索烧杀。岩崎和岛田带领西浦日军守备队和西浦警察部队由县城出发，经重固向东；黄渡伪军许金生经纪王庙向南推进；驻沪日寇经华漕、诸翟向西进发。长谷川部队由许金生部队带路，占领了崧塘镇，拦断三支队向北的退路。日伪军在陆家角镇、章家角村、沙家村、秦家湾村、和睦桥村等地设立了二十多个临时据点，然后安装军用电话，封锁交通。以往“扫荡”，敌人出来闹腾一下，下午就会回城里去。这次，日伪军一改过去的“早出晚归”，采用统一行动、长期驻剿、四面包围、步步为营、重点突破的战术，进行梳篦式“扫荡”。如果说过去是拉网打鱼的话，这次则是抽水捉鱼了。他们的目的是要在根据地将三支队彻底消灭。

一群又一群日伪军手持军刀，趾高气扬地大声喊叫，喝令开门，挨家挨户搜查，并用刺刀枪支把老百姓驱赶出门。他们歇斯底里地吼叫：“顾火生哪里去了？”“三支队枪支埋在哪里？”“三支队的统统站出来！”“不报告的，死了死了的。”凡说不知道或说不出来的人，一律严刑拷打或枪杀。

顾火生已从各方面得到敌人将进行“大扫荡”的情报，但他没有料到日寇这次“扫荡”规模有如此之大，这也是顾火生后来一再后悔和深感内疚的事情。黄晓龙将金一飞传递过来的日寇要对三支队“动大手术”的情报告诉

支队长后，顾火生在没有充分佐证的情况下，不敢轻易相信。而姜惠萍的情报由于通信方式原始而耽搁了时间，当顾火生得到情报时，日寇的行动已经开始了！

那晚，顾火生带着警卫员范守廉、诸克忠和交通员骆阿荣宿营于冷水湾一后备队员家。顾火生常去他家宿营。夜深了，他们发现青沪公路上鬼子的军车还在来来往往络绎不绝，起初以为可能是鬼子一般的调防，但渐渐发现情况不对了。这时，村旁一条小河浜里，划来了一只小渔船，渔船一靠岸，一渔民跳上岸来，气喘吁吁地将姜惠萍"火烧眉毛"的情报交到了顾支队长手里。

顾火生展开情报一看，脸色顿时凝重起来。

诸克忠猜测地问："支队长，是敌人又来'扫荡'吗？"

范守廉随着顾支队长，经历过无数次敌人的"扫荡"和袭击了，他说："日寇'扫荡'还不是老一套，我们领教多了！"

诸克忠也说："是呀，我们手里的驳壳枪不是吃素的！"

顾火生说："这次情况与往常不一样。"

范守廉不在乎地说："新花样我们也不怕！"

顾火生看着身边的这些青年，不由得心里感到一丝欣慰。这些天不怕地不怕的三支队健儿，他们身上洋溢着一种革命的乐观主义，对敌人充满着仇恨。他们曾被敌人多次包围袭击，但都化险为夷，冲出了包围圈。但顾火生知道，这一次敌人的包围与以前大不一样。

由于条件限制，作为三支队首长，顾火生对全局情况的了解也相当有限。但凭着他的直觉和青沪路上夜间鬼子军车来往不绝的情况，他感觉这次敌人来者不善。交通员徐小毛送来的"火烧眉毛"情报也进一步证实了他的直觉。这一晚，顾火生无法入睡。天蒙蒙亮，他即带了警卫员向陆家角镇进发，因为县工委书记顾德欢及县工委机关在陆家角镇，他得与顾德欢见面商量对策。不料向北行进到小汾泾时，有群众报告，陆家角镇已有大量敌伪军了！

顾火生听了心里一沉："县工委及时撤退了吗？顾德欢遭遇危险了吗？"当时三支队有几个中队在路南七宝方向执行任务，只有黄晓龙短枪队和康旭东一中队随县工委行动。顾火生估计顾德欢带着县工委肯定撤离了，但撤离去了哪里,一时还不知道。

正在顾火生担心顾德欢他们的安危时,黄晓龙带了十几个队员找来了。顾火生急着问:“晓龙,顾主任他们去哪里了?”

黄晓龙说:“顾主任与一中队向西突围了,他让我回来找你。”

顾火生分析了一下形势,决定向东突围。但白天突围目标容易暴露,所以只能利用地形先隐蔽。这一年庄稼长得特别好,油菜长得秆高菜密,这成了他们的天然掩护。大兵压境之下,他们被包围在一平方公里的小圈子里。依仗地形熟悉,他们隐蔽在麦田、油菜沟、水沟里。部队还掌握了几条小船,敌人从河西来他们就往河东隐蔽;敌人从河东来他们就往河西隐蔽,他们和敌人兜圈子、“捉迷藏”,有时还和敌人擦肩而过,惊险万状。情况特别紧急时,老百姓冒着生命危险,拿一顶草帽挂在竹头上,迷惑敌人,把敌伪军的注意力引向相反的方向。根据地的老百姓觉悟高,他们侦察敌情、送情报、送饭和水。在他们的掩护下,顾火生得以一次次脱险,与敌人周旋了整整一天。

夜幕渐渐拉了下来。

顾火生认为,今晚必须突围!

他分析说:“敌人经过一个晚上的行军和一个白天的‘扫荡’,已经十分疲劳,今天晚上应该会休息,我们要抓住这个机会突围出去。”

黄晓龙等点头称是。对于突围方向,顾火生让黄晓龙带短枪队员向东南冲过青沪路封锁线,前往路南七宝、杜家巷、蒲汇塘一带,与三支队在路南的几个中队会合。他担心顾德欢和县工委的处境,决定去西北方向找他们。

黄晓龙担心地说:“支队长,到处是敌人,就你们几个人去怎么行呀?”

顾火生笑笑说:“我有‘哼哈二将’和阿荣保护着,他们个个经过火,入过土。再说我是当地人,人熟地熟,你放心吧!”

黄晓龙说:“支队长,这次情况特殊!”

顾火生说:“放心吧。我们路南见!”

黄晓龙突然说:“这样,让副队长徐友奇带短枪队突围,我随支队长一起走!”

顾火生看了一眼黄晓龙,想了想说:“这样也好!”

于是,徐友奇率短枪队突围去路南。他说:“支队长,你们小心!”说罢,带了短枪队战士向东南方向突围而去。黑暗中,短枪队战士一个接一个相随消失在夜幕里。

顾火生和黄晓龙他们向西行进,顺利通过了白马塘,不久便来到了三江口。突然,驻守在三江口的敌人以密集的火力向他们开枪射击。他们迅速进入茂密的油菜地,弯腰矮步向西快跑。跑了好长一段路,发现有个村庄,便来到村西头一户农民家里。那个农民认识顾支队长,对他们非常热情,请他们喝水吃饭,并请顾支队长留宿在他家。在敌情如此危险的状态下,老百姓如此不顾及自己的危险,这让顾火生十分感动,他动情地说:“谢谢你的好意!现在找县工委要紧。”

“县工委?”这个农民忽然想起说:“傍晚,我看到十几个人从这儿走过,其中有几个女同志,说不定是县工委的人。”

“真的?”顾火生说:“如果真是这样,县工委有可能冲出封锁线了。”三江口是一个荒僻的小江口,一般敌人是不太注意的,防备比较薄弱。县工委来到三江口后,很可能从这里冲出去了。

顾火生的估计是正确的,顾德欢率县工委西撤,晚上隐蔽在三江口附近。到了下半夜,他们顺利地穿过了三江口,越过了敌人的封锁线。但敌人很快发现了封锁线上的漏洞,立马加强力量驻守,刚才他们就遭到了敌人猛烈的阻击。

顾火生知道三江口不能过了,只能回头去路南游击区。

他向黄晓龙、范守廉、诸克忠、骆阿荣提出了突围的路线,并且设想了可能遇到敌伪军的哨兵和巡逻队,要求大家随时做好战斗准备。如果遇上敌人,要坚决把他们消灭。

离开农户家后,为防万一,大家把身上的贵重物品,如文件包、钱财、钟表、钢笔等,全部埋在老百姓的秧田里。这样万一遇到意外,这些东西也不会落到敌人手里。

埋好东西,他们过了白马塘桥,过桥向东行进快到崧塘河时,他们潜入村里,敲门向一户老百姓借摆渡船。这户人家有一位后备队员,在风声鹤唳的情况下,他自告奋勇当摆渡人。他安排了一下自己的家庭,便随顾火生等人出发。结果一切顺利,过河上岸没有发现敌人。

渡过崧塘河,顾火生向这位好心人再三道谢。握手告别后,按照突围路线，他们来到了必须经过的位于陆家角镇东面二百米处的海泉湾桥。这里必有敌伪军的哨兵。来到海泉湾桥附近，夜色朦胧中，他们果然看到两个哨兵的身影。

顾火生决定打掉哨兵冲过去。

诸克忠低声说："支队长，我去干掉他！"

顾火生用手将他按下，低声呼唤道："晓龙！"

黄晓龙回应一声："——哎！"

顾火生说："你摸上去，把哨兵打掉！"

黄晓龙身手敏捷，有战斗经验，顾火生让他去是对他的绝对信任。

黄晓龙手里拿的是一支 20 响驳壳枪，范守廉和诸克忠各将自己可装 20 发子弹的长梭子给了黄晓龙，以增加他的战斗力。

黄晓龙逐渐接近桥边……

顾火生这边几个人，都一眼勿眨地盯着他的身影。

黄晓龙接近海泉湾桥时，看清那两个"哨兵"实际上是牛车棚塌掉后留下的两根柱子！他看清楚后，迅速冲到桥上，按照预先约定，如果没有敌人他就在桥上跺跺脚、扬扬手。

顾火生他们看见黄晓龙扬手后迅速向桥边跑去，顺利地通过了海泉湾桥。正如顾火生分析的那样，敌伪军经过一天一晚折腾也累了，今晚都在休息。

过海泉湾桥后就是敌人占据的海泉湾村。他们快步向东南方向行进。才走了约十分钟，海泉湾村方向传来了村犬狂吠，驻在海泉湾村的敌人出来追击他们了。

海泉湾村东边就是曹家宅。顾火生他们在曹家宅迅速找了一名向导，在向导的带领下，走田间小路、走麦田、走油菜田的田沟离开了曹家宅。

但刚刚走出五分钟，敌人已经发现他们，"哇啦哇啦"地追了上来。

为了保护支队长撤离，黄晓龙毅然对范守廉他们说："你们保护支队长过青沪路，我来阻击敌人！"

范守廉说："晓龙，你一个人怎么行！"

黄晓龙两眼一瞪说："保护支队长要紧，快走！"

范守廉、诸克忠和骆阿荣只得护着支队长走了。

在向导的带领下，范守廉他们护着支队长绕过了敌人的岗哨，越过了青沪公路封锁线，来到了路南游击区。这时路北黄晓龙那里的枪声已经没有了，范守廉说：“支队长，晓龙他……”

顾火生说：“相信晓龙不会有事的！”

日伪以陆家角为中心展开围剿，却没有找到三支队主力。很快，他们侦悉到三支队主力已集结到青沪公路以南、七宝镇以西的区域。于是，日寇命令除部分日伪军驻守外，所有日伪部队全部掉转头，向青沪路以南扑来。

顾火生突围到路南刚与二、三、四、五中队会师，就不断有侦察员前来报告，称路北的日伪军已经向路南扑来了，如果不及时转移，三支队有被包围消灭的危险！事不宜迟，顾火生果断决定三支队主力沿崧塘河向西撤退！但三支队主力西撤目标太大，有可能被日伪军发现追击包围。为此，顾火生决定派出一支小部队，声东击西引开敌人，掩护主力西撤。危急时刻，二大队指导员张育新毅然说：“支队长，我带一小队掩护主力撤退！”顾火生知道张育新此次一定会面临险境，但战争就是这样残酷，此时已容不得多说什么。他深情地握了握张育新的手，即命令部队向西突围。

张育新看到三支队主力西去了，而东边的犬吠声和人声，嘈嘈杂杂，已经来到身边，大批日伪军追上来了！张育新决断地率领战友，向着天空连连开枪，自我暴露，将敌人引向南去。枪声吸引了敌人，张育新他们边走边打，尽可能地将敌人引得远一些。经过激烈的战斗，他们胜利完成了掩护任务，然而张育新及战士在战斗中全部壮烈牺牲！

三支队主力向西突围后，化整为零，先后突出了敌人的包围圈。他们冲出日伪包围圈后，在一个芦苇丛生的湖泊边，遇到了三江口突围出来的县工委。康旭东向支队长汇报，县工委书记顾德欢已从安亭转去上海，向江苏省委汇报“大扫荡”的情况。顾火生感到自己也要及时向江苏省委汇报此次“大扫荡”的情况，于是想起了泗泾镇日升米厂的老板姚振华。姚振华的米船常常来往于西浦与松江的水路，对一路上关卡熟悉，此人为人忠厚、交际广泛，顾火生信任他。他找到姚振华，请他帮助送他前往松江火车站。姚振华对顾火生的信任十分感动，他让顾火生和他的警卫范守廉、诸克忠化装后，乘坐小船一路向松江而去。一路上虽有惊有险，但终于来到了松江。在松江伪警察局长的帮助下，顾火生弄到了一张良民证，顺利地上了火车。而此时，抓他的日伪军还扎堆地守在火车站！

赶到江苏省委，顾火生和顾德欢相聚了。省委认真听取了他们关于此次“大扫荡”的情况汇报。顾火生对此次“大扫荡”给根据地军民造成的重大损失产生了深深的自责，省委安慰他，石在火种在，只要吸取教训，我们一定会给日伪军狠狠的回击！

日寇在西浦地区的“大扫荡”，一开始就实行惨无人道的烧杀政策。

一队日伪军在汉奸带领下，来到离崧塘镇不远的嵩子庙。他们将看守庙宇的道士王湘涛捉住，汉奸问他：“三支队去哪里了？”王湘涛说：“我是看庙的，我怎么知道啊。”汉奸脸一沉说：“你说不说，我一看你就不是好东西！”王湘涛说：“我真的不知道啊！”一旁的鬼子二话不说，一刺刀朝王道士身上戳去。鬼子的刺刀一拔，鲜血就像龙头里的水一样喷了出来。王湘涛妻子正怀孕在身，见状哭求鬼子不要戳死王湘涛。鬼子却转身将她一脚踢倒在地，连戳几刀。见她怀着孕，又在肚皮上补了几刀。王湘涛两个孩子看见父母惨死，号啕大哭。残酷的鬼子也一一将他们戳死。汉奸嘴里不清不楚地嘀咕着：“不识相，吃辣货酱！”

日伪军又来到徐泾章家角村，这是一个较大的村庄，村人早四散逃走了。进村后，日伪军在一幢较好的房子里住下来。这是农民章金海的家，门前有一条河，河与屋之间有一块泥场。这里的农家屋前都有一块泥场，只是泥场的大小不同而已。庄稼收割后，农家要在场上进行脱粒，粮食要进行翻晒。章金海家稍有资产，屋檐下有车水的水车，水车有七八米长。闲时章金海要将水车进行修理，修理好后挂在屋檐下，待春耕时就装到田边的车棚里去。他的场上还有一张稻床，这种稻床很原始，木质的框架上横穿着十几根竹秆，用四条腿撑起来。农家收割水稻时，双手捏着稻捆用力朝稻床上掼，谷子就纷纷地从稻捆上落下来，从稻床竹秆的缝隙中漏下去……这次“大扫荡”，正是初夏季节，天气已经很暖和了，但水稻还没有下种，油菜长得很茂密，也还没有到收割的时候。因此，章金海的屋前场地上，稻床被闲置在一边。

这批日伪军住下后，每天四处捉人。他们把人捉来后，逼问三支队的去向，还要他们交出三支队的枪支弹药。但老百姓怎么知道呢？老百姓中有三支队的后备队员，汉奸就盘问谁是后备队的人。对不肯说的人，他们不分青红皂白，在稻床上放上柴草，浇上火油，把人先用刺刀刺伤或捆绑了，然后丢到稻床上活活烧死。日伪军将章金海家的稻床烧掉后，再去将其他人家的稻床拿来，如法炮制，一拨一拨的人就这样在章金海家屋场上被烧杀。一次，他们抓来了一个姑娘，这姑娘脸上墨黑，十分丑陋难看，其中一个伪军发现了秘密，拿了一盆清水朝姑娘泼去，姑娘脸上涂的锅底灰被水一冲就冲掉了，露出了姑娘白净的肤色。几个鬼子"呀呀"地叫着"花姑娘，花姑娘……"即上前将姑娘拖进屋里，光天化日下禽兽一样将其轮奸了！

进据崧塘镇的许金生伪军，带着日军的"啪啪船"和几只拖船，从附近村上抓人。他们拳打脚踢、枪柄撞、皮鞭抽，把抓到的二三百人强押上船，在崧塘镇东市梢那里挖了一个大土坑，坑深齐胸。被押到这里的老百姓一看凶多吉少，个个怒目而视。一个青年农民愤愤地说："我伲都是老百姓，你们为啥要杀我们？"话音未落，被鬼子一刺刀，一脚踢进了土抗，当场昏了过去。接着，鬼子把这批无辜老百姓一个接一个地用刺刀戳下土坑。这个青年农民由于新婚不久，衣服穿得多了些，敌人的刺刀未刺中要害，幸免一死。许金生和鬼子还将抓来的老百姓，反绑后赶到一块场地上，场地上堆满柴草，鬼子浇上汽油，引着了火，一时烈焰冲天。鬼子把反绑的老百姓统统往火里推，活活烧死。鬼子还用刺刀对准被反绑着的老百姓，将他们一个个戳死在浜里，尸体漂流，河水染红。

陆家角是日军的指挥部，各处抓来的老百姓大都押到这里，押来的人被关押在一家农房里，两间房子塞得满满的。东边场上已挖好一个大土坑，一到晚上就把关押的人戳死后丢在坑里。周治夏住陆家角河西花桥港，他一见情况不好，打算往南过马路逃跑，但被从南面下来的鬼子抓住了。拉到村场上，周治夏一看吓呆了，眼前几棵大树上吊着十几个赤膊的人，几个鬼子正把炉子里烧得通红的铜板和铜钿，钳出来往吊着的人身上贴。只听得"嗤"的一声，几缕青烟直冒，铜板和铜钿贴住了受刑者的肉，受刑者惨叫一声，双脚乱抖，日本狼狗就纵身上去张大血口撕咬他们。鬼子还用烧红的铁丝，往吊着的人身上乱戳，惨叫之声，不忍卒听。

傍晚，日军将屋里的人分批押到掘好的土坑旁，命令他们排好队。日军则两人一班，用刺刀将排队的人一个个戳死并推下坑去。做小生意的张毓文被戳了七刀，血流满身，有死尸横在他上面，鬼子以为他已经死了。张毓文下边的一个人也还没有死，自己松掉了绳子爬出土坑，他请那人帮他松掉绳子，他又松掉了其他两个人的绳子。四个人一齐向东往海泉湾爬去。爬着爬着，一个人死在路旁了，另二人从油菜田里向泗潭泾方向爬去。张毓文爬到海泉湾熟人家，不料那里也有日军，他随即又被绑住丢在屋角里。他撒谎说自己是和睦桥人，开肉铺的，有事到诸翟去，回来时经过王家桥被土匪抢了钱，还被戳了七刀。日军信以为真，叫他带着去找土匪。

鬼子前来搜查时，林忠民躲在家里，结果和邻居高全生、西街的染坊小老板朱桂生一起被日军抓获，一路押着走到沙家村。鬼子将他们用绳子串在一起，在黄黄的油菜花开得很茂盛的田间小埂上走着。林忠民想，自己这次逃不过鬼子一顿打，但他想寄希望于明天家里有人来保释，鬼子就会放他了。高全生和染坊小老板也是这样想的。

来到沙家村后，鬼子将林忠民和高全生、朱桂生带进一间厢房，他一眼瞥见这里堆满了各式刑具，整间屋弥漫出一股血腥味，他的头皮一阵发麻，隐隐生出了一种不祥的预感。他望了高全生一眼，只见高全生的眼里露出一丝恐惧的神色。鬼子连推带搡把他们关进了隔壁一间屋，然后"哐"的一声，把门关掉后上了锁。不一会儿，屋外响起了嘈杂的声音，他听清了是一个小女孩在求鬼子放她父亲，但紧接小女孩乞求声的是两声枪响，小女孩的声音就消失了，屋外陷入一片死寂。他的心里顿时涌上一阵悲哀，他想这父女俩必是凶多吉少了。又一阵喧杂的声音响起时，鬼子将十几个农民关进屋里来了，这伙人大约已经发现了不祥之兆，有几个忍不住哭了起来。

哭声一起，他的心也随之慌乱起来。他发觉一路上自己的预想错了。正不知所措时，屋门又被打开了，鬼子将他们三人带到有刑具的屋子去，一排鬼子已虎视眈眈凶相毕露地望着他们。

高全生首先被押上去，一个日本军官"叽里呱啦"了一通，汉奸翻译便问高全生三支队在哪里，顾火生在哪里。高全生说不知道。翻译再次追问，高全生说确实不知道。鬼子就把高全生痛打一顿，高全生哭爹叫娘痛不欲生，最终倒伏在地上。接着，鬼子就把林忠民拖上去审问，他刚说不知道，背上就重重挨了几枪托，他眼前金星直冒，人几乎要跌倒。鬼子军官又问他手掌上和肩胛上的老茧哪里来的，他说干农活干出来的。鬼子军官冷笑一声，他就被晾在旁边。

染坊小老板朱桂生长得瘦小，鬼子一阵恶打，竟昏死了过去。鬼子见状，又拖高全生过来，边问边打。见问不出什么，鬼子残酷地把火油浇在高全生身上，然后点上了火。顷刻间，高全生浑身是火，撕心裂肺地大喊救命，两只手上下挥动着拍打，企图把火灭掉，但拍打是徒劳的，火越烧越旺。高全生像个火人似的扑腾了一阵，最后烧得面目全非，奄奄一息。鬼子把他们三人拖到了沙家村野外的油菜田里。林忠民看到油菜田里横七竖八地卧着好几具尸体，他不寒而栗，知道自己的结局，不由得望了一眼天空，巴望冥冥中有人来救他。天空早已黑幕一般，它掩护着鬼子的兽行，他顿时绝望了。

尚存一息的高全生首先遇难，林忠民清晰地感觉到日本兵将刺刀朝高全生身上戳去，他听到了血咕噜咕噜往外冒的声音。他知道高全生完了，自己也难免一死了。他的脑子里正一片糨糊，突然被一枪托砸倒在地，一把凉凉的刺刀旋即猛戳进他的身体：一下、两下、三下……他想喊，但喊不出声音。渐渐地，他就什么都不知道了。

黄晓龙趁着夜色，一边狙击追上来的敌人，一边朝另一个方向撤退。真得感谢上天的恩赐，今年的油菜长得比往年格外的好。一大片一大片的油菜田里，油菜长得枝秆粗壮，叶密花繁。白天在阳光下看去，满田满野的油菜花一片金黄，灼耀人的眼睛。如今，这大片大片的油菜地，不但成了掩护三支队的天然掩体，也成了无数无辜老百姓的避难地。他们钻进茂密的油菜地里，密不透风的油菜稳稳地将他们掩护了起来。日本鬼子和伪军面对大片大片的油菜地，仿佛面对一片大海，无可奈何，只得乱放一阵枪。

黄晓龙且战且退时，不幸被流弹打到了左腿，他感到一股黏黏的液体从腿上流了出来。他钻进一边的油菜地里，这样爬了好一阵。日本鬼子和伪军找不到人，也就撤退了，枪声也静寂了下来。这时，大约已近子夜，黄晓龙继续往前爬，边爬边想下一步应该怎么办。好在支队长他们突围出去了，他已经没有顾忌。敌人似乎没有休息，一会儿一批敌人在集合，向着路南方向去了。

黄晓龙此时一点也没有办法了，他只得在心里祈求三支队安然无恙。他继续在油菜地里往前爬。这时，时间已是后半夜了。突然，他听到附近的油菜地里有窸窸窣窣的声音。他静听了一下，听出对方是一个人。那人发出了微弱的喘息声，他猜想要么是三支队受伤的战士，要么是被打伤的老百姓。于是，他就往前爬过去。

好不容易爬到另一块油菜地，他惊愕地发现，出现在他面前的人竟然是林忠民！林忠民遍体是血，附近地上也是一摊血。黄晓龙爬过去，轻声叫道："忠民，林忠民——"这时，林忠民从昏死中醒过来，他认出了黄晓龙，他像见到了救星似的喊道："晓龙，救救我——"他的声音很微弱，但他求生的欲望却是强烈的。

黄晓龙此时不知不觉已爬到了陆家角附近，这里是敌人"大扫荡"的指挥部，林忠民在这里被日本鬼子连戳了十七刀，幸好当时他穿的是土布新棉，未被戳中要害而死里逃生。他从一具具冤魂屈尸中爬出来，满身污血，爬进了附近的油菜田里。然而，他爬了没有多远，就又昏死了过去。

黄晓龙没有想到自己爬到陆家角来了，他知道敌人大部队全扑到路南去了，这里的敌人不会太多。时间已是后半夜，敌人都累得睡着了。黄晓龙身上还有三颗手榴弹，他让林忠民待在这里别挪位置。林忠民说："晓龙，我们逃命要紧！"黄晓龙说："忠民你别怕，敌人也怕我们的！"说罢便爬出油菜地，在田埂上直起身来，拖着受伤的左腿，一瘸一拐地向前摸去，摸向了敌人的指挥部……

一会儿，林忠民听到了三声猛烈的爆炸声，刚才关押他们的地方火光冲天而起。林忠民知道，黄晓龙去炸那些鬼子了！

隔了没有多少时间，林忠民听到了黄晓龙在喊他的声音，他连忙摇摇油菜的枝秆，油菜枝秆发出一阵飒飒的声响，黄晓龙循声走了过来。黄晓龙搀扶起林忠民，凭着对地形的熟悉，慢慢地在茂密的油菜田里艰难地前行，来到崧塘镇西南的施家宅表弟施永兴家里。施永兴和父母开始躲避在外，直到日伪军离开了，才回到家里。黄晓龙突然来到家里，他们都吃了一惊。发现黄晓龙受了伤，还搀扶着一个遍体鳞伤的人，施永兴连忙将他们扶进屋里，拿出备用的伤药为他们消毒敷药，然后包扎好，让两人隐蔽在后面小屋里。

躲避了几天之后，林忠民的一个亲戚悄悄前来，把林忠民转移到了里舍村。林忠民回去后，高全生和朱桂生两家得悉惨剧，想摇船去收尸，但鬼子还没有撤走。直至一个星期后，高全生妻子舒小妹邀了三个亲戚同去，一路上，见沙家村周围田里尽是被杀同胞的尸体，景象惨不忍睹。舒小妹只得凭丈夫衣服认了尸，在搬动时，创口还流着血水。

过了几天，黄晓龙的伤有点好转，他就辞别姑姑和表弟，回黄更浪自己家中。因家中已经没有人，灰尘遍布，杂乱无章，黄晓龙便来到堂兄黄宝明家中。堂兄堂嫂见到黄晓龙，连忙将他迎进屋里。他们都在为黄晓龙担心，生怕他出事，现在见到晓龙回来，终于放下了心。

黄更浪东面就是虬江，虬江是条界河，河东面是上海县。河西面是西浦县，"大扫荡"时岩崎画的烧杀区红线，这条虬江就是包围圈东面的红线。大烧杀时，堂兄在一片竹林后藏着一条小船，村里人只要乘上小船，用篙子一撑，到了河东就相对安全些了。河东的楼里村有个医生，医术很高明，堂兄陪着黄晓龙去看了几次腿伤，换了几次药，腿伤很快就痊愈了。伤一好，黄晓龙就与堂兄堂嫂说："我要去找部队了。"

堂兄说："部队打散了，你到哪里去找啊?"

黄晓龙听说部队撤退到了昆山县，虽然没有具体地址，但他想到昆山县后一定能找到。堂兄见他坚决要去找部队，也就不再阻拦了。

待在家里的几天中，黄晓龙看到家里空无一人，家不像家，不禁很伤心。回想起父母都在的日子，那时是多么温馨！由于母亲长年患病在床，母亲特别依赖他，早晨他总要为母亲端上一碗白粥，递上几根自己腌的黄瓜条。母亲的药吃完了，他就去蟠龙镇南街药店续药，一贴贴中药寄托着全家的希望，凝聚着全家的情感。有时，黄晓龙到东边的虬江滩，他们在江滩边种着一簇簇茭白，他裤脚卷得高高地去滩边掰茭白，爬上岸来时，腿肚子上沾满了一缕一缕的河泥，而手中已经拿了几支又嫩又甜的茭白。回到家里，他一脸微笑地对母亲说："姆妈，今天我们吃炒茭白!"他家周围是一片农田，农田里长着成片的水稻。虬江边有一个牛车棚，夏天水稻灌浆时，他就常常在牛车棚里车水，清清的江水哗哗地顺着水渠流向农田。鱼米之乡的美满生活，随着日本鬼子的到来而一切化为乌有！母亲被"吓煞"，父亲被"打煞"，大水牛被"饿煞"，煞煞像刀子一样戳在黄晓龙的心上！黄晓龙忽然想起自己的妹妹了，是的，父母过世后，家中唯一的亲人就是妹妹黄小凤了。妹妹从小给人家抱去做童养媳了，他责怪父母为什么要把妹妹送走？那天，当妹妹被人从家中抱走时，他哭着不让人抱，但那人抱了妹妹走了。他追了出去，追了好长一段路。那人拿出糖给他吃，他把糖扔到了一边，他不要糖，他要他的妹妹！后来，黄晓龙也明白了，父母有父母的苦衷，长年卧病的母亲成了父亲沉重的负担，不到万不得已，父母怎会舍得将亲生的骨肉送给人家当童养媳呢？想到此，黄晓龙觉得最受苦的还是他妹妹。他不知妹妹现在生活得怎么样？但现在还是先找到部队要紧，于是，他独自悄悄地向着昆山县方向找去。

三支队参谋长周达明在“江抗”东路教导队学习，听到日伪军在西浦“大扫荡”、大屠杀的消息后，他心里焦急万分，不知道战友们安危如何。

不久，他终于见到了支队长顾火生，三支队的指战员也陆陆续续转移来到了常熟。一大队长冯庸钦、一中队长康旭东、二中队长许世贵、七中队长夏岱、支队部党支部书记康则涛、路北党支部书记陆俊华、民运干部朱艳、支队部警卫范守廉、诸克忠以及交通员骆阿荣等，战友劫后余生，相见感慨万分。

周达明对顾火生说：“支队长，见到你们，我悬着的心就放下来了！”

顾火生痛心地说：“可是，不少干部战士牺牲了！西浦的老百姓遭到了空前的大劫难！”顾火生自责地说：“叶飞司令指出，西浦地区的活动要向淀山湖周围发展，要和昆山、嘉定和苏常太连成一片。这一次事变中，三支队吃了亏，其中一个重要原因是回旋空间太小。我思想上有盲目自满情绪，指挥不当和缺乏应变，导致我们遭受了这样大的损失！”

周达明安慰说：“支队长，吃一堑，长一智，敌人就是我们的老师，我们一定会在战争中成熟成长起来的！”

到了“江抗”，顾火生随同谭震林司令员学习工作，感受到谭司令员虽然年龄不大，但其眼光和胆略就是不一样。自从谭司令员主持东路以后，部队各项活动开展得有声有色，部队很快发展到了三千多人，比原来增加了十多倍。他特别重视抓教导队的建设，不仅配备得力干部主持教导队工作，还从各部队挑选有培养前途的骨干去培训和储备。顾火生通过一段时间的学习，水平和能力显然得到了很大提高。

谭震林重视西浦地区的发展工作。他重组了昆山常备队、西浦三支队，形成了新的三支队，并与浦东五支队组建了淞沪游击纵队，任命顾火生为纵队司令，周达明为参谋长。经过整编的三支队拥有约有二百人的兵力，分成三个中队，顾火生兼支队长，蔡一帆、冯庸钦为副支队长，康旭东、许世贵分任一、二中队长，调范守廉任三中队的中队长。三支队以淀山湖北岸大慈作为基地，在歇马桥、尚明甸等地开展活动。

顾德欢按照上级“立足昆东，打通浦东，坚持西浦”的方针，在西浦开展党的秘密战线工作。

顾火生担心短枪队队长黄晓龙，到现在也没有消息，是不是在突围中出了意外？正在他焦急担忧之时，黄晓龙却意外地来到支队长的面前。原来，黄晓龙一路上边打听边寻找，经过一番曲折，终于在常熟找到了部队。顾支队长听了黄晓龙的经历，不无欣喜地说：“我们都以为你‘光荣’了呢。”

黄晓龙回到战友中间，康旭东、范守廉、徐友奇等战友都喜出望外。

第十四章

同流合污，余瑞华递交投名状
一箭三雕，方鸿飞拗断父女情

日伪军在西浦地区烧杀一个月后，逐步撤离了，日伪首脑为此弹冠相庆。但三支队的成功突围，让岩崎心有不甘，他脸露杀气，要对三支队斩草除根，命令各乡镇加强巡逻放哨，发现三支队人员立即鸣锣报警，发现一个，抓一个，杀一个。

许金生"大扫荡"中带着日军烧杀，两手沾满了鲜血，感觉还不解气。按照岩崎的指示，他一面与奸商和贩毒犯勾结，大做贩卖粮食和毒品生意；一面在轮船码头、火车站等交通要道布下特务网，侦查三支队干部。他们把三支队干部抓住后关押在所谓的"鸡棚"中，将人装进麻袋放到河中淹死，他们称之为"放水灯"，西浦地区一时弥漫在一片腥风血雨和白色恐怖中。

日伪军的"大扫荡"采取了分化策略，将余瑞华的六区划在红线之外、绿线之内，没有像对七、八区那样进行烧杀。因此，"大扫荡"中，余瑞华没有随三支队突围，而将部队在六区农村隐蔽了起来。

余瑞华出生于一个小地主家庭，从小过着宽裕的生活。西浦沦陷后，过去的优裕生活化为泡影。面对日寇的侵略，他加入抗日三支队，参与了多次战斗。通波塘之战由于争强好胜，让部队吃了亏，导致五中队全军覆没。虽然李其章临阵脱逃，受到三支队的严厉批评。但余瑞华知道，这次失败的责任在自己，他没有估计到金风高伪军会发起南北夹击。他安慰自己，胜败乃兵家常事，谁没有遭受挫折的时候？但通波塘失利后，余瑞华感觉自己在三支队中的地位大打折扣，内心开始与三支队貌合神离起来。

这次"大扫荡"更让他的思想剧烈动摇起来。他认为三支队已被打得七

零八落，大势已去。他的五中队虽然受到损失，却很快重建了，加上六中队，余瑞华还有六十多兵力。如果跟着三支队继续走下去，余瑞华认定自己已经没有前途可言，所以当三支队通知他撤退苏常太时，他采取了回避态度。不听从支队长指令，部队无疑是脱离三支队了。脱离三支队，队伍接下去该怎么办？这次日本人对六区放了一码，但投靠日本人，自己就背了汉奸的罪名，而不投靠日本人，又怎能安稳生存下去呢？

正当余瑞华动摇不定之时，心腹李其章悄悄前来，神秘地对余瑞华说："赖兄来了。"

余瑞华看一眼李其章："赖发财？"

"就是。"李其章怪异地一笑。

赖发财穿了一套伪军装，挂了三角皮带，背了一支木壳枪，带了一个勤务兵。他和余瑞华原来就认识，两人都是游手好闲之辈，贪图享受。赖发财加入 76 号特务组织后，在西浦设立了联络站，不长的时间内，立功甚大，游说了金风高和许金生，对此余瑞华也是有所耳闻的。

余瑞华示意请人。

一会儿赖发财进来了，嚷嚷说："余兄啊，想不到你猫在这种破地方呀！"

余瑞华说："赖兄，你把我绑去献给皇军吧！"

赖发财说："余兄，你说笑话了，你我是什么关系啊？"

余瑞华对赖发财说："赖兄，你们做得也太绝了。"

赖发财无奈地说："田鸡要命蛇要饱，有什么办法？"他接着又说，"顾火生他们做得也绝呀，说是结拜弟兄，许旅长差点命也没有了！再说，地方不靖，皇军容不得呀。"

李其章恭维说："赖站长，你请坐。"

赖发财坐下说："余兄，打开窗子说亮话吧，今天赖某前来，就是给你指条路的。"

余瑞华说："你说——"

赖发财说："事至如今，还是那句古话，识时务者为俊杰，我劝余兄改弦更张，投靠皇军，保侬享不尽的荣华富贵。"

余瑞华没有吱声。

赖发财说："三支队大势已去，顾火生这次真完了！陆惠人参谋长让我捎话给你，许旅长说，只要你把人马拉过去，你就是四旅副旅长，其章兄么，也弄个营长当当。”

李其章附和说：“赖站长一片苦心哦。”

余瑞华显然被赖发财说动了，他想何不趁此机会，投靠许金生？于是说：“赖兄，我余瑞华不是不知好歹的人。”

赖发财笑笑说：“余兄不愧是俊杰之材，但是余兄你要拿点诚意出来，自古无功不受禄，你可要让许旅长和皇军相信啊。”

李其章说：“赖站长放心，余兄自然会尽力的！”

这天，赖发财走后，余瑞华与李其章私下密谈了一阵。“大扫荡”后，岩崎欲将三支队除之而后快，到处在捕捉三支队的人。余瑞华想起三支队在上海有个联络站，三支队被打散的人肯定会去找联络站的，如果……余瑞华想，舍不得孩子套不住狼！为了自己在岩崎和许金生面前获得信任，他也顾不了那么多了。于是，他和李其章如此这般地密谋起来。

方雅芬来到三支队后，经历了王师龙、诸人龙、朱志成三青年牺牲的事件，这对她的精神打击很大。原本对方雅芬来说，她对日伪军的仇恨更多只停留在理性层面，但三烈士的牺牲让她亲身感受到了日寇的凶暴和残忍。加入三支队后，她接受王师龙的邀请，一直在八区工作，亲眼看到他们夜以继日、奋不顾身的精神，这种战友的情感，深深地感染了她。三烈士牺牲后，新任八区区长鞠兴华很器重方雅芬，向支队长要求让方雅芬协助自己，继续在八区工作。方雅芬从县城来到农村，就像许多青年投奔延安一样，在抗日根据地里感受到政治的民主和事业的正义，她与黄晓龙、朱艳、李方明等人接触后感受到了一种大家庭兄妹的温暖。而顾德欢和顾火生二位长者，他们为了人民的利益，领导抗击日本侵略者，让她从心底里敬佩，更坚定了自己的选择。

日伪军对抗日根据地的“大扫荡”、大清剿，使根据地军民遭到了空前的打击和摧残。这段炼狱般经历，更激起了她对日伪的仇恨和愤慨。“大扫荡”的这些日子里，她随着八区的干部撤离和突围，由于敌我力量太悬殊，许多干部在她面前倒了下去！在钱家泾附近，她与大家冲散，一时不知向何处去。忽然，她想起钱家泾有位钱老太，她的儿子也是三支队战士，老人家为人豪爽仗义，方雅芬与她熟悉。于是，方雅芬直接找到钱老太家。风声鹤唳之中，钱老太看到方雅芬前来，知道她处境危险，一把将她拉进屋内躲避。

村外不时传来枪声，方雅芬怕连累钱老太，欲离去。钱老太哪里肯放，板起脸不让她走。过了十天半月，“大扫荡”的日伪军终于撤退了，方雅芬又要离去，钱老太问：“方姑娘，你去哪里呢？”

方雅芬说：“我去找三支队。”

钱老太说：“你去哪里找三支队啊？”

方雅芬有点茫然：“我也不知道。”

钱老太说：“你这样走太危险了，你再住几天，我去打听打听消息。有了消息，你再走不迟。”

方雅芬听钱老太说得在理，也就同意了。

过了几天，钱老太带来了一个人，方雅芬一看，原来是三支队的财务副主任冯友才！

原来，冯友才一直负责着爱国通商税的征收工作。“大扫荡”中，他耽搁在崧塘河边的一个关卡里，与三支队失去了联系，于是只能在日伪的包围圈中隐蔽起来。日伪军撤走后，他想去找三支队，但不知三支队撤到哪里去了。后来，他遇到了和三支队失散的赵季良，两人商量去上海联络站找三支队的下落。刚好遇到钱老太，得知方雅芬也要寻找三支队，冯友才就来到了钱老太家。

顾润桐支持三支队抗日，帮助三支队建立了后方医院、兵器修理厂以及碾米厂等，还在上海建了一个秘密联络站。“大扫荡”后，三支队部分指战员突围出来后，找到上海联络站，然后由联络站安排他们去苏常太根据地。为安全起见，联络站的地址只有三支队的部分骨干知道，冯友才是知道联络站地址的。

冯友才、赵季良、方雅芬三人辗转来到上海，他们先到曹家渡五角场赵季良的过房亲朱晓仁家，他们在朱晓仁家住了一晚，然后准备去位处市内三支队联络站。朱晓仁原是三大队五中队的一员，他家是重固的地主，颇有资产，在上海也有住所。日寇的“大扫荡”让他吓破了胆，逃到了上海的家中。余瑞华让李其章告知朱晓仁，要他帮助捕捉三支队的人，并说事成后重重有赏。

冯友才等三人前来投宿,朱晓仁就假意热情招待。次日,得知三人去找联络站,朱晓仁执意要陪送三人前去。走了一段路,冯友才让朱晓仁不要送了,朱晓仁哪里肯让煮熟的鸭子飞走,假意与三人告别,暗中继续一路跟踪,看清三人进了上海弄堂一幢小洋房,回头马上向余瑞华密告了。

冯友才等三人进联络站不久,来了两个陌生人,自称是三支队五中队的。冯友才正在疑惑,感觉情况有变,日寇宪兵却立马就来了,五中队的这两个人指认了冯友才三人。

三人被日寇抓了起来。

日寇在联络站留下便衣特务,继续守候三支队干部。

冯友才知道,他们被朱晓仁出卖了!

许金生得知逮捕了冯、季、方三人,立即将三人提回黄渡。

许金生是一个无恶不作的人,他为人凶狠,与三支队的人更是不共戴天。在黄渡镇许金生家里,许金生和蒋孝慈、陆惠人一起,逐个审问,希望从他们身上打开缺口,知道更多三支队干部的下落。

不料,在审问赵季良时,三个汉奸遭到了赵季良的一顿臭骂。

做好了牺牲准备的赵季良,大义凛然地说:"我就是三支队的,我和你们势不两立。我落在你们手里,要杀就杀,你们帮助日本人杀害中国人,你们的良心被狗吃掉了,你们是禽兽不如的东西!"

赵季良义正词严的一席话,骂得许金生等人哑口无言,他们恼羞成怒,竟将赵季良杀害了。

他们想从冯友才口中知道三支队干部的下落。冯友才只是一百个推说不知道,许金生将他关入了大地主蒋孝慈的地牢。

方雅琴被押到许金生旅部后,许金生听说是一个姑娘家,觉得可以轻而易举让她供出三支队的秘密,便叫陆惠人去审问。陆惠人将方雅琴也押到地主蒋孝慈的地牢,地牢里有一套刑具,他想这样一吓也许能将这个小姑娘吓个半死。

来到阴暗的地牢,方雅芬就闻到了一股霉臭的气味。

陆惠人初次见到方雅芬,不由暗暗吃了一惊,他想不到眼前的方雅芬果如其名,幽雅芬芳,人长得标致。他知道她是个有文化的人,就装出一副同情的样子说:“方姑娘,你我都是有文化的人,这种地方可不是我们蹲的呀。”

陆惠人心想,眼前这个姑娘,许旅长见了一定喜欢。于是他说:“方姑娘,三支队现在被消灭了,没有指望了,只要你交代出三支队的枪支和同伙,你就可以回家。如果你愿意,留在我们旅长身边,帮助我们做事,你的前途可就大了。”

方雅芬见眼前这个人阴鸷的样子,不屑地说:“谢谢你的好意,不过我哪里知道什么枪支啊?”

“那你的同伙呢?”

“不都给你们杀的杀,害的害了?”

“小姑娘,你不要敬酒不吃吃罚酒啊。”陆惠人指指旁边的刑具,冷笑说:“让他们叫你开口,你可就吃苦头了!”

方雅琴没有理他。

因陆惠人有心思,他只是吓唬方雅芬一下,并不对她动刑。于是,他颇有耐心地教训方雅芬,说她年轻无知,上了共产党的当,说什么顾火生完蛋了,三支队消灭了,好汉不吃眼前亏,好女也要识时务,人生在世为什么?还不是吃得好,过得好,现在只要听从皇军,你就能享受荣华富贵……

一套说辞,方雅芬听也没有听。

正在这时,有人报告:“许旅长驾到!”

陆惠人见许金生旅长和副旅长蒋孝慈一起来了,堆着笑说:“许旅长,陆某正在劝说呢。”

许金生说:“劝什么劝,三支队的人,你不动刑她会交代?”

陆惠人见许金生这样说,知道许金生对三支队的人恨之入骨,于是吩咐手下人动刑。

正当几个伪军要对方雅芬动刑时,一边的蒋孝慈发现了情况,他叫道:“慢——”

几个人看向蒋孝慈,不知道他有什么事。

蒋孝慈走近方雅芬,问:“小姑娘,你真是姓方?”

陆惠人说:“问过了,她姓方。”

蒋孝慈又问:“你叫方雅芬?”

方雅芬感到好奇,眼前这个老头她可从来没有见过面。

蒋孝慈说:“你父亲——他叫方鸿飞?”

方雅芬说:“我与他断绝父女关系了!”

蒋孝慈笑了:“傻姑娘,你再怎么断,你还不是他的女儿嘛。”蒋孝慈回头对许金生说:“方翻译的女儿,不要用刑了吧。”

许金生听说姑娘是方翻译的女儿,他就想不通了,好好的家不待,去三支队吃那苦?

许金生对蒋孝慈说:“通知方翻译来带走吧!”

蒋孝慈说:“好,我马上通知。”

原来,蒋孝慈与方鸿飞是同学,他知道方家的家事,知道方鸿飞的女儿方雅芬逃到三支队去了,由于怕人闲话,方鸿飞将此事一直瞒着,没有几个人知道。一次,蒋孝慈与方鸿飞在一起喝茶,只见方鸿飞长吁短叹,满腹心事,便询问其缘由,方鸿飞这才说出了女儿离家出走,投奔三支队的实情。

刚才,蒋孝慈看到方雅芬时,就怀疑是方鸿飞女儿,一问果然是的。天下就有这样的巧事,如果今天不随许旅长来,方鸿飞女儿可要吃苦头了,自己不要被方鸿飞怪死?

当天下午,蒋孝慈用一辆军车,亲自将方雅芬送到县城,交给了方翻译。

方鸿飞见到蒋孝慈,对其千恩万谢,不好意思地说:“蒋旅长,我该怎么报答你的大恩大德啊!我女儿任性惯了,以后……以后我一定会严加管束的。”

方鸿飞带着女儿回到家里,自己心里是什么滋味,他也不知道!女儿出走既出乎他的意料,又是他潜意识里所希望的。如果她不出走,显然难逃日本少佐坂田次郎的魔爪。但女儿投奔三支队,却是他所不希望的。因为顾火生在西浦地区是人所共知的投了“红旗”的人物,在国共两党的较量中,他一直与国民党作对,国民政府上下都将他视为有反骨的人。西浦沦陷后,他像个农民英雄,登高一呼,竟然应者云集,拉起的一支农民自卫队,像滚雪球越滚越大,戴笠将他收编成三支队。方鸿飞凭着对顾火生的了解,知道这是枉费心机的,“三支队”的番号成了顾火生的护身铠甲。前一阵“江抗”东进,“三支队”如虎添翼,势不可挡,将岩崎手下的伪军姚文莲和许金生打得稀里哗啦。要不是金风高见势不妙逃进县城,也早凶多吉少。但盘踞大上海的日寇不是吃素的，他们的卧榻之旁，岂容他人鼾睡。这一次“大扫荡”，他们将顾火生三支队一举消灭了。女儿投奔三支队，他知道迟早会遭殃。他通过女儿闺蜜姜惠萍想将她召回家，但他知道此举是徒劳的，女儿不可能会听他的。但出于本能，他明知不可为而为之。他庆幸事情终于出现了不幸中的大幸，他女儿并没有在这次“扫荡”中殒命，还好端端地回到了家中，出现在了自己的面前！但他感到棘手的问题也随之出现了，怎么让女儿听他的话，哪怕能安分地待在家中也好！知女莫若父，他知道女儿的脾性温柔如水，但也倔强如牛！

方鸿飞还是想到了女儿的闺蜜姜惠萍，他想让女儿住到她的闺蜜那里，他知道也只有姜惠萍才有可能劝导女儿回心转意。

姜惠萍的家在北门街，北护城河外的这条街在西浦沦陷后成了一个灰色的地带。因为地处城外，这里的菜市场相对繁荣，护城河里的众多渔船每天提供新鲜的鱼、虾、螺蛳等水产品。“民以食为天”，人总是要吃饭的，日寇对这里的控制就相对弱一些。

方雅芬经过这一次生死经历，对日本鬼子的仇恨更深了，而对父亲竟然为日本人做事充当汉奸的行径更为鄙视了。住在姜惠萍家，姜惠萍告诉她，方鸿飞两次来找她的事。

姜惠萍说：“你父亲的信你收到吗？”

姜惠萍将方鸿飞给女儿的信，让老卫转送去三支队的。

方雅芬说：“信我收到了，我看完就将那封信烧掉了。”

姜惠萍笑了：“雅芬，你还是那个脾气，眼睛里容不得一粒沙子。”

方雅芬说：“他千不该万不该，就不该去为日本人做事，方家祖宗的脸给他坍尽了！”

姜惠萍说：“但我发觉，你父亲并不像你说的那么坏。”

方雅芬说：“你不要为他说好话了。”

姜惠萍说：“雅芬，我有一个预感——”

方雅芬问：“什么预感？”

姜惠萍想了想，把自己的预感说了出来。姜惠萍感到方鸿飞此人还是一个有良心的中国人，他对日本人的态度，并不像一些死心塌地投靠日本人的人。特别是这一次，他将日本人“大扫荡”的消息告诉了姜惠萍，使姜惠萍及时地掌握了这一重要情报，让三支队及时掌握了敌人的真实意图，并作出了应变的措施。虽然三支队遭受了相当大的损失，但如果没有这份情报，三支队的损失无疑会更大。姜惠萍隐隐感觉，方鸿飞虽然是为寻找女儿而找她，但如果他真是一个铁杆汉奸，他绝不会将这样绝密的情报泄露出来。

方雅芬听了姜惠萍的分析，感觉父亲或许心里有愧，才冒险做了这样泄密的事。

姜惠萍劝方雅芬，要劝劝父亲，让他多为抗日做点好事。但方雅芬不愿再与父亲见面，也不愿回家。

姜惠萍把方雅芬的事告诉了老卫，老卫立即向顾德欢汇报了这一情况。

此时三支队已全部撤离西浦，西浦地区的工作转入了地下。

为保存有生力量，等待时机，江苏省委指示西浦地区党的工作转入地下，顾火生以及其他三支队指战员，全部转移到苏常太地区。

省委组建了跨地区的淞沪中心县委，由顾德欢任书记。同时，西浦县工委改由陈雪涛任书记，陆俊华和夏辉为委员。为方便淞沪中心县委与苏常太地区抗日武装的联系，陈雪涛向顾德欢提出了一个大胆计划，即开辟一条水上航线。这条航线从上海北新泾的周家桥出发，经珠葑、西岑、金泽、芦墟等集镇，一直延伸到江苏黎里。他们计划在沿线设立联络站，并在上海周家桥开一家米店，在黎里开一家糖坊，以贩卖糖坊生产的饴糖和糖糟为由，来往上海，以便传递情报。顾德欢感觉陈雪涛这一建议很好，就着手筹建水上航道，并决定让夏辉离开珠葑镇，去江苏黎里筹建糖坊，而珠葑镇的工作则交由关振刚负责。县工委书记陈雪涛坐镇北新泾周家桥米店，以方便与上海地下党保持联系。

考虑到方雅芬的特殊情况，顾德欢决定让方雅芬离开西浦地区，前往吴江黎里协助夏辉筹建糖坊。为了掩护方雅芬，姜惠萍编造了一个方雅芬不辞而别的说辞，她为没有看管好方雅芬而向方鸿飞老师一再地表示歉意。

过了几天，姜惠萍在《新西浦报》上看到了一则方鸿飞刊登的启事，上面表示从此断绝与方雅芬父女关系。启事是这样写的：

声明脱离父女关系启事

谨启者。不肖女方雅芬受人蛊惑不听劝告离家出走，谨将其逐出门庭，永远脱离父女关系，嗣后方雅芬在外一切行为着该自问，与方鸿飞无涉，除呈报县知事署备案外，特此登报声明伏乞公鉴。

民国三十一年(1942年)某月某日

看着看着，姜惠萍忽然发现了这一则启事的不同寻常之处。这则启事不仅撇清了方鸿飞与方雅芬的父女关系，还表示方雅芬一切行为与自己无关，向岩崎表明自己大义灭亲的态度，同时尽可能消除当“汉奸”父亲可能带给对女儿的影响。真可谓一箭三雕！

第十五章

合力抗日，钱锦方率众归心
亲痛仇快，谢石关重演惨剧

钱锦方的部队从珠葑镇撤退至天马山一带后，利用熟悉地理以及一定的人脉关系和信息渠道的优势，不时打击松江铁路线上的日寇运输，袭击泖河里日寇的“啪啪船”。他们打一枪换一个地方，扰得日寇也很头痛。于是，岩崎下令要伪军金风高部加紧“扫荡”和打击钱锦方。

盘踞在北干山的金风高依仗日寇势力，为虎作伥，在周边地区骚扰老百姓，抢劫财物，奸淫民女，人们对他恨之入骨。一次，金风高一部在葑澳塘一带劫掠时，钱锦方闻讯赶来，抓住这些伪军并当众给予镇压。对此，金风高怀恨在心，一直寻找机会袭击钱锦方。

一天，钱锦方在松江铁路线成功伏击了日本鬼子，取得许多战利品。他们在附近一个村子里隐蔽起来，为庆祝胜利，杀了一只羊，当晚痛饮狂欢一宵。然而，他们的行踪被金风高安插在钱锦方部的眼线密报了。

钱锦方手下有一个名叫钱宝昌的人，此人是个“白粉鬼”①，被金风高收买为眼线，所以钱锦方的一举一动，金风高了如指掌。得到密报，金风高立即点起人马直奔那个村子。一仗下来，钱锦方损失惨重，死伤了十几个弟兄！冲出包围圈回到天马山后，钱锦方牙齿咬得咯咯响，然而他的实力小，胳膊拧不过大腿。金风高投了日本人，武器好，经费足，钱锦方满腔的愤恨，只能打落牙齿往肚里吞！

钱锦方部队由国民党地下县长周云翼直接控制，两人私交甚笃。周云

① “白粉鬼”，一般指抽大烟、白面的人。

翼曾提醒钱锦方，“大扫荡”后，三支队已被日伪赶出西浦，接下来日伪一定会盯上钱锦方的部队。对周云翼的提醒，钱锦方一时没有引起注意。他秉性耿直，处事大胆，一旦遭受打击也容易情绪低落。他咽不下金风高的这口气，但又没有办法。

周云翼前来天马山看望钱锦方，并给钱锦方送来了一笔活动经费。为了鼓舞钱锦方的士气，两人私下密聊时，周云翼告诉钱锦方，日伪为庆祝“大扫荡”胜利，正弹冠相庆，不久将召开一次庆祝大会，日军驻上海的重要头目也将前来视察。周云翼悄悄说：“我们正组织——”他做了个手势，意思正在策划对日酋的暗杀。

钱锦方苦笑着说：“云翼兄，这行吗？”

周云翼很有把握地说：“钱营长不必泄气，上面对我们是寄予厚望的。”

周云翼回去后不久，唐行镇果然发生了一起暗杀日酋事件。

驻沪日寇头目见前岁美前来参加庆祝“大扫荡”胜利大会，兼带视察西浦治安情况。庆祝会还特为（上海方言，意为“特地”）从上海大光明影院请来放映队放映一场电影。岩崎翻译副官方鸿飞得到这一情报，立即汇报给了周云翼。周云翼觉得机不可失，加快了组织暗杀活动的步伐。

周云翼手下的暗杀组织已经物色了一个执行暗杀任务的青年——金一飞。金一飞怎么会成为西浦国民党暗杀团的成员呢？原来，徐家德的四中队哗变后，成了一支地方游杂队伍。这些人吃喝嫖赌五毒俱全，常常去上海跳舞厅跳舞，住旅馆，开房间，金一飞觉得他们迟早会垮台。金一飞是个热血青年，目睹了日伪对西浦惨绝人寰的“大扫荡”，心中愤恨。“大扫荡”的日子里，他东躲西藏，不幸左肩被日寇击中，子弹穿透背部。后经抢救，他虽得以痊愈，但左臂垂落，不能自由挥动。

“大扫荡”后，金一飞购得一张临时通行证，去县城唐行镇姑夫家暂避风头。由于左肩有中弹痕迹，进出不便，他整日待在姑夫家无事可做，心中未免郁闷。于是，他决定去街上走走，无意中遇到一个熟人，此人已参加周云翼的暗杀组织，并劝金一飞一起参加。金一飞正觉自己活得窝囊，想要做一件惊天动地的大事，于是一口答应，加入了该组织。

很快，金一飞就参与了暗杀日酋的任务。他觉得日本鬼子杀了那么多中国人，他也要让他们尝尝被杀的滋味！经过一番周密策划，金一飞急切盼望的这一天终于来了。他的任务是进入西浦大剧院进行暗杀。金一飞毅然接受了任务，他知道这次袭击会造成巨大的震动，他这是为乡亲们报仇雪恨，乡亲们会为他能亲手杀死日本鬼子头目而感到自豪的！

爆破组为金一飞备办了相当高级的西装革履，让他化装成一个非常神气的翻译。他嘴上假装粘着一撮日本须，个子不高，很像一个矮小的日本人。他手里拎着藏有定时炸弹的皮鞋匣子，入门时缴验了伪造的翻译证件，顺利进入了大剧院。进入剧院后，他跻身日酋中间。电影开始后不久，金一飞的定时炸弹到时爆炸了，轰然一声，日酋见前岁美当场被炸毙，日酋周围的日伪头目也死伤甚多。金一飞也受了重伤，日寇抓到金一飞后，为追查他的后台，立即将他送往医院抢救，但在送往医院的路上，金一飞不幸殉国了！

日本宪兵在金一飞身上搜出了他的身份证，得知他是西浦蟠龙镇人，于是到蟠龙镇他的家中搜捕其家属，但金一飞家中早已人去楼空。

日寇岩崎侦知此次暗杀是由重庆方面组织的，于是加紧侦查周云翼的行踪。周云翼再次前往钱锦方部队时，被密探钱宝昌发现了。在返回唐行镇途中，钱宝昌秘密跟踪，周云翼回到住处不久，即被日本宪兵逮捕了。日寇对周云翼下了毒手，对他严刑拷打，逼他交代国民党的地下组织，周云翼没有说出任何秘密，结果被岩崎活活打死了。

消息传到钱锦方这里，钱锦方气愤万分。周云翼是离开天马山后被逮捕的，他感觉自己难辞其咎。在遭受一系列打击后，尤其在周云翼被日寇打死后，钱锦方感觉自己势孤力单，已然产生了退意。他将部队就地隐蔽，自己则躲到上海去做寓公了。

钱锦方在上海做寓公的日子也不舒服。金风高在天马山附近为非作歹的消息不时传来，钱锦方听了心里常生闷气。与其这样日子过得不愉快，不如回去重新拉队伍干一场！

且说，当初庄世昌只身逃出金风高魔掌，回到老家隐居了一段时间。一日，忽然想起在天马山小学当校长的朋友余明，于是去天马山小学找他的朋友。

余明原在陈雪涛任校长的北门小学任教，因追随陈雪涛组织小教界老师罢课，一起被开除了。后来，他又随陈雪涛来到崧塘镇小学任教，并一起参加了顾火生的三支队。政训班学习结业后，顾德欢将他安排到天马山小学任校长，他真正的身份是中共天昆区区委书记。

庄世昌与余明是西浦中学同学，余明见到老同学庄世昌十分意外，两人好久未见，余明热情地请他去学校旁小餐馆里便餐。

席间，庄世昌将金风高投敌，自己如何被金风高关押如何逃出来的事说了一遍。

余明听罢，深思着说："西浦许多抗日力量要么被日寇剿杀，要么被日寇收编了！天马山活动的钱锦方遭受打击后，急流勇退，将部队解散，去上海当起了寓公。"

庄世昌说："金风高投靠了鬼子得了势，神气活现了！"

余明说："这些汉奸太嚣张了。"又说："钱锦方这个人不错的，一直坚持打鬼子。"

庄世昌说："如果他出来拉队伍，我就参加他的部队！"

余明眼睛一亮，他知道这个老同学为人正派，有豪侠气，一定会成为钱锦方的得力助手。只是，钱锦方会重新回来拉武装吗？这样想着，余明说："我与钱营长还是有一面之缘的，我们去找找他，劝他回来拉队伍！"

庄世昌说："余兄，我们去上海试试！"

两人说干就干。余明从钱锦方旧部亲信中，了解到钱锦方在上海的秘密住所。于是他和庄世昌一起，前往上海寻找钱锦方。

余明和庄世昌他们来到钱锦方在上海的寓所，钱锦方热情地将两人迎进了屋内。

钱锦方认识余明，余明在天马山小学当校长，当地的口碑很好。余明举止谈吐温文尔雅，脸上总是带着微笑，钱锦方部下中有很多人是他的学生家长。

几句寒暄后，余明向钱锦方说起了天马山老百姓被日伪军"扫荡"欺凌的情况，余明指着庄世昌说："钱营长，他叫庄世昌，原是金风高部队的，打仗很勇敢，不满金风高投敌，被金关押了起来。逃出来后，来投奔你的部队。"

金风高听了庄世昌不满金风高投敌而被关押的故事，不由对庄世昌另眼相看了。

庄世昌说:“钱营长,如蒙不弃,愿跟随你一起打小鬼子!”

余明也期盼地说:“天马山老百姓盼望你回去啊!”

钱锦方说:“余校长,我钱某不是贪生怕死之人,我决意回天马山了,我也咽不下这口气啊!”

余明高兴地说:“有你这句话,今天我们没有白来!”

不久,钱锦方回到天马山,他的旧部纷纷重新归队,他们将埋藏好的武器挖出来,擦得锃亮。庄世昌也加入了钱锦方部队。

钱锦方重新拉起队伍后,感觉部队的素质太差,而自己又没有能力组织训练,于是庄世昌将此事向余明提了提。

一天,余明来到钱锦方驻地,拜望钱锦方和庄世明。他夸奖钱锦方出山抗日,天马山老百姓有福了,否则日本鬼子三天两头来抢劫,伪军为虎作伥,老百姓还不生活在地狱里一样?

但钱锦方叹口气说:“可我心有余而不足啊!”

余明问:“怎么说?”

钱锦方:“我的部队素质差,战斗力弱啊。”

余明说:“钱营长强将手下无弱兵,只要加以训练,部队一定兵强马壮!”余明又说:“钱营长,我有个朋友,他可以帮助你的。”

钱锦方问:“谁?”

余明说:“这个朋友原在三支队,‘大扫荡’后,随三支队去了常熟,他原来就是一个壮丁教官,可以请他来帮助训练。”

钱锦方说:“三支队这次可是吃了大亏。”

余明说:“三支队是真正抗日的,鬼子因此恨之入骨——但三支队与新四军会合后,已恢复元气,他们迟早会打过来的。”

钱锦方听了,心有所动:“你那朋友肯过来帮助训练我的部队吗?”

余明说:“他是肯为朋友两肋插刀的,只要钱营长愿意,我马上联系他!”

余明向上级汇报了钱锦方想请人帮助训练部队的事。

顾德欢知道后,感觉钱锦方部是一支抗日部队,帮助他们,也就是在帮助自己。他坚信,只有团结更多的抗日力量,才能汇成一股更大的抗日洪流。于是，他即与支队长顾火生商量，顾火生提出派冯庸钦、黄晓龙和朱艳三人前去支援。

临行前，顾火生对三人交代，要他们像在自己部队一样，全心帮助钱锦方训练。顾火生还让他们加强对钱锦方的接触和教育，争取钱锦方部队，以加强淀山湖地区的抗日力量。

余明陪同三人来天马山，钱锦方见余明带来了三支队的三员大将，连连说："三支队够朋友！"

三人分工，冯庸钦和黄晓龙负责军事训练，朱艳负责民运工作训练。

黄晓龙除了为部队进行军政训练之外，还常常与钱锦方聊天，向钱锦方介绍支队长顾火生和参谋长周达明的故事。钱锦方从周云翼这里也听到过顾火生的故事，就是周云翼对顾火生也十分敬佩。周云翼多次说过，除去党派之见，他认为顾火生是一个"模子"，有能力有担当，是个做大事的人。在黄晓龙的口中，三支队参谋长周达明也是个传奇人物。而眼前来帮助训练的三个人，钱锦方就感觉非同寻常！

黄晓龙在训练部队时，钱锦方曾经偷偷去观察过，他那个射击训练，简直让钱锦方倒吸一口凉气。只见黄晓龙对着靶子，要求被训练的士兵射击时要出手快，打得准，一边说一边做示范，从拔枪到射击完成，一气呵成，没有拖泥带水，且枪枪命中靶心！钱锦方看了，不禁在旁边喝起彩来："好一个神枪手！"而那个民运科科长朱艳，也是了得，竟使得双枪，真是个女中豪杰！曾是壮丁教官的冯庸钦，自是十分熟悉军事教程，对士兵的要求十分严格。

由于三位教官全心全意地训练，钱锦方部队的素质明显提高了，钱锦方看在眼里，喜在心里，对三支队产生了由衷的好感。这一切，黄晓龙也都看在眼里。在与钱锦方的闲谈中，黄晓龙有意对钱锦方说："三支队和你的部队，大家都是抗日部队，应该团结起来，拧成一股绳。"

钱锦方感觉自己势单力薄，心想如果与三支队合作，力量就会强大起来，但对与三支队合作，心中有不少的疑虑。因此，他只是嘴上说"是，是"，却不肯往深里说。

为使钱锦方消除疑虑，顾火生和周达明研究，邀请钱锦方前来三支队做客。

钱锦方欣然接受邀请，在黄晓龙等三人陪同下，带了庄世昌一起前往在大慈的三支队营地。

顾火生和周达明亲自接待钱锦方，陪他参观三支队军事操练。

钱锦方以为，三支队经过“大扫荡”后，已经元气大伤，一蹶不振了。其实，他不清楚，三支队在“江抗”部队的帮助下，不但迅速恢复了元气，而且比过去更壮大更有战斗力了。令他想不到的是，眼前的三支队，兵强马壮，战士们像一只只小老虎，跑步格斗如同电闪雷鸣，集合起来黑压压一片！更让钱锦方佩服的，顾火生这个司令员，平和可亲，爱兵如子；他的参谋长周达明则是个久经沙场的干练指挥员。他早听黄晓龙夸奖周参谋长，说他在打日伪据点浒墅关的时候，深入虎穴，镇定自若，把敌情摸了个一清二楚，然后指挥“江抗”部队一举拿下了这个据点。钱锦方将这个故事说给周达明本人听，周达明却表扬钱锦方重新回来拉队伍抗日，说得钱锦方很有面子。

钱锦方从顾火生和周达明这些人身上，感受到一股人格的魅力，正是这种人格的力量和坚定抗战的意志，让他“服”了。他终于下决心将自己的人马和武器带过来，一起加入三支队！

然而，就在此时，发生了震惊中外的“皖南事变”。

国民党顽固派掀起了第二次反共高潮，戴笠的“忠救军”在安徽山区整训扩建后，从浙江太湖上游长兴偷渡至太湖下游登陆。驻守太湖地区的日伪军放开大门，让“忠救军”直扑苏南新四军驻地。以阮亚承为首的二千余“忠救军”对着淞沪游击纵队活动的淀山湖大慈地区，由吴江经平望、北厍到周庄、商榻、陈墓一带，像一股浊浪滚滚而来。

形势陡然紧张起来。

淞沪游击纵队决定由三支队派出一支精干小分队，穿插敌后，一方面骚扰牵制敌人，另一方面避免三支队主力集中，目标太大，容易被敌人发现包围。纵队司令顾火生决定由参谋长周达明率领小分队穿插淀山湖南岸，在天马山与钱锦方会师，然后在西浦地区骚扰牵制敌人；自己则率其余部队和淞沪中心县委机关，在淀山湖北岸杨湘泾、尚明甸、歇马桥、大盈、赵屯桥等地与敌周旋。

周达明率领的小分队以范守廉三中队为主，黄晓龙带部分短枪队员一起行动。因周参谋长虽然富有作战经验，但对西浦地区情况却不太熟悉；黄晓龙熟悉西浦地区情况，而且曾在钱锦方部队帮助训练，对钱锦方部也熟悉。朱艳听到消息，也向纵队领导要求随小分队一起行动，顾火生考虑到此次南渡情况复杂，环境危险，没有同意朱艳的要求。

日伪“大扫荡”后，西浦的形势很严峻，日伪势力十分嚣张。在这样的形势下，为分散三支队和“江抗”的压力，小分队受命南渡，他们不但任务艰巨，更是充满了凶险。朱艳对黄晓龙的安危有点担心，她不由自主地前来找黄晓龙。

两人来到一望无际的淀山湖边，看着湖面波谲浪诡，朱艳说：“黄队长，这次随参谋长去，你千万要小心啊！”

黄晓龙发现，朱艳经历了此次“大扫荡”，她变化太大了。在黄晓龙眼里，她原本是一个不简单的女子，从上海难民所来到三支队后，她泼辣豪爽的性格，赢得了大家赞许。自经历了王师龙等三个青年的牺牲，以及麻力泾与日寇的战斗，她的身上增添了一种沉稳和成熟。她虽然是个女儿身，却巾帼不让须眉，身上有着一股豪侠之气。此次南渡，她明知孤军深入牵制敌人，风险不小，却不顾安危，主动请战同行，这让黄晓龙对她更加刮目相看了。

黄晓龙知道朱艳担心他的安危，他安慰朱艳说：“你放心吧，我是回老家啊，那里有我的兄弟姐妹，我和周参谋长一定会在西浦打出几个漂亮仗，你等着我们的好消息吧！”

作为战友，朱艳在心里默默希望黄晓龙如他所说，此次能够平安地胜利回来！

次日，周达明率领小分队毅然渡过了烟波浩渺的淀山湖。

“大扫荡”后，西浦地区白色恐怖更加严重，日伪据点密布，特务横行。进入这样的环境，仿佛置身于荆棘之中。周达明“明知山有虎，偏向虎山行”。小分队南渡后，很快在天马山与钱锦方部会合了。

淀山湖南岸河流纵横，港汊密布，出门动橹。敌情相当复杂，除日伪力量较强外，杂牌部队和土匪也鱼龙混杂。为了骚扰敌人，周达明袭击了多个集镇的日伪哨卡据点和伪镇公所，让日伪惊恐不安。

他们袭击了青昆交界处石浦、赵屯桥等集镇伪军，俘虏了伪军警和伪乡职人员50余人。其中四人被镇压，其余人员则被教育释放。

他们在小昆山天主堂，成功拔掉了伪军据点。当天，周达明搞到伪军口令，化装成农民到天主堂附近侦察地形。当晚便包围了天主堂，将一个排的伪军全部俘虏，附近汉奸为之震惊。

转眼已是3月上旬，天气转暖，杨柳叶长满枝头，田野里麦子长得很高，油菜花金黄一片。大自然并不因战争而改变自己的节律，春到了，天气就暖了，花也开了。

岩崎得知三支队小分队南渡，派出便衣刺探情报，并密令岛田部队和周子文、金风高伪军，必须紧紧盯着周达明的小分队，决不能让三支队在西浦卷土重来。

藏身于钱锦方部的密探钱宝昌得到金风高密令，要他将周达明小分队的行动每日上报，并告知了秘密联络方法。情报是生命线，也是小分队行动成败的关键。钱宝昌这类混迹在小分队中的密探危害极大，让小分队的行动完全暴露在日伪的面前。

这天，小分队袭击一个伪军哨卡后，准备返回淀山湖北岸。当夜一点多钟时，部队分乘六条农船朝东北的淀山湖方向撤退。到达珠葑镇谢石村时，天已快亮，离淀山湖还有一段路。由于部队一般昼伏夜行，于是即在村南四户农民家宿营，并封锁了消息，派战士轮流站岗放哨，准备天黑后转移。

钱宝昌走出村子，哨兵发现后拦住他，他装作要小解的样子，还递了一支烟给哨兵。哨兵知道他是钱锦方本家，也就不再注意。钱宝昌出村后迅速送出情报，然后装作没事一样回到了村里。

下午4时左右，小分队雇好农船准备转移，哨兵在村外突然发现敌情，鸣枪报警。原来，金风高伪军一直尾随着小分队。岩崎得知小分队隐蔽在谢石村，即派出十倍的兵力，从东南北三个方向包围了上来。谢石村西面是一条大莲河，周达明住宿之前已察看地形，听到报警，发现日伪军已经包围上来，心里不由一惊，但立即从容应对。他说："看来敌人有备而来，我们分散突围为宜。范守廉，你带队员从东北方向突围，注意利用地形地物掩护。黄晓龙带队员从南面突围！"

黄晓龙问："参谋长，你呢？"

周达明说："我随钱营长（大家习惯称呼钱锦方）去北面船舫棚，乘船从大莲河突围!”

黄晓龙说:“周参谋长,我随你一起走吧!”

庄世昌说:“黄队长放心,我们会保护好周参谋长的!”

周达明果断地说:“就这样,突围后在淀山湖边张家浜集中!”说罢,他将手枪一挥:“分头行动吧!”

下午4时开始,小分队与包围的敌人激战了将近二个小时。

朝东北方向突围的范守廉,面对数倍于己的敌人,毫不畏惧,尽量地将敌人吸引到自己这边来,将突围战变成了阻击战。眼看着战友一个个倒下,他打得眼睛也红了。及至子弹打完,自己也多处受伤,等敌人冲上来时,他拉响一颗手榴弹与敌人同归于尽了!

钱锦方和周参谋长一路向北,来到船舫棚,他们分别乘上三条船,驶离了船舫棚,向西进入大莲河。大莲河河面开阔,河面上长着各种水生植物。狡猾的敌人故意在西面留了一个口子,他们在河口早已安排了重机枪,船从河口突围,那是中了敌人的圈套。周达明起初以为敌人是偶然发现小分队而前来包围的,没想到他们早就掌握了小分队的情报,已预先作了部署,大莲河口的安静其实是敌人制造的假象。这样,周达明他们的突围就充满了凶险。

三条船折入大莲河后,向北朝着河口方向前行。这时,其他方向的枪声已经响成一片。三条船离河口还有一段距离,潜伏在河口的敌人就开枪了,“哒哒哒……哒哒哒……”由于农船没有任何遮蔽物,船上的战士完全暴露在敌人枪口下。周达明正在第一条船上,他一边指挥船上机枪还击,一边向紧随其后的钱锦方示意,让他赶快向后撤退,由他进行掩护。钱锦方哪里会同意,他将船朝前驶去,由他掩护,要周达明向后撤退。此刻哪是迟疑不决的时候,周达明对着钱锦方大声说:“钱营长,你快撤!”钱锦方见周达明参谋长双目炯炯,一副不能违拗的样子,知道军令不可违,即挥枪命令:“撤,快撤!”两条船立即掉转船头,向南撤退。为掩护钱锦方撤退,周达明船上的机枪猛烈地扫射着,但敌人毕竟占着地利之便。周达明带着七八人乘船边打边撤,他们将船靠到岸边,准备冲上河岸突围。然而,当他们从船上跳向河岸时,敌人的机枪“哒哒哒”地又响了,子弹像蝗虫一样扑过来。周达明躲避不及被击中,警卫员急忙冲上前去扶他,也被子弹击中倒下了。其他战士有的还没有离开船就被击中阵亡，有的翻身跳下河里，躲进河边杂草丛中，也被子弹命中，鲜血在河水中泛起……

与此同时，黄晓龙带着战士向南突围。南面有一片树林，高大挺拔的水杉树，成了天然的掩护。他让队员在树林中分散向前冲，敌人看不清他们究竟有多少人，子弹不少打在了树干上。黄晓龙他们冲出水杉林后，借着夜色越过了一片水泽地，来到一条河边。这时，黄晓龙多处受伤，与他在一起的只有通讯员骆阿荣。枪声逐渐稀疏下来，黄晓龙不知道周参谋长那边情况，于是按原先的约定，向张家浜村方向摸去。

钱锦方两条船向南撤退时，遇到了南面敌人的阻击。但幸运的是，他们恰巧遇上大莲河的一条支河。他们拐入支河，因受河道阻挡，敌人不好再追击，两条船侥幸冲出了包围圈。钱锦方发现周参谋长的船没有过来，感觉周参谋长那边情况不妙。突出包围后，他一直忐忑不安，怕周参谋长出事。他感觉张家浜那边不能去了，就迂回隐蔽在附近。当夜，钱锦方听到了周参谋长牺牲的消息，他不禁放声大骂起来，他骂鬼子和伪军这些王八蛋！庄世昌不敢去劝阻，他知道钱锦方的火暴脾气。钱锦方捶胸顿足，他们这些人的命，是周参谋长用自己的命换来的！

这次包围袭击是敌人蓄谋已久的行动，加之钱宝昌的情报，小分队突围付出了沉重的代价。不仅周参谋长牺牲，二中队范守廉等五十多人血洒谢石村，随行的短枪队战士也在这里流尽了最后一滴血！

谢石村的失利，让钱锦方怀疑起来。部队行动如此秘密，敌人是怎么得到情报的？有个战士悄悄找到钱锦方，汇报了一个重要的情况。他说那天轮到值班放哨，看到一个人去了村外，形迹很可疑。钱锦方问："是谁？"这个战士说："与你一个姓。"钱锦方说："你不用怕，大胆说。就是我的老子，做了十恶不赦的事，我也不会轻饶他！"

这个战士说："他叫钱宝昌。"

原来，钱锦方以为钱宝昌此人只是有点贪心，但胆小，不会做出什么出格的事情。然而，他的轻率和大意，结果酿出了大祸。

金风高曾向钱宝昌许诺，若有重要情报密告，他都有重金回报。得到好处的钱宝昌，早不满意钱锦方加入三支队，更不满意庄世昌等人对部队的约束。这个游手好闲的钱宝昌,为了得到金风高的重金回报,竟然做了金风高的眼线。居然密告了钱锦方部队的行踪,导致发生了谢石村事件。

钱锦方知道钱宝昌平时偷偷吸食白粉,并且之前也一直向他借钱。现在不见他借钱了,有人甚至说他出手还很大方。钱锦方疑心起来,于是命令将钱宝昌抓起来审问。开始钱宝昌还大叫冤枉,但经不起用刑,最终交代了向金风高密报周云翼住址的情报。

钱锦方闻听,不由大怒:"说! 你还做了什么坏事?"

钱宝昌跪地求饶:"锦方叔,一笔写不出两个钱字,饶侄子一命!"

钱锦方说:"你说不说? 不说拉出去毙了!"

钱宝昌哭求道:"锦方叔,你饶我一条小命吧!"

钱锦方喝问:"问你,还做过哪些坏事?"

无奈之下,钱宝昌交代了小分队住宿谢石村的情报,并哭着说:"叔,你不能杀我啊!"

钱锦方说:"你的罪太大了,我能饶你,天不能饶你!"

钱宝昌叩头如捣蒜,重复说:"叔,你不能杀我啊!"

钱锦方使个眼色,庄世昌命令队员将他押了出去。

谢石村之战,这么多指战员牺牲,尤其是周参谋长的牺牲,让钱锦方感到内疚,难以释怀,更让他感到沮丧。他是顾支队长和周参谋长动员加入三支队的,他佩服参谋长的为人。周参谋长是一条真正的汉子,生死关头,生生地把一条生路留给了他! 今天,他活着,周参谋长却牺牲了! 钱锦方感觉自已无颜再见三支队指战员和顾火生司令。钱锦方产生了极大的沮丧和失望,于是,脾气火暴的他像一只被打漏了气的皮球,失望地再次选择了退避。万念俱灰的他,又退回他上海的小窝去了。

小分队血染谢石村的消息传到了纵队司令顾火生这里,即便是久经残酷斗争考验的顾火生也不由得沉默了。朱艳听到周参谋长牺牲的消息,不禁暗自泣下。周达明是苏虹的亲哥哥,周达明牺牲了,苏虹该有多么的伤心啊! 她与苏虹是好姐妹,是打断骨头也连着筋的挚友。她也为黄晓龙担心。小分队南渡,她隐隐感觉到有一种不安,而现在,果如她担心的那样! 牺牲了这么多指战员,黄晓龙是不是也凶多吉少了? 朱艳独自来到淀山湖边,她惊奇地发现湖边还有一个人在这儿，她往前一看，原来是田爱云。

朱艳说："爱云，你怎么在这里？"

田爱云回过头看看朱艳说："艳姐，你不是也在这里吗？"

朱艳没有再问下去。她知道田爱云也听到小分队出事的消息了，她是在为她的哥哥黄晓龙担心了。

朝着南边水天一色的远方，朱艳希望黄晓龙会驾着一叶小舟出现在远处的湖面上。这个情景，她在吴淞江边看到过。那时，黄晓龙去江对面了解情况，大家都望眼欲穿时，远远地她就看见了一叶小舟！而现在，她也是望眼欲穿，眼睛都望酸了，似乎远方真的出现了一叶小舟，然而停睛看时，那小舟却从眼前消失了，原来那是一种幻觉！远处的波浪在汹涌，水天一片空白！朱艳的心也空了，她的泪水不由自主地流了下来。

田爱云见朱艳流泪了，轻声说："艳姐，你怕淀山湖的水还不多吗？"

朱艳仿佛被田爱云说中了心事，不由得掩饰地说："爱云，看你说的，你的眼睛不也红着吗？"

第十六章

日寇“清乡”，风声鹤唳竹篱笆
为民除害，霹雳手段掰蟹脚

此时，日伪军开始在江南地区大举“清乡”。

为保存抗日有生力量，新四军六师谭震林部队奉命撤至长江以北，顾火生正随谭震林学习，因之也撤往了苏北。上级决定成立浙东区党委，谭启龙任区党委书记兼政治委员，何克希任司令，淞沪中心县委书记顾德欢调去任宣传部部长。浦东支队、三支队以及西浦地区暴露的共产党员也随顾德欢撤到浙东四明山开辟新的根据地。西浦工委书记陈雪涛坚持西浦的秘密工作。

西浦是日伪“清乡”的重点地区，日伪成立了西浦县“清乡”特别公署，由伪县长姚崇杰任主任。除县城和珠葑镇有守备队外，又调来日军“清乡”队，负责封锁、扫荡和围剿等作战行动。伪税警队和伪警察部队也归日军统一指挥和调遣。此外，日伪在珠葑镇、唐行镇、白鹤江、黄渡镇、徐泾镇设立了五个分区公署，每个分区公署配备政治工作团进行“清乡”具体工作。岩崎除在伪警察局内成立侦缉队外，还收买特务参加他的特高科。

一时间，大批佩戴“清乡”委员会蓝底小铜牌的政工人员下乡查户口，在各乡村重编乡、保、甲制度，实行保甲连坐制，即十户一保，十保一甲，若十户中有一户私藏三支队的，十户全部杀光！每个人发良民证，出入没有良民证的，一律抓起来。逼迫老百姓拆民房，砍伐竹园，强拉民夫，在各渡口和交通要道设立大大小小的检问所，来往人员必须出示良民证和“清乡”公署通行证。日伪军盘问检查过往船只和行人，对操外乡口音、前额发白（戴军帽）、右手虎口有老茧(握步枪)的人特别留意。一旦发现可疑人员,立马抓去审问。因此,人们将检问所称为“鬼门关”。此外,还建立乡民自卫队,强迫群众值班站岗,发现三支队就鸣锣报警。对各区加强“清乡扫荡”,配备了数十艘“啪啪船”,在淀山湖及其他水网地带巡逻“扫荡”。

掠夺军米这一战略物资,保证上海乃至苏南日军的粮食供应是日寇的重要目的。西浦是富庶的鱼米之乡,是个大粮仓,这里的青角薄稻更是上等的优质大米。珠藓镇历来是闻名遐迩的米码头,全镇大大小小的米行几十家,来自昆山、吴江、嘉善的大米都来镇上交易,市河里米船络绎不绝,挤满了河埠头。

位于西浦东片的蟠龙古镇,其商业的繁荣也是远近闻名。西浦五大浦之一的蟠龙浦穿过蟠龙镇向东,到达另一个市镇诸翟,然后向北汇入吴淞江,通向大上海。所以蟠龙浦是一条重要的水上通航要道,日伪的米商们很多经蟠龙浦向上海运送大米。他们到了蟠龙镇都要歇歇脚,等待合适的潮水。因为吴淞江的潮水每天随着海潮的涨落而发生忽顺忽逆的变化,蟠龙浦涨潮落潮水流很急,涨潮时江水由东向西流,落潮时江水由西向东流。对于商船来说,如果向东去上海,涨潮是逆流而上,落潮是顺流而下。行船客商自然要等落潮时开船,这样省心省力,事半功倍。有人编了顺口溜说:“行船来到蟠龙镇,应该等时直须等。等到落潮水一顺,转眼就到北新泾。”所以,好多客商就在蟠龙镇等涨落潮。蟠龙镇离大上海说近不近,说远不远,日寇开始清乡后,这里很快成了收缴和转运军米的基地。镇上人头并没有因为“清乡”而减少,相反多了起来。最明显的景象就是茶馆里整日人声鼎沸,歇脚的客商和走私贩米的人摩肩接踵,古镇呈现出一派畸形的繁华。

日寇在蟠龙镇东边修筑了一条长达几十千米的竹篱笆,目的是阻断抗日军民的联系,同时也是防止大米走私。因为封锁后,城乡的交流切断了,市区的粮价成倍涨价,人民生活在水深火热之中。这样,竹篱笆两边的米价,往往相差一倍!

于是,有人铤而走险,偷偷地钻篱笆贩米。他们用面粉袋装好白米,掮到离检问所较远的地方,把米袋靠着竹篱笆这边一放,人先钻过篱笆那边,掉头来把米袋拉过篱笆,再快步逃离篱笆,这就算把钱赚到手了。一些胆大的农民，就常常趁着夜色，背了米袋子钻竹篱笆。

竹篱笆边上的检问所，日夜检查过路人有没有带米。

蟠龙镇附近有个人，力气很大，每隔一天挑一石米，分装四个口袋，想法钻过竹篱笆。日寇人少，往往只有二三人，经常驻守在检问所的小棚子里，而巡逻的是伪军，只要花点钱，就可没事；伪军敛财，他们有时与米贩互相串通，带得许多酒和鱼肉罐头，送进小棚子，给鬼子吃喝，鬼子吃得稀里糊涂，也就放松监视。有时伪军在篱笆南边故意放一枪，惹得鬼子急着向南奔去，而北边的伪军，趁机对米贩子得财买放。如果被鬼子发现有人钻竹篱笆，他们会开枪射击，有的人就这样被打死在竹篱笆边上。鬼子为了杀一儆百，有时会捉住钻竹篱笆的人，带到检问所，在边上竖一块门板，残忍地将捉来的活人用钉子钉在门板上，以威胁过往检问所的人。尽管这样，还是不断有人钻竹篱笆，因为有利可图的地方，就有铤而走险的人！有人感叹说："这是赚钱的生意，卖命的勾当！"

古镇的茶馆里经常可以听到各种惊险刺激的新闻。那些钻竹篱笆的人都是当地的农民，他们为了生计，为了多赚一点钱，就这样丢了性命。茶馆里的茶客绘形绘色地讲说某某村的某某被鬼子打死了，某某村的某某被钉了门板了，其他的茶客听了，也就唏嘘感叹一番。

为了有效地进行掠夺，岩崎与岛田、姚明仁、程恒昌等人共同建立了一个"米统会"的组织，用以组织和控制米市。程恒昌被委任为西浦米统会会长，他在珠葑镇成立了米统会分会，将珠葑镇上几十家米行的经理召集起来开会，规定以后大米的收购和销售全部由米统会负责。他利用珠葑镇米商的雄厚资金收购糙米，利用米商的仓库和机械设备加工白米后运往上海，由他们统一经营。所有米商都受驻西浦日特机关监督。这样，米市几乎全被程恒昌的米统会控制了，程恒昌将经营大米所得的利润与姚明仁和日本浪人(日本洋行)、驻西浦日特机关分赃，米商仅得手续费和加工费。

县公署还出面建立田赋征收所，对全县土地进行登记。岩崎召开租赋征收会，要求不折不扣地完成征收任务。于是，全县区长逼保长，保长逼甲长，挨家挨户征收，搞得鸡犬不宁。伪特工人员四处敲诈勒索，横征暴敛，巧取豪夺，为害人民。鬼子与伪军则日夜下乡，一边"扫荡"，一边抢劫农民储备口粮,制造出一幕幕抢粮惨剧。

一天,日伪军开着“啪啪船”沿着虬江一路而来,他们来到蟠龙镇北边的黄更浪,将老百姓集中起来,宣读了征收告示,并让征收人员按照名册逐户征收。在日伪军刺刀下,村上的老百姓只得将自己的口粮拿出来交军米。村东头的黄阿小家确实没米,仅有一点口粮,交了军米就得自己饿死。黄阿小恳求翻译在“太君”面前求情,翻译还没有开口,日寇头目福顺手一挥,让伪军上去一阵拳打脚踢,福顺问黄阿小:“有没有军米?”

黄阿小哭丧着脸说:“求求太君……”话还没有说完,福顺手一挥,命伪军将黄阿小拖到一棵榆树下吊了起来。

福顺问:“军米的有没有?”

黄阿小害怕了,连忙说:“有,有……”

福顺笑了笑,让人将黄阿小从树上放下来,命征收人员随黄阿小去家里。黄阿小只有自己吃的一点口粮,他将口粮藏到了屋后竹园里。他回家根本拿不出米,于是又求饶起来。福顺见黄阿小啰嗦,上去一巴掌,打落了黄阿小一个门牙。走到黄阿小家里,伪军翻箱倒柜半天,结果找不到一粒米的影子。

福顺发怒了,说:“没有米的,死啦死啦的!”

福顺让日伪军纵火烧房。听得福顺下令烧房,日伪军即在黄阿小房子上扔上硫黄弹。黄阿小的房子本是茅草屋,硫黄弹一发威,房子就像发疯似燃烧起来。

黄阿小见鬼子烧房,不要命似的去夺鬼子手里的火把。

黄阿小被鬼子推倒在地,他爬起来,惊惶地叫喊:“救火……救……火!”然而,一会儿工夫,大火将他的茅草屋吞噬了……

村里二十多户人家,有的被抢了口粮米,有的被烧了房。福顺装了满满一船物资,才离开黄更浪。

珠蔚镇大小几十家米行中,最大的要数漕港河边上的永盛米行。米行老板住在上海难得回来,这里由米行经理周永昌负责。自从米统会开过会后,米行的生意就清淡下来。周永昌每天一早总要去城隍庙茶馆坐一歇,在那里摸清米业行情。以前,米业公会会公布当日的行情价,各米行根据米的成色再定出收购价。米统会成立后，米市的行情价就由米统会说了算，他们凭借雄厚的资金实力，抬高米价，导致一般的小米行无法承受，甚至不得不关门倒闭。永盛米行虽然还可勉强生存下去，但也步履维艰了。

现在，珠葑镇米市成了程恒昌的一统天下。他还控制了运输业，搞起了一条龙经营。他的"飞龙运输行"把全县的米帮船、轮拖船、汽车全部都控制了起来，采用武装押运的方法，源源不断地将在西浦掠夺的大米运往上海日军司令部。看到此情此景，周永昌心里憋了一肚子气，但他一个小小的米行经理，能有什么办法?

关振刚时刻关注着珠葑镇日伪军动向，他让在薛葭浜小学教书的杨也祥也多加留意。一次杨也祥告诉关振刚，说："有一家小米行老板，被米统会逼得没法生存，一清早悄悄从市河摇了小船去农村收米。"

关振刚疑惑地说："为啥去农村收米啊?"

杨也祥解释，小米行出河收米是为了自己生存。以前米市逢到"燥潮"，即米市缺米，米价行情好，米行收米困难时，许多小米行都是摇了船去农村收米的。现在许多小米行被米统会逼得活不下去了，他们小本生意斗不过财大气粗的米统会，收不到米就做不成米生意，只能喝西北风了。摇船出河去农村收米，这样就挣脱了米统会的控制，而且农村收米价格较低，小米行可有一点赚头。

关振刚说："这个办法好!"

杨也祥说："如果被米统会发现了，他们不会放过的。"

关振刚说："那就发动更多小米行一起出河收米!"

杨也祥说："这也是没有办法的办法了。"

在关振刚的布置下，珠葑镇共产党组织支持小米行用小船出河去农村收米。有的农民家里的谷还来不及碾成米，小米行就直接收谷，然后送去一个叫圈盘的岛上。那里有一家碾米厂，厂主以开碾米厂为掩护，实际是党的一个秘密联络站。为了与鬼子斗争，陈雪涛同意关振刚让珠葑镇小米行"出河"收来的谷送到圈盘进行加工，再秘密运回珠葑镇，也为镇上居民解决部分吃粮问题。

然而，小米行出河收米的行为很快被米统会发现了，日伪军加强了漕港河出口的检查。一天清晨，小米行老板朱金海在出河时让程恒昌的米统会捉到了。他们将朱金海带进米统会，说他违反米统会规矩，一顿毒打不算，还巨额罚款。朱老板回到家里，又急又气，一病不起！

米统会“只许州官放火，不许百姓点灯”，小米行们怒火中烧。

关振刚让商业支部党员秘密动员小米行老板与程恒昌的米统会进行说理斗争，为蔡老板鸣冤叫屈。在大家的合力斗争下，程恒昌不得不取消了对朱金海的巨额罚款。

在蟠龙镇上，徐家德经营着祖上传下的碾米厂，此时，他昧着良心大发国难财。蟠龙镇成了日寇军米收缴转运基地，他家碾米厂的规模不断扩大，他的生意也越做越大。秋场里农村的稻谷，一船一船地被装到徐家德的碾米厂，碾米厂将征收来的稻谷经过三班倒的加工，然后将白花花的大米一袋一袋装上运输船，从蟠龙浦运出去，直送上海日寇。汉奸和米商们一时赚得盆满钵满，老百姓却苦得怨声载道！

鬼子对大米的控制和抢劫，使西浦地区农民和居民吃饭都成了问题。米价狂涨，农民只能靠留有少量大米以及杂粮和水生作物充饥；居民则靠少量配米、黑市杂粮以及山芋、土豆、芋艿、南瓜等度日。老百姓生活在水深火热之中，对为虎作伥、大发国难财的奸商们恨得咬牙切齿，都咒他们不得好死。

徐家德与日伪米统会沆瀣一气，很快成了蟠龙镇上最有财富的人。在王梦林的串通下，他成了福顺的座上客，孙继武和程炳林也与他成了不分彼此的朋友。徐家德有时也到春来茶馆，厚颜无耻地放话说，他这也是为蟠龙镇的老百姓好，没有他，日本人来作梗，大家都没有好日子过。那一副嘴脸，真是恬不知耻！

谢石村事件中，黄晓龙和骆阿荣突出包围后，在淀山湖附近找了一家可靠农家，秘密潜伏了一段时间。黄晓龙伤逐渐好转后，他们就化装成农民，各挑了一担豆粞进入唐行镇。他们把手枪藏在豆粞中，成功躲过了敌人的搜查，秘密来到卫一源药房，找到了卫友余。老卫告诉黄晓龙，顾德欢和三支队已撤去浙东根据地，让他们也去浙东。

黄晓龙和骆阿荣根据老卫的指示，一路上避过敌人盘问，来到三北古窑浦，进入浙东抗日根据地。见到顾德欢后，大家都十分感慨。

顾德欢让黄晓龙和骆阿荣进刚刚开班的培训班学习。在培训班上，黄晓龙遇到了三支队的朱艳和田爱云等人，战友们异地相见，自然倍感亲切。黄晓龙发现何克希司令等好多熟悉的首长都在这里，抗日的力量在这里汇聚、积蓄！

不久，黄晓龙脚上生了一个疮，行动不便，一时也看不好。由敌工部安排黄晓龙回上海大医院治。黄晓龙到上海医院开了刀，然后秘密回西浦老家黄更浪堂兄黄宝明家养伤。回到黄更浪后，左邻右舍听说黄晓龙回来了，都来看他。他们纷纷哭诉鬼子“清乡”抢粮的暴行，还说了黄阿小被烧房和惨遭毒打的事。黄晓龙听了，怒火霎时升了起来！

作为一个有血性的男子，他不能忍受鬼子对乡亲的欺凌！一天，他让堂兄叫来了崧塘镇的表弟施永兴。

黄晓龙与表弟说：“日伪军‘清乡’，乡亲们都受苦了！”

施永兴无奈地说：“鬼子这样嚣张，三支队不在，我们有啥办法？”

黄晓龙说：“我们就是三支队的人啊，我们要为乡亲们出一口恶气！”

施永兴听了，犹豫地说：“就我们两个人，行吗？”

黄晓龙说：“老百姓都憋了一肚气，只要我们出头，他们都会支持的。”

施永兴“服”表兄黄晓龙，知道表兄有什么主意了，就问：“我们怎么办呢？”

黄晓龙说：“‘清乡’后西浦出现了四大奸商，徐家德那里的稻谷，大部分是重固镇的奸商蒋企富帮助收购的。他们帮助日本人收军米，从老百姓口中夺食。蒋企富就是徐家德这只大闸蟹的蟹脚，我们用掰蟹脚的办法，将蒋企富这样的蟹脚掰掉，徐家德这只大闸蟹就难以横行了！”

施永兴颔首称是。

黄晓龙说：“蒋企富常常在蟠龙和重固两个镇之间来回走，我们是不是可以……”黄晓龙做了个“杀”的手势。

施永兴听了也来了信心：“我再去动员几个后备队员一起干！”

黄晓龙摸清了蒋企富具体行走的规律，然后在蒋企富必走的路上选择了一个适宜地点，进行伏击。

那天夜里，黄晓龙、施永兴和几个弟兄预先埋伏在一片竹林里。蒋企富和他的保镖从竹林旁的小路上经过时，他们突然冲了出去，大喊一声："蒋企富，你的末日到了！"蒋企富听到喊声，不由大吃一惊，以为哪里冒出来的强人？那个保镖向着黄晓龙就是一枪，然而他的动作还是慢了一拍，黄晓龙的枪先响了。不待他开枪，他已经倒了下去。蒋企富见状连忙举手表示投降，连连说："兄弟有话好说！有话好说！"黄晓龙冲上去一把拔掉了他的枪，喝令他跪下。待蒋企富跪下后，黄晓龙向他宣布："蒋企富，今天让你死得明白！你为日本人做事，是罪大恶极的汉奸，我们三支队代表人民，将你就地处决！"说罢，即将其一枪毙命。黄晓龙将预先以三支队名义写好的布告放在了蒋企富的身上。

次日，当地群众看到蒋企富的尸体和"三支队"的布告，大家奔走相告，大快人心，大大鼓舞了群众的抗日热情，而敌伪努力却是一片惊慌，一些奸商不免惺惺相惜。在春来茶馆内，茶客们在悄悄地传："三支队回来了！"

黄晓龙在蒋企富身上，截获了大量银票，这让他产生了一个想法：暂时不回浙东，而在这里拉一支小队伍，在敌人的眼皮底下打游击，让敌人不得安宁，为西浦老百姓出一口恶气！于是他与施永兴悄悄发展了几个青年。此时，除了黄晓龙有一支手枪，大家手里都没有武器。为了解决武器问题，黄晓龙得知敌人在陆家角镇设立了一个警察所，里面约有十个警察。摸清情况后，黄晓龙带了九个青年，每人各带一根扁担，摸黑来到陆家角警察所。黄晓龙一马当先冲进警察所，施永兴和其他青年也奋勇冲入，高呼："缴枪不杀！"伪警察所长闻声从房间里出来，黄晓龙眼疾手快，一枪就把这个伪警察所长打死在天井里。其他警察群龙无首，听到一片"缴枪不杀"喊声，知道新四军来了，吓得举起双手投降。黄晓龙和施永兴冲进里间，将挂在墙上的枪全部缴了下来，伪警察所长身上的一把手枪也摘了下来。九个青年每人拿到了一支枪，都十分高兴。黄晓龙将伪警察集中到天井里，叫他们脱下伪警服，堆在一起，放了一把火烧掉了。黄晓龙对他们说："你们回去陪老婆孩子好好种田，不许再做伪警察干坏事了！"伪警察们连连说："不敢，不敢了。"黄晓龙将这些伪警察当场释放了。

突袭成功，黄晓龙他们武装了起来。

消息传到浙东顾德欢那里，顾德欢决定让黄晓龙留在西浦敌后，以小股武装骚扰敌人。

黄晓龙知道，只有打胜仗，才能灭敌人的威风。他接着又组织了几次袭击。不少伪乡长和伪保长，知道黄晓龙回来了，都通过关系来打招呼，表示做乡保长是逼不得已，愿意帮助黄晓龙他们。这样，在日伪“清乡”的至暗时刻，天空似乎出现了一抹微光，西浦的老百姓终于看见了希望。有人替他们出头报仇，他们自觉地为黄晓龙通风报信。黄晓龙游击队为躲避敌人，常常住在偏僻的小村庄、渔民的蟹棚，甚至是坟场。犹如离离原上草，“野火烧不尽，春风吹又生”，西浦地区一支抗日的游击队诞生了！

日伪军对黄晓龙游击队的出现十分害怕，他们千方百计地想消灭它。

一天凌晨，黄晓龙游击队驻扎在一个独家村里，突然听到村里的狗叫得很响，知道有敌情了，大家一骨碌爬了起来。队员们宿营都有一个习惯，不脱内衣和袜子，以防万一可以快速行动。敌人分两路向他们宿营地包围过来，等黄晓龙他们发现时，敌人已经离他们只有一百多米了。村子周围是一片刚种的小麦和油菜，地形空旷，没有隐蔽物，这对他们突围很不利的。事不宜迟，黄晓龙命令队员分东西两路突围。队员们突然冲出屋去，杀出一条路来，子弹在头顶上“嗖嗖”地飞过。由于是冬天，地上下了一层雪，还结了冰，队员们长期在农村摸爬滚打，走路丝毫不受影响，而前来偷袭的敌人全副武装，穿着笨重的大头皮鞋，加上偷袭急行军，早已气喘吁吁，被黄晓龙他们一下子甩掉了。

第十七章

大雪纷飞，粮船马盘塘遇截
小计略施，真假三支队碰头

这天，杨也祥通知关振刚，沈苹有事找他。

关振刚不知道有什么事，便来到放生桥堍的江南茶楼。珠葑镇上茶楼有十几家，如渭水园、长兴楼、万鸿楼、凤声阁等，其中江南茶楼最为著名，已有百年历史。它三开间门面、三排进深，二层楼，拱形红砖灰墙，底楼有老虎灶和浴室，沿中门楼梯拾级而上，来到二楼茶厅，这里摆有十多张八仙桌。茶馆老板为招徕生意，请来说书先生，"叮咚"弦声，吴侬软语，引来了茶客盈门，座无虚席。席间还有花生、瓜子、五香豆等提篮小卖穿行于茶座之间。

楼上靠漕港的一间房间，是共产党员沈苹的宿舍。

沈苹在黎里至北新泾的航班上以售票员身份，做着党的交通联络工作。他楼上的宿舍，是共产党的一个秘密的联络点。关振刚来到楼上，一看是西浦工委书记陈雪涛来了。陈雪涛化装成商贩而来，与他一起的还有化装成伙计的黄晓龙和施永兴。面对鬼子"清乡"中大肆抢夺军米的嚣张气焰，陈雪涛准备给敌人一个沉重打击：伏击鬼子运粮船！陈雪涛要求关振刚摸清鬼子运粮船的出发时间和路线，以及船只的数量。

窗外，那条著名的漕江河川流不息，以前的漕粮就是从这条江向外运出去的。现在，鬼子的粮船也在这条江里进出。陈雪涛看到，一条条粮船上，挂着一面面"膏药"旗。

关振刚看到鬼子将一船船大米运走，心中也早憋了一肚子气。陈雪涛向他布置任务，他表示一定完成好任务！陈雪涛充满期待地说："等你的消息！"

周永昌从小在永盛米行学生意，从学徒慢慢成了“看白”(负责验收米的成色)先生。米行老板谢彦元对他十分赏识，为了增加他的阅历，介绍他去上海福州路的商行做粮食经纪人。做了一段时间，谢老板就让周永昌任永盛米行经理，全权处理米行一应事务。永盛米行老板对周永昌有知遇之恩，因此周永昌起早摸黑，兢兢业业。自从米统会成立后，永盛的生意遭到了重大挫折，为此，周永昌心中颇为不安。

一天，程恒昌将周永昌找到米统会办公室，半是商量半是威吓地说：“周经理，永盛是个大米行，理应要为皇军作点贡献。”

周永昌诚惶诚恐地等待程恒昌的下文。

程恒昌用眼瞟一下，说：“你的仓库和碾米机械米统会要征用一下。”

周永昌最害怕的事终于来了。他早就听说程恒昌要征用永盛的设施，如果同意永盛的设施为鬼子征用，为鬼子做“贡献”，那岂不是汉奸行为吗？周永昌读过私塾，知道民族大义，况且从生意上说，仓库和机械被征用后，永盛米行就像一个人失去了手脚，还能做什么？周永昌的脸顿时变了色。

程恒昌看着周永昌惊慌的样子，笑笑说：“周经理，别害怕。皇军在经济上不会让你吃亏，会补偿你的。”

周永昌忙说：“不不不，我不是这个意思”

程恒昌意识到了什么，慢吞吞地说：“周经理，你是读书人，是怕人家说你是汉奸？”

周永昌不响。

程恒昌忽然一笑：“周经理，这世道，有奶便是娘，管那么多干吗？”他的话变得强硬起来：“周经理，跟你商量是客气，皇军的事你不是不知道，你同意得同意，不同意也得同意！”

从米统会回来，周永昌有点失魂落魄。

周永昌的心事让永盛米行的女会计薛小青知道了。小薛在杨也祥的英语补习班上夜校，受到杨也祥的影响，她将周永昌经理的事告诉了她的英语老师。

不久，程恒昌不容分说占用了永盛米行的仓库和机械，鬼子下乡掠夺来的大米和稻谷，大批大批地进入永盛米行。永盛米行的碾米机日夜不停地运转起来，隆隆的机器声不绝于耳。

永盛米行靠近漕港河边，它的码头较大，程恒昌招募了许多脚班工人，将大米一麻袋一麻袋地装上船，然后运往上海。

周永昌近来常去茶楼，但他不是去交流米市行情，而是为了排解心中的郁闷。其他茶馆他都不去，独独钟情于江南茶楼。他有一个固定的座位，只有资深的老茶客才享有这样的待遇。他的座位靠窗，临窗而望，漕港河上川流不息的景象尽收眼底。这几天，茶楼里正在悄悄地传一些消息，周永昌对这些消息颇感兴趣。

有人说，近来崧塘镇那边又出现了三支队，他们神出鬼没地拦截粮食贩子。还有人说，西浦四大米商之一的蒋企富在回家路上，三支队找上他，给他吃了一粒"花生米"。那些与日伪军沆瀣一气的奸商，顿时收敛了不少。周永昌听说，心里暗暗欣喜。周永昌心想，"卤水点豆腐，一物降一物"，遇上三支队，这些为虎作伥的家伙就萎了！

几天后，周永昌在经理室时，薛小青走了进来。见左右无人，将一张纸条塞到他手里，然后若无其事地走开了。

周永昌将纸条打开，只见纸条上写着："周经理，只要有心爱国，总是有机会的。三支队。"

周永昌吃了一惊，正说着三支队，怎么三支队就找上门来了！

他想，这个小薛还真看不出，不显山不露水，真与三支队有关系？如果让人知道，那可不是闹着玩的！回头一想，人家年纪轻轻都不怕事，心里不禁有点自惭。

近来，永盛米行的仓库已经囤积了大量大米，周永昌估计这些大米鬼子不久会装船运去上海。看着这些白花花的大米被日本人劫走，周永昌心痛了。中国老百姓有一顿吭一顿，家中米甏都是空空的。周永昌想起了茶客的传说，他想如果三支队能将这些大米截下来，那有多好！

小薛这几天常来经理室，请教完财务上事后，有意无意问及仓库里的大米何时运走，还提及镇上某某家断粮后，孩子被饿得晕过去的事。周永昌知道，镇上共产党很活跃，前一阵小米行老板与米统会进行说理斗争，他估计就有共产党的背景。小薛的那张纸条，让他感到既惊又喜，却又害怕惹事上身。

不出周永昌预料，两天后的一个中午，永盛米行码头上一下子来了两条大船，脚班工人也增加了不少，码头上还增加了不少全副武装的日伪军。周永昌事前没有一点消息，他凭经验知道，今天日伪军要运送大米出去了。果然，从中午开始，一群脚班工人被赶来搬运大米，日伪军吆喝着让他们快搬运。脚班工人排着长长的队伍，逶迤如蛇，一袋一袋大米在他们的肩上掮着，送到了船上。

天色灰蒙蒙的，寒意颇浓，将有大雪的样子。

鬼子要将大批大米运到上海，作为军粮去养活那些如狼似虎的日本兵，让他们吃了中国人的大米，再来打中国人。作为中国人，周永昌也感到一种深深的耻辱！如果三支队知道这些大米即将被运去上海日军司令部，他们一定会拦截这些粮食。这样想着，他忽然有点激动起来，一个中国人的自尊让他的血在血管里快速地流动起来。凭他多年的经验，他估计这些粮食鬼子可能在傍晚启运，他下意识地回到经理室，写了张纸条，上面写着"军粮两船，傍晚即运"八字，然后折好，若无其事地找到小薛，悄悄将纸条塞到了她手里。做完这一些，周永昌仿佛完成了人生中的一件大事，心里感到一种前所未有的轻松，一段时间以来缠绕着他的郁闷心情竟一扫而光。

小薛赶紧找到杨也祥老师，将周永昌的纸条交给了他，说："这是周永昌经理的消息！"

杨也祥打开纸条看后，看着小薛说："小薛，你真行！"

原来，薛小青从杨也祥老师的言谈中，凭着一个女性的敏感，她觉得杨老师不是一个平常的人，这个英语老师时时启发小薛的爱国心，她心里就有点明白了。前一阵，杨老师很关心永盛米行的事，她就将永盛米行的事告诉杨老师，说周永昌经理对米统会不满，对日本人也牢骚满腹。杨老师要她关注日本人运军米的消息，薛小青一口答应了。薛小青想了一个绝招，冒充三支队给周永昌写了一张纸条！

杨也祥老师说："小薛，谢谢你，周经理的情报很重要。"

小薛笑笑说："杨老师，这是你布置的作业呀。"

其实，关振刚、杨也祥他们通过各种渠道在关注鬼子的大米动向。三支队需要准确的情报，准备袭击鬼子的军米，如果袭击成功，不仅能夺回老百姓的大米，还在政治上给敌人一个下马威！

他们从脚班工人中掌握了今天下午鬼子要运送军米的情报。周永昌经理的情报从数量和时间上更精确了。但还有更关键的情报，关振刚他们还没有获得，即鬼子去上海是走哪一条水路？

鬼子的米船送向上海的路线一般有两条，一条是从拦路江经泖河向南进入黄浦江，这条路绕远路进入上海；一条是沿淀浦河、蒲汇塘向东直插上海，这条路较近，但以前是三支队控制的区域，所以鬼子往往舍近求远。今天下午，鬼子会走哪一条水路呢？

正在焦急万分的时候，关振刚摸清了鬼子的动向。或许由于年关时间紧迫，或许鬼子认为三支队已经被消灭，他们终于选择沿淀浦河一线走上海！这真是天赐良机，机不可失！关振刚与杨也祥商量后，由沈苹将情报火速送去黄晓龙游击队！

下午开始，天上飘起了纷纷扬扬的大雪。

黄晓龙早做好了截鬼子粮船的准备。接到情报后，他立即与游击队骨干又商量了一次行动方案。

接到战斗任务，游击队全体队员群情振奋。他们全副武装，冒着下得密密麻麻的大雪，秘密前往青沪公路 11 号桥埋伏，那里是日商必经之地。

程恒昌的飞龙运输行，大部分由跑运输的船户组成的。

傍晚，为鬼子运输军米的两艘米船终于出现在十一号桥西侧。它们在宽阔的淀浦河渐渐驶近十一号桥。黄晓龙他们早守候在这里，远远看到米船驶来，黄晓龙带两个队员驾船驶向前去，将为首的米船截住，要他们向北驶入支河。船上押送的奸商指着悬挂的“膏药”旗说：“你们知道不知道这个东西！”并蛮横地不许船户调头，继续往前开。

见奸商如此嚣张，黄晓龙知道对这样的奸商是不能客气的，于是“哗”的一声掏出手枪，指着奸商，命令他改变航向。

奸商见黄晓龙来狠的，也不买账，说：“截皇军军米，你们有几个脑袋？”

黄晓龙说：“我们是三支队的，赶快停船！”

奸商听说是三支队，心里倒是吓了一跳。但他以为眼前的黄晓龙仅是一个土匪强人，哪里会是三支队的人，三支队早就被日军打跑了！这样想着，奸商让船户继续向前行驶。

正在这时，北岸方向又驶来两艘快船，船上清一色的便衣武装。

奸商一看,见势不妙,这阵势弄不好会丢掉性命。

黄晓龙向船上奸商厉声说道:“赶快停船!如果顽抗,就对你不客气了!”

奸商只得将米船停住,但不肯向北行驶。奸商知道三支队要没收他的货物了,他要赖地将船继续往前开,妄图越过11号桥。游击队早就料到了这一招,两条小船迅速向前靠近米船,队员们纷纷跳上米船,喝令奸商转入支河去。

奸商知道今天大意失荆州,他不应该从淀浦河这条水路走的,他不知道三支队怎么又回来了!他无奈地将米船转弯,通过11号桥,折向北行驶。这时雪越来越大,天地间一片白茫茫,两条米船向北来到了一个叫马盘塘的村子。黄晓龙命令米船靠岸,他扣留了这位奸商,宣布把船上大米全部没收。一声令下,游击队战士和周围的老百姓一齐行动起来,大家纷纷上船卸米,一袋又一袋的大米从船上搬运到岸上。由于人多,一千石的大米一会儿就卸完了。黄晓龙给船户发了运费,将他们释放。被扣留的奸商只好承认错误,并保证今后不再犯事,黄晓龙将他教育一番后,这才将他释放了。

晚上,鹅毛大雪下个不停。处理完所有大米,时间已经很晚了。村人劝黄晓龙在当地住下来,但黄晓龙做事向来谨慎,说:“我们还是换个地方住吧。”

有人说:“这么大的雪,不会有事情的。”

但在黄晓龙坚持下,游击队还是转移了宿营地。

天将黎明的时候,那个奸商回去密告了日寇,带了几十名鬼子和近百人的伪军,冒雪赶到马盘塘,将村子包围了起来。然而,黄晓龙他们早已转移,远途而来的日伪军扑了一个空。

西浦工委委员陆俊华以宜桥乡公所工作为掩护,从事党的秘密工作。他已好长时间没回家,趁联系党员之便,顺便回家去看看情况。刚到家,父亲告诉他,一个叫任友德的人来找过他。

任友德是共产党组织的人,陆俊华不知他找自己有什么事。

原来,那天任友德带了一个名叫雷建明的人来到崧塘镇,他们来找陆俊华。陆俊华不在家,他们就在陆俊华家召集了五六个乡保长开会。保长们来了，雷建明对大家说，他是老顾(顾火生)和小顾(顾德欢)派来的，老顾和小顾要建立一支500人的部队，要求大家筹集经费，并将各后备大队藏着的枪支取出来。一听是老顾和小顾要建立武装，乡保长们热情高涨起来，有个保长立马将藏在地下的三支短枪取出来，交给了雷建明。

两人约好过几天再来，让大家分头做好准备工作。

陆俊华听了，心中疑惑，就赶去任友德家。

任友德看到陆俊华找来，很意外。

陆俊华问他："那天你与谁一起来找我？"

那天任友德明知陆俊华不在家，去找他只是一个借口，只因陆俊华是顾火生的人，去陆俊华家开会，大家会有信任感。想不到陆俊华知道了此事而且来找他了。

任友德那天是与尹腾达一起来的。尹腾达一直在江西上饶培训，这次回来，知道西浦地区三支队撤走了，他就想趁这个空间，来发展自己的势力。考虑到三支队在当地的影响大，只有以三支队和老顾、小顾的名义，才能蒙混老百姓，老百姓才会支持他。因此，尹腾达谎称受老顾和小顾之命前来发展武装，他想先把部队建立起来，然后再亮出身份，到时一切得听他做主了。

为了蒙骗群众，他想到了任友德。尹腾达在任三支队副官时，就认识任友德，知道此人私心重，只要诱以利益，就会听从你。这次，尹腾达借"两顾"之名前来组织武装，任友德不辨真伪，信以为真，积极配合。那天，尹腾达假戏真做，明知陆俊华不在家，和任友德故意去找陆俊华，且在陆俊华家里开会，这一招果然有用，那天会议效果很好。

人算不如天算，陆俊华偶然一次回家，让尹腾达的瞒天大谎暴露了！

任友德告诉陆俊华："尹腾达说老顾和小顾让他来组织武装。"

组织武装这可是大事，这样的大事，组织上怎么没有事先告诉他呢？再说为什么要派尹腾达来组建武装？陆俊华越想越觉事有蹊跷，于是马上向陈雪涛汇报。陈雪涛也感觉事情不对劲，便让陆俊华赶一趟浙东向顾德欢汇报此事。

陆俊华星夜赶路，在浙东古窑浦找到了顾德欢。

得知尹腾达假传老顾和小顾指示，妄图在西浦建立武装，顾德欢指示说：尹腾达来西浦是想趁目前我在西浦的武装力量不强，他们要抢占西浦。

顾德欢让陆俊华转告陈雪涛，一方面要在黄晓龙游击小组基础上，加快扩建部队，恢复我们自己的三支队；另一方面要粉碎尹腾达的阴谋。

陆俊华欣然地说："不来不知道，一来就明了，德欢书记，我马上回去向陈雪涛汇报。"

顾德欢对陆俊华说："黄晓龙在西浦打游击，我这里有人听到后嚷嚷着要回去参加斗争。这次你来了正好，我派三位同志随你回去，助晓龙一臂之力。"

陆俊华问："是……哪三位啊？"

顾德欢说："你熟悉的。"说罢，回头将邹勇和朱艳、田爱云叫了过来。

陆俊华一看，连声说："哟，熟悉的，熟悉的！"

邹勇开玩笑地说："俊华，你不欢迎我们吗？"

陆俊华笑着说："哪有不欢迎的！"

顾德欢对陆俊华说："今天我将他们交给你了！"

陆俊华说："德欢书记放心，我一定把三位安全带回西浦。"

邹勇是顾德欢的秘书，曾经担任淀山湖区委书记，熟悉西浦情况。而黄晓龙作为顾德欢的警卫员，他们两人合作，一定会相得益彰。再加上双枪将朱艳，可谓是如虎添翼了！田爱云则是在她再三要求下，顾德欢才同意她去的，他知道田爱云与黄晓龙如同亲兄妹。

陆俊华带了邹勇、朱艳和田爱云，一路紧赶回到西浦，找到陈雪涛作了汇报。

看到顾德欢派邹勇等三人回到西浦工作，陈雪涛握住三人的手说："欢迎你们！"

如何粉碎尹腾达的阴谋？如何扩建自己的部队？陈雪涛、陆俊华带了邹勇等三人，一起来到了蟠龙镇，在春来茶馆秘密会见了黄晓龙。一路上，陆俊华向邹勇等介绍了黄晓龙游击小组的情况。

他们在春来茶馆见了面。

陆俊华发现，一段时间不见，黄晓龙人变瘦了。

陈雪涛说："晓龙，你看看，谁来了？"

黄晓龙进门看到邹勇等三人，显得颇为诧异。陆俊华把去浙东根据地见到顾德欢的事说了一遍，又说："德欢书记知道我们这里需要人，选派了三位得力干将前来。”

朱艳、陆俊华和黄晓龙，当年都在三支队培训班一起学习过，可谓老“同学”重逢，大家一时有许多话要说。不过，他们并没有过多寒暄，陆俊华把尹腾达冒充“两顾”前来扩建武装的事说了，并传达了顾德欢的指示。黄晓龙听了，气愤地说：“尹腾达是忠救军的人，冒充我们组建三支队，休想！”

陈雪涛笑笑说：“他冒我们的名，两个三支队看来要试试真假了。”

黄晓龙说：“我们游击小组以三支队的名义镇压了奸商蒋企富，周围老百姓无不拍手称快，不少青年想参加三支队。最近，我在蟠龙镇西边王家村邢桃荣家召集他们开了会，大家热情很高，游击小组现在已有二十多成员了。”

大家听了都很兴奋，接着又商量怎么对付尹腾达的事。

黄晓龙说：“他要来建武装，我们何不投其所好？”

陈雪涛说道：“你是说……”

黄晓龙如此这般一说，大家都心领神会地笑了。

尹腾达妄图在西浦组织武装，以此为跳板，实现个人的荣华富贵。他在上海做了几天美梦后，与任友德约定再次召集乡保长们开会，讨论具体落实组建部队之事。任友德告诉他，开会地点还在陆俊华家里。

这天，尹腾达带了两个保镖来到崧塘镇，与任友德会面后，熟门熟路地来到陆俊华家。尹腾达一看，上次来开会的保长们果然都来了，还来了不少新面孔，他以为这些是保长们带来的骨干。

会议开始了，任友德请尹腾达讲话。

尹腾达一脸神气地说：“各位父老乡亲，我是受老顾和小顾的委托，回来组织三支队的……”

他的话还没有说下去，突然有个青年从人群中站起来，厉声责问：“尹腾达，是哪个老顾和小顾让你来组织三支队？”

尹腾达见一个青年竟然向他责问，不由恼羞成怒，大声喝道：“你是什么人，竟敢扰乱会场？给我绑起来！”尹腾达的两名保镖闻声而动，欲上前绑那青年。

正在这时，黄晓龙和邹勇突然出现在了尹腾达面前，黄晓龙带领的五六名便衣队员"哗"的一声也亮出了枪。

尹腾达大声嚷嚷说："反了，反了，你们这是造反啊！"

黄晓龙笑道："尹腾达，原来是你在冒充三支队啊！"

尹腾达仔细一看，发现是黄晓龙，嗫嚅着说："你……你怎么……在这里？"

这时，陆俊华从里间走出来，大家都以为陆俊华不在家，惊讶地说："陆俊华在家里啊！"

陆俊华指着黄晓龙对大家说："这位是黄晓龙，小顾委托他和邹勇来扩建三支队！"

尹腾达气急败坏地说："你……你瞎说！"

陆俊华说："是谁在瞎说，我们去见顾德欢再说！"说罢，他回过身来，对在场的保长们宣布顾德欢的指示："西浦地区要重建三支队，黄晓龙和邹勇是顾德欢同志亲自委派的！"

朱艳和田爱云，黄晓龙没有让她们在此"亮相"。

邹勇补充道："乡亲们，我刚从德欢同志那儿回来，他让我们抓紧将三支队重建起来，更好进行'反清乡'斗争！"

尹腾达知道事情全败露了，看了任友德一眼，知道自己这一回看走了眼，关键时任友德将他"卖"了。

真的假不了，假的真不了，尹腾达的诡计被识穿，灰溜溜地逃走了。大家望着他的背影说："这个扫帚星①，险些让我们上了他的当！"

---

① 扫帚星：西浦方言，喻会带来灾祸的人。

第十八章

神明护佑，游击队如鱼得水
医院拒捕，好男儿舍身为党

邹勇等三人秘密回到西浦后，由于游击队生活居无定所，黄晓龙安排邹勇住在共产党员李勤余家，朱艳以过房囡的身份住施家宅黄妈妈家，她与黄妈妈关系好，两人情同母女。田爱云则隐蔽在施家宅她姐姐家。

李勤余家后面有一片竹林，竹林中间有条路通向北面的一条河，河滩头有几块水桥石，相叠着通向河边。水桥边有一座船舫棚，里面泊着一条小船。李勤余是农家，小船是李家装运肥料和粮食的运输工具。邹勇在李勤余家住下后，李勤余陪着他常出去转悠，他们以贩运粮食为名，有时摇着小船，有时步行，其实邹勇是去各处熟悉地形，侦查各镇日伪军据点的敌情。

黄晓龙在蟠龙镇西面王家村建了一个营地，这里交通方便，地点隐蔽，群众基础好，吃住能解决，游击队就在这里秘密地进行训练和学习。邹勇不久也来到营地，与队员们生活在一起。

黄晓龙和邹勇带领游击小组在蟠龙镇附近开展“反清乡”斗争，大大震慑了敌伪军。他们为老百姓伸张正义、剪除恶势力，老百姓把他们作为自己的靠山。每当遇到困难或危险时，人们都会来请求黄晓龙“出头”，老百姓也愿当黄晓龙的“眼睛”，日伪军的一举一动，第一时间就报告给黄晓龙。

福顺为了对付黄晓龙，暗中组织特务，去乡下进行搜查，他让特务化装成三支队掉队队员，向群众打听三支队的去向。周围的老百姓纷纷向黄晓龙送来消息，说特务冒充三支队在寻找他们。一次在黄渡渡口他们与二名化装下乡的特务相遇，特务以为他们是当地老百姓，就向他们打听三支队去向，自称是三支队的掉队队员。黄晓龙听了，不由笑了：“你们真的要找三支队啊？”特务说：“真的真的，你见到三支队吗？”黄晓龙说：“你不用找了，我就是三支队！”说着，其他队员一拥而上，将两个特务抓了起来。从他们身上，游击队搜出了驳壳枪和“王八盒子”（日本手枪），发现其中一名竟是懂汉语的日本间谍，当场予以处决了。

7 月的一个晚上，有群众来报告，徐泾伪警察所所长夫妻两人单独在家。此警察所所长依仗日寇的势力，作恶多端，老百姓对他恨之入骨。黄晓龙得到情报，立即组织五人突击组，当天晚上把两人活捉了，枪毙了伪警察所所长，并贴出布告警告。过了几天，突击小组又潜入陆家角，把无恶不作的伪乡长陆宜昌抓来镇压了。经过这些战斗行动，部队的影响不断扩大，部队也在战斗中得到了锻炼。

一次，黄晓龙和邹勇他们在老乡家里开会，突然来了一群“清乡”的日伪军，他们包围了村子，挨家挨户进行搜查。有人提出用手榴弹开路，杀出一条血路，突围出去。有位老乡极力劝阻：“不行不行，手榴弹一响，全村人遭殃。鬼子不是冲你们来的，他们常常来例行检查的。”老乡家屋顶上有一个小阁楼，他让黄晓龙等人上楼躲起来，在楼上移开了一只旧衣柜，让他们躲在旧衣柜的后面。黄晓龙听了老乡的话，觉得说得有理，让大家一起躲进了小楼。但有人还是担心，这个老乡会不会告密？会不会在敌人来搜查时露出破绽？黄晓龙阻止说：“别废话！”但说实话，大家的心情都十分紧张，时刻准备着与敌人拼个你死我活，队员们都将手榴弹的绳子拉在了手里。正在紧张等待中，他们听见有伪军来了，有人要上楼检查，老乡央求说：“我家是良民，没有外人来过。”老乡边说边将一包储备票①塞在伪军手中。伪军收了钱，大声嚷嚷说：“这家查过了，没有情况。”

大约过了半小时后，村里的敌人全部撤走了。

老乡轻声叫黄晓龙他们下楼。黄晓龙下得楼来，对老乡一再感谢。那个开始提出用手榴弹开路冲出去的战士说：“今天不听老乡的话，穷祸会闯得不大不小！”

---

① 储备票：储备票即储备券，是伪政府中央储备银行发行的纸币，主要流通于华中、华东、华南等汪伪统治地区。面额有 1 元、5 元、10 元兑换券，1 分、5 分、1 角、2 角、5 角辅币券。至 1945 年 8 月日本投降时止。

黄晓龙说:“我们是老百姓的队伍,自有神明保佑。”

邹勇说:“这个神明,不是别人,就是心向着我们的这些老乡啊!”

黄晓龙越来越感觉开展游击战,特别要学会交朋友,这样才能得到更多人的支持,才能在敌占区求得生存和发展。

蟠龙镇附近有个丝竹班,一群青年自己买了琵琶、胡琴、弦子等乐器练习丝竹。每当村里有人结婚,丝竹班就去贺喜,场面热闹非凡。有个叫张永林的笛子吹得特别好,黄晓龙与他熟识后,成了好朋友。张永林有个亲戚赵建平是“忠义救国军”姚寄农部的情报员,一来二去与黄晓龙认识了,一起结拜了兄弟。在黄晓龙影响下,赵建平的思想渐渐倾向进步。他悄悄告诉黄晓龙,姚寄农部队在地方上藏有一批枪支。黄晓龙部队发展后,正愁缺少枪支。

一天,赵建平找到黄晓龙,告诉姚寄农的秘书张金书要经过望郎渡,张很可能知道姚部枪支的藏身之处。黄晓龙得到情报,带了几个战士在张金书必经的路上设下埋伏。

张金书从望郎渡过来,经过埋伏地点,让黄晓龙他们抓到了。

黄晓龙对他进行了一番教育,希望他将功赎罪,要他讲出姚寄农藏枪地点。张金书开始还矢口否认,但在黄晓龙出示了从赵建平处获得的证据,并警告他,坚持与人民为敌,就对他不客气了。张金书才知道今天“菜籽逃不过油车”,只得交代出姚寄农藏枪的秘密地点。

于是,黄晓龙顺利缴获了姚部所藏的枪支弹药,共计步枪十支、手枪一支、子弹八百多发、英美手榴弹各4颗,还有黄色炸药五十块。

一次,黄晓龙游击队突袭了赵巷乡公所,将乡公所费了九牛二虎之力编造起来的户口簿、田赋册一把火烧了。老百姓欢呼:“烧了阎王簿,老百姓有活路了。”

黄晓龙通过交朋友,请地方人士帮助筹划部队给养。一批“两面派”人物,既为日伪当差,也为游击队办事,在这些人帮助下,部队得以维持。对于一些持观望态度或顽固的伪乡长,黄晓龙以“三支队”的名义拟写文件,分发给这些人,一面向他们宣传抗日形势,要他们认清前途,支援抗日,为自己留条后路;另一面抽出精干人员对民愤极大有血案的汉奸、密探、特务、土匪头子组织除奸队予以处决,杀一儆百。在这样的威慑下,其他汉奸纷纷通过关系表示愿意为三支队做事,暗中为三支队通风报信。老百姓说:“三支队,有神通,来无影,去无踪,抓汉奸,杀特工,吓得伪军心直跳,闹得鬼子常扑空。”

春来茶馆的茶客们越来越多地在私下议论黄晓龙的部队。黄晓龙部队的每次行动,都会在茶馆里成为人们的热门话题。谈得多了,大家对这支部队不免产生了浓厚的兴趣,一些年轻人也被这种神秘感吸引,悄悄地想去看看。

一次,一个名叫许忠义的年轻人失踪了。许忠义和春来茶馆的姜小弟是同村人,大家都叫他阿忠。他失踪后,父母四处寻找,却久久没有下落。他的父母估计阿忠十有七八去参加黄晓龙部队了,因为附近村上失踪的青年后来都被证实参加了黄晓龙的游击队。许忠义的父亲找到春来茶馆,请姜小弟留意打听,知道了准信就告诉他们。如果能见到阿忠,希望帮助劝他回家里,毕竟参加部队要真刀真枪打仗,做父母不到万不得已,不愿意让儿子去冒这个险。

黄晓龙的游击队来无踪去无影,日伪军日夜想围捕他们,但他们与日伪军玩起了捉迷藏的游戏。他们像一阵风,来的时候真真切切地感觉到他们的力量,但想抓住他们的时候却无处下手。黄晓龙的游击队越是神秘,越让人感到好奇。

姜小弟受阿忠家属的委托,也想去部队看看。黄晓龙的游击队经常换地方,但姜小弟的伙计小王有办法找到黄晓龙。黄晓龙放信回来说,部队不能随便去的,但方便时他会安排。

终于有一天,有人悄悄来到春来茶馆,将一张纸条交给姜小弟。纸条上字迹歪歪扭扭的,姜小弟一看便认出是黄晓龙的笔迹。纸条上写着:“请随来人即去部队。”来人是一个瘦瘦的小青年,姜小弟相信这个瘦青年是黄晓龙派来的,于是找了朱宏林等预先说好的几个人,一起随瘦青年走出了蟠龙镇。天很快就暗下来了,他们在夜色里来到一个村子,村口放有岗哨,村人只能进不能出。他们随瘦青年来到一个绞圈房,看到里面有十几个人,都穿着老百姓的衣裳。如果这些人手里没有那些长短家伙,真不知道就是黄晓龙部队的人。这些人看上去不像一支部队,都是一些平常人,住在老百姓屋里,睡的都是地铺。但这些人好像与一般老百姓不一样,很有精神,都很自信。姜小弟看到了阿忠,便问黄晓龙在哪,阿忠说黄队长有点事走开了,等一会儿会回来的。阿忠说带他们去见一个首长。这个首长很年轻,也很平常,像个普通的老百姓。阿忠对首长说:"邹政委,黄队长的兄弟来看看我们。"邹政委就是邹勇,"政委"这个名称是黄晓龙开玩笑提出来的,他说邹勇同志是顾德欢书记的秘书,来我们部队不是来做秘书的,是把政治方向的,我们就叫他邹政委吧,于是大家都叫他政委了。邹勇笑着与大家一一握手,说:"欢迎大家来部队。"邹勇似乎看出了大家的想法,他说:"大家看到部队现在很艰苦吧,为了打鬼子,我们苦一点不要紧。只有把小鬼子赶走了,我们大家才有好日子过。"邹勇还问了一点蟠龙镇的情况,他要求大家对部队的情况要保密。邹勇操外地口音,人很和善,看得出是个有知识的人。见了邹勇,姜小弟对黄晓龙部队也有了信心,阿忠跟着邹政委这样的人,一定会有出息。正说着话,黄晓龙回来了。大家看见黄晓龙感到特别亲切,黄晓龙指着邹勇介绍说:"这是上级党派来的邹政委。"大家笑着说:"认识了!"

去部队的时间很短,大家都看到部队的生活很艰苦,但他们有精神和斗志。那天,姜小弟心里记着阿忠亲属托他劝阿忠回家的事,但话到嘴边他却咽下去了,他感觉阿忠与邹政委这样的人在一起,是一种福气。

西浦地区河道港汊多,邹勇为了适应环境,常常去河里学习游泳,熟悉水性。不料泡在河中学游泳时感染了疟疾。得病后,由于日伪军的封锁,当地缺医少药,无法医治。他带病坚持工作,但终于病重卧床不起了。这可急坏了黄晓龙,他找到陆俊华,告诉他必须想法给邹勇医治。陆俊华将情况汇报给陈雪涛,陈雪涛通过上海党组织的关系,让陆俊华送邹勇去上海红十字会医院(今华山医院)治疗。于是,李勤余和朱艳用小船将邹勇安全送到了上海医院。之后,李勤余和朱艳常去医院看望。陈雪涛也让西浦共产党驻上海交通站交通员罗晓路到医院看望,并送去一些生活的必需品。

这天,邹勇在医院里,从走廊去厕所的时候,有一个人与他擦肩而过。那人朝他看了看,感觉有点面熟,终于想起来,他是中共淀山湖工委的负责人邹勇!这一发现让那人兴奋不已,但邹勇并不认识那人,因此没有引起重视。邹勇不知道，此人是蟠龙镇的维持会会长孙继武！

西浦沦陷后，在岩崎眼中，蟠龙镇是个非同一般的集镇。它靠近大上海，是去上海的重要水陆通道，重要的是，它距离崧槠镇相当近，是插在西浦游击区内的重要楔子。因此，他指示徐泾宣抚班的日寇头目福顺，必须选好蟠龙镇的维持会会长。福顺经过反复挑选，最后选中了孙继武。原是小学教员的孙继武，是一个狡猾而又凶狠的家伙。沦陷前他曾想弄个一官半职，但没有机会。沦陷后，他不惜认贼作父，甘愿做日本人的走狗，获得了福顺的青睐。

邹勇在任淀山湖区委书记时，就上了岩崎的通缉名单。孙继武为效力日本鬼子，曾对通缉名单进行过研究，对每张照片进行仔细辨认。他发现邹勇有个特征，左耳边有一颗黑痣。孙继武的狡猾和细心，使他几年后还是认出了邹勇，但邹勇对他却毫无印象。

孙继武知道黄晓龙又拉起了武装，三支队有点东山再起的样子，这让他心生警惕，想此人会不会是黄晓龙一伙的。他本来是来医院治老肺病的，这时，他顾不得自己治病了。他不能错过这个意外的发现，他怕邹勇也发现了他，这样邹勇会很快消失的。于是，孙继武不去配药了，马上去电话间拨通了福顺的电话。福顺一边向岩崎汇报，一边命令孙继武不要离开医院，严密监视，不要让邹勇跑了。岩崎拨通了沪西日寇特务机关长电话，让其马上派人去红十字医院逮捕邹勇。

邹勇回到病房，不一会儿便发现医院大门口进进出出的人群中，出现了不少形迹可疑的人。他想起了刚才走廊里的那个人……多年的地下工作经验告诉他，他已经暴露了！他探身病房门外看了看动静，回身将门关上。他镇静了一下，思考着如何应对这突发的意外。急人的是，今天按约定上海联络站罗晓路和朱艳将前来探望，这可如何是好？为了防止意外，邹勇立即将表示危险警示的一盆花放到了窗台上。

真是怕什么来什么，正在邹勇焦急之时，他发现医院大门口出现了罗晓路和朱艳的身影！眼看着罗晓路和朱艳没有发现他发出的危险警示，还在继续前行。事不宜迟，否则不但他会被敌人抓住，罗晓路和朱艳也会被敌人一起逮捕。邹勇当即拿起窗口那一盆花，向着院中扔了下去！

院中有许多前来求治的病人，人挤人密密麻麻。突然天空中有一个花盆从天而降，人们不禁惊恐万状，惊叫着纷纷躲避，医院入口一片混乱。邹勇发现一群鬼子逆着人流向大楼冲上来，刚才那个与他擦肩而过的人也出现在走廊中。为了避免被敌人抓住，更为了让罗晓路和朱艳得到明确的信号不能进入医院，邹勇毅然决定，宁可牺牲自己，也不能牺牲同志。于是他打开窗子，纵身跃出了窗口！

有人大声喊叫："有人跳楼了，有人跳楼了！"

一大群人逃避开来，医院里乱作一团。

罗晓路和朱艳正要进入大楼，看到来了一大群日伪军警，院内一片杂乱的喊叫声。突然有花盆从三楼从天而降，他们不知出了什么事，马上敏捷地退出院子，在人群外观察。接着，三楼又有人跳楼了，他们知道邹勇在三楼，一定是邹勇暴露了！他向他们示警，他们竟然没有发现，情急之下，邹勇就跳了楼！

罗晓路和朱艳判定邹勇出事了。

邹勇怎么会暴露的？是内部出现了奸细，还是她和罗晓路暴露了情况？一切都难以断定，他们应该马上离开这里，及时向上级汇报情况！

朱艳和罗晓路不动声色地退出了医院大门口……

罗晓路回交通站小杂货店，告诉站内的两位女同志迅速撤离，然后迅速赶到北新泾，向陈雪涛汇报了情况。朱艳回去通知陆俊华，让李勤余不要再去上海医院。

紧急关头，邹勇毅然以自己的牺牲保护了组织和同志。

黄晓龙游击小组的战士知道邹勇牺牲的消息后，都悲痛万分。大家纷纷提出要为邹政委报仇！

邹勇牺牲让黄晓龙十分难过。部队才刚刚有起色，为部队的发展日夜操劳的邹勇却牺牲了，真是出师未捷身先死，长使英雄泪满襟啊！

邹勇原名俞其生，出生于无锡梅村一个农民世家，后来考入江苏师范学院在无锡的初、高级民众学校免费就读。"八一三"抗战爆发后，他积极参加学校师生组织的抗日救亡宣传活动，不久便加入中央特科情报系统的"华东人民武装抗日会"（简称"武抗会"），成为"武抗会"的一员。后到吴江发动群众抗日，筹建抗日武装部队，其间成为中共正式党员。之后又至昆山县东部游击队工作，参加谭震林领导的新四军“新江抗”工作。在这里，他认识了许多从西浦地区转移来的三支队指战员，包括富有传奇色彩的农民领袖顾火生以及年轻骁勇、憨厚朴实的黄晓龙等。后受顾德欢同志指派，到淀山湖南岸地区珠葑镇、西岑镇、天昆区进行党的秘密工作，任淀山湖工委书记，不久奉命随顾德欢撤至浙东区四明山根据地。

黄晓龙是在常熟时认识邹勇的，发现他是个有文化的人，有一介书生的气质。他也是个勤奋的人，在部队中，他包里常常放着一本书，鼻梁上架着一副近视眼镜。一次夜行军训练中，前面的队员故意开他玩笑，假装遇小沟往前一跳，他在后面看不清楚，也跟着一跳，队员们看他上当，哈哈地笑起来。他一脸茫然地问：“你们笑什么？”这让大家笑得更欢了。黄晓龙只读过高小，邹勇说：“我们现在既要学习打仗，我们也要学习文化。仗打完了，我们还要从事其他工作，没有文化，到时候我们就什么也不会做了。”黄晓龙特别认可邹勇的这一番话，他觉得邹勇的目光长远。所以，黄晓龙好像遇到知音一般。如今，一介书生儒雅可爱的形象还在眼前，而年轻的邹政委却为保护同志而英勇牺牲了！

邹勇牺牲后，黄晓龙仿佛失去了主心骨。邹勇在部队时，他们两人总是商量着办事。而现在……但他在心里暗暗发誓：邹勇同志，你未竟的事业，我们一定完成好！

第十九章

血衣惊魂，沪上寓公重披甲
魔窟祝寿，干山罪魁终落网

黄晓龙游击队在西浦的活动取得了好的效果，这一消息传到了顾德欢的耳中。他觉得组织这样小型的游击队，在敌后进行骚扰，让敌人不得安宁，有以小搏大的作用。如果在西浦多建立几支像黄晓龙这样的游击队，时机成熟时可以细流汇成大河，形成一支可观的力量。陈雪涛得到顾德欢的指示，决定再在钱锦方这里做做工作，动员他重新拉起队伍，为此，他向顾德欢要求，将曾经在钱锦方部队的庄世昌从浙东派回西浦。

谢石村事件后，钱锦方失望之余，再次解散部队，去上海当起了寓公。庄世昌等虽然百般劝说，但倔脾气上来的钱锦方，几头牛也拉不转。

无奈之下，庄世昌随三支队去了浙东。

庄世昌从浙东回来后，找到了仍在天马山小学的余明。经过浙东大部队的历练，庄世昌的眼界和阅历已大不一样了，但对如何动员钱锦方回来重拉部队，心中却是没有把握。

余明说："钱营长是个有血性的人。谢石村事件发生后，看到汪伪政权与日寇一鼻孔出气，国民党顽军也不惜对抗日部队痛下杀手，遭此失利，他感觉回天无力。特别是周达明的牺牲，他觉得无颜去见三支队指战员，所以又去上海做了寓公。"

庄世昌说："是呀，他在上海悠哉游哉，活得像神仙一样，怎么可能请得动他出山？"

余明告诉庄世昌："黄晓龙在蟠龙镇附近打了好几个漂亮仗，西浦的形势会发生变化。”

庄世昌沉吟着说：“这个消息恐怕不足以吸引钱营长出山。”

余明忽然说：“世昌，我看这样行不行？”

庄世昌忙问：“怎么样？”

余明说：“你出面将武装拉起来！”

庄世昌说：“我哪能行啊？”

余明说：“我们动员钱营长的旧部出来，只说钱营长要回来了。等部队拉起来，再请钱营长，他不同意也要同意了，这是用倒逼法！”余明知道，庄世昌有军事知识，有带兵经验，更有一颗爱国之心。

庄世昌感觉这办法或许有可能成功，不妨一试。于是说：“我们这是先斩后奏！”

于是，在余明支持下，庄世昌和钱锦方旧部中的一些朋友，把埋在地下的枪支挖了出来，也吸收了部分新成员。然而，虽然大家都知道余明与钱锦方交往不浅，钱锦方部下不少学生家长对余明也很尊重，对庄世昌也没有什么反感，但钱锦方旧部中大部分人并没有响应，他们只听从钱锦方的。部队解散时，钱锦方曾对部下说过，鸡蛋不要去碰石头。大家听了都深以为然。

那么，如何才能请钱营长出山？

无奈之下，余明将这一个难题向陈雪涛汇报了。

陈雪涛想起，黄晓龙和朱艳都曾经在钱锦方部队帮助训练，他们之间私人感情很好，是否请两人一起去上海一试？

陈雪涛将这个难题出给黄晓龙，问他有没有办法？

黄晓龙听了陈雪涛的话，感觉此事真的有难度。

陈雪涛说：“一把钥匙开一把锁，难道就没有开这把锁的钥匙？”

朱艳则忽闪忽闪眼睛说：“我有一个办法，不知道行不行？”

黄晓龙急切地问：“什么办法？”

朱艳说：“我在民运工作的时候，听到一个故事……”

黄晓龙听朱艳如此这般一说，一拍大腿说：“这个办法好！请将不如激将，这叫激将法！”

钱锦方对西浦地区老百姓的苦难是有着切身的体会，但他认为不能以卵击石，再作无谓的牺牲。自从来到上海当起寓公后，他的日子虽然悠闲，但在寓所里也闲得慌。忽然有人来访，开门一看，原来是黄晓龙、朱艳、余明、庄世昌来了。

一看都是老朋友，钱锦方将他们迎入客厅中。

黄晓龙和钱锦方已是许久不见了，黄晓龙说："钱营长，今天登门拜访，我们是来向你报喜的。"

钱锦方对黄晓龙很欣赏，觉得这小青年为人豪爽，做事能力强。钱锦方问道："报喜？有啥喜事呀？"

黄晓龙指指朱艳说："还认识她吗？"

钱锦方说："怎么不认识，双枪女杰。"

黄晓龙接着说："我们在蟠龙镇附近拉起了一支游击队，专打鬼子和汉奸！"

钱锦方听了说："你们都是好样的！"但他又接着说："不是给你们泼冷水啊，双拳敌不过四手，西浦的敌人太强了！"

黄晓龙说："正因为这样，请你钱营长也出山啊。"

朱艳说："钱营长，你老将出马，一个顶俩！"

钱锦方摇头："我……老了，不想再动刀动枪了。"

黄晓龙没有回话，只是从自己挎包里拿出了一包东西。他将包交到钱锦方手里，说："钱营长，这是你婶娘让我带给你的。"

钱锦方不知是何物，接过包打开一看，不禁呆住了，原来是一件血衣！

钱锦方激动地问黄晓龙："你见到我婶娘了？"

黄晓龙默默地点了点头。

钱锦方盯着血衣看了半晌，这时空气像凝固了一样，寓所里静得连一根针掉地上也听得见。

这件血衣让钱锦方内心翻江倒海了一样。

原来，这件血衣是钱锦方母亲的遗物。

那天，日寇来天马山追剿钱锦方部队，钱锦方带着部队退出天马山，去了黄浦江南岸。日寇没有抓到钱锦方，就在附近村庄里大肆烧杀。老百姓逃的逃，避的避，钱锦方的母亲六十多岁了，有人劝她避一避。老太太也是有脾气的人，她说我这么大年纪了，我不走了，我看小鬼子会把我怎样？人们劝不动老太太，也就逃难去了。日寇闯进村庄，见不到人，他们就放火烧房子。房子是老百姓安身立命的家，没有了家，这日子还怎么过？但回去与鬼子拼命，命也就没了！村上一些年纪大的人，与钱锦方母亲一样，以为鬼子见到年龄大的人总会让三分。不料鬼子发现村上青壮年全逃走了，只有几个老人还没有走，他们就像一群禽兽，疯了似的将村上的老人抓了起来，一个个用刺刀戳死，扔到了河里。一时间，河里的水都泛红了，像染缸里的一片红色。鬼子发现钱锦方的母亲，也将她抓了起来。本来也要一刀戳死她，但汉奸认识钱锦方的母亲，对鬼子一说，鬼子便将她作为人质，用绳子将她捆起来，押到"啪啪船"上，想带回唐行镇，用以诱捕钱锦方。钱母看出鬼子的毒计，乘敌不备，一扭头跳进了河里。鬼子见钱母跳河，手忙脚乱想抓住她，但钱母跳进河里就沉了下去。鬼子怕她潜水逃走，朝她连开几枪，血一下从河里冒了出来……鬼子走后，钱锦方婶娘将钱母捞上岸，钱母身上的这一件血衣，婶娘将其留了下来。钱锦方回到村里时，村庄早被糟蹋得不成样子。婶娘告诉他钱母被日寇打死的惨景，并拿出了这一件血衣交给他。钱锦方发誓要为母亲报仇，临走时，他将母亲的血衣留在婶娘这里，委托婶娘代为保管好。

黄晓龙听了朱艳讲述钱锦方母亲牺牲和让婶娘保留血衣的故事后，即想用这件血衣激发钱锦方出山。于是，他和朱艳悄悄前去葑澳塘，寻到了钱锦方的婶娘，拿到了这一件血衣。

看到母亲的血衣，钱锦方深觉愧对自己母亲，更激起了他对鬼子的仇恨。

黄晓龙说："钱营长，我们都有一本血泪账，不把鬼子赶出我们的家园，这样的血衣还会更多!"

钱锦方自然听懂了黄晓龙的话，说："你们给我三天时间，让我再想想!"

庄世昌一听，高兴地说："钱营长，我们在天马山等你!"

钱锦方不久就回到天马山，他的旧部见钱营长出山了，纷纷奔走相告，重新回到部队。为了加强钱锦方部队的力量，顾德欢派骆阿荣、李方明等三支队战士前来一起工作。庄世昌成了钱营长的副手。

不久，庄世昌得到一个情报，盘踞在北干山的伪军金风高要做五十大寿！庄世昌觉得，这个汉奸仗着日寇的庇护，卖国求荣，活得很滋润。何不趁做寿之机，让这个汉奸“寿终正寝”？

他把这个想法与钱锦方一说，钱锦方沉吟了一下，摇头说：“金风高经过几年经营，实力非比从前。北干山是他的老巢，地堡暗哨，工事坚固，这条老黑鱼一时难以吃掉的。”

庄世昌说：“这可是千载难逢的好机会！”

钱锦方说：“虽说弟兄们跟我已久，但部队才刚刚拉出来，打这样的大仗，恐怕没有胜算。”

庄世昌说：“这条老黑鱼一个人吃不了，两人合吃总可以吧？”

钱锦方不解地问：“两个人合吃？”

庄世昌说：“我与黄晓龙说起此事，黄队长说太好了，这是钱营长出山第一仗，他们愿助一臂之力！”

钱锦方听了说：“黄队长肯出力，我们岂能做缩头乌龟？”

庄世昌神秘地说：“黄队长还出了个计谋，说如此这般，我们可以攻其不备！”

钱锦方听了，赞许地说：“兵不厌诈，这办法好！”

那天，天气很好，十月小阳春，太阳暖暖地照在人身上，让人感觉很惬意。黄晓龙、朱艳一行十多人来到北干山附近的村庄千步泾。田爱云已经有了一把手枪，她把手枪练得闪闪亮，这次她一定要参战。黄晓龙特地关照田爱云，让她一定要跟在他和朱艳身边。按照预先计划，黄晓龙和朱艳假扮夫妻，作为朋友前去给金风高祝寿，田爱云则扮演朱艳的丫鬟，施永兴等人扮作挑夫挑送礼品。庄世昌冒充地方保长前来祝寿，也带了些精干人员作为挑礼品的挑夫。钱锦方则率部潜伏山下，待山上打响后，便冲上山进行策应，堵住金风高的退路。

不一会儿，钱锦方的部队也来了，会齐后，大家分头行动。

北干山在九峰中是一座小山，远看只是一个耸起的土墩。进山有一条山道，几个曲折之后，就来到了山的顶部。这里建有一群建筑，很像一个市镇。这天上山的人很多，但上山的路口设有卡子，管得很严格。汽车来到山口，都要在卡子前停下来接受检查。庄世昌已经从兄弟处弄到了进山的出入证。黄晓龙和朱艳走在前面，田爱云紧随在朱艳后面，施永兴、邢桃荣和邓海云等挑着礼品担在后面。到了山口卡子处，伪军看到是来祝寿的，而且还是一对夫妻，旁边跟着丫鬟，知道必是大户人家，验看完出入证就马上让出了道。众人一路上山，黄晓龙以前来过山上，因此对山道并不陌生。走到寿厅附近时，黄晓龙缓下脚步，等后面庄世昌他们上来了，就一起向寿厅走去。

走到大门口，只听门口有人喊道："客人到——"

随着长长的喊声，穿着一身绸缎锦衣的金风高一脸春风地出来了。他走出门口，发觉眼前的客人很陌生，然而陌生的客人中却一眼瞅见了庄世昌，他疑惑地问道："你不是世昌吗？"

庄世昌走前一步说："听说你做寿，我和兄弟们祝寿来了！"

金风高感觉情况不妙，回头朝厅里退去。

说时迟那时快，黄晓龙、朱艳立即拔出手枪，对着门口伪军警卫大喝："不准动！"田爱云也掏出了手枪，施永兴他们则从礼品担中拿出了武器。大家一边开火一边朝厅里冲去。警卫的伪军被这一突然袭击吓得目瞪口呆，有的被击毙，有的举手投降。金风高虽有防备，但没有想到真会撞上有人搅局，因此措手不及。他一边命令伪军阻击，一边让前来祝寿的狐群狗党从后门逃命。

在接待室，前来祝寿的西浦县武装警察部队头目蒋阿考、费惠明以及叛徒余瑞华、汪伪联络站站长赖发财等人纷纷各自逃命。黄晓龙盯住金风高不放，见他从后门逃出，也从后门追了出去。金风高身体臃肿，哪里是黄晓龙的对手？逃出没有几步，眼看要被黄晓龙追上了。

金风高并不认识黄晓龙，举枪求饶说："兄弟饶命——"

黄晓龙说："别废话，乖乖地跟我走！"

然而狡猾的金风高趁黄晓龙不备，突然发力，猛然一头将黄晓龙撞倒在地，从身后拔出另一把手枪，对着黄晓龙就准备开枪。在这千钧一发之际，紧随黄晓龙身后的朱艳和田爱云见势不妙，朱艳大喊："黄队长——小心！"然而这时，田爱云看到金风高向黄晓龙开枪，奋不顾身猛冲上前，用身体挡在了黄晓龙前面。只听"砰！砰！"两声，金风高的枪声响了，田爱云连中两弹，一下倒了下去。黄晓龙和朱艳见状，立即对着金风高开枪。

听得山上枪声一片，钱锦方率部立即冲上山来，对着顽抗的伪军一阵猛冲猛打。

黄晓龙想不到金风高会突然袭击，眼见田爱云身中两枪倒在自己身边，他顿时傻掉了。他一把抱起田爱云，呼喊道："爱云，爱云！"这时田爱云已经没有了力气，她看了黄晓龙一眼，说："晓龙哥，我……我……"她的话没有说完，却再也说不出话了。

黄晓龙知道，田爱云一直对他怀有报恩之心，而且一直对他怀有深深的兄妹之爱。在生死关头，田爱云毫不犹豫地为他挡了子弹！田爱云一直想与黄晓龙一起并肩战斗，这是她梦寐以求的，但黄晓龙一直没有同意。今天得到他同意，田爱云不要说有多少高兴了。然而，黄晓龙万万没有想到，悲剧居然就这样发生了！

钱锦方冲到山上，看到眼前一幕也惊呆了！他看到自己的死对头金风高受了重伤并被抓住了，不由愤愤地说："这条老黑鱼，终于落网了！"

金风高的两个小老婆也被抓住，吓得瑟瑟发抖。

朱艳看到田爱云牺牲，也傻掉了。她不相信她的妹妹会牺牲，她只愿相信田爱云此时是睡着了，她知道这是她在自己骗自己。黄晓龙将金风高的老巢放了一把火，大火熊熊地烧了起来。朱艳连忙将庄世昌叫了过来，临时扎起一副担架，他们将田爱云扶上担架，然后庄世昌、施永兴等人一起簇拥着抬下山去。

朱艳看到黄晓龙脸色灰白很难看，她知道田爱云是深深地爱着黄晓龙，只是这种爱以兄妹之情表现出来，是骨肉相连的爱。田爱云毅然用自己的身体保护了她的哥哥，她知道黄晓龙心里是十分难过的，那一把熊熊燃烧的大火，不足以发泄他心中的愤恨！

骆阿荣找来了一根绳子，大家七手八脚将金风高五花大绑起来，几个战士押着他向山下走去。

在山下的一个村子里，他们搭了一个简易的高台，作为公审大会之用。附近村里的老百姓听说抓住了金风高，三支队要开公审大会，纷纷前来。大家都受够了金风高的欺凌，希望亲眼看见这个活阎王的下场。

黄晓龙主持公审大会，他历数了金风高为虎作伥的罪行，并代表西浦人民宣布对金风高执行死刑，就地枪决！听到这个宣判，台下的群众纷纷拍起手来。两个战士押着肥胖的金风高，走到会场边上的荒地，一枪结束了他的性命！

那些侥幸逃下山的汉奸特务，听到金风高被镇压的消息，一个个如丧考妣，惶惶不可终日。

黄晓龙、朱艳、施永兴、庄世昌等人用小船将田爱云护送至崧塘镇附近的一个小松林，那儿安息着王师龙等多位烈士，他们把田爱云安葬在这里。一抔黄土，掩埋了田爱云。在爱云的墓前，黄晓龙和他的战友们，怀着沉痛的心情默立致哀……

朱艳虽然不是第一次参加这样大的战斗，却是第一次与黄晓龙假扮夫妻以掩护行动。当施永兴提出让她和黄晓龙假扮夫妻时，她一下子脸红了。在三支队里，人人都知道田爱云与黄晓龙有着生死交情，田爱云也一直以此作为自己的骄傲。她为人直率而纯洁，这让大家都觉得她可爱，如果机会成熟，他们是可能成为一对的。所以当施永兴提出让她与黄晓龙假扮夫妻时，她不自然地看了田爱云一眼。然而，在田爱云纯洁的眼睛里，没有半点不悦，她笑着对朱艳说："姐，你和晓龙哥假扮夫妻，真是一对金童玉女啊。"

朱艳心里在说："傻妹妹，明明是你与你的晓龙哥是郎才女貌的一对，怎么扯上我了啊？"

而此刻，战斗硝烟已经散去，一切已归于平静，田爱云妹妹却永远地离开他们了！朱艳的耳畔仿佛还回响着田爱云那亲切的声音："姐，你和晓龙哥假扮夫妻，可真是一对金童玉女啊。"

朱艳在老家时，曾经对一个青年产生过爱意。然而，突如其来的战争改变了人们的一切，也打乱了人们的生活。就像一股飓风席卷而来，人们在飓风的漩涡中，不能不被裹挟着前行。

这一系列的经历就像一场大火一样，让她在战争的烈火中淬炼。在这期间，她对黄晓龙产生了好感，他的大胆勇毅，他的机智沉着，他的豪侠仗义，都是让她心动的。所以，当施永兴提出让她与黄晓龙假扮夫妻时，她的内心其实是期待的，内心的活动往往难以掩饰，那一刻她的脸红就是一种语言。但她又觉得自己是不应该有此非分之想的，黄晓龙的妹妹田爱云，才是更合适的。

站在田爱云坟墓前，她觉得战争就是这样残酷，转眼之间它就将人间的美好毁灭了！

朱艳从林间采来了一束丁香花，她虔诚地将这束花放在田爱云坟墓前面，她在心里说："爱云妹妹，愿丁香花开满你的坟头！明年春天，我会再来看你的！"

伪军金凤高被镇压后，日寇岩崎注意到活动在天马山的钱锦方部队的威胁在增大。自从内线钱宝昌被枪决，他失去了钱锦方的情报。为此，他让姚崇杰的侦缉队加紧搜集钱锦方部队情报。一天下午5时许，岩崎侦知钱锦方部队在泰来桥活动，即出动日伪军上百人前往袭击，将泰来桥团团围住。钱锦方闻讯后，立即将部队一分为二，趁天黑时进行突围。突围中，钱锦方的保镖牺牲了，钱锦方也负了伤，于是他就近隐蔽在河岸边的芦苇丛里。日伪军撤走后，他被泰来桥的群众救回村里，然而终因流血过多，不幸牺牲了。

庄世昌、余明等十分悲痛，他们和钱锦方在葑澳塘的妻子一起，将钱锦方葬在了天马山山麓。一个国民党部队的下级军官，在抗日烽火中，终于回归家乡人民和土地的怀抱！

第二十章

糖坊暴露，交通站夏辉被捕
珠葑博弈，放生桥岩崎失算

黄晓龙游击队对日伪势力构成了很大的威胁，岩崎命令福顺一定要消灭这一支游击队。福顺组织了几次对王家村营地的清剿，他们又杀人又烧火，采用法西斯的手段，对游击区的老百姓造成了很大的伤害。黄晓龙也不得不经常变换住地，用更灵活巧妙的办法与日伪周旋。

顾德欢在得知情况后，指示说，抗日形势总体上正朝着更有利的方向发展，不要被敌人表面的疯狂迷惑。他指示西浦工委书记陈雪涛，应进一步发展西浦的地方抗日武装斗争，积蓄力量，以迎接抗日战争高潮的到来。

三支队短枪队副队长徐友奇在浙东的一次战斗中负了伤。陈雪涛吸取邹勇的教训，让徐友奇去上海看了几次伤，即转移至江苏黎里，由糖坊“老板”夏辉安排在芦墟一个可靠的关系处养伤。一段时间后，徐友奇的伤渐渐痊愈了，他要求返回浙东。顾德欢指示陈雪涛，徐友奇在西浦县北面三家村一带有较好的群众基础，让徐友奇留在西浦组织游击小组。陈雪涛让骆阿荣将自己的亲笔信送去黎里。

黎里糖坊在镇城隍庙的庙脚边，方雅芬和夏辉以夫妻身份在这里办店，还有一位负责具体制糖工艺的师傅。骆阿荣来到黎里糖坊，将陈雪涛的亲笔信交给了夏辉。

夏辉原想亲自去一趟芦墟。但他着了凉正咳嗽得厉害，“老板娘”方雅芬说：“夏辉，你身体不舒服，还是我去吧。”

夏辉知道方雅芬做事稳妥，就同意方雅芬去一趟芦墟。临走时，夏辉对方雅芬说：“一路上千万小心。近来糖坊周边常有可疑人出现，看来敌人对我们已有所怀疑了。”

方雅芬说:“你放心,我会注意的。”说罢,方雅芬走出了糖坊。

事情正如夏辉预感的一样,糖坊已经被日伪军盯上了。他们从蛛丝马迹中,发现这个糖坊来历不一般,糖坊的老板更是可疑,于是派人在糖坊周围加紧监视。方雅芬一出糖坊,就有特务跟踪了上去。

方雅芬从庙脚边向南,一路来到河埠头,乘上了当天去芦墟的航船。船上的售票员沈苹过来,暗示方雅芬有特务在跟踪。

方雅芬镇静地坐在靠舷舱的座位上,假装观赏两岸的风景,心里不时注意着那两个跟踪的人。船行一小时后,到了芦墟镇了。

船靠上码头,乘客纷纷起身上岸。看到方雅芬要上岸了,两个特务也跟上岸。来到卡口,他们突然对卡口检查的伪军说:“抓住她,她是共产党!”

一听“共产党”,卡口上的伪军紧张起来。

两个特务向卡口的伪军亮出自己的证件。

方雅芬见情况不妙,乘机将陈雪涛的信吞进了肚里。

伪军抓住方雅芬,他们将她押到了镇绥靖所。

特务问:“你是做什么的?”

方雅芬说:“我是黎里开糖坊的。”

特务打量了一下方雅芬,说:“开糖坊的?我看你不像开糖坊的。”

方雅芬笑了:“这位长官,怎么不像呀?”

特务说:“你给我说说,糖是怎么做出来的?”

方雅芬来到黎里糖坊后,对糖坊的事总是亲力亲为。她虚心向制糖师傅学习制糖技艺,对蒸粞米饭、浸发大麦芽、磨麦芽浆、发酵、熬糖,等等,一应事务了然于心,她如数家珍地将制糖过程说了一遍。

特务听了,还半信半疑,问:“你来芦墟干什么?”

方雅芬说:“走亲戚。”

特务说:“亲戚是谁?”

方雅芬提到的亲戚名叫朱洪奎,是芦墟镇上的商人。他人脉广,关系多,徐友奇就隐蔽在他的家里。方雅芬报出了朱洪奎的名字。

特务都知道朱洪奎的大名,绥靖室主任让小特务去叫朱洪奎来,如果朱洪奎愿意保她,就放她走人。

一会儿，朱洪奎匆匆来了。看到“老板娘”方雅芬，朱洪奎说：“过房女儿，你怎么在这里？”

方雅芬说：“这几天糖坊生意清淡，想来看看寄爹。”

朱洪奎听了，一边给特务递烟赔礼，说：“哎呀都是自己人。”一边给绥靖室主任悄悄塞了几张钞票。

绥靖室主任对两个特务说：“都是自己人……你们去吃茶吧。”

在朱洪奎担保下，方雅芬总算被放行了。

来到朱洪奎家，见到徐友奇，方雅芬将自己被盯梢，无奈将陈雪涛的信“吃”了的事说了一下。

徐友奇说：“看来，黎里糖坊已经暴露了。我们得千万注意。”

徐友奇回到西浦后，见到了西浦工委书记陈雪涛，陈雪涛将顾德欢的指示传达给了徐友奇，并与他分析了目前西浦的形势。同时告诉他，卫九龄利用机会已经培训了一批骨干。

陈雪涛让徐友奇与卫九龄以此为基础，组织一支游击小组。

卫九龄是城北农村的一个青年，他是卫友余的本家堂侄，沦陷初与徐友奇在城北农村拉起一支武装，后被日伪军打散了，卫九龄就一直在大药房当伙计。

汉奸程恒昌到西浦后，唐行镇小西门外地痞邵仲良就拜程为师，成为程的心腹。程恒昌推荐邵投靠伪军袁英杰部队任营长，驻守漕港滩的港口。这里是袁英杰和程恒昌狼狈为奸，合伙捞油水的地方，过往的商船都要交税，而程恒昌走私毒品也可得到保护。

卫九龄与邵仲良关系热络，陈雪涛便指示让卫九龄打入邵仲良部。卫九龄人聪明，又有组织武装的经历，很快得到邵的器重和信任，被委任为营部副官。邵仲良为扩张势力，委托卫九龄筹建伪军第九连，并任命他为连长。陈雪涛指示他利用邵仲良扩建第九连的机会，借鸡生蛋，让我们的干部进入第九连接受军事训练，待时机成熟时再将队伍拉出来！

这时，伪县长兼西浦警察部队司令姚崇杰，为取得给养，投靠伪军第十师师长谢文达，成立伪军第二十旅，由周子文任旅长。由于邵仲良的港口税卡经济收入好，且对周子文贩运毒品、粮食等有较大限制，周子文便想拉拢邵仲良部队。但邵仲良不买周子文的账，双方剑拔弩张。袁英杰怕事情闹僵，便将邵部调防去太湖地区“清乡”。卫九龄趁伪军调防混乱，带了第九连中我们的干部撤了出来。

徐友奇与卫九龄见面后，将部队秘密隐蔽到城北三家村，在那里建立了一个游击营地。

徐友奇告诉陈雪涛，黎里的糖坊可能已经暴露了。陈雪涛让骆阿荣再赴黎里，通知夏辉撤离。

但已经晚了，黎里的日伪军突然查抄了糖坊，不仅在糖坊查出有关文件，还在楼上搜到了一支手枪，他们将“老板”夏辉逮捕了！

日伪军将夏辉押走后，派人守候在糖坊。

骆阿荣乘航船来到黎里，听说糖坊出事了，暗中侦察一下后，即返回西浦。

夏辉被捕时，方雅芬恰好外出送糖饴。得知夏辉被捕，她十分焦急，以为是自己的行为不慎，让糖坊暴露了。她要向上级汇报，但秘密战线都是单线联系，夏辉逮捕后，她无法找到上级联系人。无奈之下，她决定还是回唐行镇找老同学姜惠萍。

姜惠萍将情况汇报给了卫友余。方雅芬待在姜惠萍家，坐卧不安，十分关心夏辉的命运！

在黎里糖坊的“假夫妻”生活，让她更近地了解了夏辉。夏辉为人和气，生活俭朴，却有着理想，并愿为自己的理想而不惜牺牲。所以，在糖坊的日子里，他们三人的组合，就是一个战斗小组。作为组长的夏辉，对自己的部下关心体贴，特别关照他们做事要大胆，更要小心谨慎。作为“妻子”的方雅芬，对这个领导既敬重又感到亲切。现在，糖坊暴露了，夏辉被捕了，残酷的日寇会对他怎样，方雅芬不敢多想，她只急着想办法能早一点救出夏辉！

姜惠萍安慰她，说组织上正在想法营救，让她先不要焦急。

岩崎将中共西浦工委领导人之一的夏辉移押到珠葑镇守备部队。经过多次严刑拷打，夏辉却只字不吐。岩崎决定将他就地枪决，以杀鸡儆猴，恐吓西浦地区的抗日群众。

陈雪涛从内线得知这一情报，心想岩崎是蛇蝎之心，毒辣透顶。怎样才能粉碎岩崎的阴谋？陈雪涛感觉抢救夏辉既要志在必得又是事不宜迟。他马上找黄晓龙、朱艳、庄世昌、徐友奇等人商量营救办法。据珠葑镇共产党员关振刚情报，岩崎别出心裁地计划于端午节在放生桥上杀害夏辉，目的是借以威吓西浦的老百姓。陈雪涛说，在放生桥上进行营救，难度显然比陆地上要大得多。如果桥堍二端派兵堵住后，基本上就没有戏唱了。怎么办呢？大家一时陷入了沉思，会议室里静得只能听到时钟的“滴嗒”声。

黄晓龙忽然想起了一个人，说：“我有个办法，不知行不行？”

大家问：“什么办法？”

黄晓龙说：“我师傅姜志侠有个师兄叫俞一鹭，是珠葑镇人。他擅长在船上耍弄武艺，在小小的船舱板上踢打腾挪，一套拳打得出神入化，令人眼花缭乱。尤其是他有飞钢叉的绝艺，往年端午节时，放生桥两岸游人如织，他的快船从放生桥桥洞里穿过。他将手中的钢叉向空中一扔，只见那钢叉闪电般向放生桥上空飞去，人们大惊失色；放生桥上的游人更是三魂丢了七魄，以为那钢叉正对着自己飞来。说时迟那时快，钢叉到了放生桥顶上，竟然分毫不差地在人们头顶平飞而过。过了桥顶，即折身向下，自由落体直向河中坠落。这时，俞一鹭的快船不快不慢，刚好穿过桥洞，探身出桥洞之时，正是钢叉‘簌簌簌’落下之时。只见俞一鹭跃身而起，一把抓住钢叉，在空中来了一个美猴王似的造型，然后下落到船上，朝着两岸游人双手频频作揖。这时，两岸游人报以雷鸣般的掌声……”

徐友奇说：“我也听说过这个人，只是没有机会亲眼见过。”

朱艳说：“黄队长，你说这个人，与我们营救夏辉有什么关系？”

黄晓龙说：“我在想，放生桥北边井亭港一侧属于昆山市管辖，岩崎的防范重点一定会放在西浦这边。我们是否可以想办法在井亭港一侧民房里预先安排好狙击手。鬼子上放生桥行刑之时，我们可安排俞一鹭的拳船从对面的港中出来，敲锣打鼓向放生桥这边过来。鬼子不知发生什么情况，注意力一定会被前来的拳船分散。这时，我们的狙击手可将负责行刑的鬼子头目击毙。趁两岸大乱之时，混在人群里的游击队队员可从桥堍向桥上敌人开枪袭击。这时，就是夏辉最好的逃生机会，他可以从桥上向河中跳下，俞一鹭的拳船正好赶到，可以救了夏辉撤走。”

徐友奇说：“从桥顶上跳下去，一般人也不敢的。”

朱艳笑了笑，说：“此事看来黄队长有办法的。”

徐友奇问黄晓龙：“晓龙，你有什么好办法？”

黄晓龙说："在放生桥上救夏辉，这事有点危险，但我觉得，越是危险的事越有成功的可能。因为一般人都认为不可能，就会放松防范，这叫险中求胜。"接着他又说："我会安排一个人，这个人水性好，胆子大，到时候可抱起夏辉一起跳。"

徐友奇说："这个人是谁呢？"

黄晓龙神秘地说："天机不可泄漏！"

陈雪涛听了黄晓龙的方案，沉思了一下说："这个办法可以一试，但大家再想想，让这个方案更加周全一些！"

黄晓龙所说的"天机不可泄露"，其实背后涉及一段故事。

原来，黄晓龙的妹妹黄小凤因父母养不起她，托人将她送到唐行镇的一家豆腐店做了童养媳。小姑娘生得眉清目秀，皮肤出奇的白，所以左邻右舍就给她一个绰号，叫她"小白菜"。久而久之，大家都这样叫她，她的本名倒被忘记了。"小白菜"的婆家虽然殷实，但她依然勤奋持家，小小豆腐店日子过得蛮好。婆家曾给"小白菜"上了几年学，但后因店里忙，就让她辍学了。其实婆家还有另一层心思，怕她书读得多了心会野，心一野，婆家就收不住她了。这样，"小白菜"辍学后就帮婆婆家学做豆腐，起早摸黑，也是很辛苦的。但"小白菜"生性聪明，手脚伶俐，做啥像啥，所以婆婆对她有所忌讳。领养童养媳的人家，既怕童养媳愚笨不能持家，又怕童养媳太过聪明留不住她。"小白菜"的婆婆就是这种心理。空闲时，"小白菜"喜欢看书，因此倒是蛮有主见。她和邻居小姐妹董桂香关系很好，两人谈得来。有空暇时，就在一起说悄悄话。女大十八变，到十六七岁时，她们的思想活跃起来，看到日本鬼子在中国横行霸道，竟也想参军打鬼子，于是萌生去投新四军的念头。两个小姑娘越说越激动，她们渴望新的生活，对远方产生无限美好的向往。

董桂香说："我们去投新四军抗日。"

"小白菜"赞同地说："我们去投茅山的新四军。"

董桂香说："我也这么想，那边的新四军有个陈毅将军，他的诗写得那么好，肯定是个能人。"

她们真的行动起来，"小白菜"和董桂香约好后，在一个下午偷偷乘上了去上海的汽车。她们打算先去董桂香在上海的一个亲戚家，然后再去找新四军。两人满怀兴奋和好奇地离开了自己的家，这是一种冒险和探索，充满着新奇和刺激。当晚，她们在董桂香的亲戚家住了下来。当时，上海难民所常常组织有志青年去皖南新四军根据地参加革命，一拨一拨的青年由此走向了抗日的队伍。她们或许是在哪本杂志上看到了这样的消息，因而也产生了这样的想法。亲戚热情地接待了她们，当晚她们安安稳稳地睡得很好，或许还做了一个好梦，梦见她们找到了介绍人，介绍她们来到了大山里的新四军部队，部队首长热情地接待了她们……正在她们还在梦中的时候，亲戚家响起了一阵急促的敲门声。亲戚开门一看，原来是董桂香的母亲来了。母亲问亲戚："我女儿来你家了吗？"亲戚让母亲进屋，一脸焦急的母亲又问："我女儿……"亲戚笑着说："别急别急，有话慢慢说。"母亲显然寻找了一晚上，女儿失踪，这兵荒马乱的，这叫母亲怎么不急啊！亲戚对着房间努了努嘴说："放心，在睡觉呢。"听亲戚这样一说，母亲就宽下心来了。她长吁了一口气，说："真的吓煞我了！"

"小白菜"和董桂香离家出走，让两家的大人都吓呆了。

听到响声，"小白菜"和董桂香从梦中醒来了，她们发现没有来到大山之中，耳边响的不是首长的声音，而是董桂香母亲的声音。她们一听声音，知道事情暴露了。她们起床后，董桂香的母亲就进房间来了，她痛斥女儿没有良心，又是骂又是怜惜地诉说着对她的埋怨。在母亲的爱恨交织的劝说下，董桂香只得放弃了原来的计划，跟着母亲回家了。她问"小白菜"："你怎么办？"

董桂香母亲说："小白菜，你婆婆昨天骂死你了，骂你没有良心。她还放出狠话，算白养了你几年，你前脚进门就打断你的前脚，后脚进门就打断你的后脚。你怎么好自说自话离家出走呢？"

作为一个童养媳，"小白菜"的离家出走不会像董桂香那样得到母亲的原谅，她知道婆婆是不会原谅自己的。她不能回到家里去了。但自己一个人，在偌大的上海，举目无亲，她能去哪儿呢？于是"小白菜"说："我和你一起回唐行镇吧。"

这样，"小白菜"随着董桂香回到了唐行镇。

她们在闺房里策划的行动宣告失败了。

董桂香被母亲带回了家里，"小白菜"却有家不能回。

去哪里呢？小白菜想起珠葑镇上有她一个老亲。无奈之下，“小白菜”想去投珠葑镇的老亲。但“小白菜”不知道，珠葑镇老亲早已家破人亡。

在一棵老杨树下，她茫然地徘徊着，正在不知所措，忽然听到了一个熟悉的声音：“‘小白菜’——”

“小白菜”回头一看，一个穿伪军服的青年在叫她。仔细一看，她发现此人就是唐行镇看粪池老人的儿子叶土金。

叶土金人高马大，他问“小白菜”：“你怎么在这里？”

“小白菜”反问：“你怎么……当伪军了？”

叶土金说：“混饭吃呀。”

“小白菜”知道叶土金家境贫困，弟兄又多。

叶土金好奇地说：“你来这里有什么事？”

“小白菜”摇摇头：“没有事。”

“没有事，那你来这里？”叶土金知道“小白菜”是童养媳，平时婆阿妈管得蛮紧的。

这时，“小白菜”只得对叶土金说：“土金哥，你帮我想想办法……”“小白菜”呜咽地哭了起来。

“你说，遇到什么事了？”叶土金生性善良，急着安慰她：“不要怕，有我呢！”

“小白菜”就把自己的事一五一十地告诉了叶土金。

叶土金听了，批评“小白菜”不应该做事这么莽撞，劝她还是回家去。“小白菜”说，婆婆放了狠话，不要她了。

“土金哥，你帮我想想办法啊！”

叶土金在珠葑镇上有一间小屋，他外婆去世后一直空着，母亲说这间屋给他以后成家的。于是，他就让“小白菜”在这间小屋暂住下来。一来二去，叶土金本来对“小白菜”有好感，“小白菜”也感到叶土金淳朴善良，于是二人就住到了一起。

叶土金在伪军中当差，“小白菜”要他做事有良心，不要做坏事。叶土金自然一口应承。

有时，叶土金回来垂头丧气的，“小白菜”便问他：“你怎么啦？”

叶土金说：“没有什么啊。”

“小白菜”说:“那你怎么给我一副哭出呜拉的面孔(上海方言,哭丧着脸)?”

叶土金悄悄说:“死了好几个弟兄。”

“小白菜”说:“咋啦?”

叶土金说:“你不知道,近来三支队又活跃起来了。他们去乡下征粮,回来遭到三支队袭击,大米被抢去,几个兄弟也一命呜呼!”

“小白菜”听了,拍手称快:“太好了,三支队打得好!”

叶土金吓一跳:“你怎么这样幸灾乐祸?”

“小白菜”说:“米是农民种出来的,被日本人抢去了,农民还有吃的吗?”

叶土金白了一眼“小白菜”:“这话在家里说说不要紧,让人听见会找麻烦。”

“小白菜”说:“我不怕。日本人抢中国人的粮食,吃了中国人的粮食再来打中国人,太坏了!”“小白菜”又提醒说,“土金,你穿这身衣服,为日本人做事,心要向着中国人啊。”

叶土金说:“我知道——”

这个叶土金,在“小白菜”的影响下,良心未泯。他只是为混口饭吃而加入了伪军,看到日本人对中国人的烧杀抢掠,心里也渐渐产生了厌恨。

一天,叶土金回到家里,对“小白菜”说:“珠葑镇押来了一个抗日的共产党领导人,此人是珠葑镇的,日本人要在放生桥上执行枪决。”

“小白菜”问:“知道叫什么名字吗?”

叶土金说:“夏辉。”

“小白菜”问:“阿有几岁?”

叶土金说:“反正年龄不大,看上去比我们大不了几岁。”

“小白菜”惊讶:“你认识他?”

叶土金说:“我怎么会认识他呀……告诉你吧,我也在守备队的楼房看守他。”

“小白菜”说:“我们珠葑镇上的老亲,好像也姓夏。”

叶土金开玩笑说:“弄不好是你老亲家的人也说不定。”

“小白菜”说:“姓夏的人家不多,有可能的。”

叶土金叹口气说:“这年头死人不稀奇,命不值钱啊。”

“小白菜”说:“如果真是老亲家的人,我要去刑场看看的。”

叶土金阻挡:“有啥看头,当心被日本人吃家生(上海方言:殴打)。”

“小白菜”说:“你们这些男人不像男人,怕死鬼!”

叶土金说:“关键辰光男人也不惜命的!”

“小白菜”说:“你们是在为日本人卖命呢!”

叶土金有口难辩:“好了好了,说不过你!”

正在这时,“小白菜”听到有“咚咚”的敲门声。

这么晚了,是谁呀。

叶土金去开门,进来的人让“小白菜”吃了一惊。

“小白菜”说:“哥,你怎么……这么晚才来?”

来人不是别人,是“小白菜”的哥哥黄晓龙。原来,黄晓龙那天从朱艳这里得知妹妹黄小凤是送给了一家豆腐店,心里按捺不住,便去了一趟县城。县城里有三家豆腐店,他一家一家地寻找,终于在北门街问到豆腐店里有个绰号叫“小白菜”的姑娘。黄晓龙正好问到了董桂香,董桂香听了黄晓龙的叙述,吃准黄晓龙说的妹妹就是“小白菜”。于是董桂香将“小白菜”的事一五一十地告诉了黄晓龙。黄晓龙怎么也想不到,自己妹妹竟然不敢回婆家,不得不嫁给了一个伪军!他问清地址,找到了在珠葑镇上妹妹的住处。那天,兄妹相见,两人不由得抱头痛哭。黄晓龙告诉妹妹家中遭遇“三煞”的事,“小白菜”告诉黄晓龙自己欲投新四军失败后,婆婆家不能回,无奈之下与叶土金一起生活的事。

黄晓龙从妹妹处知道,叶土金是个好人,当伪军只是为混口饭吃。

那天傍晚,叶土金回来,“小白菜”将哥哥前来的事告诉了他。

这时,“小白菜”说:“哥,你怎么这么晚才来?”

黄晓龙说:“哥有点事来找你。”

“小白菜”对叶土金说:“这就是我哥。”

叶土金就叫了一声:“哥!”

黄晓龙这次要组织突击队营救夏辉,在研究营救方案时,黄晓龙想起妹妹的丈夫叶土金是珠葑镇的伪军。他知道叶土金是被迫当的伪军,为人朴实厚道,而且也从妹妹处知道他是个游泳好手。当年他家管理粪池,每天有许多粪船前来装运大粪。夏天时，叶土金帮助舀好大粪，总要跳到江里去洗澡，并很快学会了游泳。由于他力大，游泳技术也不错，所以在游泳比赛中总能拔得头筹。

黄晓龙向叶土金打听夏辉的情况，叶土金将知道的情况告诉了黄晓龙。

黄晓龙说："夏辉是好人，我们正在想办法救他，希望你也能助一臂之力。"

"小白菜"对叶土金说："土金，救人一命，胜造十级浮屠！"

叶土金说："日本人看守很严，营救可能有点……"

黄晓龙说："我们想想办法，办法总会有的！"

"小白菜"说："土金正好也在看守，你要土金做啥事，哥你说。"

黄晓龙让叶土金争取参加行刑队，到时如此这般。

"小白菜"说："土金，这是为中国人做好事！"

叶土金说："哥看得起我，我一定配合！"

黄晓龙说："好的，太谢谢你了！"

为了掌握岩崎的确切情报，黄晓龙想到了方雅芬。

方鸿飞是岩崎身边翻译副官，为了确保营救成功，黄晓龙需要岩崎杀害夏辉的确切方案。怎么才从方鸿飞这里得到情报呢？他思来想去，觉得只有让方雅芬出手一试。

方雅芬对她父亲，一直怀着一种很复杂的感情。她对父亲是了解的，父亲自小就疼爱她，把她视作掌上明珠。但自从父亲为鬼子做事后，他对鬼子卑躬屈膝，阿谀奉承，丧失人格，她就对父亲很不屑。面对日本鬼子杀害中国同胞，方雅芬不相信父亲会无动于衷，但一旦上了贼船，他就身不由己了。人生的关键抉择，往往会影响一个人的一生。同镇的张桂芝，岩崎要他当维持会会长，他毅然拒绝了，关键的时刻，张桂芝做出了一个中国人正确的选择。她父亲是一个数学老师，因为懂日语，岩崎要他做日军的翻译。在这种情景下，父亲有两种选择，一种是出卖良知，昧着良心为岩崎做事；一种是拒绝，但父亲的拒绝就意味着灾祸的降临。二者之间，父亲选择了苟活！从理性上方雅芬是批判父亲的选择的，但从感性上，她感觉父亲也是被命运逼到了绝处。她既痛恨父亲的选择，又原谅父亲的选择。在这样两种情感的交织中，方雅芬一直回避着父亲。直到接受组织的特别任务后，方雅芬出走后第一次踏进了自己的家。

这个曾经温馨的家，现在已变得冷冷清清。她的母亲因为长期忧郁而离世，但在父亲的房间里仍挂着母亲的遗像。她知道，父亲没有再娶，而是一个人独自生活。傍晚时，方鸿飞回到自己家来了。他总是很准时地回到家里来，每次回来后，总要在沙发上静坐一会儿，让自己的心灵休憩片刻。这时，他会想想一天里做的事，如果有什么对不起自己灵魂的事，他会对着妻子的遗像作一番自我谴责，以求得妻子的谅解和灵魂的安静。方鸿飞回到家，却突然发现家里还有一个人，他吃了一惊，竟是自己的宝贝女儿回来了。他不由得转惊为喜："雅芬——你，你回来了？"

方雅芬生气地说："你不要我回来吗？那我就走！"

方鸿飞说："哪里哪里，爸是盼着你回来啊！你妈去世后，你不知道爸有多孤独啊！"

"雅芬，你今天回来……有什么事？"

方雅芬说："有点事……不，没有什么事。"

见女儿欲说又止的样子，他知道她有什么事而不能说。为了打消女儿的顾虑，他说："雅芬，在家里，有什么事不能对爸说啊？"

方鸿飞一直自己叫自己爸，因为自从他为岩崎做事后，女儿就不再叫他爸了，方雅芬用这种方法表达着自己的态度。方鸿飞知道女儿的态度，他为自己的选择导致失去亲情而坦然接受了这个事实，时间久了他也就麻木了。今天看见久别的亲生女儿，作为一个父亲，久久丧失的亲情一下子复苏了过来。他希望得到女儿的谅解，希望女儿能够甜甜地叫他一声"爸"，就像她小时候那样叫他。但女儿回家后没有叫他"爸"，他只能自己称自己为"爸"，以此表达着父女之间的关系和自己对亲情的渴望。

方雅芬看了看自己的父亲，她觉得这样一幢冷清清的房子，住得虽然宽舒，然而像住在一个坟墓里差不多，她不由得同情和怜悯起父亲来。

方鸿飞特别想知道，女儿投奔三支队后，一直失踪，现在突然回来，她遇到什么难事了吗？

他试探地问："雅芬，这些日子……你怎么过来的？爸真为你担心。"

方雅芬见父亲问，就说："没有被日本人杀死，就算托了祖宗的福了！"

方鸿飞说:"'大扫荡'前,我让姜惠萍叫你回来。"

方雅芬说:"谢谢你的关心! 我一个人回来,我不成了贪生怕死的逃兵吗? 我宁愿死,也不做逃兵!"

女儿话中有话,方鸿飞听了脸上有些尴尬。但他不能向女儿泄露自己的真实身份,以表示自己的清白。自从担任谍报人员后,他就做好了被世人甚至亲人误解的思想准备。周云翼牺牲后,方鸿飞就失去了与上级的联系,现在一切只能按习惯和自己的良知去处理。

今天,他不奢望求得女儿的谅解,但他想知道女儿经历中的谜团。三支队虽然突围成功了,但遭受了重大的损失。女儿能活着回来,已是上上大吉了。女儿落入许金生手中后,蒋孝慈将她送了回来,他为此欠了蒋孝慈一个很大的人情。他以为经过了"大扫荡"的刺激,女儿再也不敢往外乱闯了,谁知道她好好地待在姜惠萍家里,却又不辞而别了! 为此他不得不在报上刊登了与女儿断绝父女关系的启事。

方雅芬叙说了"大扫荡"中日伪军没有人性的大烧杀,还说了失散后钱老太救她之事。

这些事,方鸿飞听了,一时心情难平。

方鸿飞说:"雅芬,你今天回来,是不是遇到什么难事? 我能帮上忙吗?"他的话语中带着一丝讨好女儿的意味。

"只要你愿意,能帮上忙的。"方雅芬回答道。

"什么事?"方鸿飞急着问。

"我的一位同事,被日本人抓了。"

"他做什么事啦?"方鸿飞追问道。

"我们在黎里开了一家糖坊,做着小本生意。"方雅芬解释道。

方鸿飞听女儿这样说,心里明白了。他知道女儿说的做"小生意",实际上是在为三支队做事。共产党就是以种种方式掩护进行抗日活动的。女儿不透底,他也不便再问。他转而问道:"他叫什么名字,现在什么地方?"

方雅芬听父亲这样说,心里不由一阵高兴。她高兴的是,父亲的良心还没有完全泯灭! 于是,她轻声地说:"他叫夏辉,现在珠葑镇守备队被关押着……"

方鸿飞沉思一下:"我知道了,我会尽力的。"

方雅芬说:“爸,我等你的消息。”

这天晚上,方鸿飞听到了女儿久违的一声“爸”。

这一天终于来了。这一天,刚好是农历五月端午节。

放生桥边站满了当地的人,有的是商家的,有的是渔家的。岩崎将靠近放生桥两岸的房屋都派了兵守住了,进入放生桥区域的人也被一个个搜身。幸亏黄晓龙已在北岸井亭港挑选了一处民宅,这家民宅有一个隐蔽的天窗,是夹层的,开启后正对着放生桥。虽然放生桥较为高大,民宅的窗口从高度上没有优势,但大致持平。黄晓龙预先安排一名狙击手潜伏这里。在两岸桥堍处,黄晓龙挑选的队员假装成茶客在茶庄里喝茶。他们进入卡子时都不能带武器,但他们早将武器预先藏在茶庄里了,进入卡子后又将手枪藏回了身上。

黄晓龙和朱艳、徐友奇、庄世昌以及队员们一样,都混进了茶庄。

能不能救下夏辉,黄晓龙心里没有底,因为刑场情况瞬息万变,如果敌人发现有人劫法场,他们一定会改变方式,这样事情就糟糕了。

终于,夏辉被鬼子五花大绑着,由一队鬼子和几个伪军押着来到了放生桥南桥堍。这几个伪军中,有一个是黄晓龙的内应,那就是叶土金。叶土金身材高大,为人朴实,鬼子很信任他,让他成为夏辉的看守员,这次也是行刑队员之一。

中共党组织已通过叶土金,将组织营救的消息告知了夏辉。

夏辉早已做好了牺牲的准备。他知道敌人是狡猾的,营救行动很可能会失败。自在三支队党训班学习加入党组织后,他就做好了牺牲的准备。这次在家乡牺牲,也是他的光荣和骄傲。所以,来到放生桥边,他看到两岸人头攒动,无数的乡亲们都在关注着他,他知道他的牺牲一定会激起乡亲们对日寇更大的仇恨!他知道那人群里有他的许多同志,为了营救他,他们冒着生命的危险来与敌人展开这一场生死决战,他感谢他们!

放生桥高高大大的,当夏辉被敌人押着从一级级台阶走上去时,他是很感慨的。他想起小时候他和玩伴们就是从这一级级石阶上爬上去的。那时他人小,爬上高高的放生桥,他感觉好像在爬到天上去,爬到白云的边上去似的。他是从爬上放生桥而看到了更广阔的世界!现在,他竟然要在放生桥上与人世告别！

这时，日寇首脑岩崎出现了！

他在一群鬼子的簇拥下，来到了江南水乡的这一座放生桥上。

夏辉看到了这个日酋，这个侵略中国的鬼子头目，为了震慑中国人，他要来屠杀抗日的志士了。但夏辉坚信，日本鬼子的日子是不会长久的。江南水乡的这一座放生桥，经历了几百年的历史，经受了多少的风风雨雨，它看到了许多的人间演变，它也一定会看到日本鬼子失败的一天。所以，人们看到了夏辉坚定的目光，对敌人轻蔑的目光，视死如归的目光！

岩崎显然也看到了夏辉的目光，这是一种不可屈服的目光，让他胆战心惊。岩崎气急败坏地大叫着："行刑！开始行刑！"

岩崎的话音刚落，漕港河前面港汊的小河里，一连驶出了三条拳船，拳船上飘扬着带状的五彩招风旗，在河风的吹拂下发出猎猎的风声。船首的舱板上，头扎彩巾的船拳手猛击着几面大鼓，鼓声"咚咚"地响着，像是激越的战鼓，声震云霄。这奇异的一幕，让所有的人都惊奇了。岩崎看到三条拳船，也呆了一呆，怎么会有拳船出现？他正要发作，突然从北岸传来了一声激烈的枪声，这枪声是直接向他而来。久经沙场的岩崎发现远处的拳船时就感觉情况不对，要出事。因此，当远处的枪弹凛凛然地向他逼近时，他本能地来了一个躲避的动作，他顺势往下一矬。于是，那逼近的枪弹从他的耳边擦过去。他还没有站起来，又一声枪响接踵而至。这一回他没有来得及再矬，明晃晃的子弹直接钻进了他的胸口。周围的鬼子慌了，岩崎屏住疼痛，大声地叫嚷："行刑，行刑！"他的声音未落，负责行刑的鬼子正要朝夏辉开枪之时，他们面前出现了一个匪夷所思的情景：一个身材高大、穿着伪军服的人突然抱住夏辉一跃而起，两人一起飞了起来，像飞鸟一样飞出了放生桥一侧的石栏，向着一片虚无的水中飞去……

这时，放生桥两侧桥堍处，霎时间响起了炒豆般的枪声。黄晓龙、朱艳、徐友奇和庄世昌率着他们的队员，在两侧桥堍向桥上开枪。而被人抱着跳下漕港河的夏辉，这时早进入河水中，他们被及时赶到的拳船救起，那船马上又掉头向远处疾驶而去。

这时，一阵尖厉的哨声响起，增援的鬼子来了，岸上的人群早已四散，被流弹打着的人在地上留下了一摊摊血迹。

黄晓龙见夏辉已被拳船接走，命令队员撤出战斗。他们穿梭在密如蛛网的街巷中，分头撤离了现场。

岩崎在放生桥被击中胸部，受了重伤，被日军转送沪上医院救治。作为岩崎翻译官，方鸿飞在这次营救夏辉的过程中，暗中助了一臂之力。他将岩崎放生桥枪杀夏辉的方案通过方雅芬告知了三支队，使黄晓龙获得了确切的情报。同时，“小白菜”的丈夫叶土金的出手相助，也为营救夏辉的行动增添了重要力量。

夏辉被营救后，上级将夏辉、叶土金、方雅芬、“小白菜”撤离到浙东根据地。

在这次营救活动中，方雅芬可以说是立了大功。她从父亲方鸿飞那里获得了岩崎处决夏辉的具体计划，让黄晓龙从而商量出了一个与之相应的对策，使营救行动得以成功。她知道这个情报对于此次行动具有关键的作用，原本她对自己父亲是不抱希望的。但面对没有真实可靠的情报就无法保障的营救行动，她还是决定试一试，去找她的父亲寻求帮助。

事后，方雅芬反复回想，为什么明明不能完成的事她竟然完成了呢？方雅芬不禁猜测，是不是父亲良心发现而下意识做了这一件事？是不是她对自己父亲还不甚了解？她离家出走时，父亲将坂田次郎要娶她为妻的消息告诉了她，他知道她的性格和态度，告诉她的目的是不是在向她示警？当日寇要对游击区进行“大扫荡”时，他几次三番找到她的闺蜜姜惠萍，他要姜惠萍通知他的女儿，说她的母亲病了要她赶快回来，虽然他没有明说日寇要“大扫荡”了，但聪明的姜惠萍一听就听出了意思，他是不是在用这种婉转的方法，将日寇要“大扫荡”的消息“泄漏”给姜惠萍？这一次提供情报，显然不仅仅是看在女儿的面上而如此作为，他是真的在暗中帮助三支队吗？方雅芬一时自己也给弄糊涂了，是不是她真的误解了自己的父亲。作为女儿，她希望父亲没有泯灭良心。方雅芬隐隐觉得，她原来切齿痛恨的父亲，或许并不真实，或许她的父亲被一层厚厚的迷雾笼罩住了！

第二十一章

利欲熏心，日伪斗法黑吃黑
尔虞我诈，好戏连台狗咬狗

伪县长姚崇杰是江苏省伪省长高冠吾的高徒。身处乱世，他与他的老师一样，选择了一种多面人生的活命哲学。他追随老师高冠吾投敌做了汉奸，担任西浦伪县长之后，鞍前马后，受到上海日寇总部的表彰。岩崎全力扶持姚崇杰，策划成立了西浦武装警察部队，由姚崇杰任司令，下设四个大队，并成立侦缉队，组建了情报网，这些都成了维新政府的重要支柱。姚崇杰也不辜负岩崎的期望，协助日军岛田部队“扫荡”屡屡建功，治理地方也颇有成绩。岩崎对姚崇杰的政绩很满意，在《新西浦》报上发表告民众书，一面鼓吹“中国和日本是东亚最近的邻国，同种同文，是很亲密的”，一面表彰姚崇杰，“维新政府是日本天皇最为信任的政府，西浦县公署是维新政府治下的机构，成绩焕然可观。姚知事的努力精神、复兴建设、招抚流亡，为江南各县之冠，希望民众们服从贤县令的施政……”

后来，姚崇杰为了多吃粮饷，与周子文策划将伪西浦警察部队改编为伪军暂编第十师二十旅，他兼二十旅顾问，周子文任二十旅旅长。程恒昌被日寇升任上海市伪中华工人福益会会长，兼西浦县公署顾问。于是，姚、程、周三人成了西浦地区一个“铁三角”。但“铁三角”并不是铁板一块，他们相互之间以及与主子日寇之间始终勾心斗角、矛盾重重，并最终引发了浪人事件。

蒋百庆原是周子文自卫团的勤务兵，他是唐行镇当地人。在姜惠萍的影响下，他的思想觉悟有了提高，对日伪的行为也就越来越看不惯了。并入

二十旅后，蒋百庆被编入了伪军连队。由于人缘好，他在伪军兄弟中有一定威信。不久，蒋百庆在城南卡子上值班，突然有两个日本浪人从珠葑镇回上海，途经城南卡子。蒋百庆上前拦住了他们。他早知道这些日本浪人在中国没有少做坏事，他们明目张胆贩卖粮食和毒品，毒害中国老百姓，大肆攫取钱财，还以做生意为名刺探情报，干着特务的勾当。蒋百庆上前拦住这两个日本浪人，要检查他们车上的物件。

日本浪人亮出特别通行证，在蒋百庆面前晃了一晃，想开车离开。看到日本浪人一副傲慢无礼的样子，蒋百庆不吃他们这一套，他按照旅部规定，坚持要检查车子。

这时，一个日本浪人下车来，二话不说照着蒋百庆就是一拳，嘴里还“叽里咕噜”地骂着粗话，然后钻进车子扬长而去了。

蒋百庆没料到日本浪人会来这一手，一时迟疑，没能反应过来，日本浪人的车子已一溜烟地开远了。

真是吃了哑巴亏，有苦没处诉！

一起的兄弟劝蒋百庆：“算了，譬如老子被儿子打了！”

蒋百庆对着日本浪人的车影骂道：“杀坯！下次遇到老子，要你好看！”

蒋百庆被日本浪人拳打的消息传到旅长周子文耳朵里，周子文为此来到蒋百庆所在的营房视察。伪军连长正在进行操练，看到旅长大人到，连忙集队请旅长训话。

周子文站到队伍前面，对伪军的操练夸奖了几句。但他今天来的本意，不是来看操练的。他借着蒋百庆被打的事件，要对弟兄们说几句掏心窝的话。

蒋百庆原是他的勤务兵，周子文自然熟悉。这时，他站在队列前，故意大声问道：“哪一个蒋百庆，蒋百庆在吗？”

听旅长问到蒋百庆，连长吓了一跳，他知道蒋百庆被日本浪人打了，事后他对蒋百庆安慰了几句。现在旅长问到蒋百庆，他知道蒋百庆这祸闯大了，得罪了日本人，就是旅长也担不起的啊。他估计旅长来问罪了，见蒋百庆在队伍里不动，大声吼道：“蒋百庆，你耳朵聋了，没听见旅长叫你？”

蒋百庆知道是祸躲不过，朝前跨出一步，大声应道：“蒋百庆在这里！”

全连的伪军都为蒋百庆捏了一把汗，他们知道蒋百庆这下要倒霉了。

周子文朝着蒋百庆喊道:“蒋百庆听好,朝前三步走,向后转!”

周子文见蒋百庆朝前走了三步,向后转,面对着全连官兵了,就放大声音说:“大家以为我今天是来批评蒋百庆,告诉大家,今天我不但不批评蒋百庆,我还要表扬他!为什么呢?因为他代表我们二十旅执行缉查任务,不管是谁,在我们的卡子经过,我们就要执行好任务!如果有不法商人走私,我们就是要缉拿他问罪!蒋百庆为了执行任务,遭了打,受了委屈,所以我要当着弟兄们的面,表扬他,蒋百庆是好样的!”

周子文表扬了一通蒋百庆,还真让全体弟兄出乎意料。

结束后,大家围着蒋百庆,纷纷说:“今天周旅长亲自来表扬你,这一拳也挨得值了!”

事后,蒋百庆去了姜惠萍的“源泰禄记”水果地货行。

蒋百庆有事无事总会来姜惠萍的行里坐一会,行里的伙计也习以为常了。姜惠萍拿了一包瓜子,让他一起嗑瓜子。

蒋百庆一边嗑瓜子,一边感慨地说:“姜老师,西天出日头了。”

姜惠萍笑笑说:“发生什么事了?”

蒋百庆就把周子文表扬他的事一五一十地说了一遍。

姜惠萍听了,沉思半晌说:“这两个日本浪人不一般,他们是程恒昌手下的人。这程恒昌是日本人的红人,所以这两个日本浪人气焰嚣张,即使你们连长也不敢得罪。”

蒋百庆说:“周旅长好像对日本人也不怎么样。”又说:“弟兄们都知道,周旅长和姚县长也在暗中经营粮食和毒品生意,这是秃子头上虱子——明摆着的。”

姜惠萍说:“日本浪人是程恒昌的人,周旅长来表扬你,可见周与程有利益上的矛盾。他是希望你们为他守住西浦这块地盘。”

蒋百庆说:“他让我们弟兄顶在杠头上,与日本浪人针尖对麦芒!”

姜惠萍说:“我看总有一天,他们会狗咬狗。”

蒋百庆抱怨说:“看着日本人嚣张的样子,我这身狗皮早不想披了,真咽不下这口恶气!”

姜惠萍劝道:“你在伪军中只要做对老百姓有利的事,就对得起中国人的这颗良心了。”

蒋百庆说：“姜老师，蒋百庆其他没有，这颗良心还是有的。”

那天，又轮到蒋百庆在城南卡子值班了。下午三点钟辰光，蒋百庆发现青沪公路从西向东又驶来一辆小车。小车驶到卡子前，蒋百庆和另一个弟兄上前检查。

蒋百庆发现车内的两个人面熟，就是上次扇他耳光的那两个日本浪人。真是冤家路窄！

蒋百庆例行公事，要求日本浪人下车接受检查。

一个浪人傲慢地将证件在蒋百庆面前晃了晃。

那个弟兄堆着笑脸说：“请下车检查！”

那个日本浪人蛮横地要求让开通道。

蒋百庆见日本浪人蛮横不讲理的样子，一肚子火升了起来。

日本浪人启动车子企图硬闯卡子。

蒋百庆拦到车前，命令日本浪人下车。

日本浪人才不管你蒋百庆，一个浪人示意另一个浪人冲轧蒋百庆。

这一细微动作，早被蒋百庆看在眼里。他怒从心头起，顿时拔出手枪，朝着那个日本浪人就是一枪！

中国人竟敢当众打死日本人！另一个日本浪人见状大惊失色，他从车内钻将出来，磕头如捣蒜似的请求蒋百庆饶命。

蒋百庆开了枪之后，才发现自己杀了日本浪人。他知道自己这下闯了大祸，但他并不怕，一口恶气终于出了！

另一个日本浪人还在磕头求饶，蒋百庆教训他不可如此猖狂。

日本浪人说：“不敢了，长官饶命！”

于是蒋百庆放了这个日本浪人。

日本浪人得了一条生路，如丧考妣，开了车一溜烟地逃走了。

这个日本浪人直奔日军沪西大本营，向日军驻沪西部队头目哭诉，谎称西浦伪军叛变，不但开枪打死日本商人，还将西浦城内守卫日军围困。

日军驻沪西部队头目一听，这还了得，立即调动一批日军，分乘两辆大卡车，一路向西浦驶来。

气势汹汹的日军入城后立即包围了西浦伪军二十旅司令部。

这时，有正义感的伪军军官和士兵已得到消息，他们上屋架了机枪，子弹上膛，准备与前来的日军拼个你死我活。

大队日军包围了二十旅司令部。

伪县长兼二十旅顾问姚崇杰闻讯急匆匆赶到现场。

姚崇杰对日军官堆着笑脸说："误会，误会了！"

日军官要伪军将枪架起，然后离身后退。

然后让姚崇杰一起查验枪支。

结果发现枪支多已子弹上膛，日军官对姚崇杰说："这是兵变！"

日军立即收缴了旅部机关全部枪支弹药。

伪旅长周子文等三十多名旅部官佐被捆绑装上军车。

日军车开到吴家巷虹桥机场附近，将二十旅军官全部用刺刀戳死埋掉。二十旅下属的伪军官也被一一抓获处理，有的被枪毙，有的被镣死①。

蒋百庆知道"祸"是自己闯的，自己终究逃不了干系，于是悄悄脱下伪军服，换了便服，由姜惠萍安排去了黄晓龙部队。

浪人事件让二十旅全部解体，日寇调来江苏省伪保安第七大队接防。这一事件震动了西浦地区。此事发生后，伪县长姚崇杰回到家里坐卧不安，作为二十旅顾问，他的颜面扫地！

姚崇杰对岩崎身边的翻译方鸿飞一直注意搞好关系，方鸿飞给岩崎说些什么，这对姚崇杰来说太重要了。所以，他平时有事无事总要叫方翻译到他的县知事公署办公室坐坐，聊聊天，一方面沟通感情，一方面也可从方鸿飞这里了解岩崎的动态。临走时，姚崇杰也总忘不了给方鸿飞这样那样的"小意思"。这些天，由于岩崎负伤后在上海治疗，方鸿飞似乎有些清闲。出了浪人事件后，他就直接来到姚崇杰的办公室。

看到方鸿飞前来，姚崇杰热情起身迎接，一边泡茶一边问："机关长伤势好些了吗？"

方鸿飞早就感觉到了姚、周与程恒昌之间矛盾很深，这次二十旅被解

---

① 镣死：镣是系足的刑具，"镣死"即通过戴镣致死。

体，出乎任何人意料，让他预感到接下来姚崇杰与程恒昌之间必然势如水火。

两人从岩崎的伤谈到了此次所谓“兵变”，姚崇杰大喊冤枉，说如果岩崎机关长在，不至于会发生这样的事。因为，岩崎是了解他的，也是了解周子文的。

方鸿飞表示赞同，说：“岩崎先生在，一定不会发生这样的事。”

于是两人又说到程恒昌。方鸿飞知道，虽然程恒昌挂着县知事顾问的头衔，却从不与姚崇杰商量公务，有事直接找岩崎，或直接找上海日特机关长。他代表日本军方和日本浪人的利益，以珠葑镇这个粮油码头为基地，经营各种企业，与日本浪人“穿一条裤子”，仗着日军方的支持，不把他这个一县知事放在眼里。二十旅解体，让姚崇杰感觉自己一下子变成了孤家寡人，而程恒昌的势力却无限扩张了。姚崇杰于心不甘，必然要出这一口恶气。

方鸿飞慢条斯理地说：“中国有句成语，想必姚知事应该知道的。”

姚崇杰说：“哪一句成语？”

“庆父不死，鲁难未已。”

姚崇杰熟读中国文史，听了方鸿飞的话，马上明白了他的意思。

姚崇杰走近方鸿飞，举起茶杯说：“姚某今天以茶代酒，敬方兄一杯，还望方兄在机关长面前多美言！”

方鸿飞举起茶杯，与姚崇杰碰了杯。

两人的千言万语，似尽在这轻轻的一碰中了。

由于岩崎受伤久治不愈，西浦地区调来了新任机关长齐藤城夫。

这天，翻译副官方鸿飞前来请姚崇杰去拜会齐藤城夫。

姚崇杰感到，他必须紧紧抓住这位新来的日军机关长，只有取得齐藤城夫的信任，他才有可能对付日军红人程恒昌。如何巴结和笼络齐藤城夫呢？姚崇杰早有所准备，他今天去拜谒这位新上司，并送上邀请函，拟于明晚为他精心组织一个小型欢迎宴会。他知道这位新上司对中国文化有研究，喜欢中国的中医和国画，他也预先准备了礼品。

走进官邸，见到了齐藤城夫，姚崇杰递上名片，作了自我介绍。方鸿飞在一边做翻译。

姚崇杰抓住机会，对齐藤城夫大肆恭维，并表示在他的领导下，他会竭尽全力，鞍前马后，效犬马之劳。

随后，姚崇杰又递上了邀请函，谄媚地笑着说："明晚，崇杰在曲水园竹榭内备下三桌，为机关长洗尘。还请机关长赏光！"

齐藤城夫从方鸿飞手里接过邀请函，笑着说："姚知事一番诚意，齐藤却之不恭。"

姚崇杰见齐藤城夫接受了邀请，应该是他的第一步已经成功了。他微笑着，谦卑地退出了齐藤城夫的官邸。

次日晚上，曲水园荷花池里，随风飘来阵阵花香。池畔的竹榭内，灯火通明，红漆门窗熠熠生辉，豪华吊灯高悬，四壁书画点缀，营造出一种温馨的气氛。齐藤城夫在几个亲信的陪同下，来到曲水园。姚崇杰带了县知事公署的人在公园门口迎接。

来到竹榭就座后，姚崇杰发表了热情洋溢的欢迎辞。

齐藤城夫说了来到西浦的感想，夸奖了姚知事的功绩，并希望合力并肩共同建设东亚共荣圈之类的话。

随后，宴会正式开始。一道道富有水乡特色的菜肴上来了。大家杯盘交错。

酒过三巡，姚崇杰举起杯说道："为了表达对机关长齐藤城夫的敬意，鄙人有两样礼物要送给机关长。"

大家一听说姚知事要送礼物，都停下酒杯望着姚崇杰。

姚崇杰说："中日两国一衣带水，文化共融共通。告诉大家，机关长对中国文化有相当的研究！"大家听说后，一起为机关长鼓掌。

姚崇杰接着说："为了感谢机关长对中国文化的喜爱和研究，崇杰赠送两样礼物。一样是我的老师高冠吾的书法作品，高师早年潜心于书法艺术，造诣日深，在沪上颇有名气。"

方鸿飞将高冠吾的书法作品展示于大家面前，果然笔法不凡，只见上面用行草写着"中日共荣"四字。大家见了，一齐鼓掌称赞。

姚崇杰说："另一样是本邑何氏名医的家传秘方，这是一张专治肺痨的药方。难能可贵的是，这张药方是晚清名医何书田的书法，何书田曾为两江总督林则徐母亲治过病,所以此方非同一般。”

姚崇杰将两份礼物递交给齐藤城夫,方鸿飞接过礼物转交。

齐藤城夫当即表示感谢,并说两份礼物表明了姚知事对中日共荣的信心和诚心。

于是,宴会的气氛达到了高潮。

宴会散后,大家簇拥着齐藤城夫走出曲水园。齐藤城夫邀请姚崇杰明日到他官邸,说有要事相商。

姚崇杰诚惶诚恐地说:“崇杰一定准时赴约。”

次日,姚崇杰如约去了齐藤城夫官邸。这一回,新来乍到的机关长屏蔽了所有的人,单独与姚崇杰进行了一次长谈,这让姚崇杰有点受宠若惊了。

其实,齐藤城夫是一个“中国通”,汉语说得很流利。

姚崇杰做了一番诚恳表白,齐藤城夫感到这个姚崇杰是诚心的,于是他想听听姚崇杰对于西浦局势的分析。

这无疑给了姚崇杰一个绝佳的机会。

听了齐藤城夫的询问,他不动声色地对西浦地区的局势做了一番全面的分析。最后,他对齐藤城夫说:“我认为关键的还不是共产党的三支队,经过‘大扫荡’,他们的气数已尽,掀不起大浪。尽管他们又开始活跃起来了,但毕竟那么一点实力,对皇军构不成威胁。倒是我们内部的情况有点复杂,譬如程恒昌这个人,他的势力越来越大,西浦的伪军头目都是他的徒子徒孙,他在上面也有背景,而且他的基地就在西浦最大的码头珠葑镇。所以,此人不可小觑。”

齐藤城夫听了姚崇杰的分析,感觉很有道理。他在上海早听到程恒昌的大名,知道程在日军上层也有一定关系,西浦地区的一举一动都逃不过程的眼睛,这对齐藤城夫可不是好事。

齐藤城夫于是问:“你看我们怎么办较妥?”

其实,齐藤城夫这样问,他的心里已经有了一个对策。齐藤城夫在日军中向来是一个心狠手辣的人,他对任何事都不会迟疑不决。

姚崇杰听齐藤城夫说“我们”怎么办,知道齐藤城夫已经将他当作一条战壕的人了。于是姚崇杰从办公桌上拿了一张纸,在纸上写了一个字“杀”。

齐藤城夫拿过纸条一看，两人不禁相对莞尔一笑。

9月下旬，程恒昌照例又要到珠葑镇去，到他的企业去分赃取款。姚崇杰将这个消息及时报告了齐藤城夫。齐藤城夫见机会来了，就将一队日军化装成三支队游击队，隐蔽在青沪公路崧泽村附近。

太阳下春风得意的程恒昌开着自备车一路而来，他怎么也没有想到，等着他的竟是他的末日！当程恒昌的车子开进伏击圈，埋伏在公路两侧土墩后面的日军突然而起，他们手中的机枪和卡宾枪射出了密集的子弹。一时枪声大作，程恒昌真以为遇到了游击队，他命令保镖和司机冲过去。话音未落，司机和保镖已经连中数弹，立时毙命了。他想自己开车，但不等他坐到司机车位，密集的子弹已经向他飞来。他看到金灿灿的子弹一颗接一颗地飞过来，发觉子弹将他左右上下的空间封锁了，已经无处可逃。子弹很快地射进了他的身体，一颗接一颗，他看着眼前的太阳慢慢地暗下去了，终于黑暗降临，他的企业、珠葑镇，一切都再也看不见了。

日军伏击撤离后，齐藤城夫派出另一队日军前来打扫战场。他们将程恒昌的尸体运到西浦城内，摆设灵堂，发动城厢各界吊唁，搞得很热闹。姚崇杰还煞有介事地贴出布告，要缉拿刺客。

姚崇杰终于巩固了自己的地位，他开始死心塌地帮助齐藤城夫治理西浦的一应要事。

这一切阴谋活动，都落在方鸿飞眼中。

周云翼被岩崎杀害时，方鸿飞曾想营救周云翼，但他潜伏在岩崎身边，周云翼曾叮嘱他，不到万不得已，千万不能暴露自己的身份。当时周云翼被岩崎关押在岛田的宪兵队里，任何人难以接近。由于周云翼很硬气，结果惹怒了岩崎，被岩崎杀害了。此事发生后，方鸿飞内心激起了很大波澜，他看穿了岩崎这些日寇，表面上很伪善的样子，其实都是豺狼虎豹，对稍有一点骨气的中国人，他们都会毫不留情地痛下杀手。而姚崇杰这样的“曲线救国”，只是自欺欺人的说辞而已。

周云翼牺牲后，不久钱锦方的部队被金风高打散了。

方鸿飞知道钱锦方后来被共产党整编过去了，他越来越觉得，共产党是很会笼络人心的，许多有志青年都走到共产党那里去了，包括他的学生王师龙和诸人龙他们。起初，方鸿飞觉得这些青年人不成熟，是受了蛊惑，但后来事情让他越来越感觉自己的看法未必是对的。因为随着形势的发展，延安的力量在不断壮大，而重庆方面被国人诟病为内战内行、外战外行，真是一语中的！

他知道自己的处境十分危险，只要稍有不慎，就有可能丧身虎口。他给女儿示警，让女儿方雅芬出走，显然是他无奈之举。但他没有想到女儿竟然去了三支队。顾火生一直是高举红旗的人，他为农民说话，为农民利益抗争，这些就是共产党的一套。他早年与周云翼常常在一起，对顾火生的事也常常谈起，觉得他也有他的道理。为此，西浦国民党县党部被上海批评为“左倾”。周云翼接受批评后，将顾火生逮捕了起来，并迅速将西浦的农会运动镇压了下去。西浦沦陷后，顾火生凭着人脉关系广，又做出头椽子，拉起抗日自卫队，而且采用了“三支队”的番号，成了共产党在上海郊区的一支抗日武装。

方鸿飞从岩崎他们的种种情报中得知，“大扫荡”后三支队虽然撤离了西浦，其实他们一直想打回来。他们在江苏和浙江的部队在不断地发展。那个农民出身的黄晓龙回来后，在蟠龙镇附近死灰复燃，搅得日本人不得安生。不久前还上演了一场劫法场的大戏，让岩崎始料未及。不但那个夏辉被劫走，岩崎自己还受了重伤，险些命丧法场。他本来想杀一儆百，结果却是机关算尽，反误了卿卿性命！

身在狼窝之中，他也看到了狼与狼的利益争斗。浪人事件其实就是周子文和代表日本人利益的程恒昌之间的矛盾。方鸿飞鄙视程恒昌，所以他与姚崇杰聊天时候说出那句“庆父不死，鲁难未已”的成语，确是他真实情感的流露。他相信姚崇杰能够意识到，程恒昌的存在，对他是一个危险。而方鸿飞仍在执行着周云翼的抗日路线，他希望借助姚崇杰的手，铲除日本鬼子的忠实走狗程恒昌。结果，这一个目的很快实现了，程恒昌死于非命，这是他的罪有应得。

自从周云翼牺牲后，方鸿飞几次接到了来自上级的秘密指令，要他继续潜伏，静默待命。

第二十二章

喜迎亲人，顾火生重返西浦
报仇雪恨，尹腾达一命呜呼

这几天黄晓龙发觉自己的左眼时不时会跳一下。俗话说："左眼跳，喜事到。"他当然不相信这样的说法。但过了几天，陈雪涛去浦东参加地委会议，回来告诉黄晓龙，他在浦东见到了老顾，并说老顾马上要回西浦来了！

黄晓龙听了，不敢相信，问："这是真的?"

陈雪涛说："当然是真的！"

黄晓龙说："老顾回西浦，这可是西浦人民的一件喜事！"他的左眼跳，或许是应了这句俗谚?

原来，这时国际形势发生了很大变化。德军进攻斯大林格勒(俄罗斯伏尔加格勒市旧称)失败后，开始步步败退；日寇偷袭珍珠港后，看起来气势汹汹，实则兵员奇缺，战备空虚，也日渐走向败局；而中国的抗战发展很快，根据地一天一天扩大，抗日战争已进入大反攻阶段。粟裕率新四军第一师主力由苏中渡长江南下，在天目山地区已进行了三次出色的反顽自卫战。为配合粟裕部队东进，苏中区党委调陈伟达、顾火生等干部回来，成立新的淞沪地委。顾火生从苏北渡海来到浦东，召开地委会议。会上，顾火生传达了粟裕同志的指示，要求迅速发动群众，站住脚跟，扩大武装斗争，开创斗争新局面。地委决定派顾火生专员率先遣队先去西浦，然后淞沪地委和淞沪支队主力西移。

康旭东率侦察员小宋先回西浦，与陈雪涛、黄晓龙取得联系后，由顾火生专员率先遣部队西渡黄浦江。先遣部队由两个班的短枪队组成，配备二十支驳壳枪和手榴弹八十枚，这些战士都是身经百战、经验丰富的；另外还有十八名产业工人战士，每人配备两枚手榴弹，加上警卫和向导共有四十二人。

江南元宵节晚上，皓月当空，天朗气清，尽管是战争期间，浦东农民还是按江南农村的习俗高举火把，去野地里烧地蚕①。在四野火光的照耀下，先遣部队静悄悄地快速行进着。他们到了闸口港，战士们一个个上了渡船。武装横渡黄浦江，大家心里还是有点紧张的。渡工老伯伯说："我们在黄浦江上受尽了东洋人的气，今天为你们摇渡船过黄浦江去打日本鬼子，我们心里高兴！我们摇了几十年的渡船了，你们不要担心，日寇放探海灯时，我们的船头对着它，朝它驶去，它就不照了。遇到日寇的巡逻艇，我们也有办法对付他。"渡工老伯伯安慰和鼓励战士们。

江面上细波粼粼，月光在江面晶莹闪烁，远处的庞然大物，黑沉沉的，就是日寇的兵舰了，但它没有丝毫动静。先遣队顺利地来到了颛桥渡口，登陆上了岸。

顾火生他们越过淞沪公路，来到颛桥镇。为了不惊动镇上的敌人，部队从镇后小路走。然而，向导并不认识路，恰巧这时有一个伪军走出来，侦察班长上前将他擒获。

这个伪军浑身颤抖地说："我是没有办法才当警察的，家里有老有少。"

顾火生说："我们相信你，我问你，去春申庙的路你认识吗？"

伪军说："认识的，在西边，离这里有二三里地，我带你们去。"

在这个伪军的带领下，先遣部队绕过颛桥镇，接近春申庙时，他四下侦察了一下，然后将鬼子的竹篱笆扒开一个缺口，让先遣队通过。伪军说再过去他也不认识了。顾火生不勉强他，给了他十元钱，还要他带口信给他们局长，让他们为自己留条后路，并要求他保守今晚的秘密，不得声张。伪军再三道谢后离去。

之后，先遣部队越过沪杭铁路，很快找到了张全生老伯伯的茶馆。

张全生是春申庙当地的农民，他在村角路边开了个茶馆以维持生计。当地有几股游杂武装，一天到晚抽鸦片，搞女人，为非作歹，横行霸道，张全

① 烧地蚕：每年元宵，人们去野外点燃枯草燃烧，这样可以烧死害虫，有利来年庄稼生长。浦东一带称此为"烧地蚕"，浦西一带称此为"放野火"。

生盼望人民武装来消灭这些魑魅魍魉。得知浦东有支为民除害的抗日部队后，他在朋友介绍下来到浦东部队，正好赶上顾火生他们决定部队西渡，张全生开心得不得了，回家后一直盼着部队前来。

张全生见到浦东一下子来了这么多人，激动万分，他拉住顾火生的手问："顾火生同志来了没有？"

顾火生笑着说："他已经来了。"

张全生忙问："他人呢？"

有战士笑着说："远在天边，近在眼前啊！"

张全生恍然大悟地说："哎呀，我真是有眼不识泰山了！原来你就是顾火生同志啊！"

张全生乐不可支地忙着烧水、沏茶，并拿出了糕点、香烟分给大家吃。战士们一个也不肯吃，张全生老伯伯急了："我知道你们三大纪律八项注意，我在你们部队不客气，你们来就像回家里一样，也不要客气啊。"

见大家还不动手，他说："好吧好吧，大家吃好啦，一角钱一斤，公平交易！"

张全生的话，引得大家都笑了起来。

正在说话间，黄晓龙、施永兴、朱艳和康旭东等过来了。

黄晓龙握住顾火生的手，激动地说："支队长，终于盼到你回来了！"

康旭东说："支队长现在是淞沪地委专员了。"

亲人相见，大家高兴得不得了！这时，黄晓龙发现了支队长的警卫员诸克忠，高兴地握住诸克忠的手说："克忠，你现在可是地委专员的警卫员了啊！"大家听了，都乐呵呵地笑了起来。

大家都有说不完的话要告诉对方，但是已经很晚了。黄晓龙将部队安排去另一个村里宿营，然后回来与顾火生等商议下一步的行动。

张全生帮助部队买粮食、烧草、盐、油，也一夜没有睡。天快亮时，他跑到顾火生那里，看到他们还在开会，埋怨地说："你们一夜不休息，身体拖坏了，我负担不起啊。"

但他自己的声音也已经沙哑了。顾火生说："我们马上休息，你也快休息一会吧。"

说完，大家都会心地笑了。

尽管顾火生先遣队的行动是保密的，但消息仍像风一样传得飞快，西浦地区的人们实在忍不住激动和喜悦。

先遣队到达西浦的风声很快也传到了日寇耳里，驻崧塘镇的鬼子万分惊慌。有人看到鬼子巢穴的黑漆大门紧闭，瞭望台上鬼子不断地用望远镜向四野搜索，还有的鬼子在天井里烧毁侵略罪证……种种迹象表明，鬼子要逃跑了。果然，第二天，鬼子以去县城开会为由，要汉奸镇长将据点看守好，自己溜进县城去了。周围群众早对鬼子恨之入骨，这时纷纷要求将鬼子据点铲掉！顾火生同意了广大群众的要求，于是，人群潮水似的涌向日寇据点，人们压抑已久的怒火一下子点燃了起来，一会儿，鬼子经营多年的巢穴工事全部被夷为平地！

消息传到正在陈思桥小学教书的冯友才耳中。冯友才被匪徒许金生逮捕后，严刑之下，他没有出卖同志，但一直被关在许匪的地牢中，后经亲人作保，才从地牢里放了出来。听到顾火生回来的消息，他再也按捺不住，徒步前往崧塘镇，找到了老首长顾火生，向他倾诉了自己的思念之情。

继先遣队顺利进军西浦之后，淞沪地委和淞沪支队主力在陈伟达和朱亚民的率领下开始西移。他们按先遣队的路线，西渡黄浦江，越过沪杭铁路和青沪公路，直奔崧塘镇而去。

这时，国民党第三战区特务头子戴笠派尹腾达匪部也赶来了西浦地区，他们妄图消灭淞沪支队，夺取西浦地区。

在黄晓龙部队的接应下，淞沪支队越过青沪公路。当部队经过路北的柿子园时，突然遭遇了尹腾达匪徒的偷袭。淞沪支队政治部主任曾平及中共西浦工委机关党支部书记康则涛走在队伍前面，正交谈有关情况，尹腾达匪徒突然向他们开火。由于事出突然，两人猝不及防，不幸中弹！曾平当场牺牲，康则涛因伤势过重，回到崧塘镇后也不幸牺牲！

曾平和康则涛两位卓越领导人的牺牲，激起了全体指战员的愤恨。部队到达崧塘镇后，举行了追悼大会，广大指战员决心化悲痛为力量，将这笔账记着，誓要尹腾达偿还血债！

尹腾达部看到淞沪支队主力前来，趁着夜色逃之夭夭。

黄晓龙内心感到很内疚，他认为自己的部队前去接应时没有将沿途的敌情查清楚。但黄晓龙是不必太自责的，因为这纯粹是一场遭遇战。他们前去迎接浦东部队时，这里还没有尹腾达的影子，而回来时却在这里碰上了！

地委到达崧浦镇后，为了军事上统一指挥，组建了淞沪支队西浦大队。黄晓龙部队为一中队，庄世昌部队为二中队，城北徐友奇部队为三中队。同时，西浦地区党的工作也进行了新的部署，成立了西浦县工作委员会，任命陆俊华为书记；成立昆南县工作委员会，任命陈雪涛为书记；成立松江县工作委员会，任命雷鸣为书记，余明为副书记；成立浦南地区工作委员会，任命姜杰为书记，肖望为泗宝区区长，兼区队长；调洪峰同志为纪王区区长，负责吴淞江两岸工作。在地委的运筹帷幄下，西浦地区干部群众群情振奋，出现了一种全新的局面。

驻守西浦的日寇齐藤城夫得到淞沪支队到来的情报，调集二百余人前来袭击，妄图趁淞沪支队立足未稳之际，打一个措手不及。然而，他们的阴谋并未得逞。那天，地委正在召开会议，外围暗哨发现大批日军分水陆两路过来，前来报告。地委立即停止会议，组织有关人员撤离，并快速调集指战员进行伏击；地委直属武装则进行了堵击。日军进入伏击圈后，直属部队以猛烈的火力迎头痛击，日军伤亡惨重，不敢继续前进。在后撤时，日军又遭到西浦大队夹击。日军从未遇到这样的打击，误以为遇到了新四军主力，只得拖着几具尸体逃跑，连重武器也不要了。

淞沪地委西移后第一次与日军正面冲突便取得了全胜，我军无一伤亡，还缴获了二十多支步枪和弹药。刚调整的西浦大队也经受了考验和锻炼。黄晓龙、朱艳、庄世昌、徐友奇等人在战斗中如虎添翼，发挥了重要作用。

为巩固西浦地区的抗日根据地，地委决定把这一地区的日伪据点逐一拔除。于是，淞沪支队西浦大队各中队纷纷行动起来。黄晓龙中队夜袭伪第八区公所，成功捕获伪区长盛禹卿及十余名伪军。庄世昌中队潜入重固镇据点，智擒专为日军鱼肉百姓的陈翻译。经审问后，立即将其处决，并贴出陈述其罪状的布告。这使日伪军十分惊慌，再不敢走出据点，不久便撤回县城去了。徐友奇、卫九龄中队得知塘桥镇有日伪军仓库且有一个连的伪军把守，分两路冲进伪军据点。伪军听说新四军来了，都成了惊弓之鸟，丢下枪就逃跑。部队未发一枪就夺回了据点和两个仓库，大量军需物资和一万多斤大米都搬上船运走,同时还将大量生活物资分发贫困农民。吴淞江的卡子黄渡镇保安队守军也先后被拔除和消灭。

抗日健儿纵横驰骋,各路捷报频传!

尹腾达在皖南集训时,见到了戴笠本人。戴笠发现尹腾达来自上海,头脑活络,反共坚决,决定将其重点培养。抗战形势面临大变局之时,戴笠将一手培养的尹腾达放虎出笼,给他配备全副美式武器,携带电台,组建了一支精干的特务武装,悄悄潜入西浦地区。戴笠知道粟裕的部队已经向苏南挺进,他们必然要向东与大上海周边共产党部队会师,以此形成一种对上海包围的态势。因此,夺取西浦地区控制权就具有重大战略意义了。

为了表示对尹腾达的期望,戴笠将尹腾达召到自己秘密的住所,这通常是外人难以踏入的禁地,只有亲信除外。尹腾达能进入戴笠住所,感到万分荣幸。戴笠对他作了临行前的特别交代,期望他这一次能为党国建立功勋。最后,戴笠将一枚纯金的印章拿出来,上面刻着“尹腾达印”四字。戴笠将澄亮的金印章交给尹腾达时,尹腾达感激涕零地说:“戴主任,尹某一定为您效犬马之劳!”

戴笠见自己的苦心被领会了,又将报务班的一个女特务叫过来,他把她交给尹腾达说:“她叫郑爱莲,是报务班的尖子,一分钟能发一百字的电报,现随你出征西浦。我等着你们的好消息!”

其实,这个郑爱莲是戴笠的一个特务,他是让她同时监视尹腾达。

淞沪支队西移中,尹腾达的袭击导致曾平和康则涛两位领导人牺牲。尹腾达汇报戴笠后,受到了戴老板的表彰。戴笠指示他,暂时避开淞沪支队主力,与嘉定的张云龙部会合,并与苏南的保九团、昆山的李德孚部配合行动。

尹腾达西撤之时,正是淞沪支队在西浦打开局面之日。在取得一系列胜利基础上,淞沪地委决定不能让尹腾达匪部坐大,应趁早解决这个隐患,消灭尹腾达匪部,让人民得安宁,为淞沪支队西进北联苏、常、太地区扫除障碍,也是为曾平和康则涛两位首长报仇雪恨!为此,地委将淞沪支队全体指战员集中休整,深入动员,交代任务。同时派出几路侦察人员,进行严密侦察,以找到尹腾达的踪迹,摸清他的具体情况。

一天上午，淞沪支队侦察员在赵屯桥镇上发现尹匪部的事务长在采购蔬菜，两侦察员一面将发现情况汇报支队部，一面不动声色地严密监视这个事务长。等其采购完毕，在归途中将其截获，押解到支队部。经审讯得知，尹腾达和张云龙两匪正宿营在附近的蔡家浜村，共有兵力二百多人。

支队领导掌握敌情后，查明了蔡家浜村的地形地貌，率领全体指战员神不知鬼不觉地将蔡家浜村团团围了起来。尹腾达中午不见事务长回来，感到事情有点不妙，于是下令在路口加强警戒，想在天黑后转移。老奸巨猾的张云龙见势不妙，借口去吴淞江北有事，率亲信数人从空隙中逃逸了。

下午2时，淞沪支队已完成战斗部署，支队司令朱亚民一声令下，部队立即发起进攻。顿时，神兵天降，蔡家浜村四周响起密集的枪声，淞沪支队的战士们抢渡河浜，争先恐后地冲进了村庄。尹腾达没有料到淞沪支队会来得这么快，他挥动手枪，命令手下抵抗。然而，他哪里还抵抗得了呢？淞沪支队的战士怀着复仇的决心，奋勇冲击。敌人有的投降，有的求饶保命……尹腾达看到淞沪支队战士像潮水冲破堤坝似的蜂拥而上，感觉大势已去。他冲着特务郑爱莲喊道："快快，给戴主任发报，我尹腾达为党国尽……尽忠了！"话还没有说完，几颗子弹同时射向了他的胸膛，鲜血喷涌而出。

尹腾达被当场击毙！

这次战斗快速利落，全歼了尹部，铲除了西浦地区人民的一大祸患。蔡家浜歼灭战，战果辉煌，生俘敌人一百多人，缴获美式汤姆枪七支、卡宾枪廿支、轻机枪三挺、步枪一百余支以及手榴弹和各式子弹若干。此外还缴获电台两架以及报务员、机要员、电讯密码、电稿等。在缴获尹的电报稿中，有戴笠的指示，从中可知，尹腾达的到来，就是妄图消灭西浦地区的共产党和新四军，夺占西浦和整个西浦地区。

在尹腾达身上，还搜到了那颗一两重的黄金印。

靠近战场的白鹤江日寇和伪军，都不敢前来。即便是与尹、张二匪勾结得很亲密的蒋阿考伪军，近在咫尺，也未敢前来增援。

尹腾达匪部被歼灭，大快人心，其他顽匪李德甫、保九团，闻讯后惶惶西窜。

第二十三章

日寇投降，抢果实顽伪合流
逆浪汹涌，扬云帆凯歌齐奏

一早，哨兵向黄晓龙报告，驻地村外发现一个形迹可疑的人。哨兵将来人带进屋子，黄晓龙一问才知来人是中共上海市委交通员有要事急报淞沪地委。黄晓龙陪来人来到地委。地委机关只留下顾火生主持工作，上海交通员将一封信拿出来交给他。顾火生一看，脸色顿时大变，对黄晓龙说："有大事发生了！"信上，上海市委告知昨晚辣斐德路（今复兴中路，大致为淡水路至陕西南路段）一带被日军捕押的苏联侨民全部获得自由了。这些侨民在获得自由后，狂欢了一夜。市委让地委将此情报速报中共中央华中局、浙西粟裕司令以及中共浙东区党委（因上海电台电波被控制）。顾火生立即将情报交报务组发送，因地委陈伟达书记和朱亚民司令正带部队在淀山湖北面昆南地区活动，他也将上述情报发送了他们。

午后，上海市委又派人送来确切情报：苏联军队已沿中苏边境，向日本陆军精锐部队——关东军发起了全线攻击，关东军因此遭到致命打击。解放区的军民也随之进入了对日全面反攻阶段。中共中央要求，"须准备于日本投降时，能迅速占领所有被我包围和力所能及的大小城市交通要道"，以此迫使日本侵略军就地投降缴械。

接到电报后，陈伟达和朱亚民率领部队星夜兼程从昆南赶回西浦地区，并紧急召开了地委会议，研究抗日形势发展和淞沪支队的战斗部署。会议决定，由朱亚民率黄晓龙、庄世昌、徐友奇等三个中队注意县城日伪动态；由陈雪涛负责当地党组织严密了解敌人动态，提供日伪动态情报；由朱艳、苏虹率干部深入根据地宣传抗日即将胜利的消息，同时要保护商界和群众的财产和生命安全，防止敌人破坏。

次日，上海市委又派员来告：日本已宣布无条件投降，但要警惕国民党部队和伪军勾结起来抢夺胜利果实。

得到日寇宣布投降的确信，淞沪支队的指战员们几乎激动得跳了起来。他们多少年来的日夜转战，终于等来了这一天。地委驻地的老百姓听到这个消息，也纷纷前来庆祝。他们高兴地说："鬼子投降了，我们终于可以过安稳日子了！"当天晚上，就在地委驻地村前的空场上，也没有人召唤，大家都自发聚在一起。听到喜讯，大家都非常开心。兴奋的心情终于得到了释放，大家自觉地围成了一个圈，有人在场上燃起了熊熊的篝火。朱艳等部队的女同志扭起了欢庆胜利的秧歌舞，大家一起唱起了熟悉的抗战之歌……这天晚上，真是一个欢歌之夜，也是一个不眠之夜！

正在全国人民欢庆胜利之时，远在四川的国民党顽固派却迫不及待地下山来抢夺抗战胜利果实，他们将西南、西北的军队空运到上海等城市和战略要地，命令八路军、新四军"原地驻防待命"，不得向日伪军"擅自行动"。同时，他们要求伪军"切实负责维持地方治安"。一时间，大批伪军成了国民党的"先遣军"，大批汉奸成了国民党的"地下人员"，一时出现了蒋伪合流的局面。

蒋介石秘密任命大汉奸周佛海为上海行动总指挥，任命熊剑东为副总指挥，利用汉奸力量，妄图消灭上海郊区的新四军。熊剑东命令西浦县伪知事姚崇杰注意在西浦的新四军动向，并命令伪军李连杰部移驻七宝镇，周佛海的伪税警部队进驻北新泾，以堵住淞沪支队进攻大上海的企图。李连杰所属之许金生捷足先得，率先抢占了七宝镇。

七宝镇附近的泗宝区是由西浦、松江、上海二十六个乡镇组成的大区，位于七宝镇之西部。姚崇杰认为，要保住七宝镇，必须先解决泗宝区，故密令许金生集中兵力对泗宝区进行突然袭击，以抢得先机。

姚崇杰的密令是由方鸿飞发出的，方鸿飞一边发出密令，一边脑子里在迅速地盘算：如果三支队得不到有关信息，肯定会吃大亏！他要不要将这个密令泄露给三支队？他知道抗战已经胜利，多年来的经历让他认识到，女儿的选择是对的。他们在与日寇的斗争中虽吃过大亏，但没有气馁或消沉，反而越战越强，越战越壮大。眼看着三支队没有被日本人消灭，却有可能在自己人手里吃大亏！这时的方鸿飞决定做自己一生中最重要的一个选择。经过一番激烈的考虑，他决定冒险将密令泄露出去。他知道这对自己来说意味着什么，但他认定的事从来不会犹豫。于是，他再次来到了位于桥梓湾的"源泰禄记"水果地货行，他想找到姜惠萍，将密令告知她。然而姜惠萍不在行里，一个伙计告诉他，姜小姐在家里有事。方鸿飞急忙离开水果地货行，直接去了北门街姜惠萍的家里。

姜惠萍看到方鸿飞登门，很是意外，知道有什么急事，就将方鸿飞引进屋里，问道："方老师，有什么事吗？"

方鸿飞将密令内容口述给姜惠萍听了，说："此事可是万分火急！"

姜惠萍明白了事情的分量，将方鸿飞送出门外，然后来到卫一源大药房……

许金生得到密令，立即率部袭击泗宝区，以此扫清七宝镇周围的抗日力量。许金生自顾火生回到西浦后，看到几年后回来的顾火生已是兵强马壮，懊悔当年"大扫荡"时没有斩草除根，现在养虎成患，他对此有些惴惴不安了。因此得到密令，他觉得借着重庆的力量，趁机消灭掉顾火生的部队，自己才有一线希望！于是，他纠集起所有人马，与李连杰的伪军一起，杀气腾腾地直往泗宝区而来。

顾火生获得当地党组织传来的姚氏密令后，为保卫抗日根据地，淞沪地委即派黄晓龙一中队和泗宝区新组建的四中队就近赶赴泗宝区民主政府所在地小里塘村。新组建的四中队政委雷鸣是从延安回来的干部，他是西浦小蒸人，与妻子张云从延安派至苏中军区工作。这次随顾专员来到淞沪地委，渡过黄浦江挺进西浦。黄晓龙一中队和四中队迅速奔赴小里塘村，黄晓龙和雷鸣一边掩护区政府和群众转移，一边将村前桥梁拆除，以河为屏障，准备给来犯之敌以狠狠的打击。

许金生纠集兵力八百人，是一、四中队的数倍。

许金生在西浦地区坏事做绝，恶贯满盈，他欠下了三支队指战员的血债，不思悔改，反而变本加厉，与人民为敌。仇人相见，分外眼红，黄晓龙动员一中队战士，一定要将许金生打个人仰马翻！雷鸣也早知许金生其人，他对黄晓龙说："这次要让他尝尝我们的厉害！"

战斗开始后，黄晓龙和雷鸣配合默契，他们用猛烈的火力进行阻击。战斗打得很惨烈，打头阵的伪军被机枪班战士打得非死即伤。但许金生已是不惜血本，他疯狂地组织向一、四中队阵地冲击。直到天黑，伪军怕淞沪支队援兵赶来，才撤出战斗，丢下许多尸体不敢收回去。

这一仗，黄晓龙和雷鸣因事先得到情报，有了充分的准备，故以少胜多，不但保住了泗宝区，还让许金生丢盔弃甲，狼狈退回了七宝镇。

小里塘村一战获胜后，淞沪地委决定乘胜追击，拔除许金生在七宝的据点。于是，许金生刚退回七宝据点，淞沪支队就悄悄围了上来。

日寇投降后，上海党组织准备组织地下军进军大上海，而七宝镇的许金生就成了地下军进入上海的绊脚石。

拔除七宝据点的战斗在半夜时打响了。

七宝据点有许金生的三个中队守卫，建有大岗楼，上有数挺轻重机枪，营房外设有沙袋和铁丝网等设施。进攻开始时，黄晓龙派人摸掉了岗哨，但在袭击排哨时惊动了营房里的伪军。朱亚民见状，立即发出冲击命令，战士们即向敌营房猛冲，大喊："缴枪不杀！"营房里有两个中队的伪军被吓蒙了，纷纷拖枪逃走，负隅顽抗的伪军被当场击毙。许金生从睡梦中惊醒，发觉情况不妙，从营房里出来，窜至大岗楼，结果在楼梯上被击伤活捉了。大岗楼上的伪军却居高临下，继续顽抗。双方对峙了三个多小时，天快亮了，朱亚民冲至前沿指挥，但一时仍难攻下，不便硬攻，于是下令撤出战斗。

这次七宝战斗，伪军许金生被抓住了，这个双手沾满西浦地区人民鲜血的恶魔，终于落到了人民的手中。

支队司令朱亚民腿部却也负了伤，一个副排长和好几个战士在战斗中牺牲了。由于朱亚民负伤较重，党组织将他送上海红十字医院治疗，并派护士长沈蕾（共产党员）负责看护。后来，沈蕾身份暴露，党组织将朱亚民转移至山东解放区治疗。全国解放后，朱亚民曾任淞沪地委委员、松江军分区副司令，负责清剿沿海反动派张阿六、王八妹等匪部，后又历任江苏省轻工业厅厅长、苏州市市长等职。沈蕾身份暴露后，党组织及时将其转移了。

七宝战斗共击毙敌人二十多人，缴获一批武器。龟缩在大岗楼的残军，第二天全部撤走，这个据点从此被拔除了。

七宝之战，李连杰遭遇大败。熊剑东不由大怒，要追究失败责任。日本人投降后，粟裕部队已经在向淞沪地区靠拢，意欲与淞沪支队汇合，然后伺机夺取大上海。重庆方面命令联合汪伪政权，阻止共产党部队行动。七宝之战是他们保卫大上海的前哨战，而首战即溃，让姚崇杰细思极恐。他总觉得自己这里出了什么问题，顾火生他们似乎早有准备，他的密令不但没有受到突然袭击的效果，反倒给自己挖了一个坑。难道有人泄露了自己的密令？如果此事属实，一旦熊剑东追查起来，他这里岂不要吃不了兜着走？他寻思半天，秘密排查泄密嫌疑人，他忽然注意到他所信任的方鸿飞。他曾将密令告知了齐藤城夫，然齐藤城夫已经不插手他们的事，忙着张罗有关投降事宜。姚崇杰不由一惊，会不会方鸿飞泄密了呢？他对方鸿飞是信任的，此人一直在岩崎身边干事，与自己也心灵相通，但知人知面不知心，会不会方鸿飞有异心？难道他与顾火生那边有某种联系？

如今世事纷乱，什么事都会发生。方鸿飞有个女儿在三支队，方鸿飞完全可能为女儿着想，以出卖情报为女儿加分。日本人败了，他会不会在为自己铺后路？他们这批为日本人做事的人，都有一种负罪感，谁都怕以后会受到清算。方鸿飞是否想以此减轻和冲抵自己的罪孽？无论如何，方鸿飞是重要的泄密嫌疑人！

于是，他不动声色地继续观察和打听。一天，他打电话请方鸿飞前来办公室。

方鸿飞接到姚崇杰的电话，有种异样的预感。他听说姚崇杰这几天一直在关注七宝之战失败的事，是不是姚崇杰已经怀疑他泄密了？但说实在的，在泄密的那一刻，他就做好思想准备。一旦东窗事发，他是甘愿承担一切处罚的，甚至牺牲自己的生命。

对于七宝之战李连杰部队的溃败，他知道是黄晓龙他们所为。他的学生中虽然有王师龙、诸人龙、朱志成这样的热血青年，也有姜惠萍、沈蕾这样温文尔雅的知识女性，然而他没有黄晓龙这样的学生！黄晓龙身上有着一种与大自然浑然一体的野性，虽然读书不多，但天赋极高，仿佛是西浦这块土地滋养生成的精灵，经过基因的遗传、生活的点化以及战争烈火的淬炼，生成了黄晓龙这样的水乡之子。他与这方水土水乳交融，拥有了超然的力量，任何强大的敌人都奈何不了它，可谓百毒不侵，仿佛有神佑天助。黄晓龙注定要在战争的烽火中经受千般炼狱、万种苦难，然而他却像火中的凤凰一样涅槃而生，成为西浦这一方水土所诞生的传奇！

他不由为女儿的选择庆幸。当初他心里很是责怪女儿误入了险地，毕竟战争不是儿戏。虽然战争无法避免地来到身边，但人性的本能总想避险趋夷。他不希望女儿陷入战火之中，这不是他的自私。然而，女儿义无反顾地选择了投身战场，甚至与他这个“汉奸”父亲划清了界线，断绝了来往！由于女儿的选择，他不得不关注三支队的命运。日本鬼子“大扫荡”时他将情报暗示给姜惠萍以救女儿；在岩崎欲处决夏辉时，他将情报泄露给女儿以助她脱困；而这次泄露姚崇杰的密令，他却完全是自己的选择。他相信，在女儿的心中，她不会把他作为一个真正的“汉奸”。

当初他在周云翼介绍下参加国民党，也是一腔热情使然。然而，他发现人生之路的选择有时其实是一种宿命。但人世总有一些共通的价值标准——人在利己的时候总不能害人，人心总以向善向美为尚。否则，无异禽兽，非我族类了。他为女儿的选择庆幸的同时，也为自己最后的选择庆幸，他是遵循着心灵的指引而做出的选择，所以他没有遗憾。

来到姚崇杰办公室，姚崇杰已虚位以待，他从烟盒里抽出一支烟，递给方鸿飞，方鸿飞摇摇手，说自己不抽。

其实，姚崇杰此举，已经让方鸿飞感觉到了姚的异常。

姚崇杰说：“方翻译，有一件事想请你解释一下。”

方鸿飞说：“什么事？”

姚崇杰用眼瞟了一下方鸿飞：“七宝之败，你认为是什么原因？”

方鸿飞坦然地说：“我们一直在失败，日本人不是也投降了吗？”

姚崇杰知道方鸿飞在扯开话题，直入话题说：“你说，他们会不会知道了我们的袭击计划？”

方鸿飞说：“有可能。”

姚崇杰说：“你怎么知道？”

方鸿飞说：“我也是猜想。”

姚崇杰说：“怎么可能，我们的计划只有齐藤城夫和我，还有你三人知道呀。”

方鸿飞说：“他们的情报网很大，说不定从哪个渠道得到了。”

姚崇杰忽然变脸说：“他们的情报网大，大得伸到我这里了！”

方鸿飞说:“不会吧?”

姚崇杰朝门外喊道:“来人——!”

门外几个伪军冲了进来。

姚崇杰指着方鸿飞,说:“把他给我抓起来!”

几个伪军一拥而上,把方鸿飞扣了起来。

正当姚崇杰追查七宝之战失败的原因之际,他突然接到了一个神秘的电话。电话那头自称是国民党西浦地下联络站站长,告知他翻译方鸿飞与共产党有勾连,密报了七宝之战的密令。姚崇杰并不知道国民党地下联络站站长是谁,但这个密告不会是假的,于是他就决心抓捕方鸿飞。

谁也想不到,聚星茶楼老板秦汉竟然是国民党在西浦地区的地下联络站站长。周云翼牺牲后,重庆方面就由他与方鸿飞保持联系,但他们从不见面,只保持秘密联系。秦汉注意到方鸿飞与姜惠萍的多次联系。秦汉的深藏不露,让姜惠萍对其放松了警惕,他从姜惠萍这里套出了方鸿飞透露情报之事,反手就将姜惠萍秘密控制了起来。秦汉立即将此事密告了姚崇杰。

卫友余得知姜惠萍失踪的消息,急忙找来在城北活动的徐友奇和卫九龄商量对策。有人称,姜惠萍最后出现的地点是在聚星茶楼,这让卫友余感觉聚星茶楼老板秦汉有问题。毒病还须毒药医,当夜,卫九龄带了几个兄弟悄悄摸进聚星茶楼,将老板秦汉抓了起来,命其交出姜惠萍,否则性命不保。秦汉谎说没有的事,不肯交出姜惠萍。卫九龄命战士搜查茶楼,终于在地下室找到了被关押的姜惠萍。为了消灭这个祸患,卫九龄将其捆绑后,送到地下室,一枪送其上了西天。

第二天,满大街乱哄哄地在传聚星茶楼老板被人杀死在地下室。

第三天,姚崇杰几次审问方鸿飞无果后,欲将方鸿飞移押汪伪在上海的大本营。然而为时已晚,方鸿飞已经在他的关押地拔枪自裁了!

这时,发生了另一件事。

伪县知事姚崇杰和齐藤城夫联手害死程恒昌后,姚崇杰自以为此事做得天衣无缝。然而,世上没有不透风的墙,此事瞒不过一个人的眼睛,她就是程恒昌的妻子陈孟君。此人手下耳目众多,她探悉程恒昌之死的主谋是姚崇杰后,发誓要为丈夫报复。但表面上,她对姚崇杰十分感激,让姚崇杰产生一种错觉，让他以为陈孟君对程恒昌的死一点也不知情，完全蒙在鼓里。

日本宣布无条件投降了，姚崇杰追随齐藤城夫没有好结果，他的好日子也算过完了。

姚崇杰的失败让程恒昌老婆陈孟君等来了机会。姚崇杰被免除了伪西浦县知事之职，并被要求到省政府另行分配工作。陈孟君得讯后，假惺惺地祝贺姚崇杰高升，并在西浦饭店套房设宴，殷勤招待。陈佩君知道姚崇杰有鸦片瘾，吸过鸦片后要喝红茶，于是暗中在红茶中放了毒药。姚崇杰不知有诈，喝下这杯红茶后，当场毒发身亡。姚崇杰的伪善人生，也就终于走到了终点。

七宝战斗后，黄晓龙部队在章堰休整。

淞沪地委为了进一步震慑汉奸和伪军，决定由西浦抗日民主政府出面，在重固镇、崧塘镇、章堰镇等地召开群众大会，将许金生等效忠侵华日军的伪军头目、有血债的叛徒特务，以及帮助日军强抢军米的汉奸密探和地方区长以上的首恶分子，将一批不杀不足以平民愤的首恶分子当场枪决，并贴出民主政府的布告，公布罪状。

许金生在崧浦镇被民主政府公审后，给予枪决。

叛徒余瑞华、李其章以及投敌的徐家德、王梦林等人，还有 76 号联络站站长赖发财、杀害赵季良的陆惠人、朱晓仁等虽逃过一劫，但法网恢恢，疏而不漏，新中国成立后，他们均被人民政府逮捕归案。

第二十四章

历史转折，新四军奉命北撤
战火青春，押发簪情定终身

日寇投降了，形势却更加复杂起来。

为避免发生内战，中共中央顺应民心，毛泽东和周恩来赴重庆进行了国共两党谈判，最后签署了《政府与中共代表会谈纪要》，即《双十协定》。根据《双十协定》规定，中国共产党领导的新四军部队从浙东、苏南在内的南方八省撤出，去苏北、皖北解放区集中。中央高瞻远瞩，统揽全局，着眼长远，确定江南新四军武装力量向北转移。中共淞沪地委说，中央已指示立即停止上海武装起义，新四军浙东部队及地方党政干部，除留下秘密工作者和少数秘密武装人员外，全部撤离浙东根据地。集结在西浦地区的淞沪支队和已暴露的地方干部也将北撤。

淞沪支队指战员们正准备迎接大军进攻上海市，突然听到北撤的消息，无不怅然若失。

历史的车轮，突然遭遇急转弯。

人们难以接受这样的变化，有的甚至说，愿以生命保卫根据地，誓与根据地共存亡！

当部队战士听说要北撤，大家的反应很不一致。有相当一部分战士因为对家乡的深厚感情，要离开生养他们的家乡，离开父母兄弟远走他乡，心中充满了不舍。

为了稳定军心，淞沪地委和淞沪支队领导分头来到部队和群众中，解释北撤的战略意义，并要求各级领导加强做好思想工作。

然而，形势不等人。浙西大军已开赴镇江地区准备渡江，浙东大军也迅速厉兵秣马，进入北撤行动。为什么这么急？原来，国民党军队已经从嘉兴策划控制钱塘江北岸，阻止浙东部队北渡钱塘江，企图消灭四明山和三北地区。联想到皖南事变的前车之鉴，国民党有什么做不出？因此要抢在国民党前面，加快北撤速度。

中共淞沪地委召开紧急会议，部署撤离根据地的工作，除对部队进行动员外，还要负担迎接浙东大军安全过境各项工作，可谓千头万绪。

顾火生是西浦抗日根据地的创立者，他对西浦这块土地是深有感情的。“大扫荡”后，他随谭震林去了苏北，他在那里工作时一直怀念着家乡西浦。这次带部队回来，看到家乡人民也都在怀念他，这让他更加感动。同时，他也欣慰地看到，黄晓龙等一批青年在一次又一次的斗争中逐渐成熟起来。他觉得应该让这些有为的青年到更重要的岗位上，发挥更重要的作用。为此，在淞沪地委讨论北撤事宜的会议上，顾火生提出根据工作需要，提拔一部分青年干部。

为此，黄晓龙被调来协助顾火生筹备北撤工作。

黄晓龙看到顾火生还像过去一样浑身充满精力，工作有条不紊，像一架上满发条的钟似的嘀嗒嘀嗒地走着。来到顾火生身边，他觉得这是一个学习的好机会。为了照顾顾火生，他尽可能地多做一些具体事务。在顾火生的安排下，他组织把淞沪支队后勤物资先行航运苏北，让年老体弱的北撤干部随船先行，已经暴露的共产党员随军北撤时，他让女同志乘火车去镇江转赴扬州待命。此外，他还协助顾火生筹备浙江大军过境时的补充给养、交通船只以及控制黄浦江上各渡口等工作，确保大军西撤西浦的路线安全。他忙而不乱，各项工作都做得很出色。

顾火生想起了抗战中牺牲烈士的家属，部队北撤后他们的处境会更加困难。于是，他拟了一个名单让黄晓龙和朱艳前去送上一些抚恤金。一段时间以来，黄晓龙一直在为北撤忙前忙后，顾火生关切地说：“晓龙，你也回家告别一下。”

黄晓龙说：“顾专员，我是一人吃饱全家不饿的人啊。”

顾火生这才想起：“哦……那你回家与堂兄堂嫂和村人也告别一下啊。”

是的，尽管家中已经无人，但黄晓龙也还是舍不得离开自己的家，毕竟故土难离啊。但既然参加革命队伍了，他就把自己的一切交给了组织。但他觉得还是应该与堂兄堂嫂好好说一下，就抽空回家走了一回。长期在外奔波，他对家乡一点也不生疏。回到黄更浪，黄晓龙和堂哥黄宝明及堂嫂一起吃了一顿饭。他感谢堂哥和堂嫂对他的支持，他回忆起当年为部队做军服时，请来了好几个裁缝师傅在堂哥家里一连做了两个星期。那时候堂嫂帮助做饭，堂哥帮助警戒，村里的邻居隔壁，也有力出力。多少年了，在与敌伪的斗争之中，他知道如果没有父老乡亲的庇佑，他早就被敌人抓去了，或许也早为抗日牺牲了。他要好好地报答家乡父老乡亲，但现在他没有办法，他只有在部队好好工作以此来报答。在即将离开的这一刻，周围的一草一木都仿佛与他难分难离似的，牵绊着他的脚步。

黄晓龙还想去施家宅姑姑家告别，表弟施永兴也即将北撤，这一走不知几时能回来呢！

来到施家宅姑姑家，黄晓龙没有料到，施永兴和朱艳也在。原来，这临别之时，朱艳来与她的过房娘，也是她的救命恩人告别！

黄晓龙知道，在三支队，朱艳一直从事民运工作，她与当地老百姓结下了深厚的感情，与姑姑更有生死之情，两人不是母女却胜似母女。姑姑为人豪爽、爱憎分明、快人快语。朱艳认识姑姑后，常常住在她家。姑姑有一个女儿，却早年夭折了。认识朱艳后，她感觉朱艳就像她女儿一样，如果朱艳一段时间不来，姑姑就会念叨起来："这姑娘会不会把我忘了？"朱艳做民运工作时，姑姑总是带头支持她，三支队需要什么，施家宅的老百姓总是全力响应，做得最好。

黄晓龙不会忘记，一次朱艳在姑姑家中，驻扎在福泉山上的鬼子和伪军突然前来搜查三支队。他们发现操外地口音的朱艳后就怀疑她是三支队将她抓走了。姑姑得知后心急如焚，她绝不能让鬼子和伪军为难朱艳。她知道这些日伪军是什么都做得出的，她豁出老命也要将朱艳救回来。于是她只身闯到福泉山上又哭又闹地说朱艳是她的过房囡，无论如何她要将朱艳带回家，否则就死在福泉山上。朱艳也一口一声"黄妈妈"地叫着。鬼子翻译见状知道如果不放朱艳，这老太真会死在山上。人不为己，天诛地灭，有谁会为一个陌生人宁愿命都不要了呢？鬼子翻译让哭天哭地的姑姑不要哭了，让她写张保证书，保证朱艳不是三支队的人，否则全家灭门。姑姑不会写字，鬼子翻译就代写了保证书，姑姑二话不说，当即在保证书上揿了手印。

朱艳终于得救了。这件事，三支队中人人皆知。顾火生感慨地说，三支队没有黄妈妈这样的群众，我们就寸步难行！

自此以后，朱艳真将姑姑当成了自己的母亲，姑姑也逢人便说，自己有一个最亲的女儿！

在西浦这么多年，她有幸认到了黄妈妈这个过房娘。母女连心，她与黄妈妈之间，可以说无话不谈。

一次，黄妈妈关心起朱艳的生活来。

黄妈妈问朱艳："艳，你心里有没有意中人啊？"

黄妈妈问这样的话，朱艳害羞地说："黄妈妈，我……现在不考虑。"

黄妈妈说："傻姑娘，你也不小了，男大当婚，女大当嫁，眼下兵荒马乱的，尽早找个对象，也有个依靠。"

朱艳感激地说："谢谢黄妈妈的关心！"

黄妈妈其实早看出朱艳心里是有人的，朱艳几次在黄妈妈面前夸黄晓龙，黄妈妈心里就有了数，她是想尽早促成他们。

黄妈妈故意说："艳，我倒看中了一个人。"

朱艳问："黄妈妈为女儿看中了哪个人？"

黄妈妈说："那天在麻力泾来救你的那个人。"

朱艳急忙说："黄妈妈——你别瞎说！"

黄妈妈见朱艳急的样子，知道自己说准了，忙说："好好，算黄妈妈瞎说了！"

朱艳的心事自被黄妈妈点穿后，朱艳自己倒是真的上心了。

朱艳出生于绍兴一个贫困的市民家里，浙东农村遭受水灾后，她随村上的女伴一起被介绍到上海纱厂做女工。"八一三"后，工厂停业，她失去了工作，和几个姐妹逃进了难民营栖身。在襄阳路难民营中，她认识了苏虹、李方明和房雄他们。更让她感到欣慰的是，这个难民营中，来了一个戴着眼镜的知识分子，这个眼镜哥哥后来成了他们人生的引路人，他就是难民营的负责人顾德欢。在难民营里，顾德欢组织他们一起读书，一起关心形势，在他的教育下，大家都提高了抗日的觉悟。一天，顾德欢与他们来告别了，他说他要去抗日的前线了，大家纷纷要求随他一起去，顾德欢说，大家想去抗日前线的决心很好，待时机成熟了，他会回来带大家一起去。后来，他们果然随顾德欢来到了西浦抗日根据地。在这里，朱艳他们经受了战火的考验，经历了一次又一次的战斗与惊险。他们怀着抗战必胜的信心，奋战在这抗战的烽火中。

在西浦，朱艳认识了不少战友，这些战友中，让她最为敬佩的莫过于黄晓龙了。农家出身的黄晓龙生性朴实，为人忠厚，在与日伪的斗争中，他疾恶如仇。她对黄晓龙逐步由认识、钦佩逐渐发展到爱慕之情。他在培训班上讲述自己“三煞”的经历，在侦察途中一人消灭三个鬼子救下了田爱云，他传奇般地向国民党地下县长传递了日寇在珠葑镇的城防图，他在麻力泾率短枪队前来帮助突围，设计假扮鬼子揪出了三支队的内鬼，争取钱锦方部归入抗日部队，在北干山消灭伪军金风高……一次又一次出生入死的战斗，黄晓龙总是能取得胜利。他的仗义和豪侠对朱艳产生了一种魅力。

但她一直把对黄晓龙的爱慕深藏于心。因为她发觉，田爱云妹妹其实对他也有着热烈的爱。虽然田爱云的爱表现为一种兄妹之情，但她凭着一个女性的直觉，觉得田爱云对他的崇拜，已经超越了兄妹之爱。这大约是英雄救美的一种必然结果吧，至少田爱云的感恩之心是真诚的。在北干山上，田爱云看到金风高开枪射向黄晓龙时，她情不自禁地用自己的身体掩护黄晓龙，完全没有考虑到自己的危险。一刹那间的行为是不自觉的，或许她根本没有考虑什么，也来不及考虑什么，就这样在下意识中扑了过去。朱艳知道这是一种无私的爱，忘我的爱。如果说亲兄妹是一种血缘的挚爱，那么田爱云的行为就是一种战友的无私和忘我之爱。开始的时候，朱艳对此多少还有一点醋意，但后来她释然了，认为黄晓龙是值得田爱云爱的。

自从田爱云牺牲后，深藏在朱艳心灵深处的爱情之苗渐渐长出来了，仿佛一株禾苗从泥地里在气候适宜时总会长出来一样。黄妈妈也看出了朱艳的心思，尽管朱艳很掩饰，但爱意总会在不经意中流露出来，就像春天的细雨一样，看似没有下雨，却让衣裳在不经意中淋湿了。

黄晓龙也明显感觉到了朱艳与过去不一样，与她在一起的时候，总能感觉到一种女性特有的魅力。自从田爱云牺牲后，朱艳不止一次地与他提起对田爱云的敬仰。一个女人能够为所爱的人牺牲自己，这是不能不震撼人心。身在战火中的黄晓龙想的是如何更好地打击日寇，儿女情长在他身上似乎难以找到踪影。田爱云当时对他表示了明显的爱意，但他并没有回应田爱云，他为此觉得这样有点对不起田爱云。但他更觉得，在战火中，生死危险时刻围绕在身边，他宁愿一个人承担这样的风险，而不愿让他人一起分担。

黄晓龙身边藏着母亲临死时给他的一支银质压发簪，这是母亲多年以来押在发髻上的。母亲让他一定要保存好，并说哪一天他找到自己心爱的人了，就把这一支压发簪送给她，这是一个婆婆送给自己媳妇的礼物。黄晓龙将这支银质压发簪一直妥善地保存着。那天在后方医院治伤时，田爱云发现了他用手绢包着的这支压发簪，田爱云好奇地问他，一个大男人怎么有女人用的压发簪。黄晓龙笑笑说："这是一个秘密。"田爱云的好奇心上来了，她要黄晓龙说出这究竟是怎么一回事。黄晓龙瞒不下去，只得说出了实情。从那以后，黄晓龙的银质压发簪似乎成了无价之宝，田爱云希望能够得到它，田爱云开玩笑地对黄晓龙说："可以把这只压发簪送给我吗？"黄晓龙笑笑说："不行。"黄晓龙的话，让田爱云觉得或许自己配不上得到这枚压发簪，但她不管能不能得到这支压发簪，她都会一如既往地爱黄晓龙的。或许，在即将牺牲的那一刻，田爱云心里想说的最后一句话是："晓龙，我配得上妈妈的那支压发簪吗？"如果黄晓龙听到田爱云的话，他也一定会说："小云，你配，你配！"但这一切都没有发生，那时黄晓龙抱着田爱云柔软的身体，她在他的怀里缓缓地闭上了眼睛……

夜深人静时，黄晓龙拿出母亲的银质压发簪，呆呆地看上半天。他心里默默地说："朱艳，你是像田爱云一样爱我的人吗？"

现在，马上要北撤了，黄晓龙和朱艳都来向黄妈妈辞别。

黄妈妈问起"小白菜"的情况。黄晓龙说："小凤和土金也随大部队从浙东来到西浦了。"

说起"小白菜"，黄妈妈的眼圈有些发红。当时，黄晓龙父母无奈之下要将"小白菜"送人，是她帮助找的中人。原以为"小白菜"送给殷实人家会享福，想不到会被赶出家门受了苦！黄妈妈告诉黄晓龙和朱艳，黄家和施家都是苦人家，当时晓龙父母娶不起亲，而后来成了她丈夫的永兴他爸也娶不起亲，两家经人介绍，用了"弟换亲"的办法才成了家。所谓"弟换亲"，即双方将自己女儿交换给对方儿子做妻子，用这种办法解决因贫穷而娶不到妻的困窘。也就是黄妈妈与晓龙的母亲施阿妹是通过换亲方式成的家。这样的家没有爱情，只有贫穷，但穷人与穷人惺惺相惜，这样的家庭也就不缺少温馨。想起这一些，黄妈妈总会流泪。

现在，孩子们都要北撤了，黄妈妈不忘关心起他们的未来。

黄妈妈将黄晓龙拉到一边，悄声说："晓龙，你们北撤我放心，但有件事姑姑不放心。"

黄晓龙说："姑姑，什么事？"

黄妈妈说："你与我女儿——朱艳的事定了吗？"

黄晓龙朝朱艳看了一眼，不禁脸一红："姑姑，现在不谈这事。"

"不行，"黄妈妈说，"你父母都走了，姑姑就是你的父母了，这事姑姑给你做主了！"

黄妈妈将手一伸，说："你把压发簪给我！"

黄晓龙不知姑姑要做什么，将贴身藏着的压发簪拿出来给了姑姑。

黄妈妈朝朱艳招招手，朱艳不知何事，走了过来。

黄妈妈对朱艳说："艳，你们要北撤了，妈有一个心事没有了，今天你帮助妈了了。"

朱艳问："妈，什么事？"

黄妈妈将黄晓龙的压发簪塞到朱艳手里，笑着说："艳，妈妈做主了，晓龙的这个压发簪交给你了！"

朱艳推脱说："黄妈妈，不行啊……"

黄妈妈一愣："艳，为什么不行？"

黄晓龙从姑姑手里接过压发簪，亲自塞到了朱艳手里。

朱艳这才接过压发簪。

黄妈妈笑着说："哎哟，我老糊涂了，得晓龙送才行啊！"

北撤这一战略转移的来临，许多人是没有思想准备的，因此也有极少数的人在历史的车轮发生急转弯时，因心理失去平衡而掉下列车的。

陈雪涛，作为一个老党员，为党的事业做出了许多贡献。然而或许是由于他没有真正树立起正确的人生观，在长期的地下工作和急剧变化的形势面前，他暴露出了人性中的另一面。之前，大家一直在做准备解放大上海的工作，陈雪涛也早就盼着上海解放的这一天。不料，中央的方针变了，不但解放上海的计划搁置，而且还要北撤。早就想过和平日子的陈雪涛，已经放松了继续奋斗的思想，他不能接受这突如其来的变化，于是权衡利弊后，他竟然拒绝了中共淞沪地委分配给他的工作。地委决定让陈雪涛率一个主力中队去昆南地区，控制昆南地区及沪宁铁路的安全，以便大军撤往苏常太地区，北渡长江，并要昆南区政府准备粮食，补充过境大军给养。

顾火生一直紧张地准备着撤离根据地的部署以及迎接浙东大军安全过境的工作。当听到陈雪涛不接受地委任务，不去昆南工作消息后，他感觉十分惊讶，他以为这个消息或许是误传。然而，消息千真万确，地委让他找陈雪涛谈话。顾火生相信陈雪涛可能是一时糊涂，或许他还有什么其他的原因。顾火生找到陈雪涛后，进行反复的劝说。他们两人相识已久，当时在上海时，陈雪涛充满了青年人的朝气，那种抗日的激情在他身上表现得尤为强烈。顾火生相信自己会说服他的。果然，在顾火生的反复劝说下，陈雪涛答应了去昆南做撤退前的准备工作。然而，这一回顾火生受骗了！

陈雪涛到达昆南县工委后，声称急需用款，把昆南县政府准备大军过境补充给养的十石大米卖掉，还把县政府库存的现款一百余元也带走，并让昆南县工委护送他渡过吴淞江去了上海！地委书记陈伟达得知上情后，写了一封亲笔信，派人送去上海劝其回来，并向他说明既往不咎。然而，陈雪涛去意已决，他没有回来，像一滴水离开了大海！

为严肃党纪，浙东区党委开除了陈雪涛的党籍。

历史的进程中，万事纷纭，大浪淘沙，许多事情人们始料未及。

是的，人在历史的大潮中是渺小的，但无数渺小的水滴，一旦汇入了大海，就会展现出大海的博大和汹涌澎湃。

第二十五章

大军云集，好儿女告别家乡
盛况空前，根据地军民联欢

中共浙东区党委书记兼新四军浙东纵队政委谭启龙和区党委宣传部部长顾德欢率领党政机关、直属部队、四明山自卫队等第一批北撤部队五千余人，由古窑浦渡海，在奉贤登陆，过黄浦江，经过蟠龙镇来到崧塘镇集结。

第二批北撤部队上千人在司令员何克希率领下，横渡钱塘江，夺占澉浦镇，通过浙江海盐、平湖，江苏金山、奉贤、南汇各县，再横渡黄浦江，越过淞沪公路、沪杭铁路、青沪公路，来到了西浦根据地与淞沪支队会师。

北撤的新四军部队纷纷前来，一时间西浦地区大军云集。

西浦县老百姓把房屋腾让出来给部队和伤病员住宿休整，并准备了充足的粮草和物资。部队宿营地均由淞沪支队和淞浦大队各中队负责警戒，他们周密侦察了四周的敌情，详细安排了去苏常太根据地北渡长江的路线。

由于数量众多的部队集中一起，崧塘镇一时拥挤不堪。中共浙东区党委和纵队司令部由观音堂移驻重固镇。

北撤的一天终于来到了。

中共淞沪地委决定，在重固镇学校操场举行军民联欢大会，庆祝抗战胜利，发动群众一家献一物，慰问即将北撤的新四军。

这天，秋高气爽，重固镇的街道被打扫得干干净净，各种商店都装满了商品，全镇家家户户好像遇到了大喜事一样。

天刚露出鱼肚白，镇周围各村庄的后备队就忙碌了起来，他们高举旗帜，敲锣打鼓，排着整齐的队伍前往重固镇中心会场。

顾德欢带着浙东部队回到西浦，他的心情别说有多少激动了。他与顾火生见了面，两人感慨万千。顾德欢初来西浦时的那个晚上，两人促膝谈心，他是做好随时牺牲的准备的。来前，他将自己的一块手表和一支钢笔交给了未婚妻……“大扫荡”突围来到上海向江苏省委汇报，两人是从枪林弹雨中走出来的。那一刻，只听顾火生沉痛地自责，顾德欢听了，更加钦佩这个朴实忠厚的伙伴。而今即将北撤之时，他们又相遇了。但这一次他们又将分开，顾火生随大军北撤，顾德欢继续留在西浦！他们的手紧紧地握在一起，一个叫一声“老顾！”，一个叫一声“小顾！”人们从他们的身上看到了革命事业之所以能够胜利的原因！

朱艳和苏虹，还有李方明和房雄，这些上海难民所来的战友又聚到了一起，他们已经与这块土地融为一体。苏虹是随顾专员一起回到西浦的，她知道朱艳和黄晓龙的关系，她悄悄地要朱艳把那一枚银质压发簪拿出来让她看看。是的，这是一枚不寻常的压发簪，它既是对日寇侵华的控诉，也是一个母亲对美好生活的期待！好在他们要一起北撤，她相信一定会看到那个美好的时刻。

夏辉和方雅芬，叶土金和黄小凤（“小白菜”），双双随着浙东大军回来了。

康旭东和诸克忠也来了，他们曾经作为支队长的左膀右臂，追随着支队长在战火中经受了考验。在苏北，康旭东对苏虹倍加关照，两人在交往中渐渐萌生了感情。

方雅芬心情十分难过，她随浙东大军回到西浦，终于知道父亲方鸿飞原是受命打入日寇内部的谍报人员。父亲一直恪守着一个中国人的良心，但在生命的最后，他对所报效的国民党感到了失望，更为选错自己的人生之路而后悔。最终，他为真正的抗日部队作出了牺牲和贡献！做了一回真正的自己！方雅芬一直误解父亲，将他作为一个十恶不赦的汉奸，并因此而对父亲耿耿于怀。但当知道真相时，她已经失去了向父亲道歉的机会！

夏辉在一边安慰她，顾火生也找她谈了一次话，表扬她父亲为抗战胜利做出的特殊贡献，并希望她在革命队伍中发挥更大的作用。

黄晓龙、朱艳、苏虹、康旭东、诸克忠、方雅芬和夏辉等人，悄悄去了一次崧塘镇附近的那一片小松林，那里长眠着苏虹的哥哥周达明，长眠着昆、嘉、西师范同学王师龙、诸人龙、朱志成，长眠着黄晓龙的妹妹田爱云等战友。

马上北撤了，他们来到小松林，向烈士们告别。那一刻，他们都流泪了。

这天，西浦地区各乡村群众抱着鸡鸭、拎着鸡蛋、挑着蔬菜，络绎不绝地涌向重固镇。送来的新鲜蔬菜堆积如山，原布置接收鸡鸭的围子，早已鸡鸭成群挤得满满的，禽蛋不计其数装满箩筐。参加慰问的队伍人潮汹涌，锣鼓声、口号声、鼓掌声、欢笑声、响成一团。有人说，今天比历年的八月十八庙会还要热闹！

蒋百庆也在北撤的队伍中，他参加了黄晓龙部队。见到姜惠萍时，他说："姜老师，你也来啦！"

姜惠萍说："是啊，我来送送你们啊！"

卫友余让姜惠萍代表他来参加欢送大会。

姜惠萍的这个你"们"，包含着另一个她要送别的人——卫九龄。在地下工作的日子里，她对卫九龄产生了爱慕之情，卫九龄也钦佩姜惠萍的品德和志向。他们两人相会在人群里，卫九龄将自己的一把手枪赠给了姜惠萍，对她说："惠萍，你等着我！"

陆俊华强烈要求参加北撤，但组织上决定他留下来，坚持西浦地区的斗争。他听从了组织安排。在之后的三年中，他出色地完成了党组织交给的任务。

中共上海市委书记刘长胜率领上海工人、学生及各界代表携带大批慰问品前来参加慰问和送行活动。

由于司令部前的场地太小，周转不过来，负责同志和上海市代表团转移到大街上的一幢楼房上去。他们卸下了楼窗，站在窗口前，向欢呼前进的慰问队伍招手致意。楼下的过往群众抬头看见首长们在上面频频招手，群情激奋，热烈鼓掌。

下午一时，军民举行盛大的游行活动。远道而来的赵巷舞狮队身穿中华民族盛装，在鞭炮声中一展雄姿。两只雄伟的大狮子，在抑扬顿挫的锣鼓配合下，随着绣球的引导摇头摆尾地前进。一进入大街，鞭炮声不断响起，舞狮的小伙子们更是起劲地舞着，狮子紧随着绣球跳跃追逐。看热闹的人越聚越多，经过领导所在的小楼时，领导们在楼上热烈鼓掌表示欢迎。后面过来的是龙灯大队，掌握龙头的年轻人双手把龙头高举，向楼上的首长点了三下。当龙头点头之时，龙身好像大海的波涛不断地在翻身起伏。高超的技艺，精湛的表演，赢得一阵又一阵的喝彩。

另一边，典当场上的军民联欢会正在演出文娱节目。部队文工团的苏虹和朱艳等人与群众中的文艺高手纷纷上台表演。黄晓龙的朋友张永林带了丝竹班前来献艺，悠扬欢乐的乐曲听着舒服，滑稽喜剧则让大家笑得前俯后仰。

姜小弟和朱宏林也来了，他们看到黄晓龙，高兴地互相握手问好。一中队的许忠义（阿忠）对姜小弟说："叔，你给我父母带个信，让他们等着吧，我迟早会回来的。"

黄晓龙的"十弟兄"之赵建平（一中队的秘密情报员）等都参加了新四军，成了淞沪支队的新生力量。亲友们相聚一起，大家都感受到了浓浓的乡情和亲情。

这时，有个瘦个子战士跑来找到黄晓龙说："顾支队长正在找你！"

黄晓龙说："好的，我马上去。"

姜小弟看到这个战士有点眼熟，问黄晓龙："他是你部队的——？"

黄晓龙笑笑说："他是我的通讯员小邓，邓海云。"

邓海云对着姜小弟一个敬礼说："大叔，我们见过面。"

姜小弟忽然想起来了，他就是那夜带路去部队宿营地的那个瘦青年啊。他不由得感慨："部队真是个大熔炉啊，这么多青年在这个大熔炉里长大了！"

次日，谭启龙与何克希率领浙东部队陆续出发。

淞沪支队以及西浦地方干部，共计约二千人，被编为第一支队，由政委陈伟达与副政委兼主任顾火生率队北撤。

北撤的部队精神焕发，纪律严明，沿途秋毫无犯。部队政治处宣传干部还在重固、章堰、白鹤等地写下了数十条宣传标语，向群众开展广泛的宣传工作。其中在今白鹤陈岳村民房墙上留下了两条标语："巩固国内团结，保证国内和平！""我们要和平，反对内战！"这些标语字迹清晰，至今仍保存良好。

北撤部队经白鹤江大桥，穿越陆家浜，跨越沪宁铁路，最终到达长江渡口浒浦港。由于人多港小，船只不足，谭启龙和何克希部队从江阴沙洲渡口过江。而陈伟达与顾火生率部队在浒浦港摆渡，并在苏中军区江防大队的接应下，成功到达苏中根据地东台、盐城、涟水。浙东部队随后被编入华东野战军。

一批年轻人在“二顾”的影响和培育下已在抗战烽火中成长起来。以西浦子弟为主的西浦大队，这时已壮大至三百三十多人，并在苏北涟水编入华东野战军一纵队三旅七团三营。其中，黄晓龙任三营副营长，康旭东任一连连长，庄世旭任二连连长，朱艳任二连指导员，余友奇任三连连长，卫九龄任连指导员，方雅芬任营机要科科长。

西浦儿女和无数英雄儿女一样，雄姿英发地踏上了北撤征途。一个多月来，他们风尘仆仆，艰苦转战，胜利地完成了北撤任务。这充分展现了中国共产党领导下抗日部队顾全大局、争取和平统一的诚意。

与黄晓龙一起北撤的西浦儿女中，在北撤之后有不少人在各大著名战役中牺牲。正是他们，听从党中央的指挥，义无反顾地踏上北撤之路，像一滴水汇入大海的滚滚波涛中，为之后的历史谱写出了壮美的篇章。

2013 年在香花桥完成初稿；

2020 年 5 月武汉疫情宅家完成二稿；

2022 年 6 月上海疫情宅家完成三稿；

2024 年 4 月定稿。

附录

顾德欢小传

顾德欢同志于1912年9月4日出生于江苏青浦县(今属上海市青浦区)。1935年12月参加革命,1936年6月加入中国共产党。早年,在上海交通大学读书期间,他追求真理,要求进步,接受了马克思主义和党的抗日救国主张,思想倾向革命。

1935年,顾德欢在青岛山东大学参与并发动学生运动,因此被学校开除。同年,他前往上海参加革命工作,参与了全国学联筹建工作,并担任全国学联"党团"委员,同时还编辑出版全国学联机关刊物《学生呼声》。1936年,他前往北平,担任中华民族先锋队总队部宣传部部长。1937年,担任中共燕京大学支部宣传委员。

全面抗战开始后,顾德欢在上海参与筹备和领导"平津救亡学生同学会",并先后担任党的"上海市学生界救亡协会"、党的"难民委员会"委员。从1939年1月起,他开始参与领导上海周边地区和浙东的抗日游击根据地的工作,历任中共青浦县工委书记、青昆嘉中心县委书记、淞沪中心县委书记、路南特委书记等职务。

1942年,他带领部队从浦东到浙东,历任中共浙东区党委委员、宣传部部长以及《新浙东报社》社长等职务。1945年抗战胜利后,部队北撤整编,他担任新四军一纵队政治部宣教部部长。1946年,他调回上海,担任中共淞沪委员会书记和中共上海局外县委员会委员。1947年,他前往浙江指导工作,1948年担任中共浙东临时工作委员会书记和浙东人民解放军第二游击纵队政委。

1949年,顾德欢历任宁波市军管会副主任、地委副书记、书记,浙江省工矿厅厅长，浙江省财政经济委员会副主任、主任，浙江省计划委员会主任，浙江省委工业部部长，浙江省副省长，浙江省人民政府党组副书记等职务。1950 年，他担任浙江省委委员，1953 年担任省委常委，1956 年当选为党的“八大”代表。

同年，顾德欢调至中国科学院工作，担任电子所筹备组组长以及电子所党委书记兼所长。1978 年调到中国科学院机关，参与领导筹建学术领导机构和恢复学部的工作。1979 年，他担任中国科学院党组成员、顾问，1982 年离职休养。1993 年 7 月 21 日在京逝世，享年 81 岁。

顾复生(即顾火生原型)小传

顾复生,1900 年 11 月出生于江苏省青浦县(今属上海市青浦区)的一个贫民家庭。他青少年时期就忧国忧民,追求真理。1926 年秋,他参加国民党“左派”组织,并担任区党部常委,积极开展农民运动。“四一二”反革命政变后,他在陈云的引导和介绍下,于 1927 年 8 月光荣加入中国共产党并参与组织了陈云领导的青浦农民秋收暴动。

1927 年至 1930 年期间,顾复生先后两次被国民党反动派逮捕入狱。在狱中,他坚持斗争,展现了一个党员的坚定信念。1930 年底出狱后,他继续开展革命活动,与国民党反动派进行顽强的斗争。

全民族抗日战争爆发后,组建抗日自卫总队,创建了青东抗日根据地,并坚持在青浦地区开展敌后游击战。他的斗争事迹广为流传,鼓舞了人民群众的抗日热情。他和党组织取得联系后,毅然把数千人和枪交给了党,为壮大革命队伍作出了重要贡献。

1939 年 2 月起,顾复生历任淞沪游击支队支队长、无锡党政军委员会书记、新四军六师敌工委员会书记、通海工委书记、苏中抗联政治部主任、苏中军政委员会委员和淞沪行政专员等职务。在党的领导下,坚决执行党中央的战略方针,为创建和壮大苏南、苏中抗日根据地,扩大人民武装,发挥了重要的作用。

抗战胜利后,历任华东野战军第一纵队后方办事处政委兼主任、第一纵队后勤部政委、三十五军一〇五师政委、三十五军后勤部部长兼政委。他先后参加了孟良崮和豫东等战役,为华东野战军的后勤保障做了大量卓有成效的工作。

新中国成立后，他历任松江地区行政公署专员、苏南行政公署委员会委员、苏南行政公署政法办公室副主任等职务。他积极开展肃特、剿匪、反霸和土地改革工作，恢复和发展城乡经济，为巩固政权、安定社会做出了贡献。

1952 年江苏建省后，他历任江苏省农林厅党组书记、第一副厅长，省农业科学院院长、党组书记兼省农办副主任、省科学技术委员会副主任等职务。他正确贯彻党的农业方针，大面积推广粮棉新品种，总结推广粮棉高产经验。在担任江苏省农业科学院院长期间，他尊重知识，爱护人才，保护了一批科学家；坚持科学态度，反对浮夸风，对“左”的做法进行了坚决的抵制。他建立了太湖和淮北地区农业高产“样板”，促进了整个地区的农业增产。他还领导了陈永康水稻高产栽培技术的研究，将实践经验上升到理论层面，形成了群众性学习陈永康的热潮。

“文化大革命”结束后，他先后担任江苏省政府顾问，江苏省政协副主席。

1995 年 2 月 20 日他在南京逝世，享年 95 岁。

后记

长篇纪实文学《西浦纪事》以位于吴淞江和黄浦江这两条上海的母亲河之间的淞浦地区为故事的发生地，这个区域在作品中被称为"西浦"地区。全面抗战时期，西浦人民在党的领导下，前赴后继、浴血抗战的可歌可泣事迹，永远是这一地区人民的宝贵精神财富。

我一直在寻思，在全面抗战的漫长岁月里，大上海是日伪的大本营，敌人不但力量强大，而且对敢于反抗的中国人民的"扫荡"和屠杀手段之凶残闻所未闻。但为什么在敌人的眼皮底下，在这样凶残的屠杀面前，会始终活跃着一支人民武装"三支队"？为什么他们在抵御外族侵略的斗争中，尽管不少烈士英勇牺牲，无辜百姓惨遭杀害，但他们没有屈服，而是前仆后继，不屈不挠，出生入死，让战火燃烧的青春变得那么绚丽灿烂？为什么那些普普通通的庄稼人，一旦拿起武器，便立时角色转换，他们为守卫家园而在与日伪的周旋搏击中，爆发出了与中华民族祖先一脉相承的血性，令日寇闻之惊惧，让自己在炼狱般的战火中，成长为这块特殊土地上平凡而又传奇的人物？

我出生在西浦地区，对发生在这一地区的抗日斗争故事从小就听得不少。后来，我调入区政协从事文史工作，有机会对这一地区抗日斗争的史料有了较多的积累，从而对西浦地区抗日斗争历史有了更深入的了解。他们的领导人物顾复生(作品中的顾火生)是大革命时期的老党员。大革命失败后，身为中共淞浦特委组织部部长的陈云为贯彻中央"八七"会议精神，在西乡发动了著名的小蒸暴动(武装斗争)，在东乡组织农民进行减租减息斗争(土地革命)。他将东乡群众中具有崇高威望的顾火生介绍入了党，可以说顾火生是陈云同志播下的革命火种。1937 年，当日寇侵略到家门口的时候，顾火生毅然决然拉起了抗日的人民武装"三支队"，在敌伪势力林立的环境中，创立了一块红色根据地，并在一段时间内还建立了抗日的民主政权。

由于 1931 年前后上海一片白色恐怖，在上海的中央机关不得不撤到了江西瑞金。直到 1936 年中央红军长征到达延安，党中央才派潘汉年、刘晓、冯雪峰等人到上海恢复党的工作。因此，上海基层的党员如顾火生等与上级党组织都失去了联系。拉起抗日武装后，顾火生先后三次派亲密战友赴上海寻找党组织，几经曲折，终于与上级党组织接上了关系。1938 年底，中共江苏省委派富有斗争经验的顾德欢前往顾火生处，从此，三支队始终在党的领导下开展轰轰烈烈的抗日斗争。

三支队中的大部分战士是生于斯、长于斯的人民子弟，他们与当地群众有着天然的血浓于水的联系，他们的斗争能够得到当地群众的支持和掩护是必然的。尤其三支队中还有一部分成员是上级党组织从上海慈愿难民所等派来的热血青年。这些知识青年为三支队增添了新鲜血液，增强了活力。在真刀真枪的斗争中，当地群众无不将他们视为自己的儿女，不少群众甚至不惜牺牲自己的生命来保护他们。可以说，三支队与群众的关系犹如鱼之于水，他们相依相存，血肉相连，生死与共。

正是有党的领导，有顾火生这样深孚众望的农民领袖，有人民群众的支持，三支队才能在强大的敌人面前，在凶险莫测的环境中始终坚持斗争，直至取得最后的胜利！

根据陆寿钧老师的建议，此书定性为长篇纪实文学。确实，20 万字的篇幅中，我根据大事不虚、小事不拘的原则，其中重大的事件都是有历史依据的，例如蟠龙镇程家祠堂交朋友、葫芦湾遭遇战、火烧公路桥、绿荫草堂鸿门宴等等，其纪实性是明显的。但为了艺术且生动地展现这一段历史，许多"故事"还是进行了虚构，因为"无巧不成书"，这个"巧"，就是巧合和巧妙，就是出乎意料，又在情理之中，这就需要合理的想象和艺术的构思。

此书的酝酿时间很早，我在 2008 年退休后有时间开始整理材料，那时我受聘在香花桥街道编辑一份报纸，利用闲暇时间陆续写作一些相关的片段，在 2013 年终于写出了初稿。但我对初稿没有信心，感觉需要沉淀和思考，于是集中精力去写另一部长篇。这样一直到 2020 年 5 月，这时武汉疫情向全国蔓延，我们被要求待在家里，不能外出，我感到可以利用宅家的时间，对书稿进行重写。三个月中，我完成了第二稿；第二稿虚构的成分较多，交给陆寿钧老师审阅后，他建议我偏重于纪实，以能真实反映大上海周边地区抗日斗争的面貌。因此，2022 年上海疫情再次让我宅家时，我对这部作品进行了向纪实回归的第三稿写作。

此书初稿的书名是《浴血淞浦》，显然以纪实为主；第二稿的书名是《菰白浦红》，显然向文学倾斜了；第三稿的书名为《西浦八年》。在一稿又一稿的反复中，我似乎一直在寻找纪实和文学之间的那个“度”。

2024 年三四月，我对第三稿潜心进行了较大的修改，经过一个多月夜以继日的努力，前后延续十五年之久的这部作品，终于新生儿似的“呱呱”坠地了。2025 年 5 月下旬，上海学林出版社寄来了排版的校样稿，我进行了通读和校改。书名《西浦纪事》也听取出版社老师的意见，改为《西浦纪事》。

《西浦纪事》是西浦地区八年全面抗战历史的回顾。大上海郊区地位的特殊性和艰巨性，使这里的抗战具有了不同于其他地区的特殊性和艰巨性，所以这一段历史同样是波澜壮阔和可圈可点的。然而，由于本人水平有限，未能将这一场艰苦卓绝的抗战进行尽善尽美的展现，恳祈读者诸君原谅并有望于后之扛鼎大才。2025 年是第二次世界大战胜利和中国抗战胜利八十周年，谨以此书献给西浦地区在抗战中牺牲的烈士，也献给为抗战胜利作出无私奉献的所有父老乡亲。

凌 耕

2025 年 6 月 2 日

图书在版编目（CIP）数据
西浦纪事 / 凌耕著 . -- 上海 : 学林出版社, 2025.
ISBN 978-7-5486-2082-2
Ⅰ. I247. 5
中国国家版本馆 CIP 数据核字第 2025PJ0957 号

责任编辑 刘 媛 李晓梅
封面设计 王 畅

西浦纪事
凌 耕 著

出 版 学林出版社
（201101 上海市闵行区号景路 159 弄 C 座）
发 行 上海人民出版社发行中心
（201101 上海市闵行区号景路 159 弄 C 座）
印 刷 上海颛辉印刷厂有限公司
开 本 710×1000 1/16
印 张 21.25
字 数 330 千
版 次 2025 年 8 月第 1 版
印 次 2025 年 8 月第 1 次印刷
ISBN 978 - 7 - 5486 - 2082 - 2/I · 263
定 价 78.00 元